異郷の誘惑

旅するフランス作家たち

石井洋二郎

東京大学出版会

LA TENTATION DU DEPAYSEMENT
écrivains français voyageurs
Yojiro ISHII
University of Tokyo Press, 2009
ISBN 978-4-13-083052-2

異郷の誘惑——目次

[序章]

旅の世紀

古代の旅

古来、旅をすることは人類の普遍的な営みであった。人々は交易の相手を探して、あるいは移住の地を求めて、さらには単なる好奇心ゆえに、しばしば危険を顧みずに見知らぬ土地を探索し、未知の風景や事物や習俗に遭遇してきた。そして少なからぬ人々が、異郷の地での驚異に満ちた発見の数々を旅行記という形で記録したり、文学作品に取り込んだりして、後世に伝えてきた。現代の私たちが「旅」という言葉で思い浮かべるそれとは目的も手段も同じではなかったにせよ、自分がいま住んでいる場所を離れて別の場所に向けて移動することをとりあえずそう呼んでおくならば、旅の歴史はおそらく人類の歴史と同じくらい古いのではあるまいか。

試みに一九世紀フランスの知の集大成ともいえるピエール・ラルースの『一九世紀万有大辞典』(1)（以下、随時『一九世紀ラルース』と略記）を開き、「旅」voyage の項目を引いてみよう。簡潔な語源説明の後、この単語の本義——「自分がいた場所から離れた場所に移動すること」——が与えられ、次いでいくつかの転義が列挙されるが、圧巻はその後に続く百科記述である。ちなみにこの辞典は一頁が四段から成り、一段には百二十二行、書物にすればおよそ四頁から五頁分の文字が詰まっているので、一頁あたりの文字量は通常の本の十五頁から二十頁分にあたるのだが、「旅」に関する百科項目は十五頁にわたってえんえんと続いているから、単純計算すればゆうに二百頁から三百頁ほどの書物一冊分に相当することになる。それでも今日から見れば明らかに抜け落ちていると思われる事項も少なくないのだから、語られるべき情報の膨大さが想像できようというものだ。そこでまずはおよその展望を得るために、辞典の記述を随時参照しながら、言及されていないケースも適宜補足して、（あくまでもフランスの、あるいは西欧の視点から見たという留保つきではあるが）一九世紀までの「旅」の歴史を概観しておこう。[2]

「すべての旅の歴史は、地理学とあらゆる民族間の関係の歴史といえるだろう」と書き出すこの項目の記述者は、数々の地理学的発見をおこない、多種多様な異民族に関する知識をもたらしてきた人々の足跡をたどる。人類最初の旅行者は「大昔、大家族を離れ、未知の地域を踏破して祖国たるべき土地を探しに行った人々」であり、その痕跡は言語と宗教にしか残っていないので、そこから比較文献学と比較神話学という二種類の学問が生まれた。古代ギリシアにおいてはオリエントへの志向が早い時期から見られ、トロイ戦争のさいには十万人ものギリシア兵士たちが千二百隻の船に乗ってアジア大陸を目指したといわれる。この戦争の末期を描いた叙事詩『イーリアス』の作者とされるホメロスもまた、紀元前八世紀の大いなる旅人であった。ただし『一九世紀ラルース』には彼が東地中海のキプロスやフェニキア、さらにはアフリカ大陸のエジプトやリビアなども訪れたと断定的に書かれているが、この吟遊詩人についてはそもそもアイデンティティ自体が今なお議論の的になっているくらいであるから、むろん確証があるわけではない。

やがて紀元前六世紀頃になると、最古の自然哲学者といわれるタレスをはじめ、ピタゴラス、アナクシマンドロス、レウキッポス、ヘラクレイデス、クセノパネス、アナクシメネスなどの哲学者たちがこぞってオリエントを目指した。しかし古代ギリシアとオリエントの関係を接近させたという点でいえば、なんといってもヘロドトスの果たした役割が大きい。[3] 右に列挙した哲学者たちよりも一世紀ばかり遅れて紀元前五世紀に生きたと見られるこの歴史家は、ギリシアの植民地であったポントス・エウクセイノス（「客人を歓待する海」の意で、現在の黒海のこと）沿岸地域やバビロン、[4] フェニキアのテュロス、エジプトや北アフリカのキレナイカ（現在はリビアの一部）など、東西にまたがるかなり広い範囲に足を伸ばし、その経験を全九巻に及ぶ『歴史』に盛り込んだ。この膨大な著作から、彼の旅の様子をうかがわせる一節を引いてみよう。巻二（エウテルペの巻）の第四四節から。

私はこの件［ヘラクレスがエジプト起源ではないかという件］に関して正確な知識を与えてくれる人に会いたいと思い、海路フェニキアのテュロスまで渡ったことがある。ここにヘラクレスの神殿があると聞いたからである。私はそこにおびただしい奉納物に飾られた神殿を見たのであったが、数ある奉納物の中でも特記すべきは二本の角柱《ステーレー》で、一つは精煉された黄金製、一つは闇中にも輝くほどの巨大なエメラルド製であった。私はこの神の祭司たちに会い、神殿の建立以来どれほどの時が経っているかを訊ねたのであったが、彼らのいうところもギリシアの所伝と一致せぬことが判った。祭司たちの話では、この神の社はテュロスの町の創設と同時に建立されたものであり、彼らがテュロスに住みついて以来今日まで二千三百年になる、というのだからである。(5)

この通り、著者は「海路フェニキアのテュロスまで渡った」と述べ、そこで「おびただしい奉納物に飾られた神殿を見た」と言い、その中でもひときわ眩しく輝く「二本の角柱」に言及し、現地の祭司たちに会ってヘラクレスの神殿について質問したことも報告している。こうした臨場感あふれる文章は、確かに自ら経験しなければ書けないものであろう。他にも実際に訪れた土地での見聞を記述した部分は少なからず見られるので、その意味で本書は基本的には歴史書でありながら、世界における旅行記の嚆矢ともいえる。『一九世紀ラルース』には「マルコ・ポーロが近代において占める位置を、ヘロドトスは古代において占めている」と記されているが、これはけっして誇張ではあるまい。

ヘロドトスの時代には海上交通の発達とともに、未知の世界を目指した冒険的な航海も盛んになっていった。たとえば正確な年代は特定されていないが、紀元前五世紀の中頃にカルタゴから出港して地中海を抜け、西アフリカまで達したハンノという人物がいる。植民可能な土地を求めていた同郷人たちから任を託され、六十隻の船を連ねて故郷を後にしたこの先駆的な航海者は、「ヘラクレスの柱」と呼ばれる岩山に両岸を囲まれたジブラルタル海峡を通過して大西洋に出ると、アフリカ大陸の海岸沿いに現在のモロッコからモーリタニアを経て南下していった。彼の艦隊がどこまで達したかについては意見の一致を見ておらず、一般にはシェラレオネあたりまでたどり着いたとする見方が有力だが、手前のセネガンビア（現在のセネガルとガンビア）までしか行っていないとする者もいれば、象牙海岸を越えて現ガーナのトロワ・ポワント岬まで達したとする者もいる。しかしいずれにせよ、当時としては画期的な大旅行であったことに変わりはない。ハンノは食糧不足のため途中で航海をあきらめてカルタゴに戻り、このときの経験を記録に書き残したが、これはやがて『カルタゴの提督ハンノの大航海』と題してギリシア語に翻訳され、ヨーロッパに伝えられた（ちなみに『一九世紀ラルース』はこれをもって人類最古の旅行記としている）。

ハンノと同様にジブラルタル海峡から地中海を抜けながら、彼とは反対方向、つまり北方に針路をとったのが、紀元前四世紀のピテアスである。彼はブルターニュ半島を回って英仏海峡を通り、ブリテン島、デンマーク、スウェーデンなどに滞在した後、最終的にはテューレ（「極北の地」の意で、現在のアイスランドまたはシェトランド諸島を指すものと思われる）にまで行き着いたとされる。ギリシア人にとっては、これが最初の「北欧」の発見であった。その経験は二冊の旅行記に記されたことがわかっているが、残念ながら今日には伝わっていない。

ところでこの時代の代表的な哲学者であるプラトン（紀元前四二七―紀元前三四七）もまた、各地を遍歴した古代の旅行者のひとりであった。紀元前三九九年にソクラテスが死刑を宣告されて毒杯をあおった後、アテナイを去った彼は、十年以上にわたって断続的にエジプト、イタリア、シチリア等を巡っている。有名なアカデメイアを設立したのは紀元前三八七年頃、アテナイに戻ってきてからであるが、彼はその後も二度にわたってシチリアを訪れており、二回とも現地の政治抗争に巻き込まれた。現代風にいえばさしずめ「行動する哲学者」の代表といったところであろうか。

さらに彼の弟子であるアリストテレス（紀元前三八四―紀元前三二二）も、プラトン自身がそうしたのと同様、紀元前三四七年に師が没したのを機にそれまで二十年間学んできたアカデメイアを離れ、小アジアのアッソス、レスボス島のミュテイレネなどを遍歴している。紀元前三四二年からはよく知られているようにマケドニアの王子アレクサンドロスの家庭教師となり、その後七年間当地にとどまった。ただし師のプラトン同様、彼も特に「旅行記」と呼べるものは残していない。

紀元前三三六年にアレクサンドロス王子が即位してアレクサンドロス大王になると、アリストテレスはほどなくアテナイに戻って学校を開いたが、紀元前三三四年から始まった大王の遠征に同行して貴重な旅行記を残したのが、クレタ島出身のネアルコスである。艦隊指揮官に任ぜられた彼は、インダス河口からペルシア湾を北上、ユーフラテス河をさかのぼってバビロンまで達した。これは基本的に軍事目的の航海であったが、同時に沿岸地域の自然や風習についての調査旅行も兼ねており、ネアルコス自身が残した日誌はのちに『アレクサンドロス大王東征記』の著者として知られる紀元二世紀の歴史家アッリアノスによって、『インド誌』の主要な情報源として利用されている。(6)

以上のように古代ギリシアが少なからぬ旅人を生み、いくつもの貴重な旅行記を残したのにたいして、古代ローマ時代に書かれた旅行記として現代に伝わるものは乏しい。わずかに五世紀初頭の詩人、ルテイリウス・ナマティアヌスのそれが知られるくらいである。彼はフランスの前身であるガリアの出身で、ホノリウス帝のもとで書記官長やローマ市長官などの要職を歴任したが、やがて海路で故郷に戻ることになる。船は毎晩のように停泊し、詩人は寄港地でそのつど目に入るさまざまな事物をエレゲイア（エレジー）と呼ばれる形式の詩句で表現した。それが『旅路』と題された紀行詩であるが、残念ながら散逸した部分も多く、完全な形では残っていない。

中世からルネサンスへ

一般に「中世」と呼ばれる時代の初期においては、アラブ人とユダヤ人による旅行記（もしくは地誌・地理書）が目立つ。九世紀にはアラブの地理学者イブン・ホルダーズベが『諸道と諸国の書』を著し、同じく一〇世紀のイブン・ハウカルはイスラーム圏の大半を踏破して『大地の姿』を書いた[7]。いっぽう一二世紀にはイスパニア系ユダヤ人商人であるベンジャミン（サンチャゴ・デ・コンポステラへの巡礼路にあるトゥデラの出身であることから「トゥデラのベンジャミン」と呼ばれる）が、世界中のユダヤ教会堂《シナゴーグ》を訪ねるという企てのもとに、足かけ十四年をかけてギリシアからコンスタンチノープルを経てシリア、パレスチナ、メソポタミアまで旅して歩き、ヘブライ語で旅行記を著した。この書物は一七世紀にラテン語、一八世紀にはフランス語に訳されている。

一三世紀では、第四回十字軍に従軍したジョフロワ・ド・ヴィルアルドゥアンの『コンスタンチノープル征服記』[8]が、フランス文学史上最初の散文作品といわれる歴史上の記録であると同時に、一種の旅行記としての性格をあわせもっている。しかしこの世紀の大旅行家といえば、やはりヴェネチアの人、マルコ・ポーロ（一二五四―一三二四）に指を折らないわけにはいかない。まだ十六歳の少年であった一二七一年、富裕な商人であった父親と叔父に付き従ってはるばる中国（当時は元）に移住した彼は、結局二十年以上の歳月を彼の地で過ごした末に帰国するが、一二九五年に始まったジェノヴァとの戦争で敵方の捕虜となり、収容されていた牢獄でたまたま同じく捕虜となっていた騎士道物語作家、ルスティケロと知り合った。彼に勧められて自らの経験を口述筆記させたのが、『東方見聞録』（写本によって『世界の驚異の書』、あるいはマルコ・ポーロが口癖にしていたという大袈裟な数字をとって『百万』というタイトルでも知られる）である。[9] 当時のヨーロッパ人にとってはその内容があまりに気宇壮大で荒唐無稽に思われたため、発表当時はほとんど真に受ける者がいなかったというが、少なくともこの旅行記が西欧による極東アジアの発見に大きく与ったことは疑う余地がない。

一四世紀に入ると、ムーア人（アラブ人とベルベル人の混血）の旅行家イブン・バットゥータ（一三〇四―六八）が、一三二五年に故郷のタンジール（モロッコ）を出発してオリエントの各地を踏破し、さらにインドからスマトラ、ジャワを経て、中国にまで及ぶ大旅行をおこなった。マルコ・ポーロに遅れることおよそ五十年である。『大旅行記』[10] あるいは『三大陸周遊記』として知られるその膨大な旅行記（口述記録をイブン・ジュザイイが編纂したもの）は、正式には『諸都市の新奇さと旅の驚異に関する観察者たちへの贈物』というタイトルをもち、長いあいだヨーロッパには知られることがなかったが、一九世紀になってようやく翻訳が出版され、広く知られるところとなった。日本でも全訳が出版されているが、その第一章は次のように始まる（［　］内は訳者の家島彦一による補足説明、（　）内は同じく同意の言葉の補足）。

シャイフ＝アブー・アブド・アッラー［・イブン・バットゥータ］は、次のように語った。私が［メッカにある］聖なる家（カァバ神殿）に巡礼《ハッジュ》を行い、同時に［メディナにある］神の使徒《ラスール》（預言者ムハンマド）――彼に、神の至上なる祝福と平安あれ！――の聖墓を参拝《ズィヤーラ》する目的をもって、この世に生を受けた［故郷の町］タンジャを出発したのは、［ヒジュラ暦］七二五年の神の月《シャフル・アッラー》、無二なるラジャブ《ラジャブ・アルファルド》月の第二日、木曜日（一三二五年六月一四日）のことであった。

その時、私には、親しく付き添ってくれる旅の仲間《ラフィーク》もなく、集団で行く［メッカ巡礼の］キャラバン隊《ラクブ》に加わるのでもなく、ただ一人の旅立ちであったが、抑え難い心の強い衝動に駆られ、またあの崇高なる約束の場所《マアハド》［聖地メッカとメディナ］を訪れたいという胸の奥深く秘めていた積年の想いがあったからである。そのために、私のすべての親愛なる女や男の人たちとも別れる決意をして、あたかも鳥たちが巣立ちするが如く、わが故郷を後にした。その当時、私の両親はまだ健在していたので、その二人から遠く離れることが私にとって、何よりも堪え難いほど心残りであった。そして、勿論、私だけでなく両親にとっても、この別離の悲しみは深く心を痛めた。その時、私の年は、二十二歳であった。[11]

イブン・バットゥータ

この書き出しにうかがえる通り、若くして単身故郷を離れた彼の旅は、もともと「抑え難い心の強い衝動」、自分の足で聖地を訪れたいという「胸の奥深く秘めていた積年の想い」に駆られてのものであった。しかし念願かなってメッカとメディナへの巡礼を果たした後もその足は止まることなく、訳者の解説によれば「足かけ三十年間にも及んだ彼の旅した世界は［……］アラビア半島全域、東西アフリカ、バルカン半島、南ロシア、中央アジア、インド、東南アジア、中国などの、現在のほぼ五十か国近い国々に跨っており、その全行程は十一万七千キロもの距離に達する」(12)。十一万七千キロといえば地球を三周近くしたことになるから、これは掛け値なしに驚異的な数字である。おそらくイブン・バットゥータは聖地訪問という本来の目的を達成した後、いつしか宗教的情熱だけでなく、異郷を旅すること自体へのほとんど狂気じみた衝迫にとらわれてしまったのだろう。そうとでも考えなければ、この途方もない大旅行の説明がつくものではない。

こうして中東からアジアへ向かう陸路はしだいに開かれていったが、いっぽうアフリカ大陸を迂回してインドに向かう東回りの海路が開かれたのは、いわゆる「大航海時代」の幕開けとなった一五世紀も終わりに近づいた頃のことであった。ポルトガルのバルトロメウ・ディアスが喜望峰に到達したのは一四八八年、ヴァスコ・ダ・ガマの一行が同じ岬を通過してはじめてインドに到達したのは一四九八年。またほぼ同じ頃、ジェノヴァのクリストファー・コロンブスやフィレンツェのアメリゴ・ヴェスプッチが大西洋を横断してアメリカ大陸への航路を開き、さらに世紀が替わって一五二一年にはポルトガルのフェルディナンド・マゼランが西回り航路でフィリピンに到達したといったたぐいのことは、世界史の教科書でも言及されているので多言を要しまい。

フランスが国家としての体をなしはじめた一六世紀以降については、『一九世紀ラルース』の記述もどちらかといえば自国中心になってくる。一五三四年には、ジャック・カルチエが北米大陸のセント＝ローレンス河を遡ってカナダを発見した。そしてやや時代は下るが、カルチエの跡を継いだサミュエ

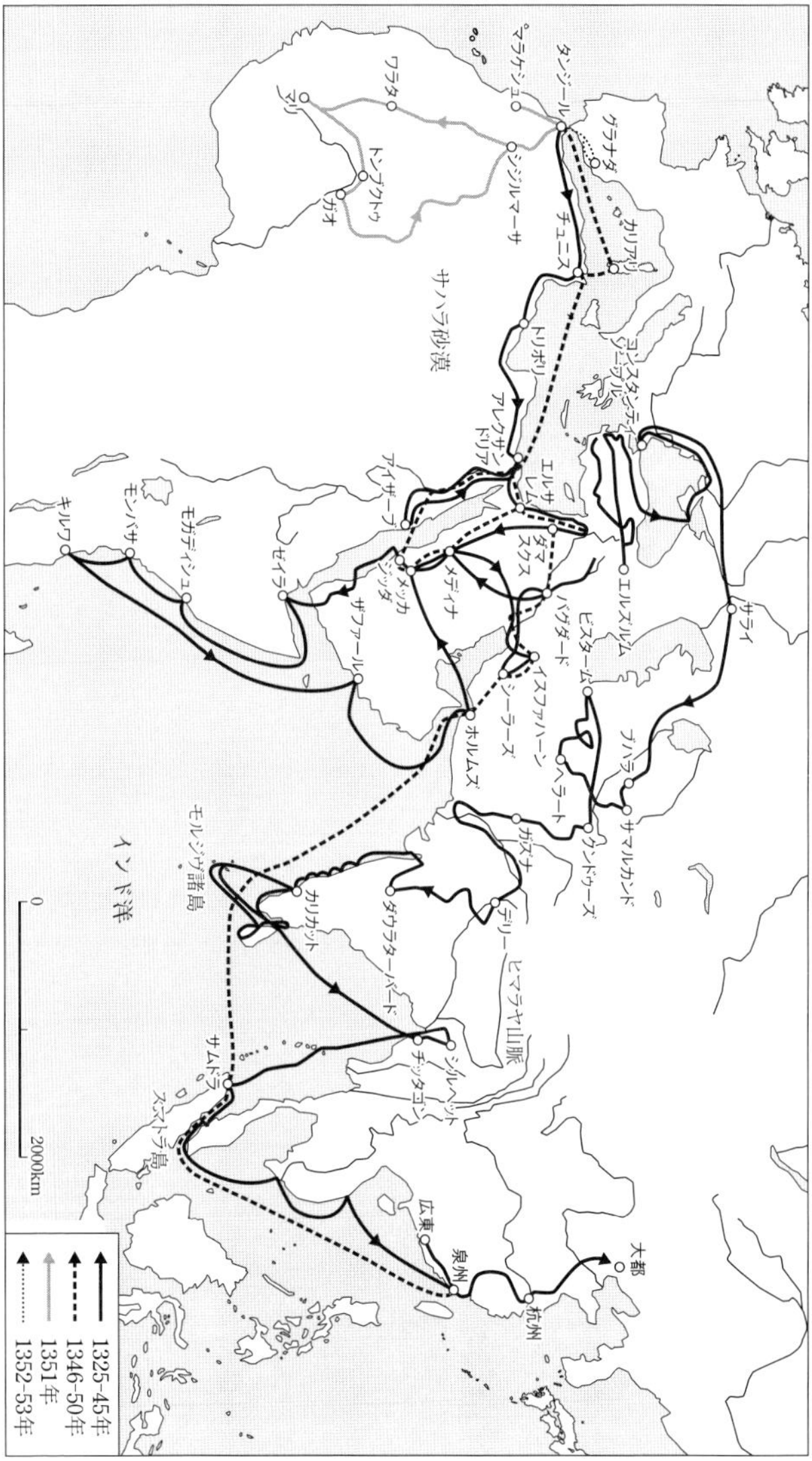

イブン・バットゥータの旅行路

ル・ド・シャンプランは一六〇三年からこの地をしばしば訪れ、現在のケベックに植民地を開くことになる。また宗教戦争の真只中にあった一六世紀中葉には、迫害された新教徒たちがアメリカ大陸に新天地を求めて次々と船に乗り込んだ。一五六二年にはジャン・リボーが数百人のユグノー兵士を率いてフロリダに植民地を開き、その二年後にはルネ・ド・ロードニエールがこの地にカロリーヌ砦を築いた。ただしこの砦はやがて、競合するスペイン人入植者によって破壊されてしまう。

いっぽう同じ頃、南米大陸に足を踏み入れたフランス人もいた。宗教戦争における新教派の闘将であったコリニー提督の命を受け、一五五五年に三隻の船を率いてリオ・デ・ジャネイロに降り立ったマルタ騎士団の騎士、デュラン・ド・ヴィルガニョン副提督がその人である。彼と一緒にさまざまな身分や職業をもつ六百人の移民がブラジルに移住したが、植民地建設の試みは、本国の政情を反映したカトリックとプロテスタントの対立をはじめとするさまざまな困難にあって頓挫してしまう。その経緯は現代作家のジャン＝クリストフ・リュファンが『ブラジルの赤』という波瀾万丈の小説に仕立て上げており、二〇〇一年度のゴンクール賞を受けている(13)。

現代小説に話が及んだところで文学の世界に目を転じてみれば、時はあたかもルネサンス、この時期を代表する二人の巨人であるフランソワ・ラブレー（一四九四?―一五五三）とミシェル・ド・モンテーニュ（一五三三―九二）は、いずれもイタリアに縁浅からぬ著述家であった。ラブレーはジャック・カルチエがカナダを発見したのと同じ一五三四年を皮切りに、生涯にわたってつごう四度、ローマやトリノに滞在しているし、モンテーニュは一五八〇年に『エセー』の初版を刊行した後で湯治目的の長旅に出発、縁者や従者十数名とともにスイスからドイツを経てイタリアに入り、ローマに数か月滞在した後、翌年秋にボルドー市長に選ばれるまで各地を訪ねて歩いている。この旅は結局、十七か月と八日の長きに及んだ。その様子は死後二世紀近くを経て一七七四年に刊行された私的な覚書ともいえる旅日記、『スイス・ドイツ経由のイタリア旅行記』にうかがうことができる[14]（この日記ははじめ秘書が書いていたものだが、ローマ滞在中にその秘書に暇を出したため、モンテーニュ自身が後半部分から筆を執っている）。

ところでそのモンテーニュは、『エセー』第一巻の「子供たちの教育について」と題する章（旧友の妻であるギュルソン伯爵夫人に向けて書かれた章）において、なにごとも実地で学ぶことが大事であるという趣旨を述べた後で次のように語っていた。

また外国を訪ねてみるのも、よろしいかと。ただし、昨今のフランスの貴族たちのように、ローマのサンタ・ロトンダ［パンテオンのこと］の幅が何歩分あったとか［……］、ほかの連中のように、どこぞの廃墟にあるネロの顔は、似たような浮き彫り装飾のと比べて、どれだけ長いとか、丸顔だとかいった知識を持ち帰るのが目的ではありません。なによりも、そうした国民の気質や習慣をしっかりと見て、自分の脳みそを、そうした他者の脳みそと擦りあわせて、みがくためなのです。そのためにも、幼年時代のうちから、お子さんを外国に連れ出すといいと思います[15]。

そして著者はこの後、「どうせなら一石二鳥を狙って、ことばが、フランス語とはかけ離れているような近隣の国々から始めたらどうでしょうか」と勧め、外国語習得の機会としても旅が有効な手段たりうることを強調している。「昨今のフランスの貴族たち」がおこなっているような単なる知識の獲得や情報の収集のための旅ではなく、「他者」との出会いによる人間形成・人格陶冶を目的とした旅というとらえ方は、ルネサンス期に定着しつつあったひとつの新しい観念であり、この後もさまざまな形で継承されていくことになるだろう。

一七世紀の旅行者たち

一七世紀フランスの代表的な旅行者としてしばしば名前を挙げられるのが、ジャン・バチスト・タヴェルニエ（一六〇五―八九）とジャン・シャルダン（一六四三―一七一三）の二人である。パリの地図製作者の息子として生まれた前者は、二十二歳ですでにヨーロッパの大部分を踏破していたが、一六三三年には隊商の一員としてペルシアに向けて旅立った。そして持ち帰った織物や貴金属で財を成し、これを元手にアジア旅行に出発、モンゴル、インド、セレベス諸島、スマトラ、バタヴィアを訪ねて歩いた。つごう六度にわたるこれらの旅行については、道中彼がとっていたメモをもとにして、二人の代筆者による『J・B・タヴェルニエの六つの旅』という書物が刊行されている。

いっぽう裕福な宝石商人の息子として生まれた後者は、二度にわたってペルシアからインドを旅行し、その記録の一部を一六八六年に出版した。旅行記の全体は世紀が替わってから『勲爵士シャルダン殿のペルシアと東方諸地域への旅』[16]というタイトルで一七一一年に刊行されたが、『一九世紀ラルース』の記述を借りれば「その文体はみごとな簡潔さを示している。観察は、特にペルシアに関してはたぐいまれな慧眼ぶりで、その正確さは現代のあらゆる旅行者たちによって確認されている」。さらに「豊かな学殖のおかげで、シャルダンはこの国に関する古代の歴史家や地理学者たちの文章を現地で検証し、それらを修正したり補足したりすることができた」。このように彼の旅行記はきわめて高い評価を獲得し、やがて一八世紀の啓蒙思想家たちに広く影響を与えるとともに、その後の西欧人による東方理解を語る上で欠かせない文献となった。行き届いたシャルダン伝[17]を著した羽田正も別の著作で記しているように、

「モンテスキューの『ペルシア人の手紙』に、シャルダンとタヴェルニエの旅行記の権威を盾に、あるフランス人が本物のペルシア人に反駁するという件が記されているのをはじめ、ヴォルテール、ディドロ、ルソーら啓蒙の世紀の思想家たちは、こぞってシャルダンの名をその作品中に引用している[18]」。

ここで言及されている『ペルシア人の手紙』の一節というのは、全部で百六十篇に及ぶ書簡の中ほどに位置する第七二信のことで、そこには「私」(手紙の書き手であるペルシア人のリカ)がある会合で大変な自信家のフランス人に出会い、その鼻を明かしてやろうと考えて彼に自国の話をしてやると、「私が四言《こと》も云わぬ中に、彼はタヴェルニエ、シャルダン両氏の権威に基いて、二つの反駁をする[19]」と記されている。二人の旅行者は本物のペルシア人以上のペルシア通として担ぎ出されるほど広く世に認知されていたという次第だが、面白いことに、モンテスキューが彼らの名前を並べて援用しているにもかかわらず、シャルダン自身はタヴェルニエの旅行記の資料的価値をほとんど認めていなかったようで、「私の見るところその内容たるや、大方はオランダ人の小物たちの仕出かした不行跡やら下らぬ冒険談の寄せ集めに過ぎず、それが当時フランス国内に張っていたオランダに対する敵愾心に迎合して、またはそれを当て込んで出版されたに過ぎない[20]」と、自分の旅行記の中であっさり切って捨てている。

ところで一七世紀におけるフランスの文学者や哲学者たちと旅の関係はどうだったのだろうか。『一九世紀ラルース』にはこの点に関する記述がまったく見られないが、旅といえばまず思い浮かぶのが、ルネ・デカルト(一五九六―一六五〇)である。『方法序説』の第一部で語られているところによれば、彼は学校で学ぶうち、書物というものの限界を感じて「文字による学問をまったく放棄して」しまい、「これからはわたし自身のうちに、あるいは世界という大きな書物の中に見つかるかもしれない学問だけを探求しようと決心」した。そして青春の残りの時間を「旅をし、あちこちの宮廷や軍隊を見、気質や身分の異なるさまざまな人たちと交わり、さまざまの経験を積み、運命の巡り合わせる機会をとらえて自分に試練を課し、いたるところで目の前に現れる事柄について反省を加え、そこから何らかの利点をひきだすこと」に捧げることにしたというのである[21]。

デカルトはこの言葉通り、二十二歳になった一六一八年からヨーロッパ遍歴の旅に出た。志願兵としてまずオランダに従軍した彼は、その後デンマークやドイツを回り、南ドイツのノイブルクに滞在中、炉部屋で学問的啓示を受けたという。いったんはパリに戻ったが、その後も北欧や東欧まで足を伸ばし、イタリアにも二年間滞在している。そして結局、一六二八年以降は孤独な思索の場を求めてオランダに移住し、三度の（それも短期間の）一時帰国を除いて、生涯のほとんどを異国で送った。タヴェルニエやシャルダンと違って移動範囲はヨーロッパ文化圏に限定されてはいたものの、フランス国内に引きこもって書物だけから学問に従事することの空しさをいち早く察知し、自ら進んで未知の事物や人々との出会いを求めて各地を回ったという意味で、彼はまさに、前世紀のモンテーニュがその教育的必要性を説いていた自己研鑽の旅を大人になってから意志的に実践した文人であったといえよう。実際その経験があったからこそ、「われわれにはきわめて突飛でこっけいに見えても、それでもほかの国々のおおぜいの人々に共通に受け入れられ是認されている多くのことがあるのを見て、ただ前例と習慣だけで納得してきたことを、あまり堅く信じてはいけないと学んだ[22]」という文化相対主義的な認識が生まれたにちがいない。

しかしじつをいえばデカルトのような例はむしろまれであって、この時代の著述家たちは一般に旅行とは縁が薄かったようだ。一七世紀の文学といえばなんといっても古典悲劇だが、その代表的作家のひとりであるピエール・コルネイユ（一六〇六―八四）はノルマンディーの地方都市、ルーアンの生まれで、地元の小官吏として生計をたてながら劇作に従事、成功を収めてからはパリに移住したりもしているものの、基本的にはルーアンに居を構えてパリとのあいだを往復する程度で、判明している限り国外に出たことはない。またもうひとりの代表的な古典演劇作家であるジャン・ラシーヌ（一六三九―九九）はシャンパーニュ地方の生まれで、幼くして両親を亡くしたためにポール・ロワイヤル修道院の附属学校で厳格な教育を受け、十八歳のときにパリで一年過ごした後、二十一歳から二十三歳までの二年を南仏のユゼスで過ごしてはいるが(23)、やがてパリに戻って劇作家として成功を収めてからは、長距離の旅行をした形跡がない。彼らの戯曲は古代ギリシアやローマに材をとったものが多いのに、作家自身はギリシアにもローマにも実際に足を運んだことはなかったのである。

いっぽう喜劇作家のモリエール（本名ジャン＝バチスト・ポクラン、一六二二―七三）は自らの劇団を率いて十三年ものあいだ地方巡業をした経験をもつので、その意味では前の二人と違って移動の多い作家であった。しかしこれは彼にとって旅というよりも、むしろ生活そのものであったというほうが実態に近いだろう。また、その生涯には不明な部分が多いので確かなことはいえないが、一六五八年にパリに定着して以後は大きな旅をした様子がない。その作品にはイタリアのコメディア・デラルテの影響が色濃く、『ドン・ジュアン』のようにスペインを舞台とした作品も書いてはいるのだが、彼もまた国外に出たことはなかったようだ。

劇作家たちだけではない。『寓話詩』で知られるジャン・ド・ラ・フォンテーヌ（一六二一―九五）は中部フランスのリムーザン地方に出かけたのが最大の旅行だったし、数学者で宗教思想家のブレーズ・パスカル（一六二三―六二）は少年時代に生地クレルモンから移住してパリとルーアンに住んだことがあるが、旅行らしい旅行はしたことがなかった。批評家のニコラ・ボワロー（一六三六―一七一一）にいたっては、生涯を通じてほとんどの時間をパリ郊外のオートゥイユの屋敷で過ごしている。デカルト以外には、かろうじて『箴言』で知られるラ・ロシュフーコー（一六一三―八〇）が前半生を行動的な軍人として送り、イタリアやドイツなどの各地を転戦しているのが目立つくらいである。

作家たちのこうした出不精ぶりは、当時のフランスが圧倒的な宮廷社会であり、特に「太陽王」と呼ばれたルイ一四世を中心とする中央集権的構造をもっていたことと無縁ではあるまい。作家や芸術家にとっては宮廷に迎え入れられることこそが成功の証であり、パリの周辺から遠ざかることは文字通り「太陽」から遠ざかることにほかならなかった。コルネイユもラシーヌもパリで認知されることで劇作家としての地位を確立したのであり、地方巡業生活が長かったモリエールも例外ではない。彼らはいわば、宮廷の求心力によって首都に繋ぎとめられていたのである。異郷に旅立つことは、国王の引力圏から離脱することであり、中央から追放されるに等しい事態であった。

その代わりというわけではないが、この時代には空想旅行物語が隆盛を見た。このジャンルに分類される作品はすでに前世紀に登場しており、イギリスでは一五一六年に出版された有名なトマス・モアの『ユートピア』があるし、フランスでは先述のラブレーによる『第四之書』が一種の空想旅行物語としても読める作品である。一六〇二年にはイタリアでもカンパネッラの『太陽の都』が刊行された。一七世紀フランスにおけるこの種の書物として最も有名なのは、シラノ・ド・ベルジュラック（一六一九―一六五五）の『月の諸国諸帝国』と『太陽の諸国諸帝国』であろう。(24) 旅行先が地球という枠をはみ出して一足飛びに月や太陽という別の天体に移ったのは画期的なことに思えるが、これは別に作者の独創というわけではなく、当時高まりつつあった自然科学への関心を反映するものであり、先例もいくつか存在する。(25) しかし精彩に富んだ細部の描写や豊かな物語性は特筆に値するもので、作者の奔放な想像力を証し立てている。

啓蒙の世紀の旅

こうしてヨーロッパは一八世紀、俗にいう「啓蒙の世紀」を迎える。この時期の特筆すべきフランスの旅行者として『一九世紀ラルース』がまず挙げるのはルイ＝アントワーヌ・ド・ブーガンヴィル（一七二九―一八一一）の名前であるが、辞典にはたったひとこと、彼自身の手になる旅行記が「優雅で動きに満ちた文体で書かれている」と書かれているだけなので、少し情報を補足しておこう。

パリの公証人の家に生まれたブーガンヴィルは、若い頃から古典的教養を積むと同時に数学の天分にも恵まれ、二十代の半ばには外交官としてロンドンに滞在した経験をもつ。やがてカナダ戦線で軍人として頭角を現し、一七六三年に海軍大佐に任じられると、自らの発案により、その年から六五年にかけて南米のマルウィヌ諸島（フォークランド諸島）での植民地建設に携わる。そして一七六六年の一一月、彼はナントで艤装を終えたばかりのフリゲート艦、ラ・ブードゥーズ号に乗り込み、同年一二月五日、ブルターニュのブレスト港からフランス人として最初の世界周航の旅に出発した。この船にははじめての試みとして博物学者のフィリベール・コメルソンと天文学者のピエール＝アントワーヌ・ヴェロンも同乗しており、航海にともなう科学的調査に大きく貢献することになる。

ブーガンヴィルの一行は、かねてからスペインとの係争の的になっていたマルウィヌ諸島の植民地をスペインに引き渡す使命を終えると、いったんリオ・デ・ジャネイロに取って返し、ここで改造輸送船のレトワール号と合流した。そして二隻の船はマゼラン海峡を通過して太平洋航路に入り、タヒチ島を経て南緯一五度線に沿うように西進、ニュー・ブリテン島やバタヴィアに寄港しながらインド洋に抜け、フランス島（現モーリシャス島）を経て喜望峰を迂回し、大西洋を北上して一七六九年三月一六日、みごと世界一周を果たしてサン＝マロに無事帰り着いたのである。ラ・ブードゥーズ号がナントを出港してから二年と四か月に及ぶ長旅で、この間に失われた命はレトワール号と合わせて十二名であったが、当初の乗組員が二隻の合計で三百二十名であったことを思えば、当時としては奇跡的に平穏な航海であったようだ。

ルイ＝アントワーヌ・ド・ブーガンヴィル

ブーガンヴィルの航海記録は、彼自身の手によって『国王のフリゲート艦ラ・ブードゥーズ号と改造輸送船レトワール号による世界周航記[26]』と題する書物として一七七一年に出版された。この旅行記は先に触れた通り『一九世紀ラルース』もその文体を称賛する質の高いもので、それ自体が今日でも読んでいて興趣が尽きないが、文学史的にも記憶に残るのは、刊行後まもなくドゥニ・ディドロ（一七一三―一七八四）が好意的な書評を書き（ただし当時は掲載されなかった）、さらに『ブーガンヴィル航海記補遺』と題する対話形式の小冊子を執筆したことによる[27]。タヒチの住民を題材としてヨーロッパ文明の驕りにたいする批判を展開したこの小品は、植民地熱が高まりつつあった時代に明確な文化相対主義的視点を提示したテクストとして貴重な意味をもつ。

ところでディドロといえば『百科全書』だが、その「旅」の項目にはどんなことが書かれているのだろうか。まず注意を引かれるのは、«voyage»という見出し自体が五つに分かれているということだ。それらは各々「文法」「商業」「教育」「海運」（この項目のみ「長期の旅」という見出しになっている）そして「法律学」と分類されていて、『一九世紀ラルース』に比べればいずれもきわめて簡潔な記述になっているが[28]、中では「教育」の項目が比較的詳しい。筆者は「百科全書の奴隷」と呼ばれるほど多くの項目を執筆したことで知られる哲学者のルイ・ド・ジョークールである。

古代の偉人たちは、人生の学校として旅以上のものはないと考えた。その学校で人は自分とは異なる生活の多様性を学び、世界というこの大きな書物の中に絶えず何か新しい教訓を見出すのである。また環境を変えて体を動かすことは心身にも利益をもたらす。［……］

今日、ヨーロッパの文明国への旅（なぜならここでは長期に及ぶ旅のことはまったく扱わないので）は、教養人の考えるところによれば、青年の教育の最も重要な一部であり、老人にあっては経験の一部である。他の条件が同じならば、良い統治がなされていて、貴族や裕福な人々が旅行をするような国はすべて、この教育部門がおこなわれていない国よりもずっと優位にある。旅は精神を広げ、高め、知識で豊かにし、国による偏見から解放する。それは書物や他人の報告によってはけっして補えない種類の学習である。自分自身で人間を、場所を、事物を判断しなければならないのだ[29]。

ここでも旅は「青年の教育の最も重要な一部」とみなされていたことが確認できる。若者は書物や伝聞だけでなく、実地で異国の習俗に触れることで、はじめて広い見識と判断力をそなえた大人になると考えられていた。人生を学ぶ修養の場として旅をとらえる視点はルネサンス以来の伝統を受け継ぐものだし、とりわけ「世界という大きな書物」といった言い方はデカルトの直接的な影響を思わせるが、ともあれ一八世紀には自己錬磨の手段としての旅という概念がすでに一般化していたということだろう。

教養主義的ともいえるこうした旅行観の形成にあたっては、いわゆる「グランド・ツアー」の影響が大きかったと思われる。一七世紀の終わり頃から始まって一八世紀のイギリスで流行したこの慣習は、上流階級の子弟がエリート教育の仕上げとしてヨーロッパ大陸、特にフランスやイタリアへの遊学旅行をおこなうというもので、通常でも一、二年間、長い場合には数年間もの長期にわたることがめずらしくなかった。文学史家のポール・アザールは、大著『ヨーロッパ精神の危機』の冒頭において、この時期のイタリア人やフランス人、ドイツ人たちが旅行への志向を強めていたことを紹介した後、イギリス人について次のように述べている。

イギリス人も旅をした。旅行は教育の仕上げだった。オクスフォードやケンブリッジを出たての若い貴族たちは、ギニー金貨をどっさり持ち、賢明な家庭教師に付き添われ、ドーヴァー海峡を渡って「グランド・ツアー」をくわだてた(30)。

この箇所にも記されているように、グランド・ツアーにおいては多くの場合、ガイドを兼ねた職業的家庭教師が同行して教育と監督にあたっていた。まさに若者たちにとっては自己研鑽のための大イヴェントであり、一人前の英国紳士となるには避けて通ることのできない通過儀礼だったわけである。その限りでいえば、「教育の一環としての旅」という概念は主として大陸ヨーロッパよりも、むしろ一八世紀のイギリスで本格的に成熟したといっていいかもしれない(31)。それはもちろん、この国が島国であるがゆえに古くからことのほか海外進出に積極的であり、商業面だけでなく社会面・文化面でも見聞を広めなければ、地続きで自由に往来できる大陸諸国に遅れをとってしまうという考えの現れでもあったのだろう。

旅行者からツーリストへ

とはいえ前世紀に比べれば、一八世紀のフランス人もずいぶん外国旅行をするようにはなっていた。いわゆる啓蒙思想家たちについていえば、すでに名前を挙げたモンテスキューはペルシアに行かずして『ペルシア人の手紙』を書き、ディドロはタヒチに行かずして『ブーガンヴィル航海記補遺』を書いたのだが、前者は四十歳の頃にオーストリア、イタリア、ドイツ、オランダなどを歴訪し、イギリスにも二年間滞在しているし(32)、後者は遅ればせながら、六十歳を迎えた一七七三年から翌年にかけてロシアのペテルブルグにエカテリーナ二世を訪ねている（ディドロはそれまでパリとその南東約百キロにある故郷のラングルを往復する以外にほとんど旅をしたことがなかったので、結局これが生涯で唯一の大旅行となった）。

ヴォルテール（一六九四―一七七八）はモンテスキューとほぼ同時期にイギリスに二年半ほど住んでおり（ただしこれは陰謀によってバスチーユに投獄されていた彼が出獄するための交換条件として余儀なくされた滞在であって、自らの意志による旅行ではない）、その後はフリードリヒ二世の招きでベルリンに移住、一七五〇年から二年半にわたってプロイセンの宮廷に仕えていた。ベルリンを離れてからはしばらく各地をさまよい、五五年からはジュネーヴにも居住していたことがある。

しかしこの時代を代表する旅行者といえば、なんといってもそのジュネーヴに生まれ落ちたジャン＝ジャック・ルソー（一七一二―七八）であろう。彼は十六歳のときにこの都市を出奔して以来、スイスはもとより、イタリア、フランス、イギリスなど、各地を転々とする放浪の生涯を送った。パリにいた一七五六年にはジュネーヴ図書館員になるよう誘いを受けたにもかかわらずあえて帰国しなかったが、これはちょうどその頃、ヴォルテールが当地に住んでいたためといわれる。けれどもそれはそれとして、彼がしばしば「旅」の概念を大きく変換させるきっかけを作った存在として引き合いに出されることは指摘しておかなければならない。『一九世紀ラルース』はフランスの辞書としてはじめて「ツーリスト」touristeという項目を設けているが(33)、そこではルソーがその先駆者的存在として位置づけられている。

乗合馬車と川舟の時代には、ツーリストはほとんど存在しなかった。旅行者voyageurしかいなかったのである。ボルドーからパリ行きの乗合馬車に乗る前には遺言を書いておかなければならないと思われていたし、こうした条件下での移動はほとんど娯楽旅行とはみなされえなかった。とはいえ、趣のある旅を好むのは自然なことである。美しい景色や目を楽しませる風景の魅惑はいつもそれほど強いものであったし、抗おうとしてみてもどうにもならないものであった。容易な交通手段がなかったにもかかわらず、一八世紀にはジャン゠ジャック・ルソーが、スイスとイタリアへの長期の徒歩旅行によって、ツーリストの最初の例を示している。彼は背中に旅行鞄を背負い、杖を手に、ブラウンブレッドとミルクとサクランボを口にしながら、文字通りに自然の子供として旅をしたのだ(34)。

一読してわかるように、ここでは純粋な楽しみのために旅行する者を「ツーリスト」として定義している。長距離の移動が困難であった時代には、とにかくさまざまな危険を克服して目的地に到達することが旅の主眼であった。しかしルソーの旅はそうではない。彼は少年時代にはじめてアルプス越えをしたときの感動をずっと後に『新エロイーズ』で高らかに謳いあげ、同時代人に大きな影響を与えたことで知られるが、豊かな思索に裏付けられたその自然描写からもうかがえる通り、彼の旅の特徴はといえば、自分の足で各地を巡りながら、目に映る風景におのれの感性を投射し、深いところで共振させた点にある。彼は歩かざるをえなかったから歩いたのではなく、歩きたいから歩いたのである。山河の雄大さや湖沼の崇高さを嘆賞しながら、文字通り足の向くままに各地を経巡《へめぐ》るルソーにとって、旅は単なる移動手段ではなく、精神を涵養するまたとない機会であり、いわば生きることそのものでもあった。

しかし一方こうしてみると、それぞれにいろいろな国を旅行していたとはいえ、啓蒙時代の思想家たちの行動半径が結局のところヨーロッパの範囲を越えていなかったこともわかる。モンテスキューにとってのペルシアも、ディドロにとってのタヒチも、ともに作家の想像力に宿った「幻想の異郷」にすぎなかった。ヴォルテールについても事情は同じで、彼の風刺小説『カンディード』では主人公の青年が故郷追放の憂き目にあって船で南米大陸に渡り、エルドラド（黄金郷）で巨万の富を手にする話が出てくるのだが、作者自身は大西洋を横断したことはない。

もっとも実際に異郷を訪れたからといって、必ずしも未知の土地や住民について正しい認識が得られるとは限らないことも事実である。「最初のツーリスト」ルソーは、こうした限界に自覚的であった。旅が話題になる場合にはしばしば引用される文章だが、『人間不平等起源論』に付された長文の注において、彼は次のように述べている。

三、四百年このかた、ヨーロッパの住民が世界の他の部分に侵入し、新しく集めた旅行記や報告をたえず出版しているが、われわれは人間について、ヨーロッパ人だけしか知らないのだ、とわたしは確信している。そのうえ、学問のある人たちのあいだでも消えていない滑稽な偏見から、どの人も人間の研究という派手な名のもとに、自分の国の人間の研究以外はほとんど行なっていないように思われる。個々の人たちが行ったり来たりしてもむだである。哲学は少しも旅行をしていないらしいのである。だからそれぞれの民族の哲学は他の民族にはほとんど適さない。この原因はすくなくとも遠く離れた国々については、はっきりしている。というのは、遠くへ旅行する人といえば船員・商人・兵士・宣教師の四種類の人たち以外はほとんどないからである。[35]

筆者の主張は、「哲学は少しも旅行をしていない」という一句に集約されている。このように、オリエントや新大陸への遠距離旅行を試みた多くの人々が「哲学」を欠き、結局のところヨーロッパ人の目に映るような形でしか異国の人々を観察せずに旅行記のたぐいを残してきたことを鋭く指摘するルソーは、のちに『エミール』第五篇の「旅について」という一節では矛先をフランス人に特定し、次のように容赦なく批判している。

ヨーロッパのあらゆる国のなかで、フランスほど、歴史、見聞記、紀行が数多く印刷される国はなく、人々が他の国民の精神や習俗を知らない国はない。書物が多すぎることが私たちに世界という書物のことを忘れさせ、あるいは、この書物を読みはしていても、一人ひとり自分のページしか見ようとしない。[36]

ここでもまた「世界という書物」という表現が用いられていることからうかがえるように、ルソーは少なくともこの点ではデカルト以来の伝統に連なることを選び、いわゆる文字で書かれた書物を通して世界を知った気になる安易さにたいしてきわめて敏感な警戒心を表明しているのである。

旅行記から文学へ

一八世紀の旅について語るべきことはまだまだ多いが、深く立ち入りだせばきりがないので、あとはその他の代表的な文学者たちについて駆け足で瞥見しておくにとどめておこう。

旅に縁の深いこの時代の作家としてまず思い浮かぶのは、アベ・プレヴォー（一六九七―一七六三）である。十代でスペイン継承戦争に従軍した彼は、一七二一年に聖職者の道を選択するが、生来の奔放な性格は矯正されず、二八年に修道院を脱走、オランダとイギリスを行ったり来たりする。その間、オランダで愛人と同棲したりもしているのだから、およそ聖職者に向いているとは思えないのだが、それでも一七三四年にはフランスに戻り、なんとかベネディクト会に復帰を許された。有名な『マノン・レスコー』は『隠遁したある貴族の回想と冒険』と題された一連の小説の最終第七巻として、彼がちょうどオランダ滞在中の一七三一年に刊行されたものである。なお主人公のシュヴァリエ・デ・グリューとマノンは最後にアメリカ大陸に追放されるという筋書きになるが、作者自身は新大陸に渡ったことはない。しかし彼は一七四六年から足かけ十四年かけて全十五巻に及ぶ『旅行の歴史』を著し、シャトーブリアンをはじめ、後世の作家たちにしばしば参照されることになる。

劇作家のボーマルシェ（一七三二―九九）も旅行経験の豊富な人物であった。彼は三十二歳のときにスペインに一年あまり滞在したことがあるが、その後も国王の密使としてイギリス、オーストリアを訪れ、フランス革命時にはオランダ、ベルギー、ドイツなどを転々としている。ただし彼はいわゆる「旅行記」に類するものは残さず、その代わりに異国での見聞を作品に活かす形をとった。たとえばスペインを舞台とした『セビーリャの理髪師』や『フィガロの結婚』などがその例である。

いっぽう異端の作家マルキ・ド・サド（一七四〇―一八一四）は、二十九歳でオランダを訪れており、三十二歳のときにはマルセイユで娼婦毒殺未遂と男色の嫌疑で告発されたため（「マルセイユ事件」と呼ばれる）、刑を避けてイタリアに逃れている。その後の彼の人生は逮捕と脱走の繰り返しになるのだが、一七七五年の二度目のイタリア旅行（これも若い娘を誘拐したとして訴えられたがゆえの逃避行であった）のあいだにつけていた日記が、のちに書き直されて『イタリア紀行』となった。[37]

一八世紀の旅といえばもうひとり外すわけにいかないのが、ベルナルダン・ド・サン＝ピエール（一七三七―一八一四）である。十二歳でカリブ海のマルチニック島に渡ったことがあり、若くしてマルタ島への従軍経験をもつ彼は、軍隊を離れた後、二十代後半にオランダやロシア、フィンランド、ポーランド、ドイツなどを巡歴している。これだけでも当時としては相当な旅行経験であるが、人生の転機となったのは一七六八年のフランス島（現モーリシャス島）遠征であった。[38]彼はそれから二年と四か月の歳月を、技師としてこの地で過ごすことになる。

ベルナルダンは帰国後に知り合ったルソーの強い影響を受け、ブーガンヴィルの世界周航記から遅れること二年、一七七三年に書簡形式の『フランス島への旅』を出版した。その「はしがき」には「私はまずそれぞれの地方に自生する植物と動物から始める。私は各地方の風土と土地を自然のあるがままの状態に記述する」「次いで私は住民たちの性格と習俗に移る」「入植者について触れた後で、私は彼らが植民地に繁殖させた植物と動物について種々細かい点に立ち入って話す」[39]と、本書のプランが明快に提示されており、内容もほぼこの言葉通りになっている。つまり著者はこの時点では文学者としてよりも、むしろ博物学者、もしくは人類学者として振舞っていた。したがってその記述は基本的に客観的な科学者のものであり、正直のところ全体的に文学的興趣には乏しい。
ところでこの旅行記の最終書簡にあたる「第二八の最後の手紙」には、次のような記述が見られる。

わが国の作家で、文学と哲学の分野において最も有名になっている方々の公刊した旅行記が唯の一冊もないのはずいぶん奇妙なことである。この大変興味深いジャンルにおけるお手本が我々には欠けているのであり、今後も久しく欠けることになろうが、それはヴォルテールやダランベール、ビュフォン、ルソーの各氏が我々に旅行記を物してくれていないからである。モンテーニュとモンテスキューは旅行記を書きはしたが、それを公にはしなかった。だからといって彼らが、自分の訪れたヨーロッパの国々は既に十分よく知られていると判断した訳でもあるまい(40)。

この書簡の最後には一七七三年一月一日の日付が打たれており、すでに見たようにモンテーニュの旅行記は翌七四年に出版されたので、この件に関してだけは筆者の不満がまもなく解消されることになったわけだが、全般にフランスの著名な作家・思想家たちがいわゆる「旅行記」のたぐいを残さなかった、あるいは少なくとも生前には公刊しなかったというのは確かにその通りで、この時代にはかなりの数の旅行記が出版されているものの、まさにルソーのいうようにそれらのほとんどは「船員・商人・兵士・宣教師の四種類の人たち」によって書かれたものであり、文学者や哲学者の手になる

ベルナルダン・ド・サン＝ピエール

ものではなかった。その意味で、「旅」という行為は一八世紀においてまだ文学的・思想的営為と本格的に交差するには至っていなかったといえるだろう。

そうした文脈に置いてみれば、ベルナルダン・ド・サン゠ピエールがフランス島を舞台とした小説、『ポールとヴィルジニー』によって文学者として名を残しているのは、やはり注目すべきことといわねばならない。この作品はもともと一七七〇年代後半には執筆されていたらしいが、公になったのは『フランス島への旅』の出版から十数年を経た一七八八年のことで、一七八四年に刊行された『自然の研究』三巻本の補巻としてである。発売後まもなくベストセラーとなり、その異国趣味は一九世紀文学にも大きな影響を及ぼした。「世界の縮図」としての島で展開される恋愛物語にいかなる主題系を読み取ることができるかについては工藤庸子の『ヨーロッパ文明批判序説』に譲るとして(41)、ここではさしあたり、外国――とりわけヨーロッパの外部の異郷――に実際に足を運んだ人間がその経験を文学的意匠として取り込んだ先駆けとして、「旅」の歴史におけるこの作品の意義を確認するにとどめておこう。

そして一九世紀へ

さて、私たちはいつのまにかフランス革命の前夜に立っている。もう一歩進んでバスチーユ監獄が襲撃された一七八九年七月一四日に身を置いてみれば、シャトーブリアンはすでに二十歳の青年となってパリで革命の勃発を目の当たりにし、ラマルチーヌは翌年ローヌ河沿いの街マコンで生を享けようとしていた。私たちが本書で扱う他の作家たちも、やがて次々とこの世に生まれ落ちるだろう。もとより歴史とは連続的な時間の流れであり、一八世紀と一九世紀のあいだに線が引けるわけではないのは当たり前の話だが、それでもこういった言い方が許されるならば、私たちはこれらの作家たちとともにようやく「旅の世紀」を迎えることになる。

もちろんここまで見てきたことからも明らかなように、旅は一九世紀だけの特権ではない。それどころか、古代から近代に至るまで、いついかなるときにもそれが人類普遍の営為であったことを、私たちは確認してきた。しかし文学・思想との関係において見る限り、やはり革命前と革命後には少なからず変化が見られるように思われる。いささか乱暴に要約してしまえば、一八世紀までの旅の主役はあくまでも探検家や航海者や商人たちであり、彼らが残した旅行記も、異国のめずらしい風俗習慣や、自国とは異なる人種や風土の観察・記録・報告という性格が強かったのにたいして、一九世紀には文学をなりわいとする作家たちが実際にかなりの遠隔地にまで足を伸ばすようになり、旅の経験を深く内面化した上で、自らのエクリチュールを契機づける不可欠の要素として意識化しはじめた。いわばこの時代を待ってはじめて、「旅」は単なる作品の素材ではなく、それ自体が文学的経験の一部をなすようになったといってもいいだろう。あえて一九世紀を「旅の世紀」と呼ぶ所以である。

ここで『一九世紀ラルース』に戻ってみると、この世紀の「旅行文学」としてはシャトーブリアンの『パリからエルサレムへの旅路』(一八一一)、アルフォンス・ド・ラマルチーヌの『オリエント紀行』(一八三五)、ジョルジュ・サンドの『ある旅行者の手紙』(一八三六)、アレクサンドル・デュマ・ペールの『旅の印象』(一八三九―四一)、ヴィクトル・ユゴーの『ライン河』(一八四二)、テオフィル・ゴーチエの『スペイン紀行』(一八四五)、同『イタリア』(一八五二)、同『コンスタンチノープル』(一八五四)、ジェラール・ド・ネルヴァルの『オリエント紀行』(一八五六)、イポリット・テーヌの『イタリア紀行』(一八六七)などが列挙されている。もちろんこれは網羅的なリストとは程遠く、これら以外にも「旅行文学」に分類されるべき作品は少なくない。

ちなみに『一九世紀ラルース』ではこの後、一七八〇年に刊行された二十一巻にも及ぶジャン＝フランソワ・ラアルプの『旅行史概論』に始まって、古今東西の旅行関係の書物についての解説がえんえんと続く（この項目がそれ自体で一冊の書物に相当する量に及ぶことは最初に述べたが、その大部分はこれらの記述で占められている）。しかも『オリエント紀行』及び『世界旅行』というタイトルをもつ書物は類書が多いためにここでは扱われず、それぞれ「オリエント」「世界」の項目に送られているのである。そこでたとえば「オリエント」の項目を確認してみると、『オリエント紀行』そのものをタイトルとするものだけでも四冊（右に挙げたラマルチーヌとネルヴァルのもののほか、フォンタニエとプジュラのもの）が並び、それ以外にミション神父の『オリエント宗教紀行』とパンチエの『オリエントの聖なる書』という書物が挙げられている。[42]

そんなわけで、「旅」をめぐる言説には限りがないのだが、私たちが本書で対象とするのはあくまでも一九世紀に主要な執筆活動を展開した文学者たちである。具体的に名前を挙げれば、シャトーブリアン、ラマルチーヌ、ネルヴァル、ゴーチエ、ボードレール、ランボーの六人が取り上げられるであろう。この主題に関して当然挙げられてしかるべきスタンダール、フローベール、ロチなどの名前がないのは、ごく単純に彼らの旅行体験と作品の関係についてはすでに先人の十分な研究蓄積があること、そしてもし取り上げるとなればそれぞれがゆうに一冊の書物を要求するテーマであることによる。

また、本書ではどうしても作家たちの旅の軌跡を紹介することにそれなりの紙数を割くことになるが、これを単に記述・解説することに主たる目的があるわけではない。そうではなくて、あくまでも具体的なテクスト——それは旅行記の場合もあるが、小説や詩の場合もある——に即して分析を行ないながら、旅の経験（あるいは旅をしなかった経験）がいかにして彼らの創造行為に取り込まれているのかを検証することが主眼となる。そしてこの作業は同時に、作家にとっての「外部」である異郷の表象がどのような形で主題化され、作品のうちに内在化されていくのかを問う試みともなるはずである。
最後に付け加えておけば、「異郷」という概念は、一般に「故郷」という対概念を前提としているが、当然ながら誰もが故郷をもっているわけではない。「帰るべき場所＝故郷」をもたない人々にとっての旅、望まずして出発することを余儀なくされた人々の旅は、それゆえ以上に見てきたさまざまな例とはまったく異なる様相を呈するであろう。故郷喪失の問題、具体的にはユダヤ人もしくはディアスポラの問題が、ここから派生する。これは本書の射程を越えたテーマなのでこれ以上は立ち入らないが、序章を閉じるにあたって、「異郷」が必ずしもすべての人間にとって誘惑のトポスとして立ち現れるわけではないことだけは確認しておきたい。

注
（1）Pierre Larousse, *Grand Dictionnaire Universel du XIXe siècle*, 1865–1890.
（2）このテーマについては、石川美子『旅のエクリチュール』（白水社、二〇〇〇）が明快な見取り図を与えてくれる。本章でも随時参照させていただいた。また中世ヨーロッパの旅については、樺山紘一『異境の発見』（東京大学出版会、一九九五）および関哲行『旅する人びと』（岩波書店、二〇〇九）がある。
（3）シャトーブリアンは『アメリカ紀行』の序文で、「ホメロスが詩の父であったように歴史の父であったヘロドトスは、ホメロスと同様に旅人でもあった」と記している（Chateaubriand, *Voyage en Amérique*, *Œuvres romanesques et voyages*, Gallimard, Bibliothèque de la Pléiade, 1969, tome 1, p. 618）。
（4）ただしバビロンについては著者が実際に行ったとは明言していないため、訪れていない可能性もある。
（5）ヘロドトス『歴史（上）』、松平千秋訳、岩波文庫、一九七一、一九〇頁。
（6）アッリアノス『アレクサンドロス大王東征記（下）』、大牟田章訳、岩波文庫、二〇〇一、二三一―三一七頁。インドの風俗習慣を記述したこの文献には、「ネアルコスが語っているところでは」「ネアルコスによれば」といった言及が頻繁に現れる。

（7）『一九世紀ラルース』ではイブン・ホルダーズベの名前は挙げられておらず、イブン・ハウカルが『諸道と諸国の書』の著者とされているが、これは『大地の姿』がこの別名で呼ばれていたことによるものと思われる。

（8）ジョフロワ・ド・ヴィルアルドゥアン『コンスタンチノープル征服記』、伊藤敏樹訳、筑摩書房、一九八八、講談社学術文庫、二〇〇三。

（9）マルコ・ポーロ、『東方見聞録』全二巻、愛宕松男訳、平凡社東洋文庫、一九七〇—七一、平凡社ライブラリー、二〇〇〇。

（10）イブン・バットゥータ『大旅行記』全八巻、イブン・ジュザイイ編、家島彦一訳、平凡社東洋文庫、一九九六—二〇〇二。なお、この大旅行については訳者の家島彦一による『イブン・バットゥータの世界大旅行』（平凡社新書、二〇〇三）がある。

（11）前掲訳書第一巻、一九九六、三六頁（漢数字の表記を本書に揃えて改めた）。なお、訳者の注によれば、このときイブン・バットゥータは実際には二十一歳と三か月であった。

（12）同、三五四頁（漢数字の表記については前注に同じ）。

（13）Jean-Christophe Ruffin, *Rouge Brésil*, Gallimard, 2001.（ジャン＝クリストフ・リュファン『ブラジルの赤』、野口雄司訳、早川書房、二〇〇二）

（14）Michel de Montaigne, *Journal de voyage en Italie*, *Œuvres complètes*, Gallimard, Bibliothèque de la Pléiade, 1962.（『モンテーニュ旅日記』、関根秀雄・斎藤広信訳、白水社、一九九二）

（15）Michel de Montaigne, *Les Essais*, Gallimard, Bibliothèque de la Pléiade, 2007, p. 158.（モンテーニュ『エセーI』、宮下志朗訳、白水社、二〇〇五、二六四頁）

（16）*Voyages de Monsieur le chevalier Chardin, en Perse et autres lieux de l'Orient*, Amsterdam, Jean Louis de Lorme, 1711. なお、日本語で読めるシャルダンの旅行記としては、一八一一年に刊行された十巻本の部分訳である『ペルシア紀行』（佐々木康之訳・解説、佐々木澄子訳、岩波書店、一九九三）、および『ペルシア見聞記』（岡田直次訳、平凡社東洋文庫、一九九七）がある。

（17）羽田正『勲爵士シャルダンの生涯——十七世紀のヨーロッパとイスラーム世界』、中央公論新社、一九九九。シャルダンの生涯、およびその旅行の詳細についてはこの本を参照のこと。

（18）同『イスラーム世界の創造』、東京大学出版会、二〇〇五、一一六頁。この記述は注16に掲げた『ペルシア紀行』の訳者である佐々木康之の解説（同訳書、六一六—六一七頁）に拠っている。

（19）Charles-Louis de Secondat Montesquieu, *Lettres persanes*, Alphonse Lemerre, 1873, tome 1, pp. 161–162.（モンテスキュー『ペルシア人の手紙（下）』、大岩誠訳、岩波文庫、一九五一、一七頁、表記を「シァルダン」から「シャルダン」に変更）ちなみにモンテスキュー自身はペルシアに行ったことはない。

（20）シャルダン『ペルシア紀行』、前掲訳書、四七五頁。

（21）René Descartes, *Discours de la méthode*, *Œuvres de Descartes*, F. G. Levrault, 1824, tome 1, p. 131.（デカルト『方法序説』、谷川多佳子訳、岩波文庫、一九九七、一七頁）

（22）*Ibid.*, p. 132.（同、一八頁）

（23）しかもこの南仏旅行は叔父に金銭的援助を受けるためのもので、ラシーヌは異なる環境での滞在を楽しむどころか、「遠くにいることを嘆き、パリに戻ってもその〈きれいな空気〉を味わえなくなるのを恐れていた」（Marc Boyer, *Histoire de l'invention du tourisme XVI*^{e}*–XIX*^{e} *siècles*, Éditions de l'Aube, 2000, p. 38）

（24）Cyrano de Bergerac, *L'Autre monde ou Les États et Empires de la Lune*, Honoré Champion, 1977; *Œuvres complètes*, p. p. Jacques Prévost, Belin, 1977.（シラノ・ド・ベルジュラック『別世界　または日月両世界の諸国諸帝国』、『ユートピア旅行記叢書1』、赤木昭三訳、岩波書店、一九九六、岩波文庫、二〇〇五）

（25）一七世紀のユートピア旅行記全般について、またシラノ・ド・ベルジュラックの作品の成立をめぐる事情については、前掲訳書に収められた訳者による二篇の行き届いた「解説」が大いに参考になる。

（26）Louis-Antoine de Bougainville, *Voyage autour du monde, par la frégate du Roi La Boudeuse et la flûte L'Étoile*, coll. Folio. Gallimard, 1982.（ブーガンヴィル『世界周航記』、山本淳一訳、岩波書店、一九九〇）

（27）この作品が印刷公刊されたのは一七九六年の全集版が最初だが、それ以前に手写本という形で流布していた。

（28）ちなみに「文法」の項目では「今いる場所からかなり離れた別の場所への、身をもってする移動」という定義が与えられているが、その後に「すべての人が一度は大きな旅をしなければならない。出発前に、あなたの旅の食糧を墓に入れておくように」と付け加えられているのは事典らしからぬユーモアで微笑を誘われる。

(29) *Encyclopédie de Diderot et d'Alembert*, art. «voyage (*Éducation*)».

(30) Paul Hazard, *La Crise de la Conscience européenne* (*1680-1715*), Bovin et Cie, 1935, I, p. 7.（ポール・アザール『ヨーロッパ精神の危機』、野沢協訳、法政大学出版局、一九七三、訳語を一部変更）

(31) グランド・ツアーに関しては、Marc Boyer, *Histoire générale du tourisme, Du XVI*^{e} *au XXI*^{e} *siècle*, L'Harmattan, 2005, pp. 41-47を参照のこと。また、エリック・リード『旅の思想史』（伊藤誓訳、法政大学出版局、一九九三）の二三八―二四〇頁、および工藤庸子『ヨーロッパ文明批判序説』（東京大学出版会、二〇〇三）の一七六―一七九頁も参照されたい。

(32) モンテスキューは旅行記を残していたが、モンテーニュのそれと同じく公刊を意図したものではなかったため、刊行されたのは一八九四年になってからである。

(33) ちなみにこの単語は、もともとフランス語の «tour» がノルマン人を介して英語に入り、一七世紀末頃に「旅行」という新しい意味を帯びるようになり、それが一九世紀初めになって «tourist» という単語を派生させ、少し遅れてフランス語に回帰してきたものである。したがって一八世紀のフランスには «touriste» という概念は存在せず、当然ながら『百科全書』にも項目は立てられていない。

(34) Pierre Larousse, *Grand Dictionnaire Universel du XIX*^{e} *siècle*, *op. cit.*, art. «touriste».

(35) Jean-Jacques Rousseau, *Discours sur l'origine et les fondements de l'inégalité parmi les hommes*, *Œuvres complètes*, Dalibon, tome 1, 1826, pp. 373-374.（ルソー『人間不平等起源論』、小林善彦訳、中公文庫、一九七四、一五九頁）

(36) Jean-Jacques Rousseau, *Émile*, *Œuvres complètes*, Dalibon, tome 5, 1826, p. 224.（ルソー『エミール』、樋口謹一訳、『ルソー全集　第七巻』、白水社、一九八二、三一〇頁）

(37) この紀行文の存在は長いあいだ世に知られることなく、刊行されたのはようやく二〇世紀も半ばを過ぎた一九六七年のことであった。

(38) ベルナルダン・ド・サン＝ピエールがフランス島に到着したのは一七六八年七月一四日だが、同じ年の一一月八日には奇しくも世界周航中のブーガンヴィルの一行がこの島に寄港し、一か月余り滞在している。となると、二人が出会った可能性も当然想定されるのだが、いずれの旅行記にも相手の名前は見られない。そればかりか、『フランス島への旅』の

「気象日記」と題する部分には、ちょうど一七六八年一一月の項に「フランスからは船も来ず、便りも来ない。ヨーロッパからその幸福のお裾分けに与るのを待ち侘びるのは悲しいものである」という記述が見られる。これを読むと、ベルナルダン・ド・サン＝ピエールはブーガンヴィルがフランス島に到着したことさえ知らなかったように思えるのだが、実際はどうだったのだろうか。

（39） Bernardin de Saint-Pierre, *Voyage à l'Isle de France, à l'isle de Bourbon, au Cap de Bonne Éspérance, etc.*, Amsterdam, Paris, Merlin, 1773, tome 1, «Avant-Propos».（ベルナルダン・ド・サン＝ピエール『フランス島への旅』、小井戸光彦訳、岩波書店、二〇〇二、フランソワ・ルガ『インド洋への航海と冒険』と合冊、二九一頁）

（40） *Ibid.*, tome 2, pp. 223–224.（同訳書、五五一頁）

（41） 工藤庸子、前掲書、四三―六九頁。

（42） 一九世紀前半のフランスにおけるオリエント旅行については、Koichiro Hata, *Voyageurs romantiques en Orient*, L'Harmattan, 2008 が最新の成果であるが、本書の執筆にあたっては本格的に参照する時間的余裕がなかったことをおことわりしておく。

〔第1章〕

未開の表象——シャトーブリアンとアメリカ

François-René de Chateaubriand

新大陸への憧憬

フランソワ・ルネ・ド・シャトーブリアン（一七六八—一八四八）は、八十年に及ぶその長い生涯を通じてじつに多彩な異国経験をしている。まずはその旅の軌跡を確認することから始めよう。

シャトーブリアンはちょうどブーガンヴィルが世界周航中であった一七六八年九月四日、ブルターニュの港町サン＝マロに生まれた。幼年時代は父親が買い戻した先祖の領地、コンブールの城で過ごした時間が長く、その環境が彼の繊細な文学的感性を涵養したといわれる。土地柄からしてはじめは船乗りになることを期待されていた彼は、十五歳のときに海軍兵学校の試験を受けるべくブレストに行くが、書類の手違いで結局目的を果たさず、次いで聖職者の道に進むべくディナンのコレージュに送られるが、ここでも古典を学ぶかたわらへブライ語を勉強したりしていた。どうやら彼は自分の進路を決めかねたまま、幼い頃から目にしてきた海の彼方に漠然とした夢想を馳せていたようだ。そして十六歳のとき、彼は早くも外国に旅立つことを考えはじめる。

長大な自伝的回想録である『墓の彼方の回想』の第一部第三書第一五章で、彼は自分の意志を母親に告げたときのことを次のように語っている。

> 私はそこで、自分は聖職者にはあまり向いていないと母親に言った。将来の計画について考えを変えるのは二度目だった。船乗りには全然なりたくなかったし、もう司祭になるつもりもなかった。残るは軍隊に入るくらいだ。軍人は好きだった。だが、自由が失われたり、ヨーロッパの規律に拘束されたりすることに、どうして耐えられるだろう？　私は突飛なことを思いついた。カナダに行

って森を開墾するか、インドに行ってこの国の王族の軍隊に雇ってもらうかすると宣言したのである。(1)

古くから東方の異郷として憧憬の対象となっていたインドはともかく、ここでいささか唐突にカナダが出てきたのは、サン＝マロがケベックの発見者であるジャック・カルチエの出身地でもあったからであろうか。ともかくシャトーブリアンはこの言葉通り、サン＝マロやブレストから出港する船に旗手として雇ってもらうべく働きかけ、一時はフランス島に向けて出発する船に乗り込む算段をつけるところまでいくが、旅費として要求された金の支払いを父親が拒んだために、このもくろみは頓挫した。

一七八六年八月、シャトーブリアンは兄の仲介により、フランドル地方のカンブレで兵役につく。ところが翌月、ちょうど十八歳を迎えたばかりの彼のもとに父親の訃報が届いた。休暇を得て故郷に戻った彼は、その後一年半ばかりにわたってパリとブルターニュを往復する生活を送っていたが、一七八九年六月末からは二人の姉とともにパリにしばらく定住することになった。したがって同年七月一四日のバスチーユ監獄襲撃に端を発する大革命の騒乱を、二十歳の青年であった彼は文字通りまのあたりにしたわけである。

上の姉のジュリーは名門貴族のド・ファルシー家に嫁いでおり、文芸サロンを主宰していたので、弟も若くしてその空気に触れる機会を得た。しかし異国への旅立ちへの欲求はやみがたく、またパリで知遇を得た司法長官マルゼルブ（彼の孫娘がシャトーブリアンの兄と結婚しており、その甥にアレクシス・ド・トックヴィルがいる）がアメリカに民主主義の理想を見ていたことの影響もあって、九〇年の春頃からは新大陸への渡航を本気で考えはじめていたらしい。

その願望が実現するのは、一七九一年のことである。のちに『アメリカ紀行』でシャトーブリアン自身が語っているところによれば、同年四月、上長者に率いられた聖スルピス会の若い神学生たちとともにサン＝マロ港からサン＝ピエール号に乗り込んで故国を後にした彼は、大西洋上の火山群島であるポルトガル領のアソレス諸島、次いでニューファンドランド島の南方にあるフランス領のサン＝ピエール島（現在は海外自治体のサン＝ピエール＝エ＝ミクロン）に立ち寄った後、およそ三か月の航海を経て、七月初旬にアメリカ東海岸のチェサピーク湾の奥に位置する港町、バルチモアに到着した。ここで船を降りると、陸路で北東に向かい、フィラデルフィアへ移動する。当時、フィラデルフィアはまだ人口約三万の中規模都市にすぎなかったが、それでも北米最大の街であり、独立後間もないアメリカ合衆国の首都であった(2)。

　シャトーブリアンは旅立つにあたって、アメリカ独立戦争に加わった経験をもつ知り合いのラ・ルエリー侯爵からジョージ・ワシントン将軍に宛てた推薦状を携えていた。フィラデルフィアに着いた時は大統領不在のため会うことができなかったが、二週間ばかり待ってようやく謁見することができたと、彼は書いている。その描写によれば、官邸の面会室での模様は次の通りだ。

> 数分後、将軍が入ってきた。背の高い男で、高貴というよりは落ち着いていて冷たい感じだった。それまで画の中で見てきた姿とそっくりだった。私は無言で推薦状を手渡した。彼はそれを開き、さっと署名に目を走らせると、大きな声をあげて読みあげた。「アルマン大佐か！」彼はラ・ルエリー侯爵のことをこう呼んでいて、侯爵もそう署名していたのである。
>
> 　私たちは腰を下ろした。私は彼に、旅行の動機をなんとかかんとか説明して聞かせた。彼はフラ

ンス語または英語の単音節語で答えながら、一種の驚きをもって耳を傾けていた。そのことに気づいて、私は少しばかり口調を強めて言った。「でも、北西地域への道を見出すのは、閣下がなさったように一国民を創り出すほどむずかしいことではありません」。「そうかね、そうかね、君！」と、彼は手を差し出しながら叫んだ。彼は私を翌日の夕食に招待し、私たちは別れた。[3]

そして彼は続けて翌日の夕食について、会食者はわずか五、六名であったこと、おもな話題はフランス革命で、ワシントンがバスチーユ監獄の鍵（当時広く出回っていた玩具にすぎないとシャトーブリアンは述べている）を見せてくれたこと、夜の一〇時頃に官邸を辞し、その後は二度と将軍に会う機会がなかったことなどを記している。ところが、じつをいえばこれら一連のエピソードは事実ではない。シャトーブリアンがラ・ルエリー侯爵の推薦状を携えていたのは本当であるが、彼は結局、それを大統領に直接手渡すことはできなかった。推薦状の実物はワシントン市の議会文書の中に残っていて、持参者の青年貴族（手紙の中では父親の領地名から「シュヴァリエ・ド・コンブール氏」と呼ばれている）が精神的修練を目的として北米旅行を志したことなどがしたためられているのだが、これを読んだワシントンが「アルマン大佐」に宛てた返信も残っており、そこには「コンブール氏があなたのお手紙を持っていらした日は体具合が悪かったため、お会いできませんでした。氏が翌日、ナイアガラに向けて旅立ったことを後で知った次第です[4]」と明記されているのである。だとすれば、先の面会場面はいかにも実際にあったかのように仕立て上げられた作り話ということになる。

ただし細かい話題やせりふのやりとりにまで言及した先の一節を読むと、多少の創作や脚色が混じっているにせよ、これは必ずしも単なる虚栄心による完全な捏造ではないのかもしれないという気もしてくる。シャトーブリアンは別の機会——ありうるとすれば旅行を終えてふたたびフィラデルフィアに戻ってきた帰国直前の一二月しか考えられないが——にワシントンに実際に謁見するチャンスを得て、そのときの記憶をまるでアメリカ到着直後にあったことのように勘違いして（あるいは意図的に時点をずらし、会話の内容も都合のいいように変更して）記述している可能性もゼロではない。しかしたとえそうだとしても、とにかく実際とは異なる経緯を平然と書いていることは事実なのだから、彼の言葉をそのまま鵜呑みにできないことは確かである。

もっともこの種のことは別に彼に限ったことではなく、たとえばスタンダールの旅行記が随所にフィクションを含んでいるのは有名な話であるし、他の作家たちについても、その文章に多かれ少なかれ虚構が溶かし込まれているのは普通のことである。というより、そもそも自伝であれ回想録であれ、著者が事実をそのまま正直に記録しているなどと信じる方がおかしいのであって、一般に作家は平気で嘘をつく人種であると覚悟してかかったほうがよさそうだ。

それはともかく、フィラデルフィアを後にしたシャトーブリアンはニューヨークに移動し、いったん独立戦争最初の戦場となったボストンを訪ねた後、ふたたびニューヨークに戻ってハドソン河口で船に乗り込んだらしい。そしておよそ二百三十キロ北に位置するアルバニーまで河を遡り、そこで船を降りると、今度は陸路でナイアガラの滝のあるカナダとの境界地域に向かった。いわゆる「五大湖」の広がる湖沼地帯である。

ここまでの経路はおそらく間違いないと思われるが、この後シャトーブリアンがたどった正確な道筋は定かでない。『墓の彼方の回想』の記述を信じるならば、彼はピッツバーグを経てミシシッピ河の支流であるオハイオ河沿いに南下し、「当時はフロリダという一般名称で知られていた地域、今日のアラ

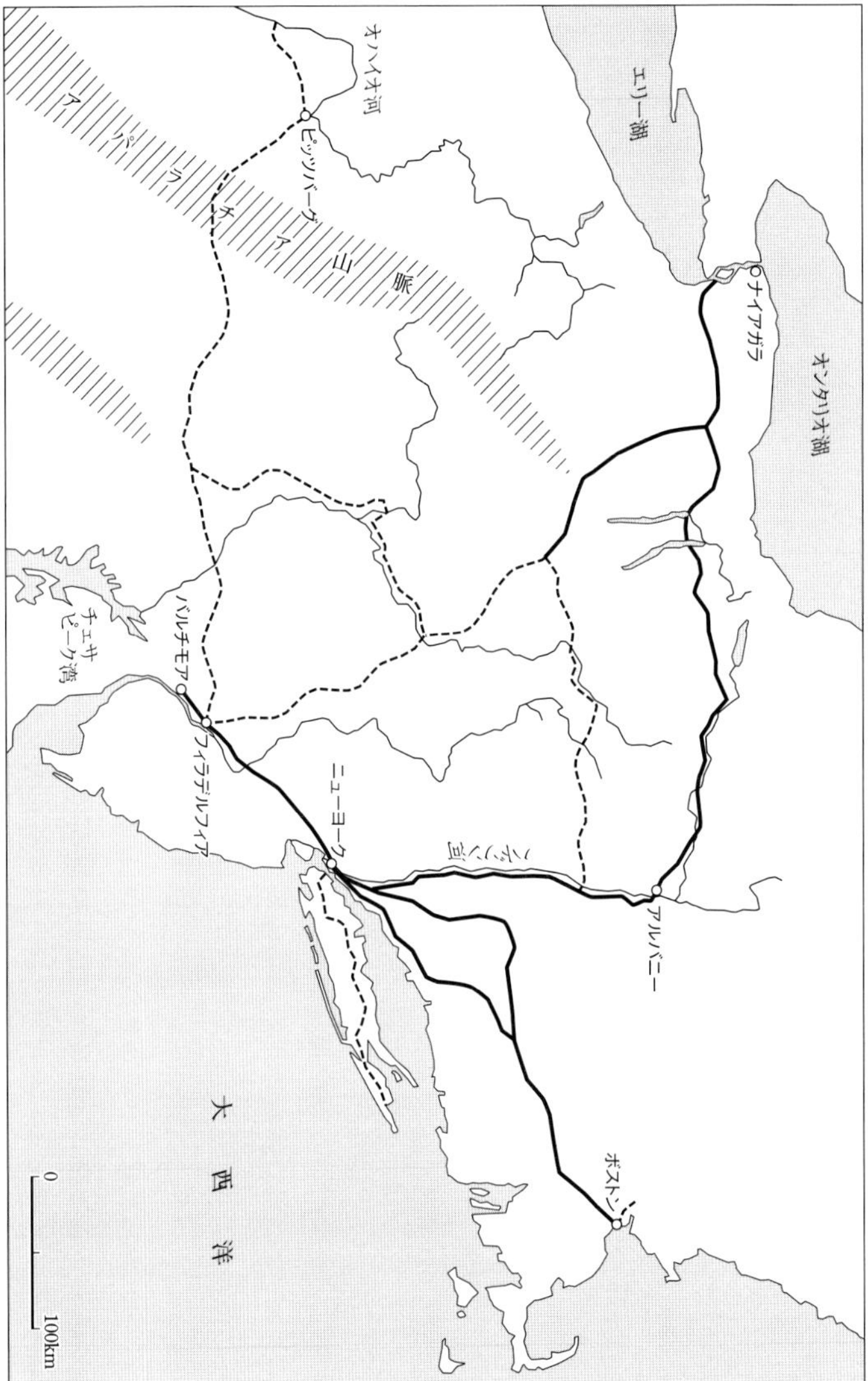

シャトーブリアンのアメリカ旅行（太い実線はほぼ確実な経路，破線は不確実な経路）

バマ、ジョージア、サウスカロライナ、テネシーなどの州が広がっている地域に向かった」[5]。そしてたまたま投宿したチリコッシという村の農家で目にした英国の新聞にルイ一六世逃亡・逮捕のニュースが載っているのを見て、急遽旅程を中断してフィラデルフィアに舞い戻ってきたというのだが[6]、そもそも鉄道もない時代にこれほどの距離を数か月で踏破するのは容易でない上に、チリコッシという村がどこにあるのかもはっきりしないので、彼は実際にはミシシッピ河流域地方には足を運んでいないばかりか、ピッツバーグにさえ行かずに、北部の湖沼地帯を訪ねただけでフィラデルフィアに戻ったのではないかというのが目下のところ有力な推測である。ともあれフランスへの帰途につくため船に乗り込んだのは同年一二月一〇日のことであったというから[7]、結局彼のアメリカ滞在はおよそ五か月にわたったことになる。

旅する作家

一七九二年が明けてまもない一月二日、アメリカ旅行を終えてル・アーヴル港に到着したシャトーブリアンは、翌月に下の姉リュシルの友人であったセレスト・ビュイソン・ド・ラ・ヴィーニュと結婚した。しかしこれで家庭に落ち着くかと思いきや、生来の放浪癖はいっこうにおさまる様子がない。まだ新婚五か月の同年七月には兄とともにベルギーに向かい、八月にはドイツで現地のフランス軍に合流、ケルンやコブレンツを訪れている。やがて砲弾の破片で負傷した彼は、やっとの思いで叔父の住むジャージー島に渡り、一七九三年五月まで滞在。その後ロンドンに亡命するが、文字通りの赤貧状態にあえぎ、五日間にわたってほとんど飲まず食わずで過ごしたこともあったという。それでも各地を転々としながらフランス語を教えることでなんとか糊口を凌ぎ、一八〇〇年五月にふたたびフランスの土を踏むまで、結局七年間もの歳月をイギリスで過ごすことになる。この間、一七九八年には母親が、翌年には上の姉ジュリーが亡くなっているが、その際にも故郷に帰ることはなかった。しかし相次いだ肉親の死が彼の信仰心を目覚めさせ、これがどうやら帰国を促す要因のひとつになったらしい。

シャトーブリアンはロンドン滞在中の一七九七年にすでに『革命論』を出版していたが、パリに戻ってからはボーモン夫人のサロンを場として文学の世界と関わりを保ち、一八〇一年に『アタラ』を刊行した。アメリカ旅行からはすでに十年の歳月が流れていたが、その経験が作品として結実したのはこれが最初である。続いて翌年にはこの中篇小説とその姉妹編である『ルネ』を含む大著、『キリスト教精髄』を出版する。これがきっかけとなって、彼は一八〇三年に大使館の書記官に任ぜられ、ローマに赴任した。半年あまりの滞在中には、ローマ周辺や南イタリアも訪れている。

一八〇四年二月にパリに戻ってきたシャトーブリアンは、十二年の長きにわたって中断していたセレストとの結婚生活を再開した。これだけの空白がありながら夫婦関係が破綻しなかったのは、今日から考えれば奇跡に近い感じもするが、ともあれ翌年にはフランス国内を二人で旅行し、ジュネーヴまで足を伸ばしている。そして一八〇六年七月、彼はアメリカ旅行以来、二度目になる大旅行に出発した。最初に向かった先はヴェニスで、ここまでは妻も同伴している。しかしそれから先は妻を残し、召使を連れての旅路となった。まずはトリエステから船に乗り、アドリア海を南下してギリシアへ向かう。西岸のモドンで上陸した後は陸路で移動し、八月末までスパルタやアテネに滞在。そして九月にはアテネからふたたび船に乗り、エーゲ海を横切って現トルコのイズミール（スミルナ）に渡った。オリエントへの第一歩である。そこから陸路でコンスタンチノープルを訪問した後、今度は海路で地中海を南下し、ヤッファ（テル＝アビブ）で下船、一〇月四日にようやくエルサレムに到着した。ここまでの三か月が往路、すなわち「パリからエルサレムへの旅路」にあたる。

復路の「エルサレムからパリへの旅路」は、さらに長期にわたる大旅行となった。死海のほとりにまで足を伸ばした後、エルサレムからヤッファに戻ったシャトーブリアンは、今度はアフリカ大陸を目指して船で地中海を西進、一〇月二三日にはエジプトのアレクサンドリアにたどり着く。ここを足場にしてカイロを訪ねた後、アレクサンドリアに戻り、一か月後の一一月二三日にふたたび船に乗り込んだ。しかし今度はあいにく悪天候に見舞われ、船旅は文字通りに難航する。結局五十六日もの長きに及ぶ困難な航海の末、船がようやく次の寄港地である北アフリカのチュニスに到着したのは、年が明けて一八〇七年の一月一三日であった。

チュニスには三月初旬まで、五十日間滞在した。やがて三月九日に船に乗り込んだシャトーブリアンは、次の目的地であるスペインを目指す。そして三週間後の三月三〇日、ジブラルタル海峡のアルゲシラスで船を降り、七か月ぶりにふたたびヨーロッパの土を踏んだ。ここからは陸路で、四月六日にはカディスに到着。次いでセビーリャからコルドバを経てグラナダのアルハンブラ宮殿を訪ね、四月下旬にはマドリッドに数日滞在、その間にエル・エスコリアル宮殿も見学している。それから北上して国境を渡り、フランスに戻ってきたのは五月の初旬のこと。さらにボルドー経由でパリに帰り着いたのは、六月五日である。エルサレムを出て帰途についてからおよそ八か月、往路を入れれば全部で十一か月に及ぶ長旅であった。

一八〇九年の『殉教者たち』にはすでにこの大旅行の断片的な印象がちりばめられているが、旅程に沿って詳細な経緯が語られるのは一八一一年の『パリからエルサレムへの旅路』においてである。(8) その序文では、旅行の意図が次のように述べられている。

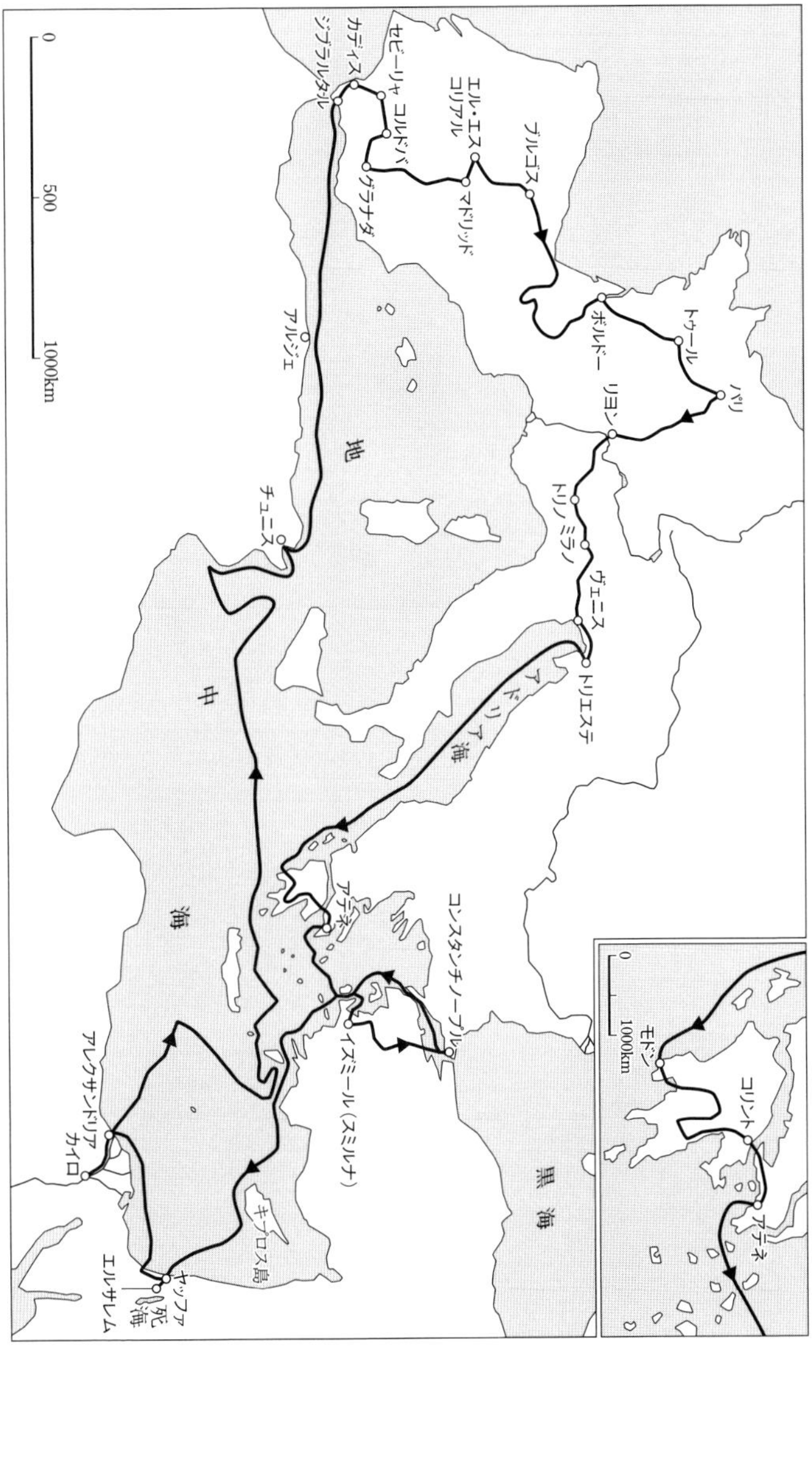

パリからエルサレムへ，エルサレムからパリへの旅程

私は旅行記を書くために旅行したのではまったくない。私は別の意図をもっていた。その意図は、『殉教者たち』において果たした。私はイメージを探しに行ったのだ。それがすべてである。スパルタも、アテネも、エルサレムも、何がしかの省察をおこなうことなしに見ることはできなかった。これらの省察は、叙事詩の主題に組み込めるものではない。だから道中つけていた日記に残っていたのである。それを今日、『パリからエルサレムへの旅路』と題して発表する。私のテーマにこれ以上ぴったりのタイトルは見つけられなかった。

だから読者にはこの『旅路』を、旅行記というよりも、むしろわが人生のある一年の回想録と思っていただきたい。私はシャルダンやタヴェルニエ、チャンドラー、マンゴ・パーク、フンボルトのような人々の足跡を辿ることはしない。ほんの通りすがりの人々を十分に知ったなどというつもりもない。画家ならば、樹木をスケッチし、風景をとらえ、廃墟のデッサンを描くのに、ほんの一瞬で十分だ。しかし人々の習俗を研究し、科学と芸術を深めるには、何年あっても短すぎる(9)。

異国の人々の習俗を研究するためではなく、ただ「イメージを探しに行った」のだという言葉を記憶にとどめておきたい。エドワード・W・サイードは『オリエンタリズム』でこの一文を引きながら、シャトーブリアンが当時のオリエンタリズムの学識的要求には拘束されずに「もっぱら自分自身のためだけに旅をしたのだ」と分析しているが(10)、このこと自体を肯定的にとらえるか否定的にとらえるかは別として、確かにこの断言からは、シャトーブリアンにとっての「異郷」がなみいる先人たちにとってのそれのように単なる観察対象や記録材料ではなく、あくまでも個人的な文学的創造行為の源泉であったことがうかがえる。また「何がしかの省察をおこなうこと」という言い方には、旅行を思考の契機としてとらえる姿勢が明確に反映されてもいよう。その意味でまさに彼こそは、やがて一九世紀の定番となる「作家によるオリエント旅行」をいち早く実践した先駆けであった。

ナポレオン一世が帝位を追われて一八一五年に王政が復古すると、シャトーブリアンは内務大臣代理や無任所大臣に任ぜられ、政界で重用されるようになる。そして一八二一年には全権公使としてベルリンに、次いで翌年には大使としてロンドンに赴任、同年一〇月にはヴェローナ会議にフランス代表として出席し、年末にはとうとう外務大臣の要職についた。しかし就任からわずか一年半後の一八二四年六月、公債切り替え法案に賛成しなかったために罷免され、いったん政治の表舞台からは姿を消すことになる。四年後の二八年にはローマ大使に任命されて政界に復帰するが、翌年には早くも職を辞し、七月王政の成立後は完全に執筆に専念する生活に入った。

ただし旅行についていえば、一八三二年夏にはスイスのバーゼルやルッツェルン、ジュネーヴなどを訪れ(11)、三三年五月にはオーストリア経由でプラハへ、九月にはスイス経由でイタリアに入り、ミラノ、ヴェローナ、ヴェニス、フェラーラ、パドヴァなどを転々とした後、ザルツブルグ経由でふたたびプラハに向かうなど、六十代半ばを迎えながらもその動きはめまぐるしい。こうした移動の背景にはイタリア出身のベリー公爵夫人の逮捕という事件がからんでいるのだが、作家の伝記を掘り返すのが本書の趣旨ではないので、さしあたりこれ以上は立ち入らずにおこう。

それでも一八三四年以降は、さすがに長期にわたる国外旅行の頻度はめっきり減り、短期の国内旅行が中心となる。わずかに目立つのは知人の招きによる四三年のロンドン行きだが、これも二週間ばかりの短い滞在であった。このときすでにシャトーブリアンは七十五歳を迎えていたのだから、年齢を考えれば当然のことである。彼がパリの住居で息を引き取ったのはそれから五年後、一八四八年の七月四日。葬儀は故郷のサン＝マロでおこなわれ、遺骸は本人が一八二三年から自分の永眠場所として選んでいた沖合の小島、グラン＝ベ島の墓地に葬られた。干潮時には浜辺からこの島に徒歩で渡れるので、私たちは容易に彼の墓に詣でることができる。

こうして駆け足でその生涯を追ってみると、シャトーブリアンがいかに典型的な「旅する作家」であったかがあらためて実感される。彼はとにかくよく動いた。まるで一箇所に定住するのを恐れるかのように、新大陸に足を踏み入れ、オリエントを目指し、精力的にヨーロッパ各地を踏破した。彼にとって、移動することはほとんど生活の一部であり、その著作の大半はこれらの並外れた旅行経験なしには書かれえなかったと思われる。特に最初の異郷体験となったアメリカ旅行は、二十三歳の多感な若者の感性に鮮烈な印象を焼き付けたにちがいない。彼が生涯にわたって繰り返しこのときの記憶を（それも小説や回想などさまざまな形で）文章化していることからも、そのことは十分にうかがえる。以下ではこの旅行に焦点を絞り、『アタラ』を中心に彼の作品との関係を探ってみたい。

『アタラ』初版の序文

先述した通り、シャトーブリアンがアメリカ体験を形にした最初の作品は『アタラ』（一八〇一）である。これはもともと『ナッチェーズ族』の挿話として構想されたものだが、実際には『キリスト教精髄』に組み込まれるべき一篇として位置づけられ、はじめは単独で刊行された。初版本の冒頭にはまず、同年の春に「ジュルナル・デ・デバ」紙と「ピュブリシスト」紙に発表された「市民《シトワイヤン》」宛ての短い手紙が掲げられ、『キリスト教精髄』のうち「キリスト教の詩学」に充てられたセクションが「詩、美術、文学」の三部から成っていること、その後に置かれた第四部の最後にアメリカ旅行から想を得て書かれた『アタラ』が配されていること、しかし校正刷りが一部行方不明になってしまったため、『キリスト教精髄』全体を刊行する前にこれを独立して発表せざるをえなくなったという事情が述べられている。

この手紙を受けて、次に置かれた序文では『アタラ』執筆の経緯と意図が語られている。それによれば、著者は非常に若い頃に「自然人の叙事詩」を書くこと、あるいは「未開人の風習」を描くことを思いつき、その題材として、アメリカ大陸のフランス領であったルイジアナで一七二九年に実際に起こったナッチェーズ族の虐殺事件を扱うことを考えていた。しかしいざ実際に書く段になると、やはり自ら現地を訪れる必要があることを痛感するようになったという。そこで「一七八九年、私はマルゼルブ氏に、アメリカに渡りたいという計画を打ち明けた(12)」。

彼はこのとき、イギリスの著名な海洋探検家、ジェームズ・クックが一七七六年からの第三次探検旅行で探索しながら完全には明らかにできなかった「北西水路」(北極海を抜けて太平洋と大西洋をつなぐ航路)を調査するという、もうひとつの実用的な目的ももっていたことを強調している。しかしじつをいえば、これは当時の流行にのっとった計画にすぎない。そもそも極寒の地でこの水路を(彼自身の言葉によれば)「陸地伝いに発見する」というのは、素人の青年にとっては常識的に考えてまことに無謀というほかないもくろみであり、およそ実現可能とは思われない大風呂敷である。シャトーブリアンにしてみれば、ただ目的もなくアメリカに旅立ったというのではいかにも無為な若者の身勝手な物見遊山と受け取られかねないので、自分も一八世紀の探検旅行家たちのひそみにならって新大陸を踏査し、科学的な成果をあげることを目指していたと主張したかったのだろう。

かくして彼はアメリカ大陸に渡り、おもに五大湖地域をまわって五か月後に帰国したわけだが、当然の結果というべきか、北西水路の発見という目的が果たされることはなかった。ただし彼は帰国にさいして、いずれもう一度アメリカに渡ろうという計画を抱いていたと述べている。その旅行は九年間に及ぶはずで、今度は北米大陸を横断し、太平洋岸沿いに北上してカリフォルニアの北部に向かい、北極の南側を回ってハドソン湾経由で戻るつもりであった。「もしこの二度目の旅行中に死んでしまうようなことがなければ、私は諸科学にとって重要な、そして祖国にとって有益な発見をいくつもできるはずだった」[13]というのだが、この気宇壮大な旅行も本気だったとは思えず、案の定計画倒れに終わってしまう。そして先に見た通り、代わりにシャトーブリアンを待っていたのは七年間にわたるロンドンでの悲惨な亡命生活であった。

苦々しい過去を振り返った後、彼は『アタラ』について次のように説明する。

> アメリカについての草稿全部のうち、手もとに残ったのはいくつかの断片だけで、中でも主要なのは『アタラ』であるが、これは『ナッチェーズ族』の一挿話にすぎない。『アタラ』は荒野の中、未開人の小屋で書かれた。既知の常道からはまったく外れ、ヨーロッパにはまったくなじみのない自然や風習を描いたこの物語が、読者の気に入るかどうかはわからない。『アタラ』ではこれといった事件も全然起こらない。これは一種の詩、半ば描写的で半ば劇的な詩のようなものである。すべては人跡まれな土地の中で歩き、語り合う、二人の恋人たちを描くことにある。すべては荒野の静寂と宗教の静謐の只中における、愛の波紋の光景に宿っている。[14]

この言葉を信じるならば、発表時期が十年近くも遅れたとはいえ、『アタラ』はアメリカ旅行中にすでに書かれていたことになる。もちろん刊行にあたってはキリスト教擁護の色彩を強調するために少なからず推敲が加えられたはずだが、本当に「未開人の小屋で書かれた」かどうかはともかく、原型らしきものがすでに現地で執筆されていたというのはおそらく嘘ではなかろう。そして作者自身も自覚しているように、これは「ヨーロッパにはまったくなじみのない自然や風習を描いた」点で、筋書きや登場人物の心理描写に力点が置かれていたそれまでの小説とはやや趣を異にする作品である。「半ば描写的で半ば劇的な詩のようなもの」という定義は、少なからず散文詩的な側面をもつ『アタラ』の特徴を簡潔に要約している。

ところでシャトーブリアンは、右の引用にも見られる「未開人」（原語は大文字で始まるSauvages）という言葉[15]をしきりに用いているが、この概念は当然ながらジャン＝ジャック・ルソーへの参照をうかがわせずにはいない。この点について、彼は次のように書く。

> それに私は、未開人の熱狂的な支持者であるルソー氏のような人間ではまったくない。なるほど私は社会にたいして、おそらく彼がそれに満足する理由をもっていたのと同じくらいに不平をかこつ理由をもっているとは思うのだが、それでも純粋な自然が世界で最も美しいものであるなどとは信じていない。そんなものを目にする機会があるたびに、私はどこでもそれをじつに醜いものだと思った。思考する人間は堕落した動物であるという意見に同意するどころか、私は思考こそが人間を作るのだと思う。自然という言葉とともに、人はすべてを失った[16]。

右の引用は「思索の状態は自然に反した状態であり、瞑想する人間は堕落した動物である[17]」という

『人間不平等起源論』の一節を踏まえている。確かにルソーは生まれながらに善良な存在であった人間を堕落させたのは文明であると主張していたが、だからといって文明を全否定し、単純に自然への回帰を唱導したわけではない。けれども未開状態の無条件的賛美者というルソー解釈が長いあいだ一種のクリシェ（紋切型）として流布していたことを踏まえてみれば、彼を「未開人の熱狂的な支持者」と要約するシャトーブリアンのいささか正確を欠く定義も、当時としてはむしろ通念にのっとった当然の図式であったのだろう。いずれにせよこの一節からは、ルソーを参照点として自らの立場を規定しようとする作家の戦略が垣間見える。

シャトーブリアンはさらに、『アタラ』の主要な登場人物であり実質的な語り手でもあるシャクタスについてこんなふうに述べている。

アタラの恋人であるシャクタスは未開人であるが、生まれつき才能に恵まれていると想定されており、半ば以上は文明化された人物である。なにしろヨーロッパの現用語を複数知っているばかりか、もう用いられない言語まで知っているのだから。彼はしたがって、両者の入り混じった言葉遣い、彼が歩んでいる社会と自然をつなぐ道にふさわしい言葉遣いで表現することになるだろう。風習の描写においては未開人として、できごとの展開と語りにおいてはヨーロッパ人として彼に語らせることで、私はずいぶん助かった。そうでなかったら、この作品はあきらめざるをえなかったところだ。終始インディアンの言葉遣いを用いていたら、『アタラ』は読者にとってさっぱりわけのわからないものになっていたであろうから。(18)

じっさい小説のプロローグでは、シャクタスがミシシッピ河の東岸地域に住むナッチェーズ族の族長でありながら、「ひどく不当な裁きを受けてマルセイユでガレー船漕役刑に処され、自由の身になってルイ一四世に謁見を許され、あの世紀の偉人たちと会話を交わし、ヴェルサイユの祝宴やラシーヌの悲劇、ボシュエの追悼演説などにも列席した[19]」人物であると説明されている。つまり彼はアメリカの未開の地で生まれ育ちながらも、絶対王政下にあった一七世紀フランスの華麗な宮廷社会や同時代の西欧文化を目にするというまれな経験をもつ特殊な経歴の持主として描かれているのであり、その意味ではまさに未開と文明の中間、「社会と自然をつなぐ道」に位置する象徴的存在として登場させられているのである。

これはもちろん、この作品がアメリカの奥地を舞台にしてはいても、フランス人読者に向けられたものである以上は了解可能なフランス語で書かれなければならないという設定上の便宜からとられた、いわばやむをえざる選択という面もあったであろうが、それでも作品の主題自体に関わる重要な構図を提示していることに変わりはない。このことを頭に置いた上で、小説の中身に目を移してみよう。

宗教と恋愛

著者自身も最初にことわっていた通り、『アタラ』においては「これといった事件も全然起こらない」。そこで語られるのは、ひとことで要約してしまえば若き日のシャクタスと、敵対部族の首長の娘であるアタラとの悲恋である。フランスから帰郷した後、不幸にも盲目の老人となったシャクタスは、やがて自らの意志でアメリカ大陸に渡ってきた流謫のフランス人青年、ルネを養子としてナッチェーズ族に受け入れ、姪のセリュタと結婚させるのだが、物語の主要部分はそれからしばらく後、ビーバー狩りの遠征に向かう途中、オハイオ河に浮かぶカヌーの上で、シャクタスが自分の息子となったこの青年に話して聞かせる身の上話という形をとっている[21]。ちなみにルネがルイジアナにやってきたのは一七二五年と明記されており、カヌーの場面はそれから間もない時点に設定されている。また、シャクタスはこのとき七十三歳であるとされているので、だいたい一六五二年頃の生まれということになり、彼の回想は十七歳の頃に遡るから、アタラとの恋物語はおよそ一六七〇年前後の話ということになる。

まずは叙述の構図に注目しておきたい。老人は「奇妙な運命だな、息子よ、われわれを結びつけたのは。私はおまえのうちに、自ら未開人となった文明人を見る。おまえは私のうちに、大いなる神が（いかなる意図によってかは知らぬが）文明化することを望まれた未開人を見る[22]」と語りだす。つまりここでは語り手だけでなく、聞き手もまた（ヴェクトルこそ正反対であるが）「未開」と「文明」の境界領域に身を置く存在として登場しているのであり、二人の目にはそうした相手の姿がたがいに映りあっている。文明に接触した経験をもつ未開人が発する言葉を、未開にあこがれて逃亡してきた文明人が受け取るというこの発話の図式によって、物語は未開と文明の接点に位置づけられるのである。

シャクタスが語るところによれば、敵対するミュスコギュルジュ族との戦いに敗れてフロリダ半島北部の港町、大西洋岸のセント＝オーガスティンに流れ着いた彼は、当地の住人であるスペイン人ロペスとその妹の世話になって二年半の歳月を過ごした。ところがやはりインディアンの本能は抑えきれず、やがてロペスに別れを告げて単身荒野に戻っていく。そして恐れていた通り、森の中で敵の部族に捕らえられてしまうのだが、そんな彼の前に姿を現したのがアタラであった。

インディアンは捕虜を死刑に処する前、束の間の妻として「最後の恋を恵む乙女」と呼ばれる娘を与える習慣をもっていたので、シャクタスはアタラの端正な美貌に魅せられながらも、はじめは彼女のことをそうした務めを果たすために遣わされた娘であると思い込む。そんな彼にたいして、アタラは「わたしは最後の恋を恵む乙女なんかじゃありません。あなたはキリスト教徒なの?」と質問を発する。そして自分はこれまで「私の小屋の精霊たち」を裏切ったことなどないというシャクタスの答えを聞くと、「邪道の偶像崇拝者にすぎないなんて、かわいそうな人。母がわたしをキリスト教徒にしたの。名前はアタラ、この部隊の戦士たちの頭領で金の腕輪をしたシマガンの娘です。わたしたちはアパラシュクラに行って、そこであなたは火あぶりにされることになっているのです」と告げるのである。(23)

ここでアタラが、まず宗教の話題をもちだしていることに注意しよう。部族こそ異なれ、インディアンの娘が初対面のインディアンの青年にいきなり「あなたはキリスト教徒なの?」と尋ねるというのは、いかにも唐突の感をまぬがれない展開であるが、これはアタラにとって、まず相手がキリスト教徒に改宗した人間であるかどうかが最大の関心事であることを示している。つまりここでは未開人同士のあいだに、宗教を契機とした差異が導入されているのである。じっさいヨーロッパ人による新大陸の発見は、当然ながら原住民であるインディアンの宗教生活にも影響を及ぼさずにはいなかった。トマス・ソーウェルは『征服と文化の世界史』で次のように述べる。

[……]新大陸でインディアンが被った一連の圧倒的な軍事的敗北は、インディアンの指導者や伝統、文化面における自らの自信を失わせることになった。その一つの帰結はキリスト教宣教師に対して、多くのインディアンがこれを受容したことである。そして、宣教師たちは聖俗両面でヨーロッパ文化を、インディアン社会にもたらした。このようにして、一七世紀末には南北アメリカにおけるスペイン帝国の広大な領土において、純粋に土着の宗教が生き残ったのは、せいぜい隔絶され

シャクタスを逃がすアタラ

た孤立地だけという状況になっていった。(24)

物語の背景となっている時代は一七世紀後半であったから、この時点ではすでに北米大陸でもインディアンのキリスト教化がかなり進行していたことになる。フロリダのセント＝オーガスティンも一五六五年にスペイン人が入植して開いた町であり、そこで二年半を過ごしたシャクタスが西欧文化に触れていなかったはずはない。ところが彼自身はまだヨーロッパの影響を直接受けていないミシシッピ河東岸の「隔絶された孤立地」に育ったという設定で、一貫して「小屋の精霊たち」の信奉者を自任している。母親の意志によって早くからキリスト教徒になっているアタラから見れば、いまだに土着の神々を奉じているシャクタスは「邪道の偶像崇拝者」にすぎない。宗教によって「文明」の側に踏み出した者が「未開」の側に踏みとどまっている者にたいして同情を表明するという構図が、この作品の主要な骨格をなしていることを確認しておこう。

さて、部隊の移動の途中、アタラはひそかにシャクタスの縄を解いて逃がそうとする。どうやら彼女のほうもこの青年に惹かれていたらしい。二人はたがいの愛情を確認し、シャクタスは自分と一緒に逃げてくれと懇願するが、そのときアタラは「わたしの宗教が永遠にわたしをあなたから引き離しているのよ……ああ、お母さま！　あなたはいったい何をしたの？」[25]と、謎めいた言葉を口にする。そして母親の腹から生まれたがゆえに、自分は一緒に逃げるわけにはいかないと告げるのである。

それでも翌日の真夜中、アタラはふたたびシャクタスのもとを訪れ、二人は連れ立って森の中をさまよい歩く。そして恋する娘の小屋の前で求愛の歌を歌う若者を見かけ、死んだ子供の墓に詣でる母親の姿をまのあたりにした彼らは、情熱の昂ぶるままに結ばれようとするのだが、その瞬間、アタラは宗教の力にすがって本能の誘惑を斥けるのであった。


「誰がアタラを救えただろう？　アタラが本性に負けてしまうのを、誰が止められただろう？　おそらくはただ奇跡だけ、そしてその奇跡がなされたのだ！　シマガンの娘はキリスト教徒たちの神にすがった。彼女は大地に身を投げ出し、自分の母親と、処女たちの女王に向けて熱烈な祈りを捧げた。この時からだ、おおルネよ、この宗教にたいして私が感嘆の念を抱くようになったのは。それは森の中にあっても、窮乏の只中にあっても、不幸な人々を数知れぬ恵みで満たすことができる。この宗教は、森の秘めやかさ、人の不在、影の忠実さ、そうしたすべてが情熱をかきたてるときでも、情熱の奔流に棹を差し、おのれの力だけで情熱を克服することができるのだ。ああ！　ただの未開人である彼女、無知なアタラが、祭壇のもとにひれ伏すように、倒れた松の古木の前にひざま

ずき、偶像崇拝者である恋人のために自分の神に祈りを捧げたとき、その姿はなんと神々しいものに見えたことだろう！」(26)

信仰が肉欲に打ち勝つという図式自体は陳腐なものだが、それが「未開」にたいする「文明」の勝利、偶像崇拝にたいするキリスト教の優越と重ね合わされているところに注意しておこう。恋愛の成就を妨げられたにもかかわらず、シャクタスは自分と同様に「ただの未開人」にすぎなかったはずの無知なアタラを欲望の奔流から救い出したこの宗教にたいして畏敬の念を抱くようになるのである。

悲劇の結末

こうして二人は肉体的に結ばれることのないまま、隊長が送った追っ手に見つかって部隊に連れ戻され、シャクタスはふたたび囚われの身となるのだが、インディアンたちのあいだでは彼を火刑に処するかどうかをめぐって議論が戦わされる。というのも、この時期にはすでにいくつかの部族では残酷な刑罰が廃止され、代わりに「かなり穏健な奴隷制度」が採用されていたからだ。未開と文明の相克は捕虜の処遇にも及んでいたということだろう。しかしミュスコギュルジュ族はどちらかといえば保守的な部類に属していたらしく、結局シャクタスは火あぶりの刑を宣告される。そしてまさに刑が執行されようとする直前の夜のこと、彼はアタラの手によって救出され、二人は夜陰に紛れて荒野への逃避行に出発するのである。

道中の自然描写はきわめて精彩に富み、シャトーブリアンの関心が少なからず新大陸の風景に向けられていたことがうかがえるが、今はさしあたり大まかな筋書きを追うことに専念しよう。困難な旅の途中で、二人は雷をともなった嵐に見舞われる。そしてそのさなかでアタラは、自分の父親がじつはインディアンではないことを打ち明けるのだ。彼女の母親は、シマガンと結婚する前にひとりの白人と肌を交えており、アタラはその白人の子供だった。そして母親はこの男と同じ神を信じるようにと、娘にもキリスト教徒の洗礼を受けさせたのだった。アタラがもともとインディアンと白人の混血であったという事実、つまり洗礼を受けるまでもなく彼女の身体にはキリスト教徒であるヨーロッパ人の血が流れていたという事実は、彼女の存在自体がはじめから未開と文明の交錯する社会的な「場」として設定されていたことを意味しよう。

逃避行中のシャクタスとアタラ

しかも話を聞きだすうちに、この白人がセント・オーガスティンでシャクタスが世話になったあの親切なスペイン人、ロペスにほかならないことが判明する。思いがけぬ偶然に狂喜する彼らが今度こそ結ばれようとしたその瞬間、近くの樹木に雷が落ち、逃げまどう二人は一匹の犬を連れた老隠者と出会う。それは森の中で行き場のない原住民の信者の面倒を見ているキリスト教の宣教師であった。

山麓の洞窟に住むこの宣教師はオーブリ神父といい、かつて偶像崇拝者であるインディアンたちによって両手の指を切断されるという残酷な仕打ちを受けながらも、三十年ものあいだ未開の地で営々と布教活動を続けている人物であった。彼の布教地である村で執りおこなわれた儀式に立ち会ったシャクタスは、その厳かな光景に深い感銘を受けるとともに、自らの内に神が宿るのを感じる。

山々の背後に曙光がさし、東方を赤く燃え上がらせた。静寂の中、すべてが黄金色か薔薇色に染まっていた。かかる荘厳さに予告された太陽がついに光の深淵から姿を現し、その最初の光線が、ちょうどそのとき司祭が空中に高く掲げた聖体にぶつかった。おお、宗教の魅惑よ！　おお、キリスト教の祭式の壮麗さよ！　祭司は老隠者、祭壇は岩窟、教会は荒野、そして列席者は無垢な未開人たち！　そうとも、私はけっして疑わぬ、私たちが地面にひれ伏したその瞬間に大いなる秘儀が遂行され、神が大地に降り立たれたことを。なぜなら私は自分の心に神が降り立たれるのを感じたからだ。(27)

彼はこうして「未開生活にたいするキリスト教の勝利」に感嘆し、「インディアンが宗教の声を聞いて文明化する」さまをまのあたりにするのだが、この作品が『キリスト教精髄』の一部に組み込まれているという事情を想起すれば、こうした展開はもちろん予定調和的な筋書きにすぎない。本当のドラマはここから始まる。隠者の洞窟に戻ったシャクタスが目にしたのは、熱にうなされるアタラの姿であった。そして息も絶え絶えとなった彼女の口からは、自分がこれまでシャクタスに身を任せることができなかった理由がはじめて明かされる。それによれば、彼女が誕生したときはひどい難産であったため、母親が聖母マリアにたいして、子供の命を救ってくれれば処女のまま捧げるとの誓いをたてたというのだ。母親はアタラが十六歳のときにこの世を去ったが、臨終の折にも終生この誓いを守るよう彼女に言って聞かせていた。シャクタスに激しく惹かれながらも母親との約束を破ることがどうしてもできず、矛盾する思いに引き裂かれて苦しんだアタラは、ついに自ら毒をあおったのだった。母親によってキリスト教徒にされたものの、教育そのものはインディアンの中で受けてきた彼女は、無知ゆえにこの宗教が自殺を禁じていることを知らなかったのである。

アタラの埋葬

あれこれ手立てを講じてみたにもかかわらず、アタラの全身に回った毒を消すことはもはや叶わない。オーブリ神父は死に瀕する娘に心の平安を与えようとしてさまざまな宗教的教訓を話して聞かせ、シャクタスはアタラの願いに応えていつの日かキリスト教に改宗することを約束する。そして終油の秘蹟を受けた後、アタラは静かに息を引き取り、二人の手で密かに埋葬される。

こうしてシャクタスの悲恋物語は終わりを告げるのだが、小説はここで閉じられるのではなく、最後にふたたび一人称の語り手が顔を出してエピローグを綴る形になっている。

「遥かな土地を旅する者」という言い方で自らを遠来の旅人として規定する語り手は、「私はインディアンたちが聞かせてくれた話を忠実に物語った」[28]と述べ、自分が父親から息子へと伝えられてきた口承伝説の誠実な報告者であることを主張している。この「私」は普通に読めば序文のそれと同様に作者自身であると解釈されるが、少し後には「私はかつてヌーヴェル＝フランスの境界線をなしていたミシシッピ河の岸辺を歩き回り、それから北に行ってこの植民地の別の驚異であるナイアガラの滝を見たいと思った」という一節があり、これはシャトーブリアン自身がたどった旅の経路とは明らかに異なっているので、当然ながら両者を同一視するわけにはいかない。作者が『アタラ』の執筆にあたって自らのアメリカ体験を利用したことは疑いないが、そもそも前述したように物語の舞台となっているミシシッピ河東岸地域は彼が実際に足を踏み入れたことのない一帯であり、自然描写やインディアンの風習の記述はいくつもの先行文献に依拠していることが明らかになっている[29]。その意味で、この作品があくまでも書物から得た知識やさまざまな伝聞情報を織り込んだ混成物であることは一応確認しておく必要があろう。

エピローグにおいて、「私」はひとりの若いインディアン女が死んだ子供を埋葬する場面に遭遇するのだが、彼女は一七二九年のフランス人によるナッチェーズ族虐殺事件（これは実話である）の生き残りであった。そればかりか、話を聞いてみると、じつはシャクタスの養子となったルネの孫娘であるという。彼女の語るところによれば、シャクタスもルネもこの虐殺事件の犠牲となって命を落とした。またオーブリ神父もそれより前に、シェロコワ族の攻撃にあって非業の死を遂げていた。シャクタスは時を経て変わり果てた布教地から神父とアタラの遺骨を持ち帰っており、今は自分自身の遺骨とともにルネの孫娘の手もとにある。「私」はその前にひれ伏し、インディアンたちの悲運に思いを馳せながらその地を去っていく。

以上がこの作品のあらましである。護教論的な意図から、全篇に聖書への参照がちりばめられていることは容易に見て取れるし、他にもベルナルダン・ド・サン＝ピエールやルソーの影響が明白であることは幾度となく指摘されてきたが、そうしたたぐいのことには今は立ち入らない。以下ではあくまでも「旅」との関連で、この小説に若干の補足的照明を当ててみたいと思う。

混血の系譜

シャトーブリアンが『パリからエルサレムへの旅路』の序文で、「私は旅行記を書くために旅行したのではまったくない。［……］私はイメージを探しに行ったのだ」と述べていたことをもう一度思い出そう。じっさいオリエントへの旅を発想源とした作品として彼がまず発表したのは『殉教者たち』という散文詩的な作品であり、旅行記そのものはそれから二年遅れての刊行であった。この事情はそのままアメリカ旅行にもあてはまる。いや、『アメリカ紀行』の刊行は『アタラ』から二十六年後、実際の旅行からはじつに三十六年後の一八二七年のことであったから、その時間差は遥かに大きい。彼は自分の旅行体験を「記録」として発表することよりも、そこから得た着想を「創作」に流し込むことのほうにさしあたりの関心を向けていたと考えてよさそうだ。

序文の言葉を信じるならば、『アタラ』では「未開人の風習の興味深い状況のどれひとつとして私が触れなかったものはないし、自然の美しい効果、ヌーヴェル＝フランスの美しい風景のどれひとつとして、私が描かなかったものはない」(30)。となれば私たちも宗教的主題からはひとまず離れて、作者が強調しているこれらの特徴に視線を向けてみるべきだろう。

まず前者についていえば、確かにこの作品では往時のインディアンの風習が随所に描かれている。捕虜の処刑前に束の間の相手として「最後の恋を恵む乙女」を提供する慣習などはその典型だが、もうひとつ目立つのは子供の埋葬にまつわる記述である。シャクタスがアタラとともに夜更けの森を歩き回っていたときのこと――

私たちはある子供の墓の近くを通りかかった。その墓は二つの国の境界をなしていた。それは習慣に従って道端に置かれていたが、そうすることで若い女たちが泉に行く途中、無垢な子供の魂を胸に吸い込み、自分の祖国に持ち帰ることができるようになっていたのだ。そのときも新婚の女たちが数人、母親としての幸せを願って、唇を半開きにして子供の魂を取り込もうとしていた。彼女たちは、その子の魂が花々の上をさまようのが見えると信じていたのである。続いて子供の本当の母親が現れ、ひと束の玉蜀黍と白百合の花を墓の上に置いた。彼女は自分の乳を大地に注ぎ、湿った芝草の上に腰を下ろすと、哀切な声でわが子に話しかけた(31)。

この後、母親は死児に向かって、世間の厳しさを知らぬままで死んでしまったおまえはかえって幸せ者だったという趣旨のことを語りかける。

いっぽう先に触れた通り、エピローグにも語り手の「私」が子供の埋葬を目撃する場面が出てくるのだが、そこでも母親が亡き子にたいして、おまえが成長したらどんなにたくましい若者になっただろうといった意味のことを語りかけていた。二つの場面のあいだには一世紀以上の時間的な隔たりがあるはずだが、こうした明白な照応関係によって、読者の中ではフラッシュバックのように以前の光景が想起される仕掛けである。語り手の前で展開される儀式は次の通り。

この女はインディアンの風習に従って、息子の亡骸を木の枝にのせて乾かそうとしていた。それから先祖代々の墓に運んでいくつもりなのだ。だから彼女は赤ん坊の衣類を脱がせ、その口にしばらく息を吹き込んでから言った。「坊やの魂よ、かわいい魂よ、おまえのお父さんはね、昔、わたしの唇にキスしておまえを創ったんだよ。ああ、でもわたしのキスには、おまえを生き返らせてやる力がないの！」［……］

彼女は立ち上がり、わが子を枝にさらしておくことのできる木を目で探した。赤い花が咲き、アピオスの花綱で飾られた、こよなく甘美な芳香を放っている楓の木を選んだ。彼女は片手で下の方の小枝を引き下げると、もう一方の手で子供の亡骸をその上に置いた。それから枝を放すと、枝は無垢な赤ん坊の遺体を持ち上げてもとの位置に戻り、匂いたつ葉叢の中にそれを隠した。おお！このインディアンの風習はなんと心を打つことか！(32)

以上二つの場面に見られる埋葬の習慣については、『アタラ』よりも前にロンドンで刊行された処女作の『革命論』にもすでに言及が見られるし、『ナッチェーズ族』や『アメリカ紀行』でも少しずつ形を変えて繰り返されているので、シャトーブリアンがこの習俗にひときわ強い関心を引かれていたことがうかがえる。もっともこうした情報にもやはり先行文献が存在するので、作家自身がアメリカ旅行中、実際に小説のような場面に遭遇したことがあるのかどうかは定かでない(33)。しかし重要なのは描写が現実の経験に基づくものであるかどうかということよりも、それがひとつの主題論的なモチーフとして作品の要所に配置されているということである。

第一の引用はシャクタスとアタラが恋の昂揚に陶酔しきった場面の一節だが、生の歓喜にひたる二人が目にするのが早すぎる死に見舞われた子供の墓であるというアイロニカルな設定は、ほどなく訪れるアタラの死を予感させずにはいない。というのも、アタラは本来ならば誕生時に死んでいてもおかしくなかった子供であり、処女性を守ることと引き換えにようやく死をまぬがれることを許された存在として登場しているからだ。キリスト教への帰依と宗教の呪縛は、いわば彼女の生を保証するための契約であった。だから二人が目にしている墓に葬られた子供は（母親の言葉から男子であることがわかりはするものの）言ってみればアタラ自身にほかならず、そこに自分の乳を搾って注ぐ母親は彼女に生命の糧を与えた母親にほかならない。物語では母親のほうがすでにこの世になく、娘のほうが生きながらえて今この場にあるわけだが、両者はいわば生と死をめぐる陰画同士なのである。

その意味で、件の墓が「二つの国の境界をなしていた」と書かれていることは示唆的だ。ここで「二つの国」と訳した語句の原語は《deux nations》であり、実質的には隣接する二つの民族集団、すなわち「部族」を指すものと思われるが、それは同時に恋人たちを隔てる「未開＝アメリカ」と「文明＝ヨーロッパ」の二項対立を暗示するものでもあるだろうし、さらにはやがて彼らを引き裂くことになる「生」と「死」という二つの領域を含意するものでもあるだろう。つまりシャクタスとアタラを切断する決定的な境界線が、すでにこの場面には伏在しているのである。

しかしこの境界線はまた、二つの領域が干渉し混淆する場でもあることを忘れてはならない。そのことは第二の埋葬場面にうかがうことができる。エピローグに登場する若い母親はルネの孫娘であるから、その体内にはヨーロッパの血が流れている。ルネの妻となったセリュタはシャクタスの姪にあたるインディアンの女であり、彼らの娘はアタラ同様のハーフであった。そのまた娘であるこの母親は、したがってクウォーターということになる。さらにいえば、早くして亡くなってしまった彼女の息子の体内には――第二の引用にある「わたしの唇にキスしておまえを創った」「おまえのお父さん」がインディアンであったとすれば――フランス人の血が八分の一混ざっていたことになるわけだ。

ここで血族関係を整理してみよう。スペイン人のロペスとインディアンの娘が一度だけ関係をもち、その混血児としてアタラは生まれた。これが第一段階の混血である。そのアタラは処女のまま自死を遂げたので、この血脈はそこで途絶えてしまう。いっぽう彼女を愛したインディアンのシャクタスは、アタラの実父であるロペスに息子同様にかわいがられ、いわば擬似的な父子関係にあった。彼は自ら子供をもうけることはなかったが、ロペスと自分の関係を模倣するかのように、ルイジアナに流れてきたフランス人のルネを養子とする。そのルネがシャクタスの姪のセリュタと結婚したわけだが、この夫婦は愛情で結ばれてはいなかったものの、インディアンの女とヨーロッパ人の男のカップルであるという意味でいえば、アタラの母親とロペスの関係を反復する形になっている。そしてここから第二段階の混血が始まった。

実際、ルネとセリュタのあいだには娘が生まれた。フランス人とインディアンの混血児として生を享けたこの娘は、したがってちょうどアタラと同じ位置にあることになる。しかも彼女はアタラと違って自ら命を絶つこともなく、自分自身も（物語には登場しないインディアンの夫とのあいだに）娘をもうけた。もしシャクタスとアタラが結ばれて子供を作っていたとすれば、その体内にはスペイン人の血が四分の一流れていたはずだから、フランス人の血が四分の一流れているこの娘（ルネとセリュタの孫娘）はいわば、ついに生まれることのなかったシャクタスとアタラの子供の代償的存在であるともいえよう。語り手はエピローグでこの娘に出会ったわけだが、彼女はさらに息子を産んで母親となったにもかかわらず、その子供は幼くして死んでしまい、今まさに埋葬の儀式がおこなわれたところであった。

混血の系譜はこのように世代を越えて継承され、一世紀の歳月を経て再現される子供の埋葬場面を通して、語り手が身を置く現在へと投射されている。そしてその「現在」においてルネとセリュタの血脈が(少なくとも一時的に)切断されてしまうという結末は、ヨーロッパとアメリカの象徴的婚姻が不吉な死の連鎖につきまとわれていることを暗示するかのようでもある。プロローグからエピローグまで、プレイヤッド版全集で七十ページ足らずのさほど長くないこの小説には、未開と文明の遭遇と混血をめぐるこうした歴史的=物語的な時間が圧縮された形で埋め込まれているのである。

森と荒野

この作品の特徴として作者が強調していたもうひとつの側面は、「自然の美しい効果、ヌーヴェル=フランスの美しい風景」であった。初版の序文にも「自然を描こう、ただし美しい自然を」(34)という言葉が読まれる。確かにしばしば散文詩的という形容を冠されるシャトーブリアンの文章が、自然描写において最も冴えわたっていることは大方の認めるところであり、若書きの『アタラ』にもすでにその資質は十全に発揮されている。

まずプロローグでは、物語の舞台となるミシシッピ河の東岸地域が、大草原の広がる西岸地域と対照させて次のように描かれる。

以上が西岸の風景である。しかし対岸では風景が変わり、西岸のそれとみごとな対照をなしている。あらゆる種類、あらゆる色彩、あらゆる香気の木々が、水の流れの上に垂れ下がったり、岩や山の上に集まったり、谷間に分散したりしながらたがいに混じりあい、共に生長し、視線を疲れさせるほどの高みに向かって空中に伸びている。〔……〕

河の対岸の草原ではすべてが静寂と休息であるが、こちらでは逆に、すべてが運動と物音である。樫の幹をつつく嘴の音、歩き回り、草を食み、果実の芯を歯で嚙み砕く動物たちのたてるざわざわという音、波のざわめき、かすかなうめき声、こもったような牛の鳴き声、穏やかな鳩の鳴き声、そうしたものが柔和な野生のハーモニーで荒野を満たしている。だが、微風が吹いて人けのないこれらの場所を活気づけ、これらの浮遊する物体を揺り動かし、こうした白や青、緑、薔薇色の塊を溶け合わせ、あらゆる色彩を混ぜ合わせ、あらゆる物音を結び合わせるようなとき、そんなときには森の奥からじつに色々な音が湧き上がり、眼前にもじつに色々な物事が起こるので、自然のこうした原野をまったく歩き回ったことのない人にそれらを描写しようとしてみても、おそらくわかってはもらえまい(35)。

以上の描写が実際の経験に基づくものでないことはすでに述べた通りだが、さりとてすべての記述が書物から得た知識だけに依拠しているわけでもなく、ここには彼自身が新大陸の旅行中に目にした風景の記憶が少なからず投影されていると考えてよかろう。右の文章からまず感じられるのは、視覚だけでなく、嗅覚や聴覚までもが動員されているということだ。東岸の樹木は「あらゆる色彩」「あらゆる香気」に包まれており、森の中ではさまざまな動物たちのたてる音が「柔和な野生のハーモニー」を醸し出している。対象は個々の対象として認識される以前に「浮遊する物体」もしくは「白や青、緑、薔薇色の塊」として感受され、たがいに混じり合う。ここではアメリカ大陸の自然が原初の渾沌へと還元され、いわば身体的に把捉されているのである。

もうひとつ、典型的な例を見てみよう。シャクタスとアタラが夜の荒野をさまよう場面である。

夜は甘美だった。空気の精が松の芳香のする青い髪を揺らし、河の御柳《ぎょりゅう》の下に横たわる鰐たちの放つ龍涎香のようにほのかな香りが漂っていた。月は一点の陰りもない碧空の中央に輝き、その真珠のような灰白色の光が森のぼんやりかすんだ梢に降り注いでいた。物音ひとつ聞こえてこない、ただ木々の深みを支配している何のものとも知れぬ遥かな調べのほかには。あたかも孤独というもののの魂が荒野全体で溜息をついているかのようだった。(36)

じつをいえばこの一節には『ポールとヴィルジニー』の直接的な影響が認められることが指摘されており、(37)描写そのものがシャトーブリアンの純粋な独創によるものかどうかは留保を要するのだが、発想源の詮索はさしあたり措いて虚心坦懐に眼前のテクストを読んでみれば、原文にしてわずか十行ほどの文章の中に、視覚的イメージ（月光や碧空、森影など）だけでなく、前の例にもまして嗅覚的イメージ（「松の芳香」「龍涎香」）や聴覚的イメージ（「何のものとも知れぬ遥かな調べ」）が高度に凝縮されていることが見て取れる。シャトーブリアンがアメリカ旅行中に見出した「イメージ」とは、まさにボードレールの「万物照応」を先取りするかのような諸感覚の共振の中で受容される、こうした複合感覚的なものであった。

それだけではない。空気の精が「青い髪を揺らし」、孤独の魂が「溜息をつく」といった精彩に富む擬人法の使用に見られるように、自然は遍在するアニミズムに包まれ、空間全体が生命のエネルギーに満たされている。甘美な抒情といった形容ではおよそ言い尽くすことの叶わぬ、何か途方もなく充実した霊気のようなものが、そこには張っている。そしてこのようにほとんど神話化された空間の中で私たちの前にせりあがってくるのは、「森」forêt, bois と「荒野」désert の圧倒的な存在感にほかならない。

じっさい、『アタラ』には終始、森と荒野の気配があふれている。それはおそらく、単に物語の舞台が未開の土地であるからといった、即物的な理由だけによるものではあるまい。森と荒野はこの小説において常に「文明」を相対化する装置として召喚され、いわば濃密な象徴性を担った場（トポス）と化しているのである。その例証として、シャクタスが新大陸の文明社会であるセント＝オーガスティンでロペス兄妹の世話になりながらも、やみがたい野生へのノスタルジーに駆られる場面を見てみよう。

二人とも私のために、この上なくやさしい気持ちを示してくれた。ずいぶん気を遣って教育してくれたし、あらゆる種類の教師をつけてもくれた。だが、セント＝オーガスティンで三十か月を過ごした末に、私は町での生活に嫌気がさしてきた。見るからにやつれてしまった。何時間もじっと動かずに遠くの森の梢を見つめていたり、河岸に腰を下ろして水の流れを悲しそうに見ていたりという具合だった。この流れが通ってきた森林を思い浮かべると、私の魂はすっかり人けのない土地にさまようのだった。(38)

文明の側から供給される教育も効果なく、シャクタスの本能は自分を育んだ「遠くの森」への郷愁に抗うことができない。そしてこの引用の直後で、彼はついに「荒野に戻りたいという欲求に逆らえず、ある朝、未開人の服装をしてロペスの前に進み出た」という展開になるのだが、「未開人」Sauvages という言葉の語源は《silvaticus》というラテン語の形容詞であり、これは「森」を意味する名詞《silva》に由来する。つまりこの概念はもともと文明によって加工されたり馴致されたりしていない「森の人」の意であり、シャクタスの身体にははじめから「森」が内在していたのである。

このことを踏まえてみれば、シャクタスがアタラに恋心を打ち明ける場面で「荒野は自由ではないだろうか？　森には僕たちが身を隠す奥まった場所が全然ないだろうか？(39)」と問いかけるのは自然な成り行きであるし、逃避行の途中でアタラがシャクタスに「ああ、いとしい人！　わたしは真昼のさなかに森の木陰を求めるように、あなたを愛しているのよ！　あなたは花々が咲き乱れ、そよ風が吹き渡る荒野のように美しいわ(40)」と語りかけるのも、必然的な流れとして納得できる。二人がたがいの愛を確認するのに申し合わせたように「森」と「荒野」のイメージを喚起していること、のみならずアタラの中ではシャクタスがそれらに重ね合わされ、完全に同一視されていることは、この小説において彼らを突き動かしているのが、何らかの感情的・精神的な契機というよりも、むしろアメリカ大陸に広がる未開の自然そのものであることを物語っている。

しかしながら――というよりむしろ、だからこそ――シャトーブリアンの描いた世界を「未開対文明」という素朴な二項対立的な図式に封じ込めてしまうことは、おそらく適切ではあるまい。彼が自らをルソーのような自然の賛美者ではないと規定していることはすでに見たが、さりとて『アタラ』で提示されているのが一方的な文明の勝利でないこともまた明白である。作品全体においてキリスト教の擁護に力点が置かれていることは事実だが、他方、未開人の風習やアメリカの自然に関する描写がある種の深い共感と真摯な敬意に裏打ちされていることも否定できない。シャトーブリアンはこの作品を書くことによって、こうした二元論それ自体の限界をおのずと実感したのではあるまいか。

シャトーブリアンのアメリカ体験は、フィクションのレベルでは『アタラ』から四半世紀を経て一八二六年にラドゥヴォカ版全集の第一九巻・第二〇巻として刊行された大部の『ナッチェーズ族』に集大成されているが、基本的には『アタラ』について述べたことに格別付け加えるべきことはないので、その翌年に同じ全集の第六巻・第七巻として刊行された『アメリカ紀行』について最後にひとこと触れておきたい。

成立事情についての詳細は省略するが[41]、すでにその一部を参照してきたこの紀行は、実際の旅行からじつに三十六年を経て刊行されたという経緯からもうかがえるように、いわゆる旅行記とはかなり趣を異にする。著者自身は『アタラ』や『ナッチェーズ族』で利用した昔の手書きメモをここでも部分的に利用したと述べているが、当然ながらそこには色々な加工や修正、さらには脚色がなされている上に、インディアンの風習に関する記述は少なからぬ部分が他の書物にその情報を負っているからだ。つまりこれは純粋な記録というよりも、事後的なフィクションや読書的知識を混ぜ込んで再構成されたひとつの「作品」と考えられるべきものである。

そのことを踏まえた上でテクストを読んでみると、まず序文の長大さがひときわ目立つ。そこで何が語られているのかといえば、古代から現代（すなわち一九世紀初頭）に至るまでの「旅の歴史」である。文中には、私たちが序章で触れることのできなかった固有名詞もふんだんに登場し、著者の知識の該博さに驚かされるのだが、じつをいえば多くの情報は過去の複数の書物に拠っており、シャトーブリアン自身のオリジナルな記述は少ない。

序文の後には自伝的要素を交えて出発までの経緯を述べた簡単なイントロダクションが置かれ、本文ではサン゠マロからの出港、船旅の経路、新大陸への到着、例のワシントンとの（おそらくは実現しなかった）面会の話などが語られた後、アメリカ北部地域に関する記述に移る。その中にはインディアンの子供について報告した「ナイアガラの未開人居住地からの手紙」と題する書簡が挿入されており、これは長いあいだ虚構の手紙と思われていたが、のちにマルゼルブに宛てた本物の書簡の一部であったことが判明した。またカナダの湖水地方について述べた箇所には「日付のない日記」と題する文章が引用されているが、これも実際の日記からとられたものであることがわかっている。

フィクションが始まるのはこの後からである。日記の引用の直後には「この短い断片の後に、ピッツバーグからナッチェーズに至る、オハイオ河とミシシッピ河についてのかなり長い部分がくる[42]」とあって、著者の旅行メモがあたかもアメリカ南部まで踏破した上で書かれたかのような印象を与えるのだが、実際の旅程がこの通りに進まなかったらしいことはすでに述べた。したがってこのあたりからの記述は、多かれ少なかれ他の書物からの借用が中心になっていると考えなければならない。じっさい「フロリダ地方内部のいくつかの風景描写」と題する箇所には、英国人旅行家のウィリアム・バートラムの著作[43]が大幅に利用されている。

本書の後半はインディアン社会に関する解説的記述になっている。見出しを列挙しておけば、「自然誌」（ビーバー、熊、野牛、蛇などの動物の生態）、「未開人の風習」（結婚、子供、葬儀）、「収穫、祝祭、メープルシュガーの採取、釣り、舞踊、遊戯」、「一年、時間の区切り方、自然暦」、「医学」、「インディアンの言語」、「猟」、「戦争」、「宗教」、「統治」（ナッチェーズ族、ミュスコギュルジュ族、ユロン族とイロクワ族）、そして「北米未開人の現状」となっているが、これらも多くは他の著作からの借用に負っているので、シャトーブリアンの旅行体験との直接的関係はさほど見られない。

著者の肉声が聞けるのは、したがって実質的には結論部においてということになる。その書き出しは次の通りだ。

もし今日、私がアメリカ合衆国をふたたび見ることがあっても、もはやそれがどこだかわからないだろう。森があった場所には耕された畑が見出されるだろうし、茂みの中に道を切り拓いて進んだ場所には、広々とした街道が通っていることだろう。ミシシッピ河も、ミズーリ河も、オハイオ河も、もう人影のない荒野を流れてはいない。三本マストの巨大な船が流れを遡っている。二百隻以上の蒸気船が両岸を活気づけている。ナッチェーズには、セリュタの小屋の代わりに五千人ほどの住民が暮らすしゃれた都市ができている。(44)

ここでもシャトーブリアンは自分が直接目にしたわけではない地域の過去を回想してみせるのだが、それでも六十歳を迎えた彼が二十三歳のときの旅行体験を振り返りながら語る口調には借り物ではない感慨がこもっている。そして現在(一九世紀初頭)のアメリカについて語りながら、彼は新大陸の発見がヨーロッパにもたらした最大の影響は、鉱物貿易の増大でもなければスペインの人口減少でもなく、また商業の発展や海上交通の進歩でもなく、ここ四十年間に起こった精神の革命なのだと主張する。そのキーワードは、まさに縁戚関係にあるトックヴィルがやがてアメリカの民主主義に見出すことになる「自由」であった。

アメリカがその内部に秘めていた最も貴重な宝、それは自由であった。各民族が、この無尽蔵の宝庫から糧を汲み取るよう求められている。アメリカ合衆国における代議制共和国の発見は、世界最大の政治的なできごとのひとつである。このできごとは、別のところでも述べたように、実行可能な自由には二つあるということを証明している。ひとつは諸民族の幼年に属するものだ。それは風習と美徳の娘である。初期のギリシア人、初期のローマ人、そしてアメリカ大陸の未開人の場合がそうであった。もうひとつの自由は諸民族の成熟から生まれる。それは啓蒙と理性の娘である。インディアンの自由に取って代わる、アメリカ合衆国のあの自由がそれだ。三世紀もたたないうちに、ほとんど努力もなしで、八年間と続かなかった戦いによって、一方の自由から他方の自由へと移行した幸福な土地よ！(45)

シャトーブリアンはこのように、未開の自由と文明の自由、彼自身の言葉を借りれば「諸民族の幼年に属する」自由と「諸民族の成熟から生まれる」自由を区別し、前者から後者への移行のうちに、アメリカ合衆国という新しい国家の歴史的意義を看取する。もちろんアメリカの未来が手放しで楽観視されているわけではなく、彼は上の引用の少し後で、メキシコやコロンビア、ペルー、チリ、ブエノスアイレス（アルゼンチン）などの相次ぐ登場は、合衆国にとって脅威であるとも述べているのだが、最終的には「未来がどうであれ、自由がアメリカ大陸から完全に消えてしまうことはけっしてないだろう」と、近代的な自由を象徴するこの国への信頼を高らかに謳いあげるのである。

「風習と美徳の娘」から「啓蒙と理性の娘」へと至る成熟過程を建国間もないアメリカという国家のそれと重ね合わせてみせる視点自体は、この時代にあってさほど斬新なものとも思えないし、そもそも

「啓蒙」とか「理性」といった語彙は、一八世紀の残滓をなお濃厚にまとっているといわざるをえない。しかしそれでも「インディアンの自由」から「アメリカ合衆国の自由」への飛躍を果たした「幸福な土地」への率直な賛嘆は、彼が明らかに君主制から共和制への劇的転換をまのあたりにしたフランス革命以後の人間であり、すぐれて一九世紀的なパラダイムを体現する作家であったことを物語っているように思われる。

注

(1) Chateaubriand, *Mémoires d'outre-tombe*, Gallimard, Bibliothèque de la Pléiade, tome 1, 1951, p. 102.

(2) Chateaubriand, *Voyage en Amérique*, *op. cit.*, pp. 671-676. アメリカ合衆国の首都ははじめニューヨークと定められ、初代大統領ワシントンはフランス革命の始まった一七八九年にこの地で就任宣誓を行なったが、翌九〇年にはフィラデルフィアに移り、その後十年間はこの町に置かれていた。ワシントンに首都が移転したのは一八〇〇年のことである。

(3) Chateaubriand, *Voyage en Amérique*, *op. cit.*, p. 678.

(4) *Ibid.*, p. 1284.

(5) Chateaubriand, *Mémoires d'outre-tombe*, *op. cit.*, p. 257.

(6) *Ibid.*, p. 267.

(7) *Ibid.*, p. 280. ただし後の調査によれば、フランスに向かうこの年最後の船はモリー号という名前で、一一月二六日ないし二七日にフィラデルフィアを出たということだから、シャトーブリアンが記している日付も確かではない。

(8) ちなみに同じ一八一一年、シャトーブリアンはナポレオン一世の後押しでアカデミー・フランセーズの会員に選出されているが、これは皇帝に批判的であった彼を丸め込もうとする懐柔策であった。もっともシャトーブリアン自身はこれに靡いた様子はない。

(9) Chateaubriand, *Itinéraire de Paris à Jérusalem*, *Œuvres romanesques et voyages*, *op. cit.*, tome 2, p. 701. 文中に現れるいくつかの人名のうち、シャルダンとタヴェルニエについては序章で触れた通り。リチャード・チャンドラー（一七三八

—一八一〇）はイギリスの考古学者で、古代遺跡調査のため一七六四年から六六年にかけて小アジアを旅行している。マンゴ・パーク（一七七一—一八〇六）はスコットランドの探検家で、二度にわたって西アフリカを訪ね、ニジェール河の源流を探索した。アレクサンダー・フォン・フンボルト（一七六九—一八五九）は著名なドイツの博物学者・探検家で、おもに南米大陸を調査し、大著『コスモス』を著した。

（10）エドワード・W・サイード『オリエンタリズム』、板垣雄三・杉田英明監修、今沢紀子訳、平凡社、一九八六、平凡社文庫、一九九三、（上）三八六頁。

（11）このスイス旅行については、石川美子『旅のエクリチュール』（前掲書）の二〇三—二一五頁を参照のこと。

（12）Chateaubriand, *Atala*, *Œuvres romanesques et voyages*, *op. cit.*, tome 1, p. 16. なおこの作品には複数の翻訳があるが、本書ではすべて拙訳を使用する。

（13）*Ibid.*, p. 17.

（14）*Ibid.*, p. 18.

（15）«Sauvages» という単語は、場合によっては（たとえば「高貴な野蛮人」のように）「野蛮人」とも訳されるが、本書では「未開人」で統一する。

（16）Chateaubriand, *Atala*, *op. cit.*, p. 19.

（17）Jean-Jacques Rousseau, *Discours sur l'origine et les fondements de l'inégalité parmi les hommes*, *op. cit.*, p. 251.（ルソー『人間不平等起源論』、前掲訳書、四二頁）

（18）Chateaubriand, *Atala*, *op. cit.*, p. 20.

（19）*Ibid.*, p. 36.

（20）ルネは姉のアメリーとほとんど近親相姦的な愛情で結ばれており、アメリーは自らの欲望を断つために修道女となる。ルネがアメリカに渡る決心をした背景にはそうした事情があった。この経緯は『アタラ』の姉妹篇である『ルネ』で語られている。

（21）ここまでの経緯については、『ナッチェーズ族』の第五書で語られている。Chateaubriand, *Les Natchez*, *Œuvres romanesques et voyages*, *op. cit.*, tome 1, pp. 227–231.

（22）Chateaubriand, *Atala*, *op. cit.*, p. 38.

(23) *Ibid.*, p. 42.
(24) トマス・ソーウェル『征服と文化の世界史』、内藤嘉昭訳、明石書店、二〇〇四、三八一頁。強調は原文。
(25) Chateaubriand, *Atala*, *op. cit.*, p. 44.
(26) *Ibid.*, p. 48.
(27) *Ibid.*, p. 71.
(28) *Ibid.*, p. 93.
(29) これらの文献については、プレイヤッド版全集の一五六―一五七頁に収められた『ナッチェーズ族』の発想源を参照されたい。このうち最も直接的な参照文献となったシャルルヴォワ神父の書物（Père Charlevoix, *Histoire et description générale de la Nouvelle-France, avec le Journal historique d'un voyage fait par ordre du Roi dans l'Amérique septentrionale*, Paris, Nyons fils, 1744, 3 vols.）は、『ナッチェーズ族』刊行のさいに著者自身がその抜粋を「注」として収録しているくらいである。
(30) Chateaubriand, *Atala*, *op. cit.*, p. 20.
(31) *Ibid.*, p. 47.
(32) *Ibid.*, p. 94.
(33) シャトーブリアン自身は『アタラ』初版の序文の最後で「『アタラ』の主題はまったく私の創作になるものではない。ガレー船の漕役刑に処されたりルイ一四世の宮廷を訪れたりした未開人がいたことは確かだし、フランス人の宣教師が私の語ったようなことをしたことも確かである。また先祖の遺骨を持ち歩いている未開人たちや、自分の子供の亡骸を木の枝にのせてさらしている若い母親を見たことも確かである」（*Ibid.*, p. 22）と述べているが、この言葉を額面どおりに受け取るわけにはいかない。彼が参照した可能性の高い文献としては、たとえば注29に挙げたシャルルヴォワ神父の本のほか、ラフィトー神父の書物（Père Lafitau, *Mœurs des Sauvages américains comparées aux mœurs des premiers temps*, Paris, Saugrain, 1724, 2 vols.）などが発想源として指摘されている。
(34) Chateaubriand, *Atala*, *op. cit.*, p. 19.
(35) *Ibid.*, pp. 34-35.
(36) *Ibid.*, p. 46.

(37) Chateaubriand, *Œuvres romanesques et voyages, op. cit.*, tome 1, p. 1169.

(38) Chateaubriand, *Atala, op. cit.*, p. 39.

(39) *Ibid.*, p. 43. 強調引用者。

(40) *Ibid.*, p. 57. 強調引用者。

(41) この点に関しては、前記プレイヤッド版全集の『アメリカ紀行』に付された編者による«Introduction»（pp. 597–610）を参照のこと。

(42) Chateaubriand, *Voyage en Amérique, op. cit.*, p. 710.

(43) William Bartram, *Voyages dans les parties sud de l'Amérique septentrionale*, Philadelphie, 1791, Londres, 1792.

(44) Chateaubriand, *Voyage en Amérique, op. cit.*, p. 866.

(45) *Ibid.*, p. 873.

［第2章］

東方の光

——ラマルチーヌとレバノン

Alphonse de Lamartine

光の土地へ

シャトーブリアンが一八〇六年から翌年にかけておこなった「パリからエルサレムへの旅」が、作家による一連のオリエント詣での先駆けとなったことは第1章で述べた。その後、何人もの作家たちが彼のひそみにならって東方へと旅立ったが、シャトーブリアンに次ぐ二番手となったのがアルフォンス・ド・ラマルチーヌ（一七九〇―一八六九）である。

この詩人がはじめて踏んだ異国の土は、イタリアのそれであった。フランス革命の只中にワインの産地として有名なローヌ河沿いの小都市マコンで生まれたラマルチーヌは、王党派であった父親が革命政府やナポレオンから距離をとっていたせいで無為な青年時代を過ごしていたが、一八一一年七月、二十歳のときにローマに向けて出発し、母親の従兄弟が煙草工場を営んでいたナポリまで足を伸ばして一一月末から翌年四月まで当地に滞在している。このとき現地の娘、アントニエッタ・ヤコミーノと恋に落ち、その経験がのちに三十数年を経て『グラジエッラ』（一八四九）という小説になった。しかし帰国後まもなく、彼はニーナ・ド・ピエルクローという女性とのあいだに婚外子をもうけたりもしているらしいので、まことに恋多き男であったようだ。

一八一四年には国王の軍隊に入るが、わずか数か月で除隊。かねてから病弱だったため、一六年一〇月には療養のためアルプスの湯治場、エクス＝レ＝バンに出かけた。そこで若き人妻のジュリー・シャルルと出会い、二人はすぐに恋愛関係になる。やがて彼らは翌年夏の再会を期して一旦別れたが、結局この約束は果たされることがなかった。ジュリーの病（肺病）は篤く、エクス＝レ＝バンまで来ることができなかったからである。そして彼女は一八一七年末、あっけなくパリで息を引き取ってしまう。このときの深い悲嘆と甘美な追憶を歌った詩篇「湖」を中心に編まれたのが、処女詩集の『瞑想詩集』（一八二〇）であり、これがラマルチーヌを一躍ロマン主義の開祖の地位に押し上げたことは、あまたの文学史に記されている通りである。

詩集の出版からほどなく、彼はかねてからの希望通り外交官に任命された。同じ一八二〇年の六月には前年に知り合ったイギリス人女性のマリアンヌ＝エリザ・バーチと結婚し、若き日に訪れたナポリに妻を伴って赴任する。その後はローマやフィレンツェなどで公職に携わりながら詩作を続け、一八二三年には『新瞑想詩集』（ここにはナポリ滞在の記憶が投影されている）、三〇年には『詩的宗教的諧調詩集』を出版して詩人としての地位を確立した。同年にアカデミー・フランセーズの会員にも選出されたラマルチーヌは、まもなく外交官としての職を辞し、十年間にわたるキャリアに終止符を打つ。そして翌年には政治の舞台に打って出るべく三つの選挙区で立候補するが、すべて落選の憂き目にあった。彼がオリエント目指して旅立ったのはさらにその翌年、すなわち一八三二年のことである。このときすでに四十歳を越えていたから、けっして早い旅立ちではない。

なぜこの時期に東方旅行に出かけることにしたのかについて、詩人は一八三五年に出版された浩瀚な『オリエント紀行』(1)の初めの部分で次のように説明している。

すでに青年時代も終わりに近づき、人が観念の世界から抜け出して物質的利害の世界に入っていくこの人生の時期に、私がなぜサン＝ポワンでの美しい平和な生活と、妻のおかげで楽しく子供のおかげで甘美であった家庭の素朴な至福のいっさいから離れることにしたのか、そしてなぜ今こうして、未知の岸辺と未来に向かって広大な海の上を航海しているのか、そうしたことを自分で納得するためには、どうしてもさまざまな想いの源泉に遡って、旅にたいする自分の共感と嗜好の因ってきたるところをそこに探ってみなければならない。――それは、想像力にもそれなりの欲求と情熱があるからなのだ！　私は生まれながらの詩人である。すなわち、神がすべての人々に語りかけ給う、しかし数人の者には自らの御業《みわざ》をもってとりわけはっきりと語りかけ給う、あの美しい言葉《ラング》を多かれ少なかれ解する者である。若くして、私はこの自然の言《ヴェルブ》、音ではなくイメージから成ることば《パロール》を、山に、森に、湖に、故郷やアルプスの幽谷や渓流のほとりに聞き取った。自分を揺り動かしたその調べのいくつかを書き言葉に移し変えもしたし、それが今度は他の人々の魂を揺り動かしたのだった。だが、これらの調べだけでは物足りなかった。わがヨーロッパの土地が人に投げかけてくる、こうした僅かばかりの神のことばは汲み尽くしてしまったのだ。もっと強く響き渡る、もっと派手に鳴り響く岸辺で、別の調べを耳にしたいと切望するようになった。私の想像力は、オリエントの海、砂漠、山々、風習、そして神の痕跡に恋い焦がれていた。これまでずっと、オリエントは私にとって、生まれ故郷の渓谷地帯で秋や冬の霧に包まれて過ごした暗い日々に見る夢だったのである。(2)

ここにはすでに名声を確立した詩人としての並々ならぬ矜持と、彼がかねてからオリエントにたいして抱いていた切実な憧憬の念が率直に表明されている。自らを「生まれながらの詩人」と称して憚らず、「神のことば」の特権的な翻訳者をもって任ずるラマルチーヌは、先に挙げた何冊かの詩集で西洋的自然の中に聞き取れる限りの調べはすでに汲み尽くしてしまったと感じ、想像力の欲求と情熱を満たしてくれる新たな詩想を求めて、今度は「もっと強く響き渡る、もっと派手に鳴り響く岸辺」にヨーロッパとは異なる調べを、より強烈でより鮮明な「自然の言」を聞き届けるべく旅立つのだという。

そんな詩人にとって、オリエントは何よりもまず光の土地であった。右の引用に続けて彼は書く、「私の体は私の魂と同じく、太陽の息子である。それは光を必要としているのだ、われらが西洋の雲の引き裂かれた胸からではなく、かまどの口に似た深紅の空の奥からこの星が投げかけてくる命の光線を。ただの微光ではなく、熱く降り注ぎ、白い岩や山頂のきらめく尖峰を焼き焦がすあれらの光線、燃えあがる大火が波の上に漂うように大洋を真紅に染めるあれらの光線を！」(3)——この昂揚した口調からもうかがえる通り、ラマルチーヌの想像力の中で、西洋はあくまでも「秋や冬の霧」に包まれた憂愁の土地、厚い雲に覆われた闇の世界として暗色に塗りこめられ、オリエントはこれとの対比において、ことさら陽光降り注ぐ明色の世界として形容過剰気味に表象されている。いかにも単純化された図式といってしまえばそれまでだが、ここにはおそらく、当時の彼が陥っていた信仰の危機が少なからず反映しているのであろう。

じっさいラマルチーヌは、幼少時から母親によって敬虔なカトリック教徒として育てられたにもかかわらず、何度となく信仰を失いかけたことがあった。そんな彼にとって聖地エルサレムへの巡礼は、神の存在をより近くに感じ、その光を全身に浴びる貴重な機会としてとらえられていたにちがいない。先の引用に見られる「私の想像力は［……］神の痕跡に恋い焦がれていた」という言葉からもそうした彼の渇望は十分にうかがうことができるが、さらに続けて、彼は今回のオリエント旅行の目的を明確に記している。

私には、われわれの最初の家族の土地であり、さまざまな奇跡の土地であるあの土地の土を少しばかり手にとって捏ね上げることが必要だったのだ。人類の過誤や退廃と闘う神の叡知の偉大なドラマが演じられたあの福音の舞台、精神の真実が自ら殉教者となって、より完璧な文明をその血で豊かに潤したあの福音の舞台を、この目で見、この足で歩くことが必要だったのだ!(4)

彼の旅立ちは、選挙での相次ぐ敗北という現実的理由も確かにあったが、何よりもまず、こうした宗教的動機に裏打ちされていたのである。

ベイルートまでの航海

多くの旅行記がそうであるように、ラマルチーヌのそれもすべて事実が書かれているという保証はまったくない。しかしとりあえずは彼の言葉を信じておくことにして、その記述に沿って旅の軌跡を追ってみよう。

ラマルチーヌとその一行(妻のマリアンヌと十歳になる娘のジュリア、それに三人の友人と六名の召使たち)を乗せた帆船アルセスト号は、一八三二年七月一〇日にマルセイユを出港した。船は貸し切りで、詩人はこれに膨大な書籍と、病弱な娘に乳を飲ませるための山羊まで積み込んでいたという。地中海をひたすら南下した船は、同月一九日には対岸のチュニジア沖に達した。詩人にとっては、これがはじめて見るアフリカの影である。

沿岸地域の歴史に思いを馳せたせいであろうか、この日の航海記には民族に関する興味深い記述が読まれる。若い頃から民族にたいする好悪の感情をはっきり抱いていたという彼の告白するところによれば、ローマ人、カルタゴ人、フェニキア人などは反感と侮蔑の対象であり、エジプト人、ユダヤ人、イ

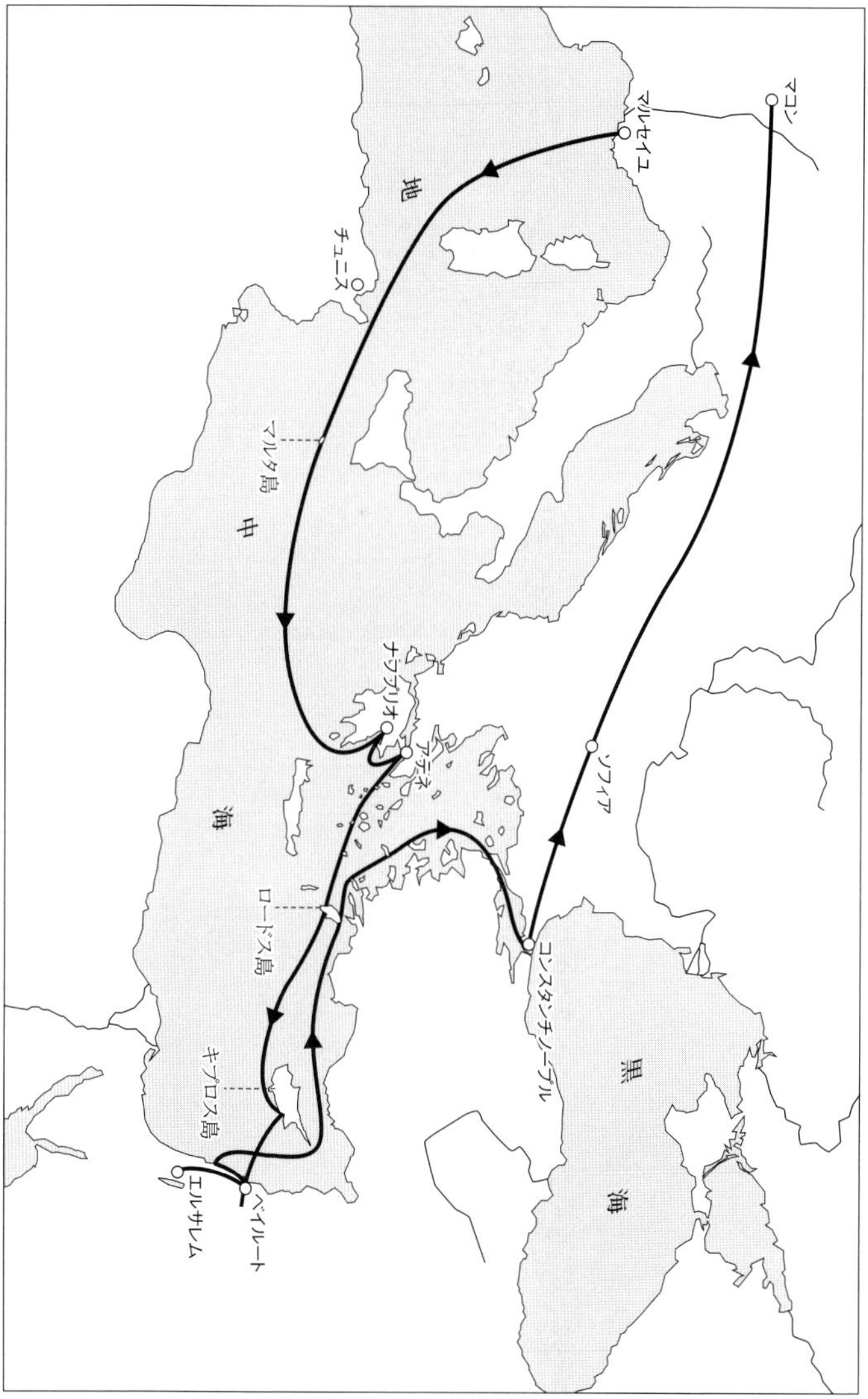
マコン
マルセイユ
地
チュニス
マルタ島
中
ナウプリオ
アテネ
海
ロードス島
キプロス島
エルサレム
ベイルート
ソフィア
コンスタンチノープル
黒
海

ラマルチーヌの旅程

ンド人、ギリシア人などは共感と尊敬の対象であるという。前者は「自分たちの利益のために土地を開拓し、得られる結果の物質的・現実的有用性に照らしてしか自らの企ての規模を測ろうとしない」という理由で嫌われ、後者は「政治を理想化し、民族生活において、神の原理すなわち魂を、人間の原理すなわち有用性よりも優先させた」という理由で好かれるのだが(5)、一読してうかがえるようにその判断は根拠が曖昧で、ほとんど一方的な偏見としかいいようがない。彼はおそらく書物から得た情報に基づいて地中海の海洋民族を嫌悪し、その彼岸に住むオリエントの人々に漠然とした理想像を投影していたにすぎないのであろう。

そんなラマルチーヌの思い入れは、風景を観察する目にも多かれ少なかれ反映しているように思われる。ちょうど同じ日の夜、この地域は突然の雷に見舞われた。「チュニスの深い湾の中に高い山のように凝集した白っぽい雲から、稲妻がほとばしり、雷鳴が遠くとどろく。アフリカは私がかねてから思い描いていた通りの姿で現れた。天の火に山腹を引き裂かれ、焼け焦げた山頂は雲の下に隠れて(6)」。――神話の一場面を思わせるような、力動感あふれる絵画的な描写だが、「私がかねてから思い描いていた通りの姿で現れた」という言い方は、あるべきアフリカのイメージを筆者があらかじめ自分の中で構成していて、それにあわせて現実のアフリカを見ていたのではないかという印象を抱かせないでもない。

それから三日後の七月二二日、船はチュニジアの東方に位置するマルタ島に立ち寄った。海岸に所狭しと立ち並ぶ家並みを見て、詩人は次のように書く。

こんな家、こんな光景が、戸口ごと、テラスごと、バルコニーごとに繰り返される。――この光景、この眺めを五、六百軒の同じような家々にまで拡大してみれば、セビリヤもコルドバもグラナダも知らないヨーロッパ人にとってはユニークなこの風景の、正確な思い出が得られるだろう。西洋の街の暗くてくすんだ単調さの中にひとたび戻ってから思い出したければ、この思い出をまるごと、こまごまとした風習と一緒に刻み込んでおかなければなるまい。わが国で雪と霧と雨に包まれて過ごす日々、月々のあいだに記憶の中でふたたび見出されるとき、これらの思い出は、長い嵐のあいだにふと澄み渡った空に開ける晴れ間のようなものだ。――目に映る少しばかりの太陽、心に宿る少しばかりの愛、魂に浮かぶ一条の信仰あるいは真実、それは同じものである。――流謫の地におけるこれら三つの慰めなくして、私は生きてはいけない。――私の目はオリエントのそれであり、私の魂は愛であり、私の精神は光の本能を、すなわち証明することはできないが誤ることなく人を慰めてくれる無意識の明証性を、自分のうちに宿した人々のそれである。(7)

西洋の街を塗りこめる「暗くてくすんだ単調さ」を厭い、「雪と霧と雨に包まれて過ごす日々、月々」のうちに回想されるであろうスペイン風の風景を「澄み渡った空に開ける晴れ間」としてとらえる視線は、出発時から抱いていた太陽の惜しみない贈与への期待を忠実に反映している。雲に覆われた陰鬱な西洋と、翳りのない光あふれる東洋という対立図式は、彼のうちにあってますます明暗のコントラストを際立たせていくかのようだ。じっさい詩人は、自分がすでにオリエントの目をもって対象を見ていることを自覚しつつ(「私の目はオリエントのそれであり」)、右の引用の直後ではマルタ島に降り注ぐ陽光を「恋が額に皺を刻み目に陰影を投げかける前の少女の目と表情から発する、黄金の、甘美で澄明な光」に譬えてみせたりもしている。

マルタ島に七月末まで滞在した後、船は八月一日にふたたび出発し、一週間後の八日にはギリシアのナフプリオに到着した。折しもギリシアはほんの二か月前の一八三二年六月に締結されたコンスタンチノープル条約でオスマン帝国から独立したばかりで、この時点ではアテネではなくこの地に首都が置かれていたのだが、実際に降り立ってみれば首都とは名ばかりの貧相な集落にすぎず、ラマルチーヌは同日の旅行記に「完全な失望」という素っ気ない一語を記している。娘ジュリアの健康状態に不安があった上に天候不順も加わって、数日間現地にとどまることを余儀なくされるが、詩人の筆はいっこうに進まない。「何も書くことはない。私の魂は、周囲の土地と同様に生気がなく陰鬱だ」、「このギリシアという地はもはや民族の屍衣でしかない」、「あれほど称えられてきたギリシアの美はどこに行ったのか？黄金の透明な空はどこにあるのか？」等々……。

ようやく八月一八日に出発した一行は、翌一九日にピレウス港からふたたび上陸し、アテネに立ち寄った。さっそくパルテノン神殿をはじめとする遺跡を見学しに出かけたラマルチーヌは、今度はナフプリオでの幻滅ぶりとは打って変わって、「さまざまな形と色に目を眩まされ、記憶と讃嘆で心をいっぱいにして」戻ってきたと記している。アテネまで来てようやく「幻想のギリシア」を見出すことができたということだろうか。

ところでこの日の記述には、次のような興味深い一節が読まれる。

作るべきあらゆる書物の中で最もむずかしいのは、私の思うところ、翻訳である。ところで旅をすること、それは翻訳することだ。読者の目や思考や魂に、自然が、あるいは人間の作り出したモニュメントが旅行者に差し出す場所、色彩、印象、感情などを翻訳することである。見て、感じて、表現することが、同時にできなければならない。どうやって表現するのか？　画家のように線と色によってではない。それは容易で単純なことだ。また音楽家のように音によってでもない。そうではなくて、言葉によってであり、音も、線も、色も含んでいない観念によってである。(8)

ラマルチーヌは色彩や音を用いて表現する画家や音楽家と比較しながら、言葉という手段を用いる文学者の表現方法を「翻訳」という言葉で規定する。ただしその意味するところは、異郷の風俗習慣を客観的に観察し記録することよりも、むしろそこから触発された個人的な思念や感覚の表現に重きを置くところにあるようだ。その意味でこの発想はいわば「文学的印象主義」ともいうべきものであり、基本的にはオリエントに「イメージを探しに行った」というシャトーブリアンの姿勢にも通じるものだろう。

八月二三日にピレウス港を出た船は、夜間にシクラデス諸島を通過し、翌朝早く、ロードス島の島影が目に入る海域に達した。現在はギリシア領となっているこの島は、当時はまだトルコ領だったので、ラマルチーヌにとってはこれがはじめて見るアジアということになる。このときの感想を読むと、「あれがアジアなのだ！」という言葉に続いて「印象はギリシアの地平のそれを凌駕している」とか、「私は自分がもっと広くもっと高い地域に入ったことを感じる」とか、さらには「ギリシアは小さい。[……]それは小人の骨格だ。ここにあるのは巨人のそれである！」とか、ギリシアとの比較においてことさらアジアの広大さを強調するような記述が目立ち、ついにアジアの大地を前にした詩人の開放感にあふれた感慨とただならぬ興奮ぶりがうかがえる。

ロードス島での短い滞在中にとりわけ印象深かったのは、女性の美しさであったようだ。「ギリシアの彫刻家たちは、アジアの女性をモデルにしていたらもっとずっと完璧であっただろうに！」と、彼はますますアジアへのファンタスムを募らせていく。一行はこの後、キプロス島に数日立ち寄った後、九月一日の深夜にふたたび出航し、レバノンのベイルートを目指すことになるのだが、九月二日の航海記には次のような文章が読まれる。

旅をすること、それは到着と出発、喜びと別れを通して、定住生活のできごとからはめったに得られることのないもろもろの印象を増やすことである。［……］出発すること、それは死ぬようなものだ、運命が旅行者を二度と連れてきてはくれないこれらの遥かな国々を離れるときには。旅をすること、それは長い人生をほんの数年間に要約することである。それは人間が自分の心情と思考に与えうる最も厳しい訓練のひとつである。哲学者、政治家、詩人たちは、たくさん旅をしておかなければならない。精神の地平を変えること、それは思考を変えることである(9)。

ラマルチーヌの旅行観が集約的に表現されているという意味で、これは記憶しておくべき一節だろう。時代の詩人を自任する彼は、おそらく自らの限界をしるしづけている西洋的思考の枠組みに揺さぶりをかけ、精神の地平を変え「思考を変える」ために、「長い人生をほんの数年間に要約する」濃密な時間を求めて東方を目指したのである。

こうして一行を乗せた船は、マルセイユを出てからほぼ三か月後の九月六日、レバノンのベイルートに到着した。

「約束の地」の風景

ベイルートは古くから海上交易の中心地として栄えた港湾都市である。一九世紀中葉以降はとりわけフランスとの関係を強め、「中東のパリ」と呼ばれるほど西欧色の濃い街として発展していくが、ラマルチーヌ一行が訪れたときにはまだ人口二万に満たない中規模の都市であった。「街からおよそ一里のところで、レバノン山脈の高峰がそびえはじめる。山々はその深い峡谷を開き、視線は遥かな闇の中に吸い込まれていく(10)」と旅行記に記されているように、すぐ背後には標高三千メートルにも達する峻嶮な山岳地帯が控えており、到着前後の記述にはその威容を描いた文章が目立つ。

私は山の風景からこれほど強い印象を受けたことがない。レバノン山脈はアルプス山脈でもトロス山脈でも見たことのない性格をもっている。稜線や山頂の圧倒的な崇高さと、細部の優美さ・色彩の多様さとの混合だ。それは名前にふさわしい荘厳な山である。それはアジアの空の下のアルプスであり、空中にそびえる山頂を、永遠の壮麗さの深い静謐のうちに沈めている(11)。

レバノン山脈は、あるときは断崖にいくつもの村落や大規模な修道院を吊り下げながら海に面してほとんど垂直にそびえ立ち、あるときは海岸から遠ざかって広大な入り江を形づくり、山々と波のあいだに青々とした痕跡を、あるいは金色の砂の境界線を残している(12)。

このようにほとんど隣接する山と海に挟まれたこの土地でしばらく過ごすため、ラマルチーヌはさっそく街から歩いて十分ばかりの郊外に五軒の家を借りた。現地で知遇を得た人々はみな親切で、一行にとってはきわめて快適な滞在だったようだ。ほとんどのヨーロッパ人がもっぱら商売目的でやってくるので、彼らがもっぱら現地の人間や風習に接したり自然や遺跡を嘆賞したりするためにはるばるこの地を訪れたということがはじめのうちは住民たちには信じられず、各地に今なお埋もれている財宝が目当てにちがいないと思われていたようだが、やがて誤解が解けると、人々はすぐに心を許し、何かと便宜をはかってくれるようになった。彼らの借家には毎日、多くのアラブ人やギリシア人、そしてマロン派、ドゥルーズ派など[13]、人種・宗教を問わず多くの人々がさまざまな贈り物を手に訪れたという。

このベイルート滞在中に、ラマルチーヌはレディー・ヘスター・スタナップというイギリス人女性を訪ねている。彼女は美貌と気品に恵まれた一七七六年生まれの貴族で、叔父である英国首相、ウィリアム・ピット（小ピット）が一八〇六年に死去したのをきっかけにヨーロッパ遍歴の旅に出かけ、その後、船でコンスタンチノープルに渡った。数年間を当地で過ごしてから、今度はシリアを目指すが、途中の洋上で嵐に遭い、船に積み込んでいた財産をほとんど失うという災難に見舞われる。彼女自身は近くの島に流れ着いて救助され、いったん母国に帰るが、オリエントへの憧憬はやみがたく、やがてふたたび東洋に渡ると、アラビア語を学んで現地に定住した。そしてしだいに人望を集め、ついにはパルミラ（シリア内陸の現タドモル）の女王といわれるまでになるという、数奇な人生を送った女性である。パルミラを離れた後は各地を転々とし、ラマルチーヌがベイルートにやってきた時には、ちょうどレバノン山中で隠遁生活を送っていた。このことを知った詩人はさっそく彼女に手紙を書き、実際に会いに行ったという次第である。『オリエント紀行』ではこの訪問について一節が割かれ、そこでは彼女のことが「この並外れた女性、まさに古代の有名な魔女を思い出させる現代の魔女――砂漠のキルケー」[14]と描かれている（キルケーはギリシア神話やホメロスの『オデュッセイア』に登場する魔女）。

その頃、ギリシアに遠征していたエジプト軍司令官のイブラヒム・パシャが敗色濃厚であることが伝えられたため、郊外地域の治安を心配したラマルチーヌは、家族のためにもう一軒の家を市内に借りることにした。そして彼はやがてこの家に妻と娘を残し、ベイルート到着から一か月を経た一〇月八日、キャラバンを組んでいよいよ聖地巡礼の旅に出る。テントで野営しながら、海岸沿いにサイダ、ティルスへと南下。そこから内陸に進路を転じ、一二日には早くもカナーンの地を望む場所にまでたどり着いた。

この丘の裏側に来たとき、聖なる土地、カナーンの地が、私たちの前に全貌を現した。印象は大きく、快く、深いものだった。そこにあるのは、先入観をもった何人かの作家たちや、早く現地に行って印象を書きとめようと急いでいた旅人たちの言葉を信じて一般に約束の土地として思い描かれている、あのむき出しで石だらけで不毛な土地、低く荒涼とした山々の寄せ集めではなかった。彼らは古代イスラエルの十二支族の広大で多彩な領土のうち、日の出から日の入りまでのあいだにヤッファからエルサレムまでをつなぐ岩だらけの小道しか見ていなかったのだ。――彼らに騙されて、私は彼らが描いているもの、すなわち広がりもなく、地平線もなく、峡谷も、平原も、樹木も河川もない土地しか期待していなかった。(15)

つまりこれまでラマルチーヌが他人の書物で触れてきたカナーンの描写からは、ほとんど期待をそそられるようなイメージは得られなかったというのだが、いま眼前に広がっているのは「いくつもの丘、山、峡谷、そして空と、光と、靄と影のパースペクティヴ」から成る雄大な光景であり、それらは「色と線のみごとな調和をもって配置され、すばらしい構成の幸福のうちに溶け合い、いとも優美なシンメトリーで結びつき、じつに多様な効果によって変化しているので、私の目はそこから離れることができ

ニコラ・プッサン《秋（カナーンの葡萄，または約束の地）》

なかった」。予想を遥かに超えたこの「魔術的なアンサンブル」を前にして、詩人は思わず叫ばずにはいられない――「これはプッサンかクロード・ロランだ！」[16]

ニコラ・プッサン（一五九四―一六六五）は聖書を題材とした作品を何枚も描いているが、その中には最晩年の『四季』と称される四部作があって、三枚目は『秋（カナーンの葡萄、または約束の地）』と題されている。いっぽうクロード・ロラン（一六〇〇―八二）には明示的にカナーンをタイトルにもつ作品は存在しないようだが、やはり聖書に題材をとった一連の風景画があるので、ラマルチーヌはそれらの一枚あるいは数枚を想起しているのであろうか。いずれにせよ、彼は感動の絶頂にあって二人のフランス古典派画家の名前をもちだしているわけだが、このことに何がしかの違和感を覚える者も少なくあるまい。彼らは二人ともオリエントを訪れたことがあるわけではないので、その作品に描かれているのはあくまでも、西洋人によって表象された想像上の場景にすぎないからだ。実際にオリエントに足を運んだラマルチーヌが、目の前にある現実の風景の雄大さ・壮麗さを称賛するにあたってわざわざ自国の画家によって描かれた虚構の風景をもちだすというのは、いささか倒錯した振舞いではあるまいか？

「翻訳」と「祈り」

じっさいサイードは、まさにラマルチーヌの『オリエント紀行』のこの箇所にひとつの転換点を見出している。彼の言うところを聞いてみよう。

初めのうちは、出会うものすべてが、彼の詩人的予言を実証し、彼の類推癖を触発してくれた。レディー・ヘスター・スタナップは砂漠のキルケーであり、オリエントは「我が空想の祖国」であり、アラブは未開な人々であり、聖書の詩はレバノンの大地に刻まれていた。そして、オリエントは、アジアの魅力的な広大さとギリシアの相対的狭隘さを証明するものであった。しかしながら、ラマルチーヌは、パレスチナに到着するやいなや、空想のオリエントを執拗に組みたてはじめる。彼は、カナーンの平野がプッサンやロランの作品に描かれるとき、もっとひき立ってみえると主張する。このとき彼の旅は、かつて彼が「翻訳」と呼んでいたものであることをやめ、彼の視覚や知性が精神よりも彼の記憶と魂とこころにより多く働きかけるひとつの祈りへと転化していたのである。

こうした思いのたけを明かす発言こそ、ラマルチーヌが類推と再構成とに寄せる（規律＝訓練を課せられていない）情熱を完全に解き放つものであった。キリスト教とは夢想と追憶の宗教である。

そして、ラマルチーヌは、自分こそが敬虔なる信者の鑑であると自認してやまぬ人間であるから、そこにおいて安んじて夢想や追憶にふけることができたのである。(17)

この文章が、先の「これはプッサンかクロード・ロランだ！」という感嘆詞つきの言葉を踏まえて書かれたものであることは明らかだろう。サイードに言わせれば「先入観と共感と偏見の固まり」にほかならないラマルチーヌは、パレスチナに到着するまでは自分の中で理想化していたオリエントのイメージを眼前の風景のうちに確認することができた。じっさい、たとえばチュニジアの陸地をはじめて目にしたとき、彼が「アフリカは私がかねてから思い描いていた通りの姿で現れた」と述べていたことはすでに見たところであるし、右の引用でも言及されているように、ギリシアとの対比においてアジアの広大さをことさらに強調していたこと、あるいは隠遁生活を送るレディー・ヘスター・スタナップのことを「砂漠のキルケー」になぞらえていたことなども、これまで瞥見してきた通りである。ところがカナーンの地に達したとき、この構図には変化が生じるのだと、サイードは言う。聖書にゆかりのある土地を訪ね歩きはじめた詩人は、もはや現実の風景の中に自分の思い描いていたオリエント像を追認することができなくなり、これに代わりうる「空想のオリエント」を必死に構築しはじめる。そしてプッサンやロランといった西洋画家の作品を引き合いに出しながら、絵画に描かれた想像上の風景のほうが眼前のそれよりもむしろ際立っていると主張するのだ、というわけである。

だが、全体の趣旨はともかくとして、少なくともこの箇所に関していえば、サイードの指摘はいささか疑問なしとしない。というのも、画家たちの名前を挙げた後に続けてラマルチーヌが書きつけているのは、じつは次のような文章であるからだ。

――じっさい、このカナーンの地平の雄大な甘美さに並びうるものといえば、自然の精がそれにたいしてこの風景の美を開示してみせた二人の画家の絵筆を措いてほかにない。偉大なものと心地よいもの、強いものと優美なもの、絵画的なものと豊穣なもののこうした和合は、これら二人の偉人たちが想像した風景の中にしか、あるいは私たちの眼前に広がる美しい土地、まだ牧人であり穢れを知らない居住民族のために至高の偉大な画家の手が自ら絵に描いて色を塗った土地の、あの真似することのできない自然の中にしか見出されはしないだろう(18)。

この一節の終わり近くに見られる「至高の偉大な画家」というのは、定冠詞を付された単数形の「画家」であるから、この文脈では「これら二人の偉人たち」(すなわちプッサンとロラン)とはまったく別で、創造主としての神を比喩的に指しているものと解釈される。つまり「カナーンの地平の雄大な甘美さ」に比肩しうるものとして、ラマルチーヌは二人の西欧画家たちの描いた風景と、神が創造したオリエント全体の自然を並列しているのであり、この部分を読む限りでは、サイードのいうようにカナーンの現実よりも絵画のほうが「もっとひき立ってみえる」とは主張していない。詩人はただ、旅行前に読んでいた「先入観をもった何人かの作家たちや、早く現地に行って印象を書きとめようと急いでいた旅人たち」の無味乾燥で不正確な言葉による報告に比べれば、画家たちが想像で描いた風景のほうが遥かに実際の雄大な景観に近いことを認め、オリエントの視覚的表象として傑出していることを率直に賛美しているだけである。その意味で、彼が「パレスチナに到着するやいなや、空想のオリエントを執拗に組みたてはじめる」というサイードの議論は、いささか正確さを(そして公正さを)欠いているような印象を受ける。

　サイードは先の引用で「このとき彼の旅は、かつて彼が「翻訳」と呼んでいたものであることをやめ〔……〕ひとつの祈りへと転化していた」と述べ、あたかもカナーンの風景に触れた時点でラマルチーヌの認識に本質的な変化が生じたかのような言い方をしている。つまり彼によれば、パレスチナへの到着を境に、詩人はそれまで専念してきた「現にあるオリエント」の翻訳作業——先に見た「旅をすること、それは翻訳することだ」という言葉を思い出そう——を放棄し、「類推と再構成とに寄せる情熱」にまかせてもっぱら「あるべきオリエント」を召喚するための祈りに移行したということになる。確かにラマルチーヌが、カナーンの地で自分の中にある種の変化が起こっていることを認めるような断章をいくつか残していることは否定できない。たとえば彼は「その日、私の内では新たな印象、それまで私の旅から得られてきたそれとはまったく異なる印象が生まれた。——私はこれまで目で、思考で、精神で旅行していた。奇跡の土地に触れるようにして、魂や心では旅行していなかった(19)」と書いているし、さらには「私の旅はしばしばひとつの祈りとなった(20)」と、はっきり「祈り」という言葉を用いてみずからの変化を定義しさえしている。これらの言葉は、なるほど旅行者＝翻訳者としての描写から、キリスト教信者としての「夢想と追憶」への移行を物語っているように見えるし、サイードの指摘も当然、詩人自身のこうした告白を踏まえてのものであろう。「ラマルチーヌにとって重要なことは、オリエント旅行によってオリエントこそ「信仰と奇跡の地」であることが明らかにされ、彼がオリエントによって選ばれた西洋の詩人となることなのであった(21)」という評価も、その意味ではじゅうぶんに納得できるものだ。

　だが、「敬虔なる信者の鑑であることを自認してやまぬ人間」が実際に聖地を前にしたとき、ある種の宗教的カタルシスに見舞われること自体は、きわめて自然な成り行きではなかろうか。仮に翻訳から祈りへの転換が詩人の身に起こったとしても、それはあくまで「約束の地」の圧倒的な風景がもたらした純粋な言説レベルでの昇華であって、この時点で彼が「空想のオリエント」の形象を西洋人の視線で構築しはじめたということと必ずしも同義ではない。カナーンの地におけるラマルチーヌの変化に、オリエンタリズムの罠に絡めとられた西洋詩人の姿を過剰に読み込むことは、必ずしもニュートラルな解釈とはいえないばかりか、それ自体がある種の先入観にとらわれた断罪の身振りであるようにも見受けられる。虚心坦懐にテクストを読んでみれば、ラマルチーヌの旅行記にこの時点でそうした明確な反転の徴候を読み取ることはむずかしいのではあるまいか。

聖都エルサレムへ

だが、サイードの議論についてはまた後で触れることにして、ラマルチーヌのたどった旅程に話を戻そう。彼のキャラバンはナザレの修道院を訪ねた後、一〇月一四日には「変貌山」とも呼ばれるタボール山へ、そしてイエス洗礼の場所とされるヨルダン河を経て、主たる布教の舞台となったガリラヤ湖へ向かった。こうしてイエスゆかりの地を次々と訪ね歩きながら湖のほとりにたどり着いた詩人の脳裏には福音書の記憶が鮮やかによみがえり、敬虔な信者としての宗教的感慨は頂点に達する。「福音書の偉大で神秘的な場面は、ほとんど全部がこの湖と湖畔で、そしてこれを取り囲んで見下ろす山々で起こったのだ。[……]これが、キリストがこの大地の中で好んだ土地、その神秘的なドラマの前景とするために選んだ土地なのだ。[……]キリストが休息し、瞑想し、祈り、人々と神を愛しにやってこられたのは、ここなのだ(22)」。そして彼は神による創造の奇跡にたいして称賛の言葉を惜しまないのだが、今度はもはや西洋の画家の名前を引き合いに出すことはない。「最も精妙な画家の手でも、創造の手がこれらの河川、これらの山々に与えた輪郭以上にまろやかで、おぼろで、多彩な輪郭を描くことはできぬであろう」(23)。ラマルチーヌが絵画的表象を現実の風景よりも精彩あるものとして評価していたわけではないということが、この一節からも確認される。

この後、一行はカナ経由でナザレに戻ると、一〇月二一日にふたたび出発し、今度は地中海に面する古い港町、ハイファに向かった。そしてカルメル山の修道院を訪ねてから、さらにエルサレムをめざして旅を続けるが、途中で立ち寄ったヤッファ(現在はテルアビブに併合)で、フランス副領事をはじめとするおもだった面々から、現地ではペストが流行していて非常に危険であるからこの巡礼は思いとどまったほうがいいとの忠告を受ける。この情報を知ってラマルチーヌはかなり動揺し躊躇するが、はるばるここまで来た以上、今さら引き返すわけにはいかない。結局、現地の総督から護衛兵士の提供を受けて、キャラバンはそのまま聖都への路程をたどり、一〇月二八日に現地に到着した。

だが、途中で立ち寄った洗礼者ヨハネ修道院で約束していたこともあって、ラマルチーヌはすぐに市内に入ることはせず、まずは市壁の周囲をめぐり、それから東郊外にあるオリーヴ山にのぼってエルサレム市街を見渡す。「あれがオリーヴ山の頂上から見た市街だ！　その背後にも、西側にも、北側にも、地平線は見えない。市壁と塔の輪郭線、数々のミナレットの尖塔、きらめく円屋根のアーチなどが、オリエントの空の青を背景にくっきりと浮き彫りになっている」(24)。結局一行がベツレヘムの門から市内に入ったのは、翌二九日のことである。

はじめに詩人の目に映ったのは、以下のような光景であった。

これらの街路はいたるところ、瓦礫や堆積したごみで塞がれていた。特にラシャや青く染めた綿布のぼろきれが山のように散乱しており、風が吹くと枯葉のように飛んでくるので、どうしても接触を避けることができない。オリエントの都市の舗道はこうしたごみや布類の切れ端で覆われていて、これらがペストを伝染させるいちばんの要因になっているのだ。［……］アルプスやピレネーの最も貧しい村落でも、わが国の労働者の最貧階級が押し込められた場末の最も汚らしい小路でも、都市の女王たるこの街の人影まばらな街路よりはまだしも清潔で、贅沢で、優雅である。(25)

エルサレムの聖墳墓教会の石墓

あれほどまでに憧れていた聖都の市街は、実際はこのような惨状を呈していた。ラマルチーヌの幻滅は相当深刻なものであったにちがいない。にもかかわらず、あるいはだからこそなおのこと、彼は自らの宗教的情熱をことさら鼓舞しようとしているようにも見える。正視にたえない索莫とした光景をまのあたりにしながら、詩人は入り組んだ不潔な街路をめぐり、ついにゴルゴタの丘があったとされる場所に立つ聖墳墓教会を訪れた。キリストが復活を遂げたとされる石墓の前で、彼が思ったのは次のようなことだ。

キリスト教徒あるいは哲学者にとって、モラリストあるいは歴史学者にとって、この墓は二つの世界、旧世界と新世界を隔てる境界である。これは世界を刷新したひとつの思想、すべてを変容させたひとつの文明、地球全体に響き渡ったひとつのことばの出発点なのだ。この墓は古い世界の墳墓であり、かつ新しい世界の揺籃である。この世のいかなる石も、これほど巨大な建造物の礎石となったことはない。いかなる墓も、これほど豊穣であったことはない。三日間、あるいは三世紀のあいだ埋もれていたいかなる教義も、人間がその上に封印として置いた岩をこれほど堂々と打ち砕いたことはなかったし、死にたいしてこれほど輝かしくこれほど永遠なる復活をもって否認を突きつけたことはない！

疫病の危険もかえりみずに訪れたキリストの墓という究極の聖所に立って、ラマルチーヌの信仰心は最大限にかきたてられている。『オリエント紀行』の初版に付された「まえがき」において、著者は巡礼者としてエルサレムに赴いたシャトーブリアンと自分を比較しながら、「私はそこに、ただ詩人として、あるいは哲学者として立ち寄っただけだ」(26)と述べているが、右の一節を読む限り、彼は明らかに詩人や哲学者というよりも、ひとりの巡礼者として振舞っている。その尋常ならぬ昂揚ぶりは、ひとつ間違えばわざとらしい演戯性や、いかがわしい自己欺瞞の徴候さえうかがわせかねないものだ。聖地への旅ならずとも、一般になにがしかの期待をもって旅をするとき、私たちはしばしば自分のうちにあらかじめ感動の鋳型を作り上げ、これにあわせて実体験を整形するという奇妙な倒錯に陥りがちである。ましてやラマルチーヌの場合、幼少時から親しんできた聖書の内容や文言が精神の奥底に深く根付いていたにちがいないのであってみれば、はじめてのエルサレム体験が、すでに定着した「物語」の反復・確認作業に終始してしまったとしても不思議ではない。だが、そうした可能性を留保した上で、今は率直に彼の感動を共有しておくことにしよう。

一〇月三〇日にエルサレムを出発したキャラバンは、エリコを経て死海を訪れ、ふたたびエルサレム近郊に戻ってくるが、ラマルチーヌはそこで妻からの手紙を受け取る。文面には、今はエジプトに行かないでほしいと書かれていた。詩人は彼女の希望に従ってエジプト行きの予定を中止し、海岸沿いのルートでいったん妻子のもとに帰ることにする。そして数日間の旅程を経て、一行はベイルートに戻り、ラマルチーヌはほぼ一か月ぶりに家族と再会することとなった。

ラマルチーヌの娘ジュリア（母親によるデッサン）

一一月一〇日の記述には、娘のジュリアと久しぶりに馬で散策に出かけたときのことが詳細に綴られている。ベイルート周辺の土地をあちこち巡って夕方に帰ってきたとき、ジュリアはすっかり興奮して「この世でいちばん素敵な散歩だったよね？　神様って、なんて偉大なのかしら！　それに私を選んで、こんなに小さいうちにこんなにきれいなものを見せてくれるなんて、なんて親切なのかしら！」[27]と、感激の声をあげるのだった。

ラマルチーヌにとって、この日の記憶と娘の言葉はおそらく忘れがたいものになったことだろう。というのもそれから一か月もたたない一八三二年一二月七日、ジュリアはベイルートで病死してしまったからである。詩人はのちに「ゲッセマネ、あるいはジュリアの死」という詩篇を書き、そのときの動揺ぶりと悲痛な心情を歌っている。

「ジュリア！　ジュリア！　いったいどうして蒼ざめているの？
どうして額がこんなに湿り、顔色がこんなに変わっているの？
話しておくれ、微笑んでおくれ！　ふざけていないで、ぼくの天使よ！
その目を開けて、心を読ませておくれ！」(28)

もともとフランスにいた頃から健康状態が思わしくなかった十歳の少女は、アジアの空気に触れてかなり快方に向かっている様子だったのだが、わずか二日のあいだに容態が急変し、両親の腕の中で息を引き取ったのである。長男をわずか一歳で亡くした経験をもつラマルチーヌにとって、二度目の悲劇がもたらした衝撃は想像に余りある。おそらく彼はこのとき、不条理な運命の試練をもたらした神の残酷さを呪ったにちがいない。じっさい右の詩篇の最後には、「私の胸の中の祈りは希望とともに息絶えた／だが、おまえを押しつぶしているのは神なのだ、おおわが魂よ！」という詩句が読まれる。聖都巡礼によって頂点に達していたはずの信仰は、娘の死という最大の不幸に見舞われた詩人の内部で根底から揺らいだことだろう。

けれどもフランスに帰国するための船は翌年五月まで来ないことになっていたので、夫婦は悲嘆に暮れながら、娘の亡骸とともにあと半年を当地で過ごさなければならなかった。この間、ジュリアの喪に服するかのように、旅行記の執筆も四か月の長きにわたって中断される。ようやく執筆が再開されたのは、一八三三年三月二八日のことであった。そしてちょうどこの空白期間にあたる同年一月七日、ラマルチーヌは本人不在のまま、出発前に選挙に出て挫折したノール県のベルグで下院議員に選出されている。娘の死にうちひしがれていた彼の内部では、この頃から政治への傾斜が深まっていったのかもしれない。

その後の旅程を駆け足で追ってみると、ラマルチーヌはバルベック遺跡やダマスカスを訪れた後、四月末にヤッファから船に乗り込み、五月二〇日にコンスタンチノープルに到着した。そして二か月ばかり当地周辺に滞在した後、七月にはふたたび出発して陸路で西進、ブルガリアのソフィアを経てセルビアに入る。このあたりの旅行記には正確な日付が記されていないが、セルビアの森を抜けてドナウ河の岸辺に達したときにはもう九月に入っていた。彼が妻とともに故郷のマコンに帰り着いたのは、一八三三年一〇月一八日のことである。

保護者としてのヨーロッパ

帰国後、ラマルチーヌは「オリエント旅行の政治的概要」と題する文章を書き、この旅行から得た知見を総括している。これは政治家としての彼のオリエント観を集約したテクストなので、そこから主要な論点を抽出してみよう。

「十八か月にわたる旅行、移動、閑暇のあいだにも、精神は、たとえ無意識にではあっても思考している。それが目にする無数のことがらは、知らぬうちに精神を照らし出す」[29]と語りはじめる筆者は、自分はオリエントでずいぶん政治のことを考えたと述べ、以下に書かれていることが理解され実践されたならヨーロッパとアジアは救われるであろうと豪語する一方、逆に無視されたならヨーロッパは自爆し、アジアは今の「人類の枯れた不毛な枝」の状態にとどまるであろうと、大見得を切ってみせる。いかにも自負の念に満ちた書き出しだが、では彼は具体的にどんなことを主張しているのか。
あたかも現代のグローバリゼーションを先取りするかのように、「世界ではすべてが関連し合っており、常にあるできごとが他のできごとに作用している。だからオリエントに関しては、ヨーロッパ政治の計画と行動が論理的にどのようなものであるべきかを見てみよう」と筆者は述べ、理性に基礎を置いた立憲体制が特に進んでいる国として、まずはフランスの例をとりあげる。ラマルチーヌによれば、フランスは兵力よりも精神の力によって強力であり、フランスだけが確固たる信念を抱き、明確な大義をもっている。この国はこれまでさまざまな内憂外患にさらされてきたが、外部からの危機によって滅びることはけっしてないであろうことを世界に示した。それよりも内部の危機のほうがむしろ深刻であるが、革命による体制の移行期にあってそうした側面は避けがたい。権利の平等、議論の自由、教育の大衆化、産業の発展、プロレタリアの出現、等々の新たな現象は、さまざまなプラス面とマイナス面をもたらしている。そして――

新秩序にともなうこれらすべてのことから、フランスとヨーロッパにとって異論の余地のない必要性が生じる。拡張の必要性だ。是が非でも、外部への拡張が、物事の中で達成されている革命から生み出された内部への大幅な拡張と連動していなければならない。――この外部への拡張なくして、私が今挙げたような種々の危機をどうして阻止することができるだろう？［……］
ところで、新たな必要性を創り出すときには必ず、それを満たすべき手段も同時に創り出さずにはいないというのが〈摂理〉の讃嘆すべき先見性というもので、文明化の危機がヨーロッパで起こりつつある今、そしてそこから生じる新たな必要性が諸国の政府や人民に明らかになりつつある今、まさにオリエントとアジアでは逆方向の大きな危機が起こっており、ヨーロッパに収まりきらない人口と能力にたいして巨大な空白が差し出されている。われわれのところから溢れ出すであろう過剰な生命は、世界のこの部分に吸収されうるし、吸収されなければならない。われわれを苦しめている過剰な力は、力が汲み尽くされ眠り込んでいるこれらの地域、人口が澱んで涸れ果て、人類の生命力が息絶えているこれらの地域で用いられうるし、用いられなければならない。(30)

「過剰／空白」という明快な二項対立のシェーマに西洋と東洋をあてはめて、前者から後者への流入・進出を正当化するこの論理は、典型的なヨーロッパ拡張主義の表明であり、臆面もない植民地主義の現れというほかないが、ラマルチーヌがオリエント旅行の結論として提示しているのは、じっさいこうしたヴィジョンなのである。そして彼はこの後、アフリカ北岸、エジプト、バグダッド、ダマスカス、小アジア、コンスタンチノープル、セルビア、ブルガリア、等々の諸地域・諸都市について現状分析をおこなった上で、これまでの支配者であったオスマン帝国がもはや名目上の存在にすぎなくなった今、これらの地域は西欧諸国に戦争を挑むべきではなく、むしろヨーロッパの庇護のもとに新たな秩序の確立をめざすべきであると主張する。ではヨーロッパがなすべきことは何か？

なすべきことは以下の通りだ。オスマン帝国と境を接する、あるいは地中海地域に利害をもつ主要列強会議を招集すること。ヨーロッパがトルコの内政から手を引いていっさいの直接的な作用や影響を及ぼさぬようにし、トルコを自らの活力と自らの運命の可能性に委ねた上で、コンスタンチノープルの革命によってであれ領土の段階的な分割によってであれ、この帝国が衰退したときには、ヨーロッパの列強諸国が会議の約定によってそれぞれに割り当てられた帝国領土を保護領として統治するよう、あらかじめ取り決めておくこと。そしてこれらの保護領は、領土に関しては隣接関係や国境の治安、宗教や風習や利害の共通性によって決定・画定されるものであり、保護対象となる地方に以前から存在する地域主権を侵害するものではなく、列強の宗主権のみを公認するものであるとすること。以上のように定義され、ヨーロッパの権利として公認されたこの種の宗主権は、主として、領土あるいは沿岸地域のある部分を占有し、そこに自由都市なり、ヨーロッパ人コロニーなり、貿易港なりを建設することをその内容とすることになろう(31)。

要するにオスマン帝国はもはやかつての勢力を失って自壊の危機に瀕しているのだから、ヨーロッパ諸国はしばらく手を出さないでトルコがひとりでに衰退するのにまかせておき、その時機が来たら列強間で領土を分け合うようあらかじめ合意しておこうではないかというわけだ。なんともヨーロッパにとって一方的に都合のいい筋書きだが、本人はいたって大真面目である。一介の詩人としてオリエントの風景に身体を溶け込ませ、敬虔なキリスト者として聖地の神秘に胸ふるわせていたはずの彼は、今や明らかにヨーロッパの覇権を標榜するひとりの現実主義的な政治家として語っている。「保護領」という発想や「宗主権」といった語彙からは、自らを高みに置いて東方を見下ろす視線がいやがうえにも際立ってくる。この論調を見ると、ラマルチーヌが当時のヨーロッパの拡張主義的側面を体現する存在であったことは否定のしようがない。

じっさい彼はこの後、最初にとるべき方策としてすべての被保護民に開かれた自由都市の建設を提言するのだが、彼に言わせればそこは「自分の部族や君主の圧政的で野蛮な法に従わされている」住民たちが救済される場所であり、「彼らを大量に殺戮する専制政治と野蛮で抑圧的な行政に倦み疲れ、とりわけ個人的な自由、所有と商業の自由に飢えている」人々が解放される空間である。したがって「ヨーロッパは、人類の保存と文明化という目的のもとに結合すれば、異論の余地なくアジアの運命を決定する能力をもっている」(32)。野蛮な圧政に苦しむ後進的なオリエントと、文明の力によってこれを救い出す先進的解放者としてのヨーロッパという、おなじみの紋切型の図式がこれほどあからさまに露呈している例もめずらしい。

地上の旅人・天上の自我

こうしてラマルチーヌの主張を追ってみると、今度はどうやらサイードの手厳しい批判も正鵠を得たものとして認めざるをえないようだ。もう一度『オリエンタリズム』から引いてみよう。

彼は、単なる地理上のオリエントを超越して高く舞い上がりつつ、シャトーブリアンの衣鉢を継ぎ、東洋があたかもヨーロッパの権力による処分を唯々諾々と待つ私的な（少なくともフランスの）領土であるかのごとくに、これを眺め渡したのだった。かつては現実の時間および空間を旅する旅人であり巡礼者であったラマルチーヌが、いまや力と意識において自己を全ヨーロッパと同一視する超＝個人的な自我《エゴ》となったのである。彼が俯瞰しているのは、やがてばらばらに分割されてヨーロッパの宗主権のもとに接収され、その不可侵の領土となるはずの、解体過程にあるオリエントであった。かくして、高みへ高みへと上昇してゆくラマルチーヌの視角のなかで、オリエントは、ヨーロッパがそこに力をおよぼす権利をもつ対象として生まれかわったのである(33)。

拡大する一方のヨーロッパに自己を同一化することで、ラマルチーヌは地上の旅人から天上の「超＝個人的な自我《エゴ》」へと変身する。こうして超越的な高みに浮遊してオリエントを眺め渡す彼にとって、実際に訪れた数々の土地はもはや西欧文明の支配を受動的に待つばかりの矮小な書き割りにすぎない。黒海がロシアの湖となり、紅海とペルシア湾がイギリスの湖となるのと同様、地中海は「南ヨーロッパの湖」となるであろう。サイードが「オリエンタリズムがつくりあげたあらゆるオリエント・ヴィジョンのなかにあって、これほど完璧かつ忠実な要約といえるものはほかにない」とまで断言し、その姿勢を「超越的な擬似国家主義的エゴイズム」(34)と切って捨てているのも、こうしてみると無理のないことに思えてくる。じっさいラマルチーヌは霧と雲に覆われた西洋の暗く寒々しい風土に詩想を求めることに限界を感じ、光を渇望する「太陽の息子」として東方へ旅立ったはずなのに、旅を終えてみるといつのまにかこの構図は逆転し、今やオリエントのほうが「ヨーロッパの叡智《リユミエール》（＝光）と産物に飢えている」とさえいわれるのである。

だが、ここでもう一度立ち止まってみたい。確かに「オリエント旅行の政治的概要」という文章は「非ヨーロッパのあらゆる民族・文化を凌駕するものとしてみずからを認識するヨーロッパのヨーロッパ観」(35)を如実に物語っているという意味で、いわゆるオリエンタリズム言説の典型的な例を提供している。しかし加速度的に「高みへ高みへと上昇してゆく」ラマルチーヌの俯瞰的なまなざしが、普通ならば地上から距離をとればとるほど細部を捨象してしまうのが当然であるにもかかわらず、実際は対象を「オリエント」と総称される均質な全体へと還元してしまうのではなく、その内部にざわめく微細な差異に向けても遺漏なく注がれていることを見逃すべきではあるまい。

たとえば保護領においては「多様な国籍、諸部族の分類、以前からあるあらゆる種類の権利などは、保護国によって承認され維持されるであろう」とラマルチーヌは述べ、「各保護国が保護領に及ぼすのは、武力面および文明開化的な面での後見にすぎない(36)」と断っている。また自由都市においても従来の宗教や風習は尊重されるべきであるとした上で、「あらゆる宗派は並行して、その全き自由と相互的独立性のうちに存続しなければならない(37)」とも書いている。さらにもう一箇所引いておけば——

権利上も事実上も、種々の分離を存続させることが不可欠である。オリエントにおいて既存の国家、部族、宗教、風習に分かれているこれらの諸民族は、ただ保護領が監視する共通の契約によって、平和に暮らすようにさせなければならない。[……]オリエントはその自治都市的習慣と民族の膨大な多様性のおかげでこの種の状態には十分準備ができているので、ダマスカスやバグダッド、カイロやコンスタンチノープルのような少数の大都市を除けば、保護国側はいかなる困難も覚えぬであろう(38)。

現存する複数の民族や宗教を外圧によって強引に融合させるのではなく、むしろ平和的に共存させることをめざすべきであるというこの主張は、あくまでもヨーロッパによる植民地支配を前提としてのことであるとはいえ、現代風にいえば「共生の思想」と呼べるものにつながる側面を含んでいる。この点に関して「保護国側はいかなる困難も覚えぬであろう」というラマルチーヌの見通しは確かにいささか楽観的に過ぎるという印象を免れないが(39)、それはそれとして、彼が「自己を全ヨーロッパと同一視」しながらも、その一方でオリエントを分節する「種々の分離」を保存することに積極的であったことは認めなければならない。こうした多様性へのまなざしは、やはり実際に自分の足で東方の荒野や山岳を踏破し、ユダヤ教とキリスト教とイスラーム教の混淆する複合的な聖地としてのエルサレムを訪ねた経験がなければ得られなかったものだろう。

「オリエント旅行の政治的概要」という文章はこのように、あまりにも露骨なヨーロッパ覇権主義が前面に打ち出されているせいで、ともするともっぱら一方的な支配者の言説として読まれがちなテクストだが、細かく検討してみれば、必ずしもそれだけではない側面をもっていることが明らかになってくる。少なくともこの文章からオリエンタリズム的な要素だけを抽出して『オリエント紀行』のテクスト全体を逆照射することは、およそ公正な態度とはいえまい。確かにラマルチーヌはある時点から、詩人もしくは巡礼者としてよりも、明らかに政治家としてこの旅行を総括しようとしはじめたように見える。その転換点は、おそらく娘ジュリアの死によって旅行記に穿たれた四か月の空白にあるのではないかという推測も、かなりの確度で成り立つであろう。しかしいずれにせよ、仮借のないオリエンタリズム批判者として振舞うサイード自身も認めているように、ラマルチーヌが少なくとも旅の途中までは「現実の時間および空間を旅する旅人であり巡礼者であった」ことを忘れるべきではない。彼ははじめから高みに昇ってオリエントを睥睨したわけではなく、旅程の大半はあくまでも「地上の旅人」として周囲の風景に透明な視線を注いでいたのであり、この事実を閑却してしまうと『オリエント紀行』の重要な一側面を把握し損ねるように思われる。

帰国後のラマルチーヌについて、簡単に生涯を跡付けておこう。超党派的な下院議員として政治家としてのキャリアを歩み始めた彼は、持ち前の才能を活かして雄弁をふるい、議会での影響力を増す一方、詩人としては早くから抱いていた壮大な人類の叙事詩構想の実現にとりかかり、その一環をなすものとして、『オリエント紀行』の翌年に『ジョスラン』(一八三六)、さらに二年後に『天使の墜落』(一八三八)を発表している。ただし同時代の批評は、前者にたいしてはかなり好意的であったものの、後者にたいしてはきわめて冷淡であった。また、一八三九年には四冊目の抒情詩集となる『静思詩集』を刊行している。

一八四〇年代になると、ラマルチーヌは七月王政に批判的な立場をとるようになり、四七年には長大な『ジロンド党史』を発表して一躍反王党派の政治家としての声望を高めた。そして四八年の二月革命後は第二共和制臨時政府の外務大臣という要職につき、しばらくのあいだ政治の表舞台に立って活躍する。しかしこれがおそらく、政治家としてのラマルチーヌの絶頂期であった。彼は同年一二月におこなわれた大統領選挙に立候補するが、下馬評では有力視されていたにもかかわらず、結果は文字通りの惨敗に終わり(40)、これを機に政治家としての命脈はほぼ絶たれることになる。長年にわたって務めた下院議員の職も、ルイ・ナポレオン大統領のクーデタが起こった一八五一年には完全に退き、その後の人生はほとんど借金返済のための執筆活動に費やされた。

旅についていえば、ラマルチーヌは一八五〇年の六月から八月にかけて十七年ぶりにトルコを訪れており、その旅行記は『新オリエント紀行』(一八五〇)として刊行されている。そこには「オリエントはイメージの土地である。画家が自分のパレットを愛するように、私はこの土地を愛している(41)」といった文章が見られ、詩人が相変わらず東方のピトレスクな風景にひとかたならぬ愛着をもっていたことをうかがわせるが、もはや『オリエント紀行』ほどの文学的感興をそこに見出すことはできない。

こうして詩人としても政治家としても世間からはすっかり忘れられたラマルチーヌは、一八六三年には妻のマリアンヌに先立たれ、晩年は姪のヴァランチーヌ・ド・セシアと暮らすようになった。一説には彼女と結婚していたともいわれる。事実であるとすればこのとき七十代半ばを超えていたことになるから、生涯を通じてよほど女性に縁の深い男であったことになるが、確かなことはわからない。パリで亡くなったのは一八六九年二月、享年七十八であった。

『天使の墜落』とレバノン

最後に、ラマルチーヌの詩作品におけるオリエントについて概観しておこう。といっても、実質的に言及が見られるのはほとんどレバノンに限られている。詩人は出発に際して、自分の旅立ちの理由を述べた「さらば――マルセイユ・アカデミーへのオマージュ」と題する詩を作っているが、そこには次のような一節が含まれていた。

> 私は聞いたことがない、古代の糸杉の中に
> 諸国民の叫びが湧き上がり響き渡るのを、
> 見たこともない、高いレバノン山脈から預言の鷲たちが
> 神の御手によってティルスの宮殿に襲いかかるのを。(42)

この四行は、少し形を変えて『オリエント紀行』に引用されている。ラマルチーヌがベイルートからエルサレムに向けて出発してティルスにさしかかったとき、自作の一節をふと思い出す場面であるが、そこでは三行目の「高いレバノン山脈」という部分が「黒いレバノン山脈」に変わっていた。おそらく単純な記憶違いであろうが、筆者はこれに続けて「私は黒いレバノン山脈を前にしていた。けれども想

像通りではなかったと、私は心中つぶやいていた。預言を遂行するために、神に見放されたこの街の屍骸、神の民の敵であるこの街の屍骸を今なお貪りに山々から絶えず舞い降りてくるはずだった鷲も禿鷹も、まったく見当たらない[43]」と述べている。想像していた風景と現実の風景が食い違っていたというわけだが、そもそもこの詩句は、旧約聖書の『エゼキエル書』第一七節に見られる「大きな翼と長い羽をもち／彩り豊かな羽毛に覆われた大鷲が／レバノンに飛来する／その鷲はレバノン杉の梢を切り取り／その頂の若い枝を折って／商業の地に運び、商人の町に置いた」という一節、および第二六節の「ティルスは諸国民に略奪され／陸にある周囲の町々も剣で滅ぼされる」という一節[44]などを発想源にしていると思われ、出発前の詩人の脳裏にあったレバノンのイメージがあくまでも聖書の記憶によって形づくられていたことを物語っている。

レバノン杉

いっぽう帰国後にラマルチーヌが発表した詩篇のうち、レバノンに題材をとった代表的な作品は先に言及した『天使の墜落』である。これは全部で十五の「ヴィジョン」から成る長篇詩であるが、その前置きにあたる「物語」と題された部分の書き出しは以下の通りだ。

古きレバノンよ！　と天の老人は叫んだ、
霧に覆われた両目を拭いながら。
帆いっぱいに風を受けて進む船が

われらが帆柱を星から星へと滑らせ、
海に映るレバノン山脈の頂の影の中で
優美な船首が苦い波を蹴立てていたときのこと。(45)

ここには間違いなく、詩人がはじめて船でレバノンの岸辺に接近したときの経験が投影されている。ちなみに『オリエント紀行』では、このときの様子が次のように描かれていた。

ブリック［二本マストの帆船］の船長は、レバノン山脈の連峰を認めた。彼はそれを見せようと私を呼ぶ。彼の指が示す先、湧き上がる靄の中を探してみるが、見つからない。ただ目に入るのは、暑さのせいで立ちのぼる透明な霧、そして上方に浮かぶ、くすんだ白色をした何層かの雲ばかり。船長は見えると言い張り、私はさらに目を凝らしてみるが、やはり見えない。水夫たちはみな、微笑みながら私にレバノン山脈を指してみせる。船長は、どうして私が自分のようにそれが見えないのか理解できない。「いったいどこを探しているんですか、遠くを見すぎですよ。ほら、すぐそこ、われわれの頭の上です」。確かに、そのとき空に目を上げてみると、サニン山の白と金色の頂上が、私たちの頭上の天空にそびえているのが見えた。――海上の靄のせいで、山裾と山腹は見えなかった。――頭の部分だけが、空の青の中に晴れ晴れと輝いて現れていた。(46) 長い旅行の中で受けた数々の印象の中でも、それは最もすばらしく最も甘美なもののひとつである。

海面を進む船、周囲を覆い尽くす靄と霧、その上から燦然と輝きながら頂をのぞかせる東方の山――

表現の細部はもちろん異なるが、『天使の墜落』の舞台装置そのものはほぼそのまま再現されていることが見て取れるだろう。

じっさいその後の展開を追ってみれば、詩人のレバノン体験が（もちろん一定の文学的加工を経た上ではあるが）かなり忠実な形で作品に取り込まれていることが一層明らかになってくる。たとえば「物語」の語り手は「天の老人」にたいして「私は父親が住む故郷を離れ／母親が私の魂と共に住む墓を残してきました／私は両の手にこの娘とこの妻を連れてきました／私は彼女たちの人生をこの船の舷側に委ねたのです」と語っているが、これはまさに妻と娘を連れてオリエントに旅立ったラマルチーヌ自身の事情とぴったり重なり合う（彼の母親は出発前の一八二九年一一月にすでに亡くなっていた）。老人はそんな語り手に向かって「目を上げるのだ、わが息子よ！　われらの頭上には／あのレバノンの山並みが見える、嵐にすっかり包まれて」と言い、その風景を詳細に描いて見せた後で、「明日はおまえの歩みを追ってレバノンに行こう」と語りかける。そして語り手は老人と連れだって陸地に降り立ち、険しい山道を登っていくのだが、その途中には一軒の古い屋敷があって、老人はあるヨーロッパの女性があそこに自分の隠遁場所を建てたのだと説明する。これがレディー・ヘスター・スタナップのことを指していることはいうまでもない。さらに旅を続ける二人は「どんな場所でも渇えることなく危険もなく眠るのだった／なぜなら、至るところで、オリエントは異邦人を尊重したから」(47)というのだが、確かにラマルチーヌも現地ではきわめて親切な歓待を受けていた。もちろん、こうした対応が随所に見られるからといって直ちに虚構の語り手と生身の詩人を安易に同一視するわけにはいかないが、続く「第一のヴィジョン」には「レバノン杉の合唱」と題する一節が見られることからしても、この作品の舞台としてレバノンという土地が果たしている役割の重要さは疑う余地がない。

もっともラマルチーヌの作品全体からみれば、『天使の墜落』の設定がむしろ例外的であることも事実である。じっさい彼の韻文詩に「オリエント」という単語は一度も出てこないし、「イスラエル」という固有名詞が登場する頻度も「レバノン」ほどではない。こうしてみると、オリエント体験が彼の詩的創造行為に残した痕跡は、結局のところそれほど顕著なものではなかったようだ。ラマルチーヌのオリエント旅行は、やはり『オリエント紀行』の臨場感あふれる記述それ自体にエッセンスが集約されているというのが妥当な見方であろう。

注

（1）正式なタイトルは *Souvenirs, impressions, pensées et paysages pendant un voyage en Orient (1832–1833), ou Notes d'un voyageur*（『東方への旅（一八三二―一八三三）のあいだの思い出、印象、思考、風景、あるいはある旅行者のノート』）と、かなり長いものだが、ここでは慣用に従って単に『オリエント紀行』と記す。

（2）A. de Lamartine, *Voyage en Orient*, Éditions d'Aujourd'hui, 1978, tome 1, p. 15. 文中「サン゠ポワン」とあるのはマコンの西にあるシャトーで、ラマルチーヌ一家の居城。

（3）*Ibid.*, pp. 15–16.

（4）*Ibid.*, p. 16.

（5）*Ibid.*, pp. 42–43.

（6）*Ibid.*, p. 44.

（7）*Ibid.*, p. 48.

（8）*Ibid.*, p. 96.

（9）*Ibid.*, p. 110.

（10）*Ibid.*, p. 116.

（11）*Ibid.*, p. 121. トロス山脈はトルコ東部の山脈。また「レバノン」の語源はアラム語の「ラバン」で「白」の意。山頂に積る雪の色からこう名付けられたといわれる。

(12) *Ibid.*, p. 122.

(13) マロン派はレバノン地方に定住するカトリック教徒の一派、ドゥルーズ派は同地方のイスラーム系宗派。これらの二宗派については、後でそれぞれ短い一節が充てられている。また、ジェラール・ド・ネルヴァルの『オリエント紀行』にも詳細な記述がある。

(14) A. de Lamartine, *op. cit.*, p. 160.

(15) *Ibid.*, p. 212.

(16) *Ibid.*, p. 215.

(17) エドワード・W・サイード、『オリエンタリズム』、前掲書、(上) 四〇六―四〇七頁 (ただし表記を一部変更し、割注は省略した)。

(18) A. de Lamartine, *op. cit.*, p. 215.

(19) *Ibid.*, p. 219.

(20) *Ibid.*, p. 220.

(21) エドワード・W・サイード、前掲書、(上) 四〇七頁。

(22) A. de Lamartine, *op. cit.*, p. 234.

(23) *Ibid.*, p. 235.

(24) *Ibid.*, p. 308.

(25) *Ibid.*, p. 313.

(26) *Ibid.*, p. 1.

(27) *Ibid.*, p. 403.

(28) *Ibid.*, p. 370. この詩は『オリエント紀行』初版の刊行者によって、エルサレムからベイルートへの帰還前、詩のタイトルにもなっているゲッセマネの場面に挿入されているので、ジュリアとの散歩の場面に先行している。

(29) A. de Lamartine, *op. cit.*, tome 2, p. 471. ただしここで「十八か月」とあるのは正確ではなく、実際は十五か月の旅であった。

(30) *Ibid.*, pp. 478–479.

(31) *Ibid.*, p. 487.

(32) *Ibid.*, p. 491.

(33) エドワード・W・サイード、前掲書、（上）四〇八頁。

(34) 同、四一〇頁。

(35) 同、三〇頁。

(36) A. de Lamartine, *op. cit.*, tome 1, p. 487.

(37) *Ibid.*, p. 488.

(38) *Ibid.*, p. 489.

(39) ちなみに彼は他の場所でも宗教と風習の保存を話題にして、「それはたやすいことだ、なにしろ寛容は良識とヨーロッパの法であり、オリエントに根ざした習慣なのだから」と書いている（*Ibid.*, p. 488）。

(40) 当選したのは周知の通り、七四パーセント以上の圧倒的得票率を獲得したルイ・ナポレオン（のちのナポレオン三世）で、ラマルチーヌは六人の候補者中五位、得票率はわずか〇・三パーセントにすぎなかった。

(41) *Nouveau voyage en Orient, Œuvres complètes de Lamartine, publiées et inédites*, Paris, Chez l'auteur, 1863, tome 33, p. 14.

(42) A. de Lamartine, *op. cit.*, tome 1, p. 10. ここに出てくる糸杉は旧約聖書にも出てくるレバノンの象徴で、国旗や国章のデザインにも用いられている。

(43) *Ibid.*, p. 207.

(44) 『聖書』、新共同訳、日本聖書協会、一九九九、（旧）六六〇頁、六六九頁。

(45) Lamartine, *Œuvres poétiques complètes*, Édition présentée, établie et annotée par François Guyard, Gallimard, Bibliothèque de la Pléiade, 1963, p. 805.

(46) A. de Lamartine, *Voyage en Orient*, *op. cit.*, tome 1, p. 112.

(47) Lamartine, *Œuvres poétiques complètes*, *op. cit.*, pp. 808–812.

［第3章］

聖地なき巡礼

――ネルヴァルとエジプト

Gérard de Nerval

醜聞から逃れて

ジェラール・ド・ネルヴァル（本名ジェラール・ラブリュニー、一八〇八―五五）の生涯は、終始不幸の徴《しるし》につきまとわれていた。特に狂気の発作に襲われてから縊死に至るその晩年は、文学的には多産であった半面、人間としては悲惨なものであったが、異郷への旅はそんな彼にとってどのような経験であったのか。まずはオリエント旅行に至るまでの経緯を簡単にたどっておこう。(1)

医師であった父親のエチエンヌ・ラブリュニーは、息子の誕生後まもなくナポレオン軍の軍医として従軍、母親もこれに同行したので、ジェラールは幼くしてパリ北方・ヴァロア地方の乳母のところに預けられた。ところが母親はそのまま戦地で病死してしまったため、彼は結局その愛情に接するどころか、顔さえ知らぬままで成長することになる（晩年の『散策と回想』には、「私は母の顔を一度も見たことがない。彼女の肖像は失われたか、盗まれてしまった」と書かれている(2)）。また、このとき父親も行方不明になり、ジェラールはピカルディー地方オワーズ県にあるモルトフォンテーヌ村の大叔父の家に引き取られた。ここで過ごした幼年時代の記憶は、のちに彼のいくつかの作品に色濃く影を落とすことになるであろう。

六歳を迎えた年、行方不明だった父親が突然復員し、「この日から私の運命が一変した(3)」。数年ぶりに再会した（というより、実質的にはこのときがほとんど初対面であった）父と息子は、これを機にパリで暮らし始める。名門のシャルルマーニュ高等中学校に学び、在学中から詩作を始めていたジェラールは、すでに十七歳の頃から若き風刺詩人としていくつかの小冊子を出版し、十九歳の年にはゲーテの『ファウスト』の翻訳も刊行していた。早熟なデビューというべきだろう。やがて六歳年長のヴィクトル・ユゴーの知遇を得てロマン主義運動に参加、ユゴーの『エルナニ』上演を古典派が妨害しようとして起こった一八三〇年の有名な「エルナニ事件」に際しては、同じ高等中学校出身で二歳年下の親友、テオフィル・ゴーチエらとともに若き闘士として大活躍した。

二十代後半の彼にとって大きな存在とされるのは一八三三年に知り合った女優のジェニー・コロンだが、彼女は三八年に別の男性と結婚した上、四二年にはわずか三十三歳で病死してしまう。もし彼女が本当にジェラールの熱愛の対象であったとすれば、母親に次いで二度目の大事な女性の喪失ということになるが、その恋愛の実態については異論もあって、正確なところははっきりしない。

青年時代のネルヴァルは、ゴーチエらとともにルーヴル宮殿とカルーゼルの凱旋門のあいだにあったドワイエネ小路[4]に集い、若き芸術家たちと談論風発の生活を送っていた。陽気で気ままなボヘミアン生活の時代である。またこの間、一八三四年に南仏とイタリアを旅行したのを皮切りに、三六年にベルギー、三八年にドイツ、三九年から翌年にかけてスイス・ドイツ経由でオーストリア、そして四〇年秋から冬にかけてふたたびベルギーに旅行している。ヨーロッパ内での移動に限られていたとはいえ、青年時代の旅行経験はすでにかなり豊富であったといえよう。筆名が使用されはじめたのは一八三六年の末頃からで、ネルヴァル Nerval という名は幼年時代を過ごしたヴァロワ地方の地名、ノワルヴァル Noirval を変形したものである。

ところが一八四一年二月二〇日頃、三十二歳になっていたネルヴァルは最初の精神錯乱の発作に見舞われ、トローヌ広場（現在のナシオン広場）に近いサント＝コロンブ夫人の精神病院に入院する。三週間ほどしていったんは退院したが、数日後には再度の発作に襲われ、今度はモンマルトルのエスプリ・ブランシュ医師の精神病院に入院、結局三月から一一月まで、八か月に及ぶ長期の療養生活を余儀なくされた。友人たちの働きかけもあって支援金が支給され、経済的な困窮は若干緩和されたものの、この時期の彼が物質的にも精神的にも危機的状況に追い込まれていたことは疑いない。特に最初の発作の直後、批評家のジュール・ジャナンが「ジュルナル・デ・デバ」紙に発表した記事は、世間にたいしてもネルヴァル自身にたいしても少なからぬ影響を及ぼした。

天上の楽園から降ってくる青春のすばらしい一瞬一瞬を、彼は愛情と感謝の念をもって受け取り、その日その日を送っていた。裕福だったことも一時はあったが、趣味と情熱と本能のおもむくままに、最も哀れな連中のように暮らすことをやめなかった。前にもまして、気まぐれや奔放な想像力の命ずるまま、彼を知らない連中がひどい悪口をいっている、あのすばらしい放浪生活を送ったのだった。［……］ベッドを買い込んだものの、寝具の類を買う金はもはやなかった。そこでベッドの上ではなく、ベッドのわきに置いた借りもののマットレスで寝ていた。こうして、彼の全財産は少しずつ消えて行った。ちょうど、おしゃべりをするたびに、機知に富んだ言葉を使うたびに、彼の知性が失われていったように。(5)

このあとジャナンは、いくつものエピソードをまじえてネルヴァルの経歴を伝記的に紹介していくのだが、あたかも故人の生涯を回顧するかのようなその書き方は、詩人がもはや再起不能であるかのような印象を読者に与えずにはいなかった。さらに右の引用の最後でほのめかされている狂気の徴候を具体的に描写する段になると、その筆致には容赦がなくなる。カーニヴァルの夜、仮装行列の中をさまようネルヴァルは、歩きながら服を一枚ずつ脱ぎ捨てて半分裸になり、衛兵に呼び止められても答えることができない。「何と答えることができただろう、『通りすがりの詩人です、道に迷ったひとりぼっちの不幸な青年です。父と兄弟と、日々の友だちを返してくれと求める子供です』とでも言う以外に」(6)。そして彼は衛兵に喉元を摑まれ、激しく抵抗したあげく、豚箱(とジャナンは書いているが、実際は衛兵詰所)に連行されたという。

錯乱状態のネルヴァルが名前を辛うじて思い出した二人の友人——いずれも彼とともに青春時代を過ごした詩人とだけ書かれているが、実際は画家のポール・シュナヴァールとゴーチエであったらしい——が翌朝呼び出され、彼に面会する。二人は彼の名前を呼びながら、「ぼくらの言うことを聞け、聞いてくれ、返事をしろ、してくれ、さあ、来い、来るんだ、いい天気だよ」と必死に話しかけるが、反応はない。

兵士たちは涙を流し、昨夜たしかに凶悪犯だと思って連行した男はどこへ行ったのかと、拘置所の片隅を探すのだった。——あわれな子供は彼らに両腕をさしのべ、微笑むのだった……太陽に向かって。

この日から、魂も、知性も、心も、そのせいで彼があれほど愛された数々の魅力的な長所のひとつさえも、何ひとつ元どおりにはならなかった。——もはや彼は自分の名前も、友人たちの名前も、どんな男も心の奥深くに秘めている、熱愛する人の名前さえ分からず、——ただ微笑みだけが残った(7)。

ジャナンの文章は、全体としてはけっして悪意で書かれたものではないように思われるが、必要以上に情緒的な誇張が目立ち、結果的にネルヴァル＝狂人というイメージを世間に流布させたことは確かであった。だいぶ後になってこの記事を目にした入院中のネルヴァルが、この批評家の無神経さに腹を立てて抗議文を送ったのも当然だろう。「いささか苦々しい気持でこれを書くことを許してもらいたいと思います。だが三月一日付のあなたの追悼記事のおかげで、この七ヵ月来ぼくは狂人と見なされていることを理解してください」。「ぼくはもうどこにも顔を出せなくなるでしょう、結婚もできず、だれもまじめに話を聞いてくれなくなるでしょう。称賛の言葉を言い直してこの損害をつぐなうか、あなたの誤りをはっきり認めていただきたい」――つまりジャナンが連ねた称賛の言葉さえ、彼にとってはむしろ逆効果をもたらす迷惑なお節介としか思えなかったのである。「あなたは親切にも十二段にわたる略伝をぼくのために発表してくれましたが、あの中であまりに持ち上げられ、ヨーロッパ中から称賛を受けるような書きかたをされたので、ぼくは姿をくらましてしまうか、おめおめと生きながらえていること、自分には不相応な栄誉を与えられたことで、恥ずかしさのあまり死ぬしかなかったのです(8)」。

ネルヴァルがやがてシャトーブリアンやラマルチーヌに続いてオリエントへの出発を決意したのは、もちろん以前から東方への憧れを抱いていたことが大きな理由ではあったが、もうひとつの要因としては、こんな事情も背景にあったのである。

現実の旅程と虚構の旅程

一八四一年一一月下旬にようやく退院したネルヴァルが、その後一年間どこでどのような生活を送っていたのかは詳らかでない(ちなみに、女優ジェニー・コロンの死はちょうどこの伝記的空白期にあたる)。ともあれ彼がオリエントを目指してパリを発ったのは、翌一八四二年一二月二二日のことであった(9)。

リヨン経由でマルセイユに着いたときにはもう年の暮れで、明けて一八四三年元旦、彼は港からメントール号に乗り込む。最初に向かった先は、ラマルチーヌも立ち寄ったマルタ島。それから船を乗り換えてギリシアのシロス島に寄港、ここでもう一度船を乗り継ぎ、一月一六日にはエジプトのアレクサンドリアに到着した。当地にしばらく滞在して市内および周辺を訪れた後、二月上旬に今度は帆船を雇い、ナイル河を遡ってカイロに移動する。カイロではフランス系のホテルにしばらく宿泊した後、旅の道連れであったジョゼフ・ド・フォンフリードという人物(10)と一緒に市内のコプト人地区に家を借りた。彼らは結局、当地におよそ三か月滞在することになる。

五月二日にカイロを後にしたネルヴァルは、船でナイル河を下り、運河を通って地中海岸のダミエッタへ、それからギリシア船のサンタ＝バルバラ号に乗り換え、ヤッファ経由でベイルートへ向かう。当地にはしばらくとどまり、山岳地帯を馬で回ったようだ。レバノンの後はキプロス島、ロードス島を巡ってトルコのスミルナに立ち寄り、七月二五日にコンスタンチノープルに到着。はじめはヨーロッパ人の多く住むペラ地区のホテルに投宿し、現地に滞在中であった友人の画家、カミーユ・ロジエと再会するが、その後はペルシア人の多い西旧市街のスタンブール地区に宿を変え、ちょうど九月二五日から始まることになっていたラマダン（ラマザン、断食月）に立ち会った。

バイラム（断食明けの祭り）の終わりを見届けた一〇月二八日（または二九日）、ネルヴァルはロジエと共にフランス船のエウタ－ロス号に乗り込み、ふたたび海路で帰途についた。コンスタンチノープルにはカイロと同じく、約三か月の滞在だったことになる。往路の逆コースでシロス島からマルタ島へ戻り、ここからは往路と違う経路を通ってイタリアのナポリに向かう。当地に数日間滞在してポンペイなどを訪ねた後、今度はイタリア船のフランチェスコ＝プリモ号に乗り込んでリヴォルノからジェノヴァへ、そしてマルセイユへ。出発時と同じ港に帰着したのは一八四三年一二月五日、その後は南仏をしばらく旅行して、パリに戻ったのは翌年の初め頃であった（一四〇頁地図参照）。
一年以上に及んだこの旅行中、ネルヴァルは父親への手紙の中で、自分の健康状態がすこぶる良好であることを繰り返し強調している。その一例を挙げておこう。

本当のところ、ぼくはほとんど危険な目にもあわず、出発してから今までただの一日も病気はしていません。旅立つ前、友人たちがあれほど懸念したぼくの体ですが、船旅も、暑気も、砂漠もこのすばらしい健康を一度も損なうことはなかったのです。この旅行は、ぼくが二年前、ある突発的な事故の犠牲者だったにすぎないことを世間に証明するのに役立つでしょう。［……］ひとつ旅をすることで、世間にぼくの病気を忘れてもらったのです。ぼくは見聞を広め、楽しみさえしました。ですからぼくの職業という観点からも、旅をして得をしたわけです。(11)

旅程も三分の二を過ぎた一八四三年八月一九日、コンスタンチノープルからの便りである。二年前にはまだ入院中で、狂気の噂をたてられて周囲の友人・知人たちの偏見と誤解に苦しんでいた彼としては、パリでの発作がまったく突発性・一過性のものにすぎず、自分はもはや正常な社会生活を送るのに何の問題もないということを確認することが、今回の旅行の大きな目的のひとつであった。いつ再発するかもしれない不安を抱えながらの旅立ちであっただけに、オリエントの風土がもたらした治癒効果は一層切実に感じられたのであろう。
帰国後の一八四四年以降、ネルヴァルはいくつかの雑誌に旅行記の一部を断続的に寄稿し、途中からはおもに連載という形で発表しながら、これをまとめあげる形で『オリエント紀行』のテクストを徐々に織り上げていく。その詳細な過程については煩瑣になるので省略するが[12]、最終的に全体が二巻本として刊行されたのは一八五一年五月のことであったから、旅行を終えてから七年半の歳月を要したことになる。これは想像力によって実体験が変形・加工されるのに十分な時間であった。

じっさい、ネルヴァルの旅行記に記された内容は実際の旅行とはさまざまな点で異なっている。このことを確認するために、まずはイントロダクションにあたる「オリエントの方へ」と題された章を駆け足でたどってみよう。

先に見た通り、実際にネルヴァルがオリエント旅行に出発したのは一二月末であったが、語り手は書き出しの部分で自分のことを「一一月のさなかにパリを出発したツーリスト[13]」と書いており、最初から早くも齟齬が生じている。しかしそれはとりあえず措いて旅程に目を移すと、「ぼく」はまず馬車でシャロン＝シュル＝ソーヌまで行き、ソーヌ川を蒸気船で下ってラマルチーヌの故郷であるマコンに到着した。ところがそこからまっすぐマルセイユ方面に南下するのではなく、ふたたび馬車に乗って南東に進路をとり、国境を越えてスイスのジュネーヴへ向かう。それから順次、ローザンヌ、ベルン、チューリヒと移動し、コンスタンツ湖を船で渡ってドイツに入ると、アウクスブルグ鉄道に乗ってミュンヘンへ。ここで市内見物をした後、語り手は「ぼくはウィーンへ出発する。そこからドナウ河を下っていけばコンスタンチノープルまで行けるだろう[14]」と述べ、ここで場面は一気にオーストリアに飛ぶ。

語り手は途中でザルツブルクにも立ち寄ったようだが、その記述はきわめて簡潔に済まされ、本来の目的はあくまでもウィーンにあることが強調されている。「ウィーンがぼくを呼んでいる、そしてぼくにとっては、ウィーンがオリエントへの前兆になってくれることだろう[15]」。ここからはしばらく、この旅行記では例外的に日付を伴った日記形式でウィーンの街の様子や女性との出会いの経緯などが報告されていくのだが、その最初の日付は（月は明記されていないが）「二二日」となっていて、これは冒頭に「一一月のさなかにパリを出発した」とあること、そして少し後の日記に「一二月七日」という日付が現れることからすると、一一月二二日のことと特定される。そして日記はこの後、年を越えて二月一日まで断続的に続いているので、彼は結局、二か月以上にわたってウィーンに滞在したことになる。そして最後の日記では、ある場所で出会ったイタリア女性との色恋沙汰が語られ始めるのだが、この話はどう見ても尻切れトンボの形で不意に打ち切られ、この後突然、語り手はアドリア海を航海する船上の人となるのである。

何という悲惨な結末だろう、ねえ君！　ぼくの身に起こったことすべてを君に何と言えばいいのか、というより、内密の手紙をどうしてこれからは帝国の郵便に委ねたりできるだろう！　思ってもみてくれ、ぼくはまだオーストリアの領内にいるのだよ、つまりオーストリアに属する床板の上――オーストリア・ロイド社の船、フランチェスコ＝プリモ号の甲板の上にいるのだ。ぼくはトリエステの街を見ながらこれを書いている。アドリア海に突き出した岬にあるかなり陰気な街で、大通りで直角に区切られ、いつも風が吹き付けている。(16)

前節からのつながりでいえば、「悲惨な結末」というのはおそらくイタリア女性とのその後のいきさつを指しているのであろうと想像されるが、それにしても話の展開が中途半端なところでおこなわれるこの唐突な場面転換は、せっかくウィーンでの成り行きに興味を抱き始めていたナイーヴな読者を面食らわせずにはいない。そもそも語り手はいつ、どうやってトリエステまで来たのか？「ウィーンからここまでの旅はといえば、鉄道で来た。霧氷だらけの樅の木に覆われた二十里ばかりの峡谷地帯は別だけどね……。とても寒かった」というのが直後に付け加えられている彼の説明だが、先に述べた通り、ネルヴァルが実際に船に乗ったのはマルセイユからであって、トリエステからではなかったはずだ。なぜこのような食い違いが見られるのか？

『オリエント紀行』という作品

じつをいえば、ネルヴァルは『オリエント紀行』の序章を構成するにあたって、実際の旅行より三年前の一八三九年秋から四〇年にかけておこなわれたオーストリア旅行を題材とした文章（これらはすでにオリエントへの出発前に発表されていた）を、ほぼそのまま利用している。これは専門の研究者にとっては常識に属することだが、予備知識をいっさいもたずにこの旅行記を読み始めた読者は、随所に露呈している日程や経路の矛盾に戸惑わざるをえないことになるわけだ。ただし、実際にオーストリア旅行に出発したのは「一一月のさなか」ではなく、一〇月末頃と推定される。また、このときはウィーン止まりで、オリエントまで足を伸ばすことは叶わなかった。旅行先から父親に宛てた何通かの手紙を見れば、彼がこのときドナウ河を下ってコンスタンチノープルに行きたいという希望をもっていたことは確かであるが、金銭的な問題をはじめとする諸般の事情から断念せざるをえなかったのである[17]。

したがって、ウィーン滞在の場面までは（時間的なずれはあっても）ほぼ実際の旅行経験に基づいているが、そこから鉄道でトリエステまで下ったというのは、その後の行程と辻褄を合せるためのフィクションにすぎない。語り手は道中については妙に言葉少なで、「楽しくはなかったけれど、それはぼくの内面的な感情のせいだった。こう白状しただけで満足してほしい」と、あえて詳細には触れないようなそぶりを見せているが、それもそのはず、実際にはそんな経路を通ってはいないのだから、これ以上のことを報告しようにもできなかったわけだ。先の引用に「とても寒かった」などとあるのは、もっともらしい創作なのである。

語り手はさらに、次のような釈明を加えている。

どうしてはじめに意図していた通り、ドナウ河経由でオリエントに行かなかったのかと聞きたいだろうね。楽しいアヴァンチュールのせいで、望んでいたよりもずっと長くウィーンに引き止められてしまい、ベオグラードとセムリン行きの最終蒸気船に乗り損ねてしまったという次第さ。普通だったら、そこからトルコの駅馬車に乗るんだが。氷塊が河に流れ着いて、船が航行できなくなってしまったのだ。ぼくの考えでは、ウィーンで冬を越し、ふたたび出発するとしても春になってからのつもりだった……あるいは、もう出発するのをやめようかとさえ思った。でも、神々は違う決定を下したというわけだ！(18)

コンスタンチノープルまで足を伸ばせなかった理由として、おそらくこの説明は事実であろう。しかしネルヴァルはここで、実際にそうしたように一旦フランスに戻るのではなく、紙の上でそのまま三年後のオリエント旅行につなげてしまうことにした。本当はマルセイユからギリシア経由でエジプトに渡ったのだから、ウィーンから合流するためには、かねてから目指していたようにドナウ河を下ってトルコに入るのではなく、どうしてもどこかで船に乗ってギリシア方面に南下する必要がある。それが可能な最寄りの大きな港町といえば、イタリアのトリエステしかない。そこからアドリア海経由で地中海に向かったことにすれば、途中でエジプト航路に合流できるだろう。そしてこの旅程を自然に見せるためには、途中でエーゲ海の島に立ち寄ることも有効かもしれない。だから彼は、一度も足を踏み入れたことがないにもかかわらず、シテール島についての記述を数節にわたって旅行記に取り入れたりもしている(もちろんその内容は、他の書物からの借用から成るパッチワークにすぎない)。

こうしてウィーンからトリエステまで鉄道で行き、そこから船でアドリア海を下ってギリシアのシロス島に至る架空の旅が創造された。そうすることで、ネルヴァルはまったく時期を異にする二つの旅行——狂気の発作に襲われる前のウィーン旅行と、発病後におこなわれたオリエント旅行——を、三年の時差を越えて想像の中で接ぎ木したのである。そして序章の終わり近くに現れる「ぼくはシロス島でオーストリアの客船を降り、アレクサンドリア行きのフランス船のレオニダス号に乗り込んだ[19]」という一文によって、虚構の旅程は現実の旅程と接続することになる。

こうした執筆の経緯からも想像がつくように、ネルヴァルの『オリエント紀行』は複数の源泉を集めて縫い合わせたものであり、あくまでもひとつの「作品」として事後的に再構成されたものである。もちろんこれまでも何度か述べてきたように、旅行記というジャンルはもともと多かれ少なかれフィクションを含んでいるものだが、ネルヴァルの場合はその度合が一層顕著であるだけでなく、操作そのものがより意識的かつ組織的である点に特徴があるといえよう。たとえばラマルチーヌの『オリエント紀行』が基本的に日付を明記しながら日記形式で書かれているのにたいし、ネルヴァルのそれではウィーンの部分を除いて日付がいっさい示されていない[20]。また、登場する人物の固有名詞にもたいてい何らかの変形が施されている。つまり彼は現実を再現できないよう、具体的な指標を周到にテクストから消去

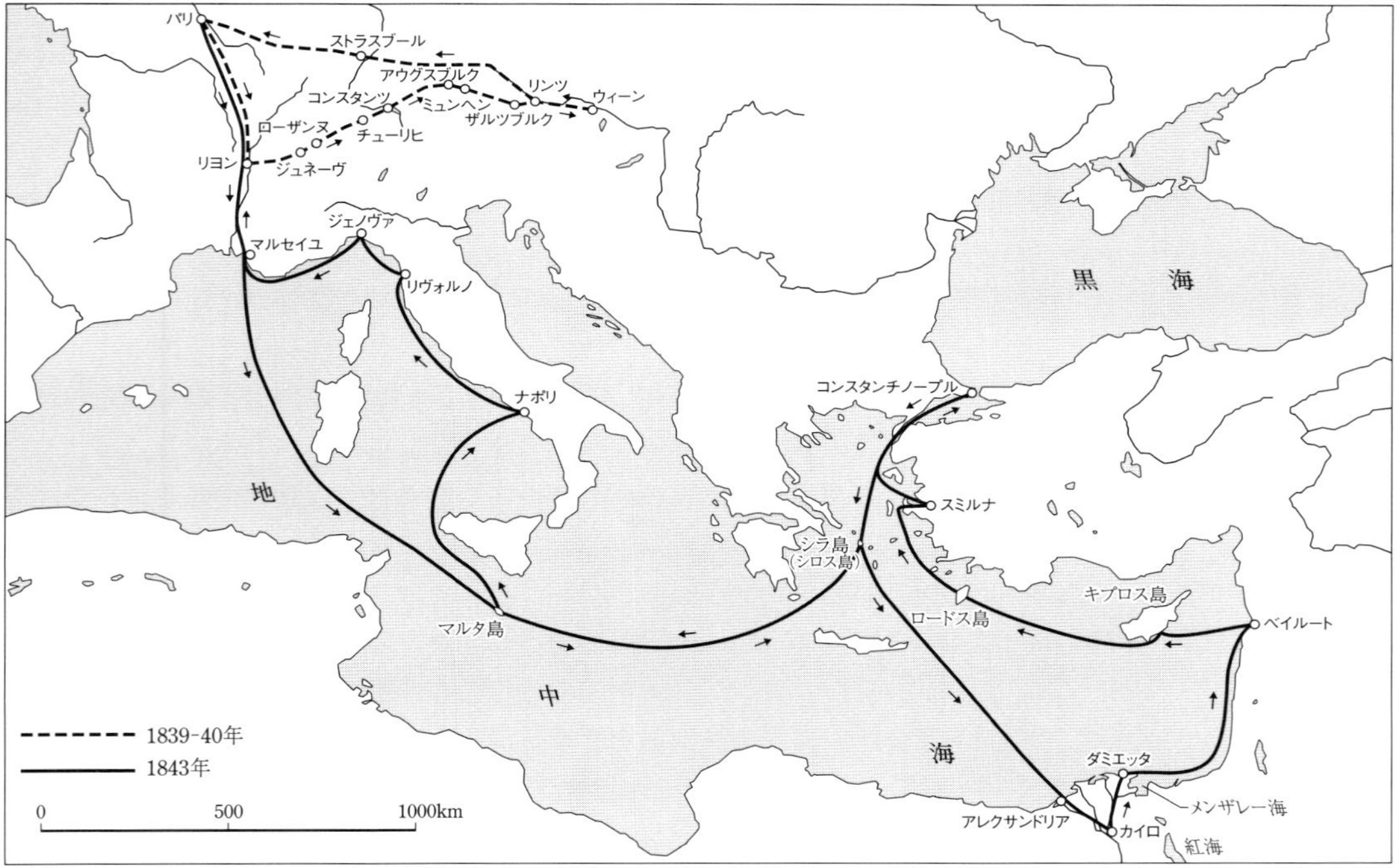

ネルヴァルがたどった現実の旅程

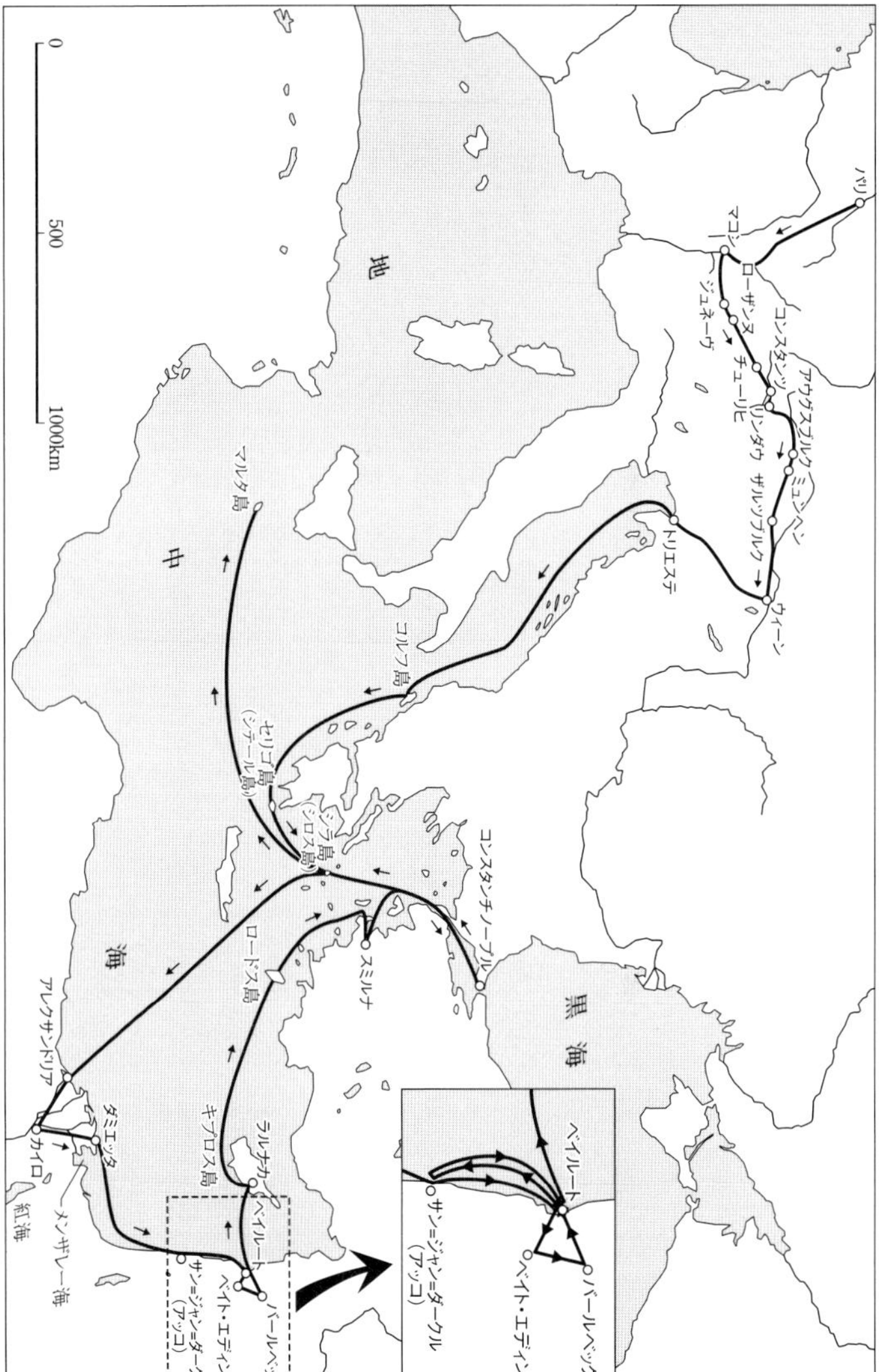

『オリエント紀行』に記された虚構の旅程

しているのである。したがって当然ながら、語り手の「ぼく」もそのままネルヴァル自身と同一視することはできない。

以上のことを踏まえた上で、あらためて『オリエント紀行』の序章を読み直してみよう。語り手はジュネーヴで旅の疲れを癒した後、ふとこんなことを考える――「どこへ行こうか？　冬のさなかに、どこへ行こうという気になれるだろう？　春に向かって、太陽に向かって行こう……。太陽はぼくの目に、オリエントの彩り豊かな靄の中で燃え上がっている」(21)。あるいはウィーンの滞在を終えるにあたっては、「ウィーンで、この冬、ぼくはずっと夢の中で暮らしてきた。ぼくの頭の中、心の上には、すでにオリエントの甘美な雰囲気が作用を及ぼしているのだろうか？」(22)と感慨にふけったりもする。そして実際のオーストリア旅行ではここで引き返したにもかかわらず、先に見た通りの事情から、語り手はこの直後に「それでもまだ、道半ばまでしか来ていないのだが」と付け加え、この旅がそのまま東方へ向けて継続されるかのように装うのである。

こうして想像の中で架空の旅を続ける語り手が、はじめてギリシアを目にする場面は次の通りだ。

ぼくはこんなふうにそれ［ギリシア］を見た、確かに見たのだ。ぼくの一日はホメロスの歌のように始まった！　ぼくにオリエントへの扉を開いてくれたのは、まさに薔薇色の指をもつ曙の女神《アウロラ》だったのだ！　わが国の曙のことなど口にするのはもうやめよう、女神はそんなに遠くまで行きはしない。われわれ野蛮人が夜明けとか黎明とか呼んでいるものなど、恵まれぬ風土の不純な空気によって曇らされた、青白い光の反映にすぎない(23)。

オリエントへの入口としてのギリシアの夜明けを壮麗に謳いあげた一節であるが、(24)旅行記の設定では語り手が実際の航路とは異なる方向から（つまり西からではなく北から）ペロポネソス半島に接近したことになっているので、描かれている風景も厳密にいえばネルヴァルが目にしたそれと同じではないはずだ。しかしこのあたりになると二つの旅程が接近するので、正直のところ虚構と現実の区別はほとんどつかない。両者を巧みに混淆させようとしたネルヴァルの試みは、その意味ではかなり成功しているといえるだろう。こうして『オリエント紀行』の記述はさほどの不自然さも感じさせずに実際のオリエント旅行に流れ込み、「カイロの女」と題されたエジプト滞在記へと移行するのである。

女奴隷を買う

一七九八年のナポレオンのエジプト遠征後、同行した学者たちによる調査の成果をまとめた全二十巻の『エジプト誌』（一八〇九―二二）が刊行されたこともあって、一九世紀のフランス作家たちのあいだに「エジプト熱」と呼ばれる一種の流行現象が見られたことはよく知られた事実である。(25)シャトーブリアンを嚆矢として、ネルヴァルがこれに続き、その数年後にはギュスターヴ・フローベールとマクシム・デュ・カンが連れだってこの地を訪れた。また、ゴーチエも一八四五年にアルジェリア、五二年にコンスタンチノープルを訪れた後、一八六九年にエジプトに足を踏み入れており、小説『ドミニク』で知られる作家で画家のウジェーヌ・フロマンタンも、同じ年、スエズ運河の開通を機に当地に赴いている。この系譜はさらに、稀代の旅行者であるピエール・ロチへと受け継がれていくであろう。ラマルチーヌは前章でも見たように、妻の要請に応じてエルサレムからベイルートに引き返したのでエジプトは訪れていないが、エジプトを含まない東方旅行記は『オリエント紀行』の名に値しないという指摘もあるくらいで、それほど当時のオリエント表象においてこの地域が占める位置は重要だったのである。[26]

ところでシャトーブリアンやラマルチーヌとネルヴァルの最大の違いは、前の二人がオリエント滞在中もヨーロッパから来た巡礼者としての自覚を終始堅持していたのにたいして、彼がそうした意識をほとんど引きずることなく、進んで土地の風習に溶け込もうとしていた点にある。そしてそのことは、カイロでの語り手の思考・行動に忠実に反映されている。たとえば彼は普通の人々が食べているものを作ってくれる料理人を雇いたいと希望し、服装に関しても早くオリエント風の格好をしたいと考えていた。そして実際、巡礼到着の祭りを見物するにあたっては、キリスト教徒の外見をなくしてマホメット教の祭りに参加できるようにするために、わざわざ理髪店に行ってトルコ風の髪型に変えてもらい、衣裳もすっかり現地風にして華麗な変身をはかったりもするのである。

衣食に関してこうした志向をもっていた語り手が、住についても同じことを考えないはずがない。彼がはじめに投宿したフランス系のドメルグホテルは当然ながらヨーロッパ人地区にあり、設備も料理も完全にヨーロッパ風だったので、彼は「これではマルセイユから一歩も出ていないのと同じことだ」、「ぼくとしては、完全にオリエント風の暮らしをしてみたい」[27]と考え、地元民の居住地区に一軒の家を借りることにする。レオニダス号で知り合った通訳のアブド・アッラーが見つけてくれたのはコプト人街にある一軒家で、近くには小さなモスクがあり、異国情緒を味わうには最適の住居であった。

ところがこの家に引っ越したすぐ翌日、早速ひとつの問題がもちあがる。契約に立ち会った地区のシャイフ（長老）がやってきて、女と一緒に住むのでなければ契約は破棄せざるをえないというのである。自分は独身なのだから女性と住むのは良識に反すると言ってみたが、結婚していようがいまいが女を養うのが立派な男としての義務であり、しかも宗教的に許されるなら複数の女性を養うに越したことはないというのが相手の言い分であった。語り手は「オリエント風の暮らし」を始めるやいなや、早くもヨーロッパとオリエントを隔てる文化的差異に直面したわけだ。この問題は彼にとって、カイロ滞在中最大の懸案事項となる。

この事態にどう対処すべきか考えあぐねているとき、彼はアドリア海の航海中に船上で出会ったというトルコ人、スレイマン＝アガに街中で偶然再会する（もちろん先に見た通りこの航海自体は架空のものなので、知り合った経緯は事実と異なると思われるが、このトルコ人自体は実在の人物であろう）[28]。語り手の相談を受けた彼が答えて言うには、シャイフの言うことはもっともであり、当地では男が何度か結婚するのは当然である。ヨーロッパの女は誰にでも素顔をさらして男を誘惑するくせに無味乾燥で、結婚すれば家庭は不幸になる。こちらでは男と女が会話も食事も別にしているから、余計なもめごとやいさかいは起きない。「女と一緒にいると、男は欲深く、エゴイストで残酷になる。女はわれわれのあいだの友情や思いやりを駄目にしてしまう。喧嘩や、不正や、横暴の原因になる。男は男同士、女は女同士で暮らせばいいのさ！　主人としては、昼寝の時間や、夕方自宅に帰ったときに、にこやかな顔で、豪勢に着飾った愛らしい恰好で迎えてくれれば十分なんだよ[29]……」

ひとりの女性を妻として一緒に暮らすことを前提とするヨーロッパの人間から見れば女性蔑視ともとれるこの発言を聞いて、語り手は「これはイスラム教徒みんなの意見なのか、それとも彼らの一部の意見なのか？」と自問しながらも、そこにむしろ「滅びゆく事物よりも純粋愛を高く評価する」古代のプラトニスムの名残を見て取ろうとする。この受けとめ方は、ともすると異質な習慣を「未開」「野蛮」といった貶下的な語彙で定義しがちな西欧人に特有のエスノセントリズム（自民族中心主義）とは一線を画している一方、その裏返しとしてことさらに異国の風習を美化しようとする妙な卑屈さとも無縁である。対象への行き過ぎた蔑視も過度の称揚もいわゆる「オリエンタリズム」の両面にすぎないとすれば、ネルヴァルのオリエント観はそうしたぶれを最小限に抑えた冷静な中立性にその特徴があるといえるかもしれない。

語り手が次に相談したのは、最初に泊まったドメルグホテルで出会った「少し耳は遠いが、たいへん親切で才能豊かな」フランス人の画家である[30]。彼の意見はといえば、結婚などすべきではない、ただしカイロではただの色事は厳しく禁じられているが、本当の恋愛はどこでも禁じられてはいないので、家を借りるのに必要なのであれば現地の女を好きなだけ口説けばいいというものであった。これを聞いてその気になった語り手は、バザールの雑踏に紛れ込んで女を物色するのだが、多少の脚色を割り引いたとしても、これはシャトーブリアンやラマルチーヌにはとうていとれない行動だろう。そして彼は買物に来ていた二人連れの女性に目をつけ、その跡をつけて迷路のような市街をさまよったあげく、二人の入っていった家に入り込んでいく。ところがそこに住んでいたトルコ人の男性はじつはもともとフランス人で、二人の女性もやはりフランス人であり、男の妻とその妹であった。というわけで、最初の試みはあえなく不発に終わる。

その後、人を介して紹介された何人かの女性（中にはわずか十二歳の少女も含まれていた）に会ってはみたものの、いずれもうまく話が運ばない。そんな中、語り手は現地のフランス領事を訪問し、奴隷売買が法律の上で公認されていることを教えられる。トルコ領の国ではキリスト教徒がこれほど簡単に奴隷を手に入れられることに驚いた彼は、さらにフランス人のもとから逃げ出した黒人の女奴隷が警察の手で連れ戻されたという話を聞かされて、「ぼくはまだヨーロッパの偏見に満ちていたから、こうしたエピソードを耳にするとさすがにちょっと驚かずにはいられなかった[31]」と告白するのだが、こうしてあっさり自分が「ヨーロッパの偏見に満ちていた」ことを認める姿勢にも、自国の基準に照らして異文化の風習を一方的に断罪しようとすることのないネルヴァルの謙虚さを見ることができる。

というわけで、結局語り手は女奴隷を買うことにした。そしていくつかの奴隷宿を訪ねて適当な女を探すうちに、大手の奴隷商人であるアブド・アルカーリムの屋敷を訪れることになる。そこで彼は幼子を連れた白人に近いひとりの女性が黒人の女奴隷にまじって涙を流しているのを目撃し、思わず憐憫の情を覚えて「オリエント風の生活を受け入れるために何をしてみたところで、やはり自分はフランス人なのだ[32]……」と痛感させられたりもするのだが、こうした感傷も束の間のこと、彼の目にはやがて「オランダで絵画に描かれているのを見たことのある、ジャワ娘のアーモンド型の目と斜めに吊り上がった瞼」が入り込んできた。その魅惑的な風貌に思わず感嘆の叫びをあげた彼は、その場でこの娘に即決する。海賊船に捕まってインドシナから運ばれてきたという彼女（本当はインド人であることが後に明かされる）は明らかに黄色人種で、名前はゼイナブ（あるいはザイナブ）といった。こうし

カイロの奴隷市場

てとりあえず女性問題は一件落着し、借家での奇妙な同居生活が始まることになる。

けれども生活習慣が異なるばかりか、そもそも言葉が通じない娘との日常は、通訳の助けを借りないと意思疎通のできない、ぎこちないものにならざるをえなかった。それに奴隷とはいっても、誇り高いイスラム教徒である彼女は、料理を作るよう命じられると激しく反発し、語り手を困惑させたりもする。「この女を買ったのは大失敗だったということは、今や明らかであった」[33]。それでも通訳程度には役立ってもらいたいと考えて、彼は娘にフランス語の手ほどきをしたりする。

ところでカイロを出発する日（一八四三年五月二日）にネルヴァルがゴーチエに宛てた手紙によれば、実際にこの女奴隷を買ったのは同居していた友人のフォントリードであったらしい（ちなみに、どうやら二人ともこの娘とは肉体関係をもたなかったようだ）[34]。ゼイナブ Zeynab という名前も実名ではなく、「両世界評論」の初出ではゼトネビ Zetnëby となっていた[35]。つまり女奴隷をめぐる一連の物語は、ネルヴァル自身の経験をそのまま写し取ったものではない。そればかりか、彼は同じゴーチエ宛の手紙の中で、いっそ結婚するほうが「ぼくの道連れのように女を買うような下司なまねをするよりは安く済む」とさえ書いている。『東方紀行』に少なからず虚構化の操作が加えられていることが、こうした事実からもあらためて確認されよう。

父親宛の手紙から

ではネルヴァルにとって、カイロでの実際の生活はどのようなものだったのか。彼が当地から父親に宛てて書いた三通の手紙から知りうる内容を概観しておこう。

まず一通目は到着後間もない一八四三年二月一四日付の手紙で、ネルヴァルは旅行記に記されている通りアレクサンドリアからカイロまで小舟を借りてナイル河を上ったこと、カイロではじめフランス系のホテルに泊まり、それから家を借りて快適に暮らしていることを述べた後、医学校校長のペロン氏（ニコラ・ペロン）とアレクサンドリア総領事（エドゥアール・ゴーチエ・ダルク）に推薦状を持参して鄭重に迎えられたことを報告している。ペロン氏は彼をエジプト文学協会に紹介してくれた人物で、そのおかげで色々な文献を参照することができた。いっぽう総領事は馬車でイブラヒム・パシャ（第2章にも名前の出てきたエジプト軍司令官）の宮殿や庭園に案内してくれたという。

ネルヴァルが父親に自分の健康状態をまめに知らせていたことはすでに見たが、ここでもその義務は忘れずに果たされている。

マルタ島とシロス島ではいくらかペストの噂が広がっていましたから、航海中はぼくらも少しばかり怖かったのですが、ここに来て見ると、まるっきり何事も起きていません。健康状態はかつてないほど良好ですし、この旅の初めから考えても、体の調子が今以上に良かったことはありません。事実、ごくあっさりしたものしか食べないし、あらゆる不摂生を慎み、立派に規律を守っていますから。(36)

この後、ネルヴァルは復活祭（四月半ば）に間に合うようにエルサレムに向かい、それからダマスカスとベイルートに行くつもりであると述べているが、次の手紙で説明されるような事情があって実際は五月初めまでカイロにいたので、この計画は果たされなかった。ラマルチーヌの旅程にはエジプトが欠けていたが、結果的にみれば、ネルヴァルの旅程には逆にキリスト教にちなんだ主要なスポットが欠けたことになる。また、少し後には「全行程を終えて、格好の仕事の素材を収集したら、七月頃に帰途につけるだろうと考えています」とも書かれており、彼の東方旅行が先人たちのような聖地巡礼というよりも、むしろ帰国後の執筆にそなえた取材旅行としての側面を色濃くもっていたことを示している（ちなみに実際に帰途についたのは七月ではなく一〇月末であったから、全体としてその後の日程は予定からだいぶ遅れたことになる）。

二通目の手紙は、ちょうどカイロ滞在も半ばを迎えた三月一八日付。マルタ島とスミルナの新聞がベイルートでのペスト発生のニュースを伝えており、どうやらエジプトのほうが安全らしいので、このまましばらく当地にとどまるつもりであるとの趣旨を述べた後、ネルヴァルは次のように述べている。

それにここは図書館や学術機関も多く、調査や研究にはずっと好都合なのです。カイロ周辺の探訪は大方済みました。でもピラミッドに行く時間がまだ取れません。その上ぼくはどの場所を見に行くにしても、先ず書物や回想記を読んで十分に理解してから訪れたいのです。エジプト学会にはこの国に関して出版された新旧の書物がほぼ完全に揃っていることがわかりました。でも、ぼくが読んだのはまだほんの一部にすぎません。(37)

前便に続いてこの文面を見ると、ネルヴァルがエジプト関係の情報収集にきわめて熱心であったことが裏付けられる。注目すべきは「どの場所を見に行くにしても、先ず書物や回想記を読んで十分に理解してから訪れたい」という言葉であろう。『オリエント紀行』では語り手が現地の生活に馴染もうとする経緯がもっぱら紹介されているが、ネルヴァル自身は実体験に先行して、まずは学問的知識で武装するタイプの人間であった。じっさい、彼の旅行記がエドワード・ウィリアム・レインの『現代エジプト人の風俗習慣』をはじめとする相当量の読書によって培われていること、そしてその少なからぬ部分が先行する旅行記や研究書からの借用で成り立っていることは、すでに多くの研究者によって指摘されている。だが、それはシャトーブリアンにしてもラマルチーヌにしても同じことであるし、やがてフローベールも同様の操作をおこなうのであって、別にネルヴァルだけが臆面もない引用や剽窃を実践したわけではない。一九世紀の作家たちにとって、オリエントはまず何よりも「書物のオリエント」だったのであり、東方地域に関する彼らの表象は多かれ少なかれ、あらかじめ蓄積された膨大な書物的記憶によって培養されていたのである。

ネルヴァルはこの後、カイロで知遇を得た人々との交遊関係や毎日の食事内容についてこと細かな報告をしたためてから、あらためて「ぼくはこの国についての完璧な知識を体得しようと思います」と述べ、古代の遺跡見学にあたっても「エジプト学会の蔵書を探究しつくしてから出かけるつもりです」と、読書への意欲を強調している。また、アラビア語を少し習得したこと、リングワ・フランカという混合語を用いることでかなりの程度コミュニケーションをはかることができることも報告している。

第三の手紙はカイロを出発する当日、五月二日付で書かれている。「ぼくはこれからベイルートへ行き、二ヵ月逗留する予定です」と今後の旅程を記した後、「エジプトで過ごした全シーズンを通して、なんら体調の衰えは感じませんでした」と、今度も健康状態に問題がなかったことを強調しているが、そのすぐ後で、じつはカイロでもペスト患者が出て危険だったこと、当地では眼炎や赤痢が多いことも報告している。それまでは父親をいたずらに心配させぬよう配慮していたのであろうが、もう当地を離れる段階になったので、実情を正直に書いたということだろう。

ともあれ、三か月にわたるエジプト滞在は充実したものだったようで、「ぼくはこの有名な美しい国について、およそ完璧に近い概念を得るために必要とされる時間だけゆっくり滞在しました」と、ネルヴァルは満足の意を表明している。特に「生きた町の風俗観察」からは得るところが大きかったようで、「コプト人の復活祭、ギリシア人のそれ、予言者の誕生を祝うトルコの祭、メッカ巡礼帰還者の祭典など」に立ち会って強い印象を受けたことが語られている。これらの経験は、後に『オリエント紀行』に取り入れられることになるであろう。

ただし、陰の部分が目に入らなかったわけではない。

正直に言えば、専門の学者や象形文字の解読者でもない人間にとっては、エジプトはしまいにはいささか単調に感じられてきます。民衆はひどく貧しくて、その様子は見るも痛ましく、三人にひとりは眼病を患っています。ふたつの砂漠に挟まれ、植物の密生するこの細長い境界の土地は、それほど対照の妙を見せません。年中エジプト人が陰鬱な気分になりがちなのは、これで納得できます。(38)

エジプトの負の側面についてのこうした感想は、先にも見たゴーチエ宛の手紙（父親宛の第三の手紙と同じく出発の日に書かれている）にも表明されている。ネルヴァルはそこで、「『千夜一夜物語』の町は少々さびれているし、埃っぽいが、まだここからは創作できるものはある。悲しいのは民衆の貧しさだ。君がカイロを見る前にバレエの舞台にしたのは賢明だった」と、友人が想像上のカイロを舞台としてシナリオを書いた『ラ・ペリ』のことに触れながら述べていた。やはり三か月も滞在して民衆の生活に直接接する機会をもてば、いやでも都市の光と影の両面が見えてくるということだろう。ネルヴァルのカイロ経験は結局、興奮と退屈、昂揚と幻滅の入り混じった両義的なものであったと想像される。

幻想の都

ここでふたたび『オリエント紀行』に視線を戻そう。語り手がゼイナブを連れて帰った頃の記述には、「しばらくのあいだカイロに居を定め、あらゆる面でこの街の市民になったことを後悔してはいなかった。それは疑いもなく、この街を理解し愛する唯一の方法である」という一節が読まれる。この言葉通り、彼はさほどの長期間ではないにしてもこの街に住むという経験をしたことに満足の意を表明しているのだが、それはカイロが「歴史上のいくつかの時代が明確な層としてはっきり見分けることのできる、オリエントで唯一の都市」だからである。「バグダッドもダマスカスもコンスタンチノープルも、これほどの研究・考察の種を残してはいない」。

カイロには無尽蔵のモカッタム採石場があり、天候も常に穏やかなおかげで、数えきれないくらいのモニュメントが存在する。カリフの時代、スーダンの時代、マムルーク朝のスルタンの時代が、当然ながらそれぞれ多様な建築体系に結びついている。スペインやシチリア島は、その模倣ないしモデルを部分的に所有しているにすぎない。グラナダやコルドバの見事なムーア風建築が、カイロの街路ではモスクの扉、窓、ミナレット、アラベスク模様などによって一歩ごとに記憶によみがえり、その輪郭や様式が遥か昔の時代を正確に示してくれる。モスクはそれだけでも、イスラム教エジプトの全歴史を物語っている。なぜなら各君主が少なくともひとつのモスクを建立させたからだ。自分の時代と栄光の記憶を永遠に後世に伝えようとしてのことである。(39)

重なり合う時間の地層が目に見える形で確認できる都市としてカイロをとらえる語り手のまなざしは、歴代の君主たちが建ててきたモスクに「イスラム教エジプトの全歴史」を読み取るのだが、実際に街中を歩いてみると、それらのうち古いものはすでに朽ち果てて無残な姿をさらしている。けれどもこうして過去の栄光を打ち棄てて憚らない「信心深いと同時に忘れっぽい」エジプトは、他にも数々の預言者や神々を埃の下に埋めてきたのであり、だからこそ「外国人は、オリエントの他の場所で見られるような宗教への狂信も人種的不寛容も、この国では恐れる必要がないのだ[40]」と、彼は言う。つまり廃墟と化したいくつものモスクは、滅びることによって逆説的に普遍性と永遠性をこの街に根付かせてきたのである。

この観点はきわめて示唆的ではなかろうか。信仰とは本来、忘却とは相いれぬものである。それは(単一であれ複数であれ)崇拝の対象にたいする常に変わらぬ愛と畏れの上に成り立つものであり、それゆえに持続的な記憶の保存を前提としているからだ。その証となるのが、神殿や教会といった礼拝のための建造物であろう。ところが語り手によれば、エジプトの民は「忘れっぽい」がゆえに狂信を免れ、異なる人種にたいする寛容さを身につけてきた。古くから数多くの異国の民がこの地を訪れ、それぞれの故郷に文明の富を持ち帰ることができたのも、他者を排除することなく鷹揚に受け入れてきたカイロという都市の、宗教的硬直を免れた歓待の精神のおかげである。それは今なお「われわれのヨーロッパが、ギリシア・ローマ世界を通して自らの起源に遡るのを感じる古《いにしえ》の母なる土地」なのであり「宗教、道徳、産業など、すべてが神秘的であると同時に近づきやすいこの中心から発し、初期の天才たちはわれわれのためにここから叡智を汲み上げた[41]」のである。

けれどもこうしてカイロの包容力を称揚する語り手は、それにもかかわらず、あるいはそれゆえにこそなおのこと、押し寄せる西欧文明の圧力下でしだいに消滅しつつある古いカイロへの哀惜の念を隠そうとしない。念願のピラミッドを訪ねた後、語り手はいよいよこの街を後にするにあたって、次のような感慨を洩らす。

ぼくは名残惜しい思いで、この古いカイロの街を後にする。そこではアラブの天才の最後の痕跡を再発見したし、オリエントの物語や伝承によって形づくってきた観念は裏切られることがなかった。若き日の夢の中で何度も何度もこの街を夢見てきたので、いつのことだったか、そこに住んだことがあるような気がしていた。人けのない区域や崩れかかったモスクの只中で、ぼくはかつてのわがカイロを再構築していたのだ！　自分が昔つけた足跡をそのままなぞっているかのようだった。歩きながら、ぼくは心中こう言っていた。この壁を曲がって、あの門を入れば、あれが見えるはずだ……そしてそれはそこにあった、廃墟となって、しかし現実のものとして(42)。

幾多の書物から得てきた膨大な知識や情報、そしてこれをもとに形成されてきた鮮明なイメージゆえに、語り手は街を歩きながら一種の既視感に襲われる。しかし少なからぬ建物が廃墟と化してしまった現実のカイロはもはや、彼が再構築しようとしていた「かつてのわがカイロ」と同じではない。両者のギャップは埋めようのない心理的な疎外感となって、彼の内部に深い溝を穿つ。右の引用に続くのは次のような文章だ。

もうそのことは考えるまい。あのカイロは灰と埃の下に眠っている。現代の精神と進歩は、死のようにカイロを打ち負かしたのだ。あと二、三か月もすれば、哀れな下級労働者たちの上に静かに崩れ落ちていく埃っぽい無言の古い街を、ヨーロッパ風の街路が直角に切り裂いてしまっていることだろう。

ところで以上の一節は、じつはネルヴァルがコンスタンチノープル滞在中、一八四三年九月六日付で現地の新聞に発表したゴーチエ宛の公開書簡、「わが友テオフィル・ゴーチエへ」に見られる文章をほぼそのまま利用したものである。つまり実際に書かれたのはカイロを離れて数か月後であり、出発時ではない。それだけに、そこにはオリエントへの失望がより率直な形で表れている。「オリエントはもはや奇跡の地ではなくなっている」、「パリでなければいかにもオリエント風のカフェなどにはお目にかかれはしない」、「空想の世界から追放してしまったことを最も悔やんでいるのは、このエジプトだ。それはわびしくぼくの思い出の中にしまわれてしまうだろう」、等々……。

君はまだ朱鷺の存在を信じている、黄色いナイルに浮かぶ紫の蓮も。エメラルドの椰子の木、ウチワサボテン、おそらくは双峰《ふたこぶ》駱駝の存在も……ああ、朱鷺なんて野生の鳥だし、蓮なんてありふれた玉葱だ。ナイルなど青灰色に光って見える赤茶けた水にすぎず、椰子の木はきゃしゃな羽の箒のようなもので、ウチワサボテンはただのサボテンだ。駱駝にはこぶが一つしかないし、踊り子は男ときている。じゃあ本物の女はといえば、見ない方が幸せだそうだ。(43)

そしてさらに筆者は友人にたいして「見に来るのはよしたまえ」、「君はパリにいるにこしたことはない」とまで忠告するのである。なんとも徹底した幻滅ぶりだが、想像の中で育んできたカイロの(そしてエジプトの、さらにはオリエントの)イメージが過大に膨張していただけに、時間がたてばたつほど現実との落差もそれだけ拡大していったということだろう。『オリエント紀行』の執筆過程はその意味で、エクリチュールによってこの落差を埋めるプロセスでもあったにちがいない。

国家と個人・政治と美学

カイロ出発後の旅程についてはすでにその概要を述べた通りなので、詳細は割愛するが、一箇所だけ、語り手一行(いろいろないきさつはあったが、結局この旅行にはゼイナブも同行することになった)が海路でベイルートに接近したときの描写を見ておこう。

とうとうラ゠ベイルート岬とその灰色の岩、そしてその上に遥かにそびえるサニン山の雪を戴いた山頂が現れた。沿岸は乾燥地帯だ。赤味がかった苔に覆われた岩山の細部までが、灼熱の陽光を浴びて見分けられる。ぼくたちは岸に沿って進み、湾のほうへ方向転換する。すると直ちにすべてが一変した。涼しさと影と静寂に満ちた風景、スイスの湖から見たアルプスのような眺め、あれが穏やかな天候のベイルートだ。柔らかな愛撫のうちに、ヨーロッパとアジアが溶け合っている。太陽と埃に少し疲れたあらゆる巡礼者にとっては海のオアシスであり、人は山々の頂に、北ではあんなにもわびしく、南ではあんなにも優美で望まれているものを見出して熱狂するのだ、すなわち雲を!(44)

ラマルチーヌはたちこめる靄の中から不意に立ち現れたレバノン山脈の威容に鮮烈な印象を受けたのだったが、こちらは照りつける太陽の下、奥まった湾の向こうに姿を現した清涼な雪山の風景と、その頂上にかかる雲のたたずまいに深い感銘を覚えている。季節に違いはあれ（ラマルチーヌは九月、ネルヴァルはおそらく五月）、また十一年の時差を経てのことではあるが、彼らは二人とも「ヨーロッパとアジアが溶け合っている」ベイルートに海からアクセスし、同じサニン山の姿を目にして、それぞれの感興を旅行記に書き残した。そしてネルヴァルは（いや、正確にいえば語り手は）さらに、「おお、祝福された雲よ！　わが祖国の雲よ！　ぼくはあなたの恵みを忘れていた！　そしてオリエントの太陽はさらなる魅力をあなたに付け加える！」と、めずらしく昂揚した口調でこの感動を謳いあげるのである。

語り手は検疫を終えてから上陸し、街から半里ばかり離れたマロン派のキリスト教徒の家に一か月の予定で間借りした。この間、ラマルチーヌが現地で会ったというプランシェ神父とも面会し、この詩人について長々と語り合ったことが記されている。それからパシャの宮殿やバザール、「サントン」と呼ばれる托鉢僧の墓などを訪ねたことも述べられていて、舞台は完全にエジプトからレバノンに移っているのだが、ここでようやく『オリエント紀行』の第一部にあたる「カイロの女」が幕を閉じることになる。

第二部にあたる「ドゥルーズ派とマロン派」は基本的にレバノン滞在記、第三部にあたる「ラマダンの夜」はコンスタンチノープル滞在記になっており、それぞれに興味深い内容を含んではいるのだが、細部について述べればきりがないので控えておくとして、ここではもう一度、サイードの議論を参照しておこう。彼は『オリエンタリズム』の中で、ラマルチーヌの「超越的な擬似国家主義エゴイズム」に対置されるべき存在としてネルヴァルとフローベールの名前を挙げている。サイードによれば「この両作家以上に、みずからのオリエント訪問を個人的・審美的な目的のために利用しえた者はいなかった」。彼はその理由を「何よりもまず、この二人が天才であったこと、そしてその二人がともにヨーロッパ文化の諸相にどっぷりとつかり、そこからオリエントに対する倒錯的ではあるが共感にみちたヴィジョンを形成する原動力を得ていたこと、これらのことがここでは少なからず重要な意味あいをもつのである」と説明する。(45) そしてさらに、彼らにとって「オリエントとは既視〔デジャ=ヴュー〕の場所であり、偉大なる美的想像力すべてに典型的にみられるあの芸術上の経済原理の働きによって、現実の旅行を完遂したあとも彼らが何度となく立ち戻ってゆくべき場所なのであった」とも、著者は述べている。

二人の作家を学術書にはふさわしからぬ「天才」という曖昧な言葉で定義しているところには、(厳密に原因を論証すべきことがらを個人の才能という生得的な「資質」に還元してしまっているという意味で)ある種の本質主義的傾向が露呈しているように思われるし、「偉大なる美的想像力」といった形容の仕方にも同様の気配を感じ取ることができるが、それはそれとして、ラマルチーヌ(そしてシャトーブリアン)のような先人たちからネルヴァルとフローベールを分かつものを、サイードが「国家/個人」「政治/美学」という対立のうちに見ていることに注目しておきたい。

〔……〕彼らのオリエントは、把握され、専有され、還元され、記号化されるものというよりは、可能性にみちた広大な場所としてそこに住まわれ、美と想像のために利用されるものだったのである。彼らにとっては、自律的・審美的・個人的な事実としての作品の構造こそが問題だったのであって、どうすれば望むままにオリエントを効果的に支配し、それをグラフィックに記述することができるかということなどは、どうでもよいことだった。彼らの自我《エゴ》は、決してオリエントを吸収同化しなかったし、また、オリエントをオリエントに関する記録やテクスチュアルな知識（要するに公式のオリエンタリズム）と完全に同一視するということもなかったのである(46)。

ある対象を把握し、専有し、還元し、記号化するという行為は、その主体としての自己を超越的な自我として定立しなければ可能にならない以上、ひとつの暴力的な振舞いであることを免れない。そこに作動しているのは、高く舞い上がり大きく膨張した結果、ついに国家と一体になった「私」による所有と支配、吸収と同化のメカニズムにほかならず、このときオリエントについて語るという行為は必然的に、征服への欲望を宿した政治的身振りとなる。しかし（フローベールのことはさておくとして）ネルヴァルの場合、オリエントはあくまでも個人的な美学を触発するひとつの場であり、物語的想像力の発動を促す恰好の契機であった。だから彼はそこに個人として「住まう」ことはできても、これを高みから俯瞰しつつ国家の視点から「記述する」ことはできないのである。語り手の「ぼく」はいつまでたっても現地の住民に交じって街をさまよい続ける「ぼく」のままであって、そこから浮上してオリエントを断罪したり救済したりする「ヨーロッパ」の視点に移行することはない。ネルヴァルの『オリエント紀行』を特徴づけるこの身体的臨場性こそは、サイードのいう「先行する作家たちがオリエントについて具象化してきたような言説的完結性からの逸脱行為(47)」を可能にするものではなかろうか。

もちろん国家と個人の関係が、ましてや政治と美学の関係が、いわゆる二項対立図式によって截然と切り分けられるほど単純なものでないことはいうまでもない。とりわけ美学が本来それを特徴づけるべき自律性や個人性から切断されて集合的な宗教感情と結びつくとき、思いもかけぬ政治的機能を果たしてしまうというのはじゅうぶんにありうることだ。しかしオリエントを前にしたネルヴァルの美学はそうした事態への不用意な横滑りを拒み、徹底的に地上的であることによって、危険を無意識のうちに回避している。その意味で彼の東方旅行は、いわば聖地をもたない巡礼であったともいえるだろう。

「オーレリア」と明晰な狂気

一八四九年四月、ネルヴァルはふたたび精神不安定状態に陥り、その後も間歇的に調子を崩しては医師の治療を受けるようになる。『オリエント紀行』を刊行した五一年には、モンマルトルで階段から落ちて負傷するという事件もあった。しかし旅行のほうは相変わらず盛んで、『火の娘たち』の「アンジェリック」や「シルヴィー」の舞台となるイル＝ド＝フランスの各地には何度も足を運んでいるし、五〇年八月下旬からはベルギーとドイツ、五二年五月にはベルギーとオランダにも出かけている。また、この年は『幻視者たち』と『ローレライ』が刊行され、「アルチスト」誌に「粋な放浪生活」も十二回にわたって連載されるなど、創作面でも多産な時期であった。

一八五三年頃から、ネルヴァルの精神状態はさらに悪化した。発作を起こしては入退院を繰り返す生活が続き、狂気の徴候がますます露わになってくる。一〇月にブランシュ病院に入院してからは、半年以上にわたって療養生活を強いられた。この間、翌五四年一月には『火の娘たち』が一冊にまとめられて刊行されている。同年五月、無理に退院したネルヴァルはドイツ旅行に出かけ、各地を回って七月下旬に帰国。そしてふたたび入院を余儀なくされるが、一〇月にはまた強引に退院し、その後はほとんど浮浪者同然の生活を送るようになる。彼がパリの中心にあるシャトレ広場に近いヴィエイユ＝ランテルヌ通りで縊死体となって発見されたのは、年が明けて一八五五年一月二六日朝のことであった。死因については自殺説、他殺説、事故死説など諸説があるが、いまだ決着を見ていない。ネルヴァルの死と前後して「パリ評論」に二回に分けて発表された「オーレリア」には、晩年の狂気の日々がなまなましく綴られているが、その初めに近い部分には次のような有名な一節がある。

その晩、運命の時が近づいたかに思われた時、私はある集会の食卓で二人の友人たちと絵画と音楽に関して論じ、自分の観点から色彩の生成と数の意味について定義していたところだった。その一人はポール＊＊＊という名前で、私を家まで送ろうとしてくれたのだが、私は帰らないといった。「どこへゆくの？」と彼が訊ねた。「オリエントへ！」そして、彼が一緒についてきてくれた間にも、私はよく知っていると思い込んでいるひとつの〈星〉を、あたかもその星が私の運命にある種の影響力をもっているかのように、空に探し始めていた。(48)

はじめに引いたジュール・ジャナンの文章には、カーニヴァルの夜に錯乱状態で衛兵に誰何されたとき、ネルヴァルはそれに答えずに「そのままま っすぐ前へ、二千年この方えり抜きの人々を引きつけているあの未知のオリエントの方へ」進んでいくという一節があった。(49) 右の引用はそれから十年以上を経て書かれたものであるから、ジャナンの記事をネルヴァル自身が逆に借用しているわけだが、もともとこの話自体の出所は、カーニヴァル事件のとき現場にいた画家のポール・シュナヴァール（作中では「ポール＊＊＊」と記されている）であったようだ。この箇所に限らず、「オーレリア」ではこの友人から事後的に聞かされた客観的証言が随所に取り入れられている。

ネルヴァルの狂気とオリエントへの憧憬が表裏一体になっていたことは右の一節からも明らかである

が、ここではむしろ、語り手が小説の冒頭で「私が長い間愛していた一人の婦人」と呼んでいるオーレリア Aurélia という女性の名前のうちにじつはオリエントの形象が内在していて、実話に基づいたこの場面をテクストに浮上させているのではないかということを述べておきたい。この固有名詞は一年半ばかり前に発表された「シルヴィー」に登場する女優、オーレリー Aurélie の名前を一字だけ変更することで得られたものである。このちょっとした操作が実在の女優ジェニー・コロンへの参照を宙づりにし、物語を普遍化して神話に接近させているといったこともおそらく言えるだろうが、今はそうした問題には立ち入らず、純粋な単語レベルの問題に話を限定しよう。普通名詞としての aurélie は「ミズクラゲ」の意だが、その語源はイタリア語の aurelio であり、これはラテン語で「金」を表す aurum に由来する。そして同じ語源からは auréole（後光、光輪）、さらに aurore（曙、オーロラ）という言葉も派生する。つまりこれら一連の名詞は音韻的にも意味的にもアナロジックな関係にあるわけだが、「夜明け」を意味する aurore という単語には、太陽が東から昇るという理由で、詩語として「東方」の意味もある。

西洋人にとって、東方とは何よりもまず太陽が昇る方向であり、明け方に光が射して空を鮮やかな金色に染めあげる地平線の彼方であった。新たな一日をもたらす曙光は常にオリエントからやってくるのであり、彼らは aurore の最初の文字を大文字にすることによって、それを Aurore（アウロラ＝曙の女神）と呼んだ。じっさい『オリエント紀行』の語り手は、はじめてギリシアの夜明けをまのあたりにしたとき、ホメロスを召喚しながらまさに「薔薇色の指をもつ曙の女神《アウロラ》」の輝かしい顕現を謳いあげてはいなかったか？　そして「われわれ野蛮人が夜明けとか黎明とか呼んでいるものなど、恵まれぬ風土の不純な空気によって曇らされた、青白い光の反映にすぎない」と告白してはいなかったか？

かくして永遠なる女性としてのオーレリア Aurélia は、「金色」から「東方」へと引き継がれる意味論的連関によって、寒々しい靄に覆われた青白いヨーロッパに黄金の光を惜しげもなく投げかける恵みの女神、アウロラ Aurore と重なり合う。綴りと音韻と意味のすべてにおいて響き合う二つの固有名詞がこうして二重写しになるとき、すでに死者となって「私にとっては失われてしまった」オーレリアを求める冥界下りの旅と、常に東方へ東方へと逃れ去っていくオリエントを探索する旅は、同じひとつの旅へと統合される。「夢は第二の人生」と作品の冒頭に書きつける「私」は、その言葉通りに「現実の生への夢の流出」にさらされ、「すべてが時に二重の様相を帯び」ていく中で夢と現実のはざまを彷徨しつつ、この作品の中で「第一の人生」と「第二の人生」を同時並行的に生きてみせるのである。

先の引用に見られた「オリエントへ!」という言葉は、それがジャナンの文章から引き写されたものであるにせよ、そしてたとえネルヴァルの口から実際に発せられたものであったとしても、ひとたび作品に取り込まれた以上は何らかのテクスト的機能を果たさずにはいないはずであり、それが示しているのは単に錯乱状態にある「私」の東方幻想などではなく、暗黙のうちに導入されているこうした物語の重層性にほかならない。語り手がはじめにオーレリアのことを口にするとき、「彼女はオーレリアという名前である」とは言わず、「彼女のことを以後はオーレリアと呼ぶことにする」(50)(強調引用者)という言い方をわざわざしているのも、この固有名詞がいかなる現実にも対応しておらず、もっぱら作品内的論理に従って選ばれたものであることを示すためであろう。そうであるならば、私たちはこの命名行為を、不在のヒロインのうちにオリエントを宿らせるための記号的な仕掛けとして受け止める必要があるのではないか。

「オーレリア」において自らの狂気をあえて素材として取り上げたことで、ネルヴァルはすでに通常の作家の限界を踏み越えていた。しかしながら、ともすると現実の澱にまみれがちなこの素材を自伝的地平から離陸させ、周到な方法論的自覚のもとに小説化するという困難な試みをやってのけることで、彼はさらにもう一段階、作家の階梯を昇りつめているように見える。この作品はじっさい、シュルレアリスム的な夢の記述というよりも、明確な構成意識をもって作り上げられた精緻な建築物といったほうが遥かに近い。

　こうした本能的な職業意識は、おそらく東方旅行の頃から一貫してネルヴァルの創造行為を支えてきたものであろう。すでに見た通り、父親に宛てたカイロからの手紙では「格好の仕事の素材を収集する」ための旅行としての意義が強調されていたし、同じくコンスタンチノープルからの手紙には「ぼくの職業という観点からも、旅をして得をした」と書かれていた。彼のオリエント旅行は、単に狂気からの治癒をめざした静養旅行でもなければ、先人たちのように聖地訪問を主たる目的とした巡礼旅行でもなく、ましてや漫然とした物見遊山のための観光旅行でもなく、あくまでも未来に書かれるべき作品の材料を求めて異郷の風景や習俗を実地で見聞することに主眼を置いた、作家としての取材旅行だったのである。そして彼はその成果を七年以上の歳月をかけて『オリエント紀行』に注いだだけでなく、精神を病むことによって避けがたいものとなった孤独な自己対象化の作業を、いわばそのまま自らの狂気という素材にまで延長したのではなかろうか。「オーレリア」には、自分の肉を切り刻むに等しいそんな痛々しい自意識と、これをなお外側から凝視する異様なまでに冷静な作家のまなざしが混在している。それはまさに、形容矛盾を承知の上で「明晰な狂気」とでも呼ぶほかないものだ。

注

（1）以下の伝記的情報に関しては、田村毅、『ジェラール・ド・ネルヴァル　幻想から神話へ』、東京大学出版会、二〇〇六を随時参照した。また、本書がひと通り脱稿した後に『群像』誌上で野崎歓の「異邦の香り――ネルヴァル『東方紀行』論」の連載が始まったが、現段階（二〇〇九年四月）でも連載中なので、ここではあえて参照しない。

（2）Gérard de Nerval, «Promenades et souvenirs», *Œuvres complètes*, tome 3, Gallimard, Bibliothèque de la Pléiade, 1993, p. 680.（「散策と回想」、田村毅訳、『ネルヴァル全集Ⅵ　夢と狂気』、筑摩書房、二〇〇三、一二九頁）以下、邦訳全集からの引用については、初出を除いて単に『全集Ⅰ』、『全集Ⅱ』のように記す。

（3）「七歳のときに、叔父の家の戸口で無邪気に遊んでいると、三人の士官たちが家の前に姿を現した。彼らの軍服の黒ずんだ金色が、軍用外套の下でわずかに輝いていた。先頭の人が感動しつつ強く私を抱きしめたので、私は叫んだ、「お父さん！……いたいよ！」この日から私の運命が一変した」（『全集Ⅵ』、一三〇頁、ただし訳文を一部変更）。ここには「七歳のとき」とあるが、すぐ後に「三人とも、ストラスブール攻防戦から帰ってきたところだった」という説明があり、これは一八一四年一月から四月まで続いた戦いを指しているので、父親がジェラールの誕生日（五月二二日）以前に帰還していれば息子はまだ五歳、誕生日を過ぎていても六歳であったはずである。

（4）この小路はバルザックの『従妹ベット』でも、ベットがポーランドの亡命貴族である彫刻家のスタインボックを密かに住まわせていた場所として登場する。しかし一八四八年から五一年にかけてリヴォリ通りの延長工事がおこなわれたさい、ちょうど通り道にあたっていたためにこの界隈の建物は一掃され、ドワイエネ小路自体も完全に消滅した。

（5）Jules Janin, «Feuilleton du Journal des débats: Gérard de Nerval», *Journal des débats politiques et littéraires*, 1er mars 1841. このテクストのはじめ三分の一くらいは、のちにネルヴァル自身によって『ローレライ』に引用されている。Gérard de Nerval, *Lorely*, *Œuvres complètes*, tome 3, *op. cit.*, pp. 4-5.（丸山義博・村松定史訳、『ネルヴァル全集Ⅴ　土地の精霊』、筑摩書房、一九九七、六―七頁）また残りの三分の二は同じプレイヤッド版全集の「注とヴァリアント」（*Ibid.*, pp. 960-964）に収録されている。

（6）Jules Janin, *ibid.*, *in* Gérard de Nerval, *Œuvres complètes*, tome 3, p. 962.（梅比良節子訳、『全集Ⅵ』、四七〇頁）

（7）*Ibid.*, p. 963.（同、四七一頁）

（8）Gérard de Nerval, *Œuvres complètes*, tome 1, Gallimard, Bibliothèque de la Pléiade, 1989, p. 1380.（ジュール・ジャナン

宛書簡、一八四一年八月二四日、丸山義博訳、『ネルヴァル全集Ⅲ　東方の幻』、筑摩書房、一九九八、六四七―六四八頁）

（9）以下の記述にあたっては、Gérard de Nerval, *Œuvres complètes*, tome 2, Gallimard, Bibliothèque de la Pléiade, 1984, pp. 1371-1372 のほか、『全集Ⅲ』、六八一―六八三頁の訳者（野崎歓）による注解、田村毅の前掲書、五一頁、および『全集Ⅵ』の年譜（四四〇―四四一頁）などを参照した。

（10）この人物については、一八三八年一一月一〇日から四〇年九月二六日まで「ル・コルセール」紙の株主でありかつ主筆のひとりであったということがわかっているが、それ以上の詳細は不明である。彼はかなりの長期間ネルヴァルと行動を共にしていたにもかかわらず、『オリエント紀行』にはいっさいそれらしき影が出てこない。

（11）Gérard de Nerval, *Œuvres complètes*, tome 1, *op. cit.*, pp. 1401-1402.（井村實名子訳、『ネルヴァル全集Ⅳ　幻視と綺想』、筑摩書房、一九九九、四三九―四四〇頁）

（12）『オリエント紀行』を構成する文章が逐次雑誌に発表されていく経過については、プレイヤッド版第2巻の注記、および『全集Ⅲ』の解説を参照のこと。

（13）Gérard de Nerval, *Œuvres complètes*, tome 2, *op.cit.*, p. 174.（『全集Ⅲ』、五頁）以下、『東方紀行』からの引用は文脈の都合からすべて拙訳によるが、参照の便宜上、訳書（『全集Ⅲ』）の頁数のみ括弧で示す。なお、「ツーリスト」という語彙については序章の注33を参照のこと。

（14）*Ibid.*, p. 201.（二九頁）

（15）*Ibid.*（三〇頁）

（16）*Ibid.*, p. 230.（五六頁）この箇所にも見られるように、ネルヴァルの『オリエント紀行』は基本的に「君＝ある友人」への語りかけという形で書かれている。また文中に出てくるフランチェスコ＝プリモ号という船は、実際はネルヴァルがナポリからパリへの帰路に使ったイタリア船の名前であった。

（17）このオーストリア旅行は、内閣情報室のための情報収集という任務を負ったものであったらしい。ウィーンに到着した一八三九年一一月一九日付の父親宛の手紙に、すでにコンスタンチノープルやオリエントへの言及が見られるが、同じく一二月二日の手紙には「ランゲ氏［ギゾー首相の秘書官で、ネルヴァルをウィーン派遣の任務に推挙した］にぼくのコンスタンチノープル派遣の要請をお願いしたいのです」とあり、一八四〇年一月三〇日付の手紙には「当地から二日で行けるトルコ国境周辺に向けてぼくの任務が継続されるとは思えません」と、残念そうな言葉を読むことができる。Gérard de Nerval, *Œuvres complètes*, tome 1, *op. cit.*, p. 1322, pp. 1327–1328, p. 1336.（『ネルヴァル全集Ⅱ　歴史への旅』、筑摩書房、一九九七、六四八頁、六五五頁、六七〇頁）

（18）Gérard de Nerval, *Œuvres complètes*, tome 2, *op. cit.* p. 231.（五七頁）

（19）*Ibid.*, p. 258.（八一頁）じっさい、ネルヴァルがシロス島で乗り込んだ船はレオニダス号という名前であった。

（20）この点については注28を参照のこと。

（21）Gérard de Nerval, *Œuvres complètes*, tome 2, *op.cit.*, p. 182.（一三頁）

（22）*Ibid.*, p. 230.（五六頁）

（23）*Ibid.*, pp. 233–234.（五九頁）「薔薇色の指をもつ曙の女神《アウロラ》」という表現は、ホメロスの『イーリアス』第六巻第一七五節、『オデュッセイア』第二巻第一節などに見られ、曙を表す定型表現となっている。

（24）これとほぼ同じ文章は、週刊誌「アルチスト」の一八四四年六月三〇日号に「シテール島への旅」と題して発表されている（Gérard de Nerval, «Voyage à Cythère», *L'Artiste*, 30 juin 1844）。

（25）この点に関しては、小倉孝誠、『近代フランスの誘惑』、慶應義塾大学出版会、二〇〇六、第三章「オリエントの誘惑」を参照のこと。

（26）Claude Pichois, «Notice» , *in* Gérard de Nerval, *Œuvres complètes*, tome 2, *op. cit.*, p. 1377.

（27）*Ibid.*, p. 272.（九三頁）

（28）ちなみにこの文章の初出は「両世界評論」の一八四六年五月一日号で、そこでは男の名前がサイード＝アガ Seyd-Aga となっていた（Gérard de Nerval, «Les femmes du Caire, scènes de la vie égyptienne», *Revue des deux mondes*, 1er mai 1846, p. 417）。おそらくこちらが実名で、『東方紀行』にまとめられた際に（他の登場人物たちの名前とともに）別名に置き換えられたものと思われる。

（29）Gérard de Nerval, *Œuvres complètes*, tome 2, *op.cit.*, pp. 278–279.（九九頁）

（30）この人物については「両世界評論」初出の時点からただ「画家」とだけあって、名前は記されていない。

（31）Gérard de Nerval, *Œuvres complètes*, tome 2, *op.cit.*, p. 316.（一三二頁）

（32）*Ibid.*, p. 339.（一五二頁）

(33) *Ibid.*, p. 375.（一八三頁）

(34)「彼はインド人の女奴隷を一人買ったのだが、ぼくに抱かせようとしてぼくは嫌だったし、それでいて彼も抱かなかったのでそのままになっている。この女は大変高くついたのだが、今ではもう持て余し気味だ」。Gérard de Nerval, *Œuvres complètes*, tome 1, *op. cit.*, p. 1396.（藤田衆訳、『全集Ⅲ』、六七四頁）。

(35) Gérard de Nerval, «Les femmes du Caire, scènes de la vie égyptienne: Les esclaves», *Revue des deux mondes*, 1er juillet 1846, p. 37.

(36) Gérard de Nerval, *Œuvres complètes*, tome 1, *op. cit.*, p. 1391.（井村實名子訳、『全集Ⅲ』、六六八頁）

(37) *Ibid.*, p. 1393.（同、六七〇頁）

(38) *Ibid.*, p. 1398.（同、六七七頁）

(39) Gérard de Nerval, *Œuvres complètes*, tome 2, *op.cit.*, p. 344.（一五六頁）

(40) *Ibid.*, pp. 345-346.（一五七頁）

(41) *Ibid.*, p. 346.（一五八頁）

(42) *Ibid.*, p. 396.（二〇一頁）

(43) Gérard de Nerval, «À mon ami Théophile Gautier», *Œuvres complètes*, tome 1, p. 765.（丸山義博訳、『全集Ⅲ』、六〇〇―六〇一頁）

(44) Gérard de Nerval, *Œuvres complètes*, tome 2, *op. cit.*, p. 447.（二四四頁）

(45) エドワード・W・サイード、『オリエンタリズム』、前掲書、四一一頁。

(46) 同、四一四頁。

(47) 同、四一七頁。

(48) Gérard de Nerval, «Aurélia ou le rêve et la vie», *Œuvres complètes*, tome 3, *op. cit.*, pp. 698-699.（「オーレリアあるいは夢と人生」、田村毅訳、『全集Ⅵ』、五一頁）ここで「運命の時」とあるのは、前夜に予告された「私の死」の時を指す。

(49) Jules Janin, *op. cit.*, p. 962.（梅比良節子訳、『全集Ⅵ』、四七〇頁）

(50) 原文は «...et que j'appellerai du nom d'Aurélia» で、文字通りに訳せば「彼女のことを以後はオーレリアという名前で呼ぼう」の意。

［第4章］夢の時間——ゴーチエとスペイン

Théophile Gautier

フランス人にとっての「異郷」は、なにも新大陸やオリエントだけではない。いわゆるヨーロッパの内部にも、異郷は存在する。古くからその役割を果たしてきたのは、なんといっても南東に国境を接するイタリアであろう。とりわけ旅行中の見聞から発想の源泉を汲み取ることに熱心であった作家たちにとって、アルプスを越えて山向こうを目指すというのは、いわば是非とも経験しなければならない通過儀礼のようなものであった。ルネサンス以来、主要な作家たちがパリの宮廷につなぎとめられていた一七世紀の絶対王政時代を別とすれば、文学史に名を残す作家でこの地に足を踏み入れなかった例を見つけるのがむずかしいといってもいいくらいだ。

いっぽうイタリアに比べればずっと数は少なくなるものの、南西に国境を接するスペインに足を向けた作家もいなかったわけではない。一八世紀では序章で見た通りアベ・プレヴォとボーマルシェがそうだったし、一九世紀の初めにはシャトーブリアンがオリエント旅行からの帰りにこの国を縦断している。もっともナポレオンが「ピレネーの向こうはアフリカだ」と言ったというエピソードにも象徴されるように、フランスではこの頃まで、後進国のイメージが強いスペインにはあまり人々の目が向いていなかったというのが実情であった。ようやく関心の高まりが見えはじめたのは一八二〇年代から三〇年代にかけてのことで、とりわけ三〇年代半ば頃から演劇の世界ではこの国を舞台とする作品が次々と上演され、一種のスペインブームとでもいうべき現象が見られた(1)。これにともない、南西方面を目指して旅立つ作家も次第に増えてくる。その代表的存在は『カルメン』で知られるプロスペル・メリメだが、本章でとりあげるテオフィル・ゴーチエ(一八一一―七二)もそのひとりである。

ゴーチエはスペインとの国境に近い南仏ピレネー地方のタルブに生まれたが、父親の転勤にともなって三歳でパリに移住したので、実質的にはほとんどパリ育ちといっていい。故郷を離れるのがいやだった幼いテオは、玩具類を窓から投げ捨てると、自分も飛び降りようとして危うく引き留められたというエピソードが残っている。十一歳のときに短期間ルイ＝ル＝グラン高等中学校の寄宿生となったが、この環境には結局馴染めず、すぐにシャルルマーニュ高等中学校に転校した。はじめは画家志望であったが、一八二九年六月、十七歳のときに三歳年長で終生の友人となるネルヴァル（もちろん当時はまだジェラール・ラブリュニーであった）と、二歳年長で「狼狂」を自称していたペトリュス・ボレルの仲介によってヴィクトル・ユゴーと運命的な出会いをしたことがきっかけで、文学の道に身を投じることになった。前章でも触れた三〇年二月のエルナニ事件にさいしては、ロマン派の若き闘士として、赤いチョッキを着て大活躍したことで知られる。

この「赤いチョッキ」はよほど人々の記憶に残ったらしく、ゴーチエはのちに『ロマン主義の歴史』（一八七四）において、このときのことを次のように回想している。

赤いチョッキ！　あれから四十年もたつのに人々はいまだにその話をしているし、これから先も話すことだろう。それほどこの鮮烈な色彩は観衆の目に深く焼きついたのだった。芸術とは無縁の人間の前でテオフィル・ゴーチエという名前を口にしてみると、たとえ私の詩句や文章を一行も読んでいなくても、その人物は少なくとも『エルナニ』の初演時に身につけていた赤いチョッキのおかげで私のことを知っており、事情は心得ているとばかり満足げに言うのである。「知ってるとも、あの赤いチョッキを着た長髪の若者だろう！」これが後世に残る私のイメージなのだ。私の詩も、書物も、論説も、旅行記も忘れ去られるだろうが、赤いチョッキのことは思い出されることだろう[2]。

そして彼はこの後、「世界は燃えあがるようなもの *flamboyants* と灰色にくすんだもの *grisâtres* に大別される」という二分法を提示し、前者には「生命、光、運動、思考と実行の大胆さ、ルネサンスと真の古代への回帰」が、後者には「地味な色調、貧弱で味気ないデッサン、木偶人形を集めたような構図」などが結びつくと主張する[3]。絵画でいえばルーベンスは前者、プッサンは後者であり、この図式を文学に応用すれば、ディドロは前者、ヴォルテールは後者ということになる。特に「燃えあがるようなもの」の中でもゴーチエが好むのが赤という色彩で、彼にしてみれば『エルナニ』の上演は、赤いチョッキを着ることでこの色を「それが常に占め続けてこなければならなかったはずの場所にもう一度置き直してやる[4]」ための絶好の機会であった。

ところで上演をめぐる騒動ばかりがクローズアップされがちな『エルナニ』だが、芝居の筋書き自体が一六世紀のスペインを舞台にしていることにも注意を喚起しておきたい。主人公の青年エルナニは、盗賊に身をやつしてはいるもののじつは貴族の出身という設定で、やはり貴族の娘であるドニャ・ソルと恋仲にあるが、そこへスペイン王のドン・カルロス（フェリペ二世の息子[5]）とドニャ・ソルの伯父であり許婚でもあるルイ・ゴメスが絡んでくる。いろいろな経緯があって、終幕では国王以外の三人が悲劇的な最期を遂げるという内容であるが、血気盛んな二十歳前の若者であったゴーチエにとって、情熱の国のドラマチックな恋愛劇が「燃えあがるようなもの」の象徴のように思えたであろうことは想像に難くない。ちなみに作者のユゴーは、幼年時代に家庭の事情でコルシカ島、エルバ島、ナポリ、マドリッドなどを母親に連れられて転々とした経歴をもつので、スペインの風土にもじかに接していたが、成人してからは（のちに強いられることになる長期の亡命生活を別とすれば）意外に旅行経験が少なく、『エルナニ』の前年に『東方詩集』を出版してはいるものの、オリエントにはついに足を踏み入れたことがなかった。

古典派にたいするロマン派の勝利を決定づけたエルナニ事件の後、ゴーチエは七月革命のさなかの七月二八日に処女詩集を出版するが、これは「栄光の三日間」と呼ばれる流血の騒乱に紛れ、完全に世間から無視された。彼はやがてボレルやネルヴァルらを中心とした「プチ・セナークル」と呼ばれる若者の集まりに加わり、次いで前章で言及したドワイエネ小路で仲間たちとともにボヘミアン生活を送るようになる。この間、幻想的な韻文物語詩『アルベルチュス』（一八三二）、短篇集『若きフランスたち』（一八三三）、そして「芸術のための芸術」を標榜する有名な序文を付した書簡体小説『モーパン嬢』（一八三五）、詩集『死の喜劇』（一八三八）などを精力的に刊行する一方、三六年からはエミール・ド・ジラルダンによって創刊されたばかりの「ラ・プレス」紙で文芸欄を担当するようになり、以後二十年の長きにわたって、美術評論を中心に約二千篇にも及ぶおびただしい論説記事を執筆した。他の誌紙への寄稿も多く、その旺盛な執筆欲とジャーナリスティックな才能には瞠目すべきものがある。

けれどもここで特に注目したいのは、並外れた旅行家としてのゴーチエである。最初の外国経験は一八三六年夏、ネルヴァルと一緒に出かけたベルギー旅行であるが、このときは一か月ほどの滞在でパリに戻っている。次が本章の対象となるスペイン旅行（一八四〇年五月—一〇月）で、時期的にはネルヴァルがオリエントに出かけるよりも二年以上早い。ゴーチエはこのときの見聞や印象を逐一「ラ・プレス」紙に送り、帰国後もスペイン関係の記事を「パリ評論」や「両世界評論」に発表、後にこれらをまとめて『スペイン紀行』（一八四五）として刊行した(6)。次いでその足の向く先はアルジェリア（四五年）、イタリア（五〇年）、ギリシア・トルコ（五二年）、ドイツ（五四年）、ロシア（五八年・六一年）、そしてエジプト（六九年）と、ヨーロッパからオリエントにまたがる広範囲に及び、それぞれを題材とした紀行や報告記事が書かれている。彼はこのように、詩、小説、戯曲、評論など多彩なジャンルに手を染めただけでなく、旅行記作家としても多くの仕事を残した。

国境まで

では、ゴーチエの旅程を追いながら『スペイン紀行』を読んでみよう。この旅行記の書き出しはなかなかユニークである。

二、三週間前（一八四〇年四月）のこと、私は何の気なしにこんなことを口にした。「スペインだったら喜んで行くんだがなあ！」そんなに行きたいわけでもないというつもりで慎重に条件法を使っておいたのに、五、六日もたってみると友人たちはそれを取り去って、私がスペイン旅行をするつもりなのだと、誰かれかまわず触れ歩いていた。この断定的な言葉の後には、こんな質問が続くのだった。「いつご出発ですか？」どんな事態に巻き込まれるかもよくわからないまま、「一週間後に」と私は答えた。一週間たつと、私がまだパリにいるのを見てみんなはとても驚いた様子を見せた。「今頃はマドリッドにおられるとばかり」とある人は言い、別の人は「もう戻ってこられたのですか？」と尋ねてくる。そこで私は、友人たちの手前何か月か留守にしなければならない、できるだけ早くこの負債を返済しなければならない、でないとお節介な債権者たちに休む間もなくつきまとわれる羽目になるだろうということを理解した。(7)

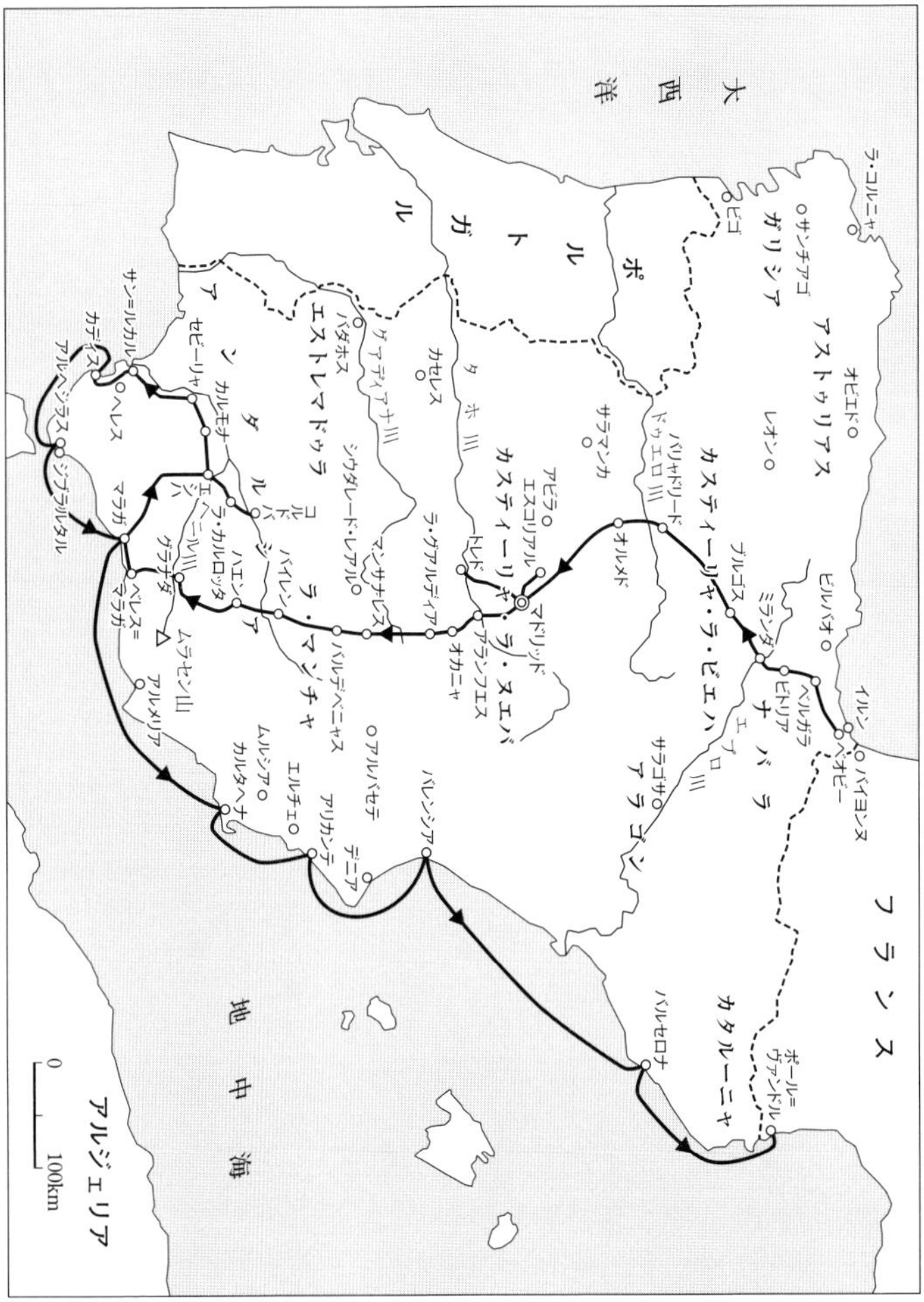
大西洋
ラ・コルニャ
サンチアゴ
ビゴ
ガリシア
ポルトガル
アストゥリアス
オビエド
レオン
カスティーリャ・ラ・ビエハ
バリャドリード
ドゥエロ川
サラマンカ
ブルゴス
ビルバオ
ミランダ
イルン
ベルガラ
ビトリア
ナバラ
バイヨンヌ
ベオビー
エブロ川
サラゴサ
アラゴン
フランス
カタルーニャ
ポール=ヴァンドル
バルセロナ
地中海
アルジェリア
0
100km
バレンシア
デニア
アリカンテ
エルチェ
アルバセテ
ムルシア
カルタヘナ
アルメリア
ムラセン山
ベレス=マラガ
グラナダ
ヘニル川
マラガ
ジブラルタル
アルヘシラス
カディス
サン=ルカル
ヘレス
セビーリャ
カルモナ
エシハ
コルドバ
ラ・カルロッタ
ハエン
バイレン
アンダルシア
エストレマドゥラ
バダホス
グァディアナ川
シウダレード・レアル
マンサナレス
ラ・マンチャ
バルデペニャス
ラ・グアルディア
オカニャ
アランフエス
マドリッド
トレド
タホ川
カセレス
アビラ
エスコリアル
カスティーリャ・ラ・ヌエバ
オルメド

ゴーチエの旅程

要するに、言いだした手前引っ込みがつかなくなったから旅立ったのだというわけだが、言葉半分に受け取っておくにしても、これはかなり自己韜晦《とうかい》を含んだ説明である。実際はゴーチエにとって、当時一種のブームとなっていたスペインを自分の目で見ることは強い願望となっていたはずだ。ただしこの文章に象徴されるように、彼の旅行記は全体にそうした思い入れを表に出さず、どちらかといえば対象にたいして距離をとったユーモアあふれる自由闊達な筆運びで書かれており、何らかの――宗教的なものであれ、政治的なものであれ、あるいは文学的なものであれ――真摯な使命感に駆られて旅立ったこれまでの三人のような気負いがない。船に乗り込む必要もなく、陸続きでそのまま移動できる気楽さも、この明朗さの理由になっているのだろうか。

ともあれ一八四〇年五月五日、(8)「私はボルドー行きの馬車に飛び乗って、自分という面倒な存在を祖国から厄介払いすることを開始した」。ドワイエネ小路時代以来の友人であるウジェーヌ・ピヨ(9)と連れ立っての出発である。夕方にパリを出発した馬車は、ヴァンドーム、シャトー＝ルノーを経てトゥールへ、そしてシャテルローとポワチエを深夜に通過し、翌日アングレームを経て夕刻にはボルドーに到着した。ここまで来るとスペインの気配がかなり色濃く漂いはじめる、とゴーチエは記している。ほとんどの看板が二か国語で書かれていて、本屋で見かける書物もほぼ半々、人々の話す言葉も「ドン・キホーテやグスマン・デ・アルファラーチェの言葉遣い」になってくるというのである（もちろん今日のボルドーではそんなことはない）。

ドン・キホーテを知らぬ人はあるまいが、グスマン・デ・アルファラーチェのほうは、セルバンテスと偶然にも同年（一五四七年）に生まれて同年（一六一六年）に没した作家、マテオ・アレマンの一人称小説、『ピカロ、グスマン・デ・アルファラーチェの生涯』の語り手兼主人公である。その名に冠された「ピカロ」は「悪党、ならず者」を意味するスペイン語で、後にロマン・ピカレスク（悪漢小説）という言葉の語源となったことで知られるが、それはともかく、こうしたスペイン色は当然ながら国境が接近するにつれてますます強まっていく。「じつをいえば、この中間色の境界地域ではスペイン色の方がフランス色よりも優勢である。土地の人々が話す方言は、母国の言語よりもスペイン語との関係の方がずっと深い(10)」。

ボルドーを出たゴーチエとピヨは、ダックスを経て「言葉と風習の点でいえばほとんどスペインの街である」バイヨンヌまで南下する。ロラン・バルトが幼少年期を過ごしたことでも知られるこの地方都市は、歴史的にいえばバスク地方の中心地であり、現地ではフランス語ともスペイン語とも異なる系統に属するバスク語も話されていたはずであるが、ゴーチエの旅行記にその点への言及はない。二人はここからマドリッド行きの馬車に乗り、いよいよ国境に接近していく。このあたりの風景には「ちょっとした地方色の始まり」が見られ、「土地はきわめて絵画的になる」とゴーチエは書いているが、ここに現れた「地方色」couleur locale という表現は、ユゴーが『クロムウェル』（一八二七）の序文でその必要性を説いて以来、古典主義演劇の拘束から解放されたロマン主義演劇の中心的な概念のひとつとなっていたものであり、もうひとつの「絵画的」pittoresque という形容詞(11)とともに、この旅行記のキーワードとしてこの後もしばしば繰り返されることになるであろう。

さて、いよいよ国境を通過する段になって、ゴーチエは想像の中で思い描いてきたスペインと現実のスペインとの落差が自分を待ち受けているであろうことを予感する。

車輪があと数回まわれれば、私はおそらく幻想のひとつを失い、自分が夢に見てきたスペイン――ロマンセ集と、ヴィクトル・ユゴーのバラッドと、メリメの中篇小説と、アルフレッド・ド・ミュッセの物語《コント》のスペインが、霧消していくのを見ることになるだろう。境界線を越えながら、私は善良にして才気煥発なハインリヒ・ハイネがリストのコンサートで、ユーモアと茶目っ気たっぷりのドイツ語訛りでこう言っていたのを思い出す。「スペインに行ってしまったら、どうやってスペインについて話すっていうのかね？」(12)

ゴーチエのスペイン幻想を形成するのに与った要素としてここで挙げられている例のうち、「ロマンセ」は八音節の詩句から成るスペインの小叙事詩で、ヴィクトル・ユゴーの兄で少年時代を彼の地で過ごした経験をもつアベル・ユゴーが、一八二〇年代初めにフランスに移入したことで広く知られるようになったものである。また「ヴィクトル・ユゴーのバラッド」(13)についていえば、『オードとバラッド集』（一八二六）に、醜い盗賊に恋心を抱いたため神の怒りに触れて雷に打たれるスペインの尼僧の物語を歌った「尼僧の伝説」という作品（一三番目のバラッド）があるが、この詩ではスペインの自然や風物が直接描かれているわけではないので、ここではむしろ厳密な形式にはこだわらず、『東方詩集』（一八二九）の中の「グラナダ」のような作品を指していると考えるべきであろう。(14)この詩では「カディスには椰子の木がある、ムルシアにはオレンジの木が／ハエンには風変わりな小塔をもつゴート人の宮殿が／アグレダには聖エドモンドによって建てられた修道院が／セゴビアには人々が階段に口づけする祭壇がある」といった具合に、あたかもスペイン国内を巡歴するかのように各都市がその特徴的な建物や風物とともに列挙され（たとえばバルセロナは灯台、コルドバはモスク、マドリッドはリンゴ畑、バレンシアは三百に及ぶ教会の鐘楼、トレドはムーア人の王宮、セビリヤはヒラルダの塔、等々)、その後で「だが、グラナダにはアルハンブラがある」と、イスラム建築の粋を集めた宮殿を擁するこの街が、数ある都市の中でもひときわ高らかに称揚されている。

アルハンブラ! アルハンブラ! 天才たちが
夢のように黄金で包み調和で満たした宮殿、
花綱で飾られた崩れかけの銃眼壁をもつ要塞、
そこでは夜になると魔法のシラブルが聞こえる、
月が、無数のアラビア風アーチを通して、
　壁にクローバー模様を散らすとき!(15)

幼年時代の記憶をもとにしてユゴーが描いてみせるアルハンブラのこうした華麗なイメージは、ゴーチエのスペイン像の形成にあたって少なからず影響を及ぼしたにちがいない。

いっぽうスペインに関係の深い「メリメの中篇小説」といえば、すぐに思い浮かぶのは『カルメン』だが、この作品が刊行されたのはゴーチエの『スペイン紀行』と同じ一八四五年なので、時間的前後関係からしてこれを指すことはありえない。出発前にゴーチエの目に触れる可能性のあったものとしては、ドン・ジュアン伝説を踏まえた『煉獄の魂たち』(16)(一八三四)などが考えられるが、彼がこの作品を具体的に思い浮かべながら先の一節を書いていたかどうかはじつのところ不明である。また「アルフレッド・ド・ミュッセの物語《コント》」とあるのは、おそらくゴーチエとほぼ同世代に属するこの早熟な詩人が十九歳で出版した処女作の『スペインとイタリアの物語』[17]（一八三〇）を指しているのであろう（ただしこれはタイトルに「物語《コント》」と銘打ってはいるものの、実際は詩集である）。

というわけで、ゴーチエが自分のスペイン像の文学的源泉として挙げている作品群は必ずしもすべてが明確に特定できるわけではないが、いずれにせよ彼が青年時代の読書体験を通して、出発前からある種の漠然とした幻想をこの国にたいして抱くようになっていたことは確かのようだ。だからこそなおのこと、国境を渡るにあたってその幻想がやがて失われるであろうことを自覚している彼の冷静さが一層きわだって見えもする。

ブルゴスの大聖堂

国境に架かるビダソア橋を渡ると、そこはもうスペインである。こちら側とあちら側では、兵士たちの顔つきも、家々の屋根の形も、何もかもが違って見える。最初の村であるイルンは「いかなる点でもフランスの村には似ていない」。この村で馬を十頭の雌騾馬に繋ぎ替え、ゴーチエたちはやがてスペインの宿にはじめて泊まることになるのだが、旅行記ではここで供された夕食の様子がことさら細かく描写されている。そのさいの口上は次の通りだ。

細かすぎると思われるかもしれないが、この夕食について記述しておくとしよう。というのも、ある国民と別の国民の違いというのは、まさにこうした無数の細部からできているからだ。旅行者はこうしたことを無視して、ご大層な詩的・政治的考察を披露したりするものだが、そんなものはその国に行かなくても立派に書くことができる。[18]

何やらラマルチーヌの『オリエント紀行』に付された「政治的概要」を皮肉っているかのような一節だが、別に彼に限らず、ともすると大上段に振りかぶった議論を展開し、それによって単なる紀行文を「文学」の域に高めようとしてきた感のある従来の旅行記作者たちを意識しつつ、ゴーチエはひたすら些細な事実に視線を注ぐことをあえて選択し、先人たちから明確な差異化をはかろうとしているように見える。「国民性」なるものがたとえ存在するにしても、それは抽象的な一般論のうちにではなく、あくまでも具体的な細部にこそ宿っているというのが、彼の確信であるからだ。だから彼は、スープの色やパンの密度から、フォークやスプーンの形、テーブルクロスの生地、ワインの質、料理の中身と材料、デザートとチーズの内容、そして食後のサービスに至るまで、その晩の食事についてじつに克明な描写をしてみせる。そしてじっさい、ほとんど不要と思われるほど微に入り細をうがった記述が続くうちに、読者は確かに彼が今、フランスとは異なる文化の圏内に身を置いているのだということを実感するのである。

ベルガラを経てビトリアにさしかかったとき、ゴーチエたちは旅行鞄の検査を受けた。そのさい、ピヨが持参していたダゲレオタイプ（銀板写真機）が税関吏たちを不安がらせたというくだりがある。ダゲールの発明になるこの写真機は、前年の一八三九年八月にフランス学士院の科学アカデミーではじめて発表されたばかりだったので、この時点ではまだ登場から数か月しかたっておらず、当時としてはまさに最新技術であった。当然、スペインの田舎町にまで普及しているはずがない。「彼らは用心に用心を重ね、まるで空中に吹き飛ばされるのを恐れる人たちのように、やっとそれに近づいてみるのだった」。そしてどうやら何かの電気器具だと思った様子だったので、そのままにしておいたという。

のちにトレドを訪れたさい、ゴーチエは自分たちの役割を「描写する旅行者と、文学的銀板写真という、われわれの慎ましい使命」[19]と定義している。つまり彼自身は文章によって、ピヨは写真によって、今回のスペイン旅行を記録するという分業体制を敷いていたわけだ。ピヨはすでに何度か外国を訪れていたが、この器械を携行して撮影旅行をするのははじめてのことであった。ちなみに、彼はその後もギリシアなどに足を伸ばして古代建築の写真を多数残している。

さて、ビトリアの劇場でたまたま観た民族舞踊にいたく失望させられた二人は、さらに旅を続けて五月一三日、カスティーリャ地方の中心都市ブルゴスに到着した。ここにはトレド、レオンのそれと並んでスペイン・ゴシック様式を代表する大聖堂があり、ゴーチエはその様子をかなりの紙数を割いて描写している。

教会に入ってまず彼の目を引いたのは、内庭の回廊に面した木製の扉だ。そこにはキリストのエルサレム入城を描いた彫刻が施されているのだが、筆者はこれを、フィレンツェの洗礼堂の扉（ギベルティ作）に次いで「世界で最も美しい扉」と形容している。また聖歌隊席を区切る鉄柵の細工や円天井の多彩な装飾も、眩暈を誘うほどの量感と優美な質感で見る者を打つ。そこで彼は、次のような感慨にふけらずにはいられない。

妖精の宮殿のあふれる贅沢さも及ばぬこれらのすばらしい建物を作ったのは、いったいどんな人々だったのか？　その一族はこのせいで滅びてしまったのか？　そして文明化されているとうぬぼれている私たちは、じつのところ、老いさらばえた野蛮人にすぎないのではないか？　過去の時代のこうした驚異的な建造物のひとつを訪ねると、私の胸は深い悲しみの感情に締めつけられる。どうしようもなく意気阻喪してしまい、もはや片隅に引きこもり、石の上に頭をのせて、じっと動かないまま瞑想にふけり、あの絶対的な不動状態である死を待つことを渇望するしかなくなってしまうのだ。仕事をして何になるのか？　動き回ることが何の役に立つのか？　人間がどんなに激しい努力をしてみたところで、けっしてこれ以上のところには行き着けまい。ああしかし！　これらの神がかった芸術家たちの名前はわかっておらず、その幾らかの痕跡を見出そうと思えば、修道院の埃まみれの古文書をつぶさに調べてみなければならない。自分の生涯最良の時期を、一万行や一万二千行の詩句に韻を踏ませたり、八つ折り版のつまらぬ本を六、七冊著したり、三、四百篇のくだらない新聞記事を書いたりすることですり減らし、こうして疲れきっているのだと思うと、私は自分自身が恥ずかしいし、こんなに取るに足りないものを生み出すのにあれほどの努力を必要とする自分の時代も恥ずかしくなる。花崗岩の山を前にして、一枚の薄っぺらな紙などいったい何だろう？[20]

ブルゴスの大聖堂

無名の芸術家たちによって遺された巨大な、しかし繊細な建造物のアウラを浴びながら、文章を書くことを日々のなりわいとする作家は言いようのない無力感に襲われる。とりわけこの記事が書かれた一八四〇年前後はジャーナリズムが飛躍的な発展を遂げた時代であり、ゴーチエ自身も複数の新聞雑誌に寄稿して生活していただけに、歳月を越えて今日なお威容を誇る過去のモニュメントの圧倒的な存在感を前にするとき、すぐに消えてしまいそうな「薄っぺらな紙」の上に細かい文字を記していく自分の営為が、いかにも移ろいやすく卑小なものに思えたとしても無理はない。また「文明化されているとうぬぼれている私たち」がじつは「老いさらばえた野蛮人にすぎないのではないか」という認識には、文明と野蛮をめぐるルソー以来の問題意識の反映を見て取ることもできよう。

ブルゴスの大聖堂についての記述はまだ続き、内部に見出されるさまざまな絵画や彫刻についての興味深いコメントが読まれるのだが、そのひとつひとつに立ち止まっている余裕はない。ここでは一例として、五十三歳でミラフローレス（ブルゴス東郊外の村）のカルトジオ会で修道僧になったフラ・ディエゴ・デ・レイバという画家の絵の描写を引いておく。それは死刑執行人に両の乳房を斬り落とされた聖女カシルダを描いたものである。

肉が切り取られて胸に残った二つの赤い瘢痕から、血がどくどくと流れている。聖女の脇には二つの半球が転がり、彼女は熱っぽく引き攣ったような恍惚の表情で、夢見るように悲しげな顔をした大柄な天使が棕櫚の枝をもってくるのを見つめている。殉教を描いたこの種の恐ろしい絵画はスペインにはいくらでもあって、そこでは芸術における写実性と真実への嗜好が極限にまで押し進められている。画家は血の一滴にいたるまで、余すところなくあなたに描いてみせるだろう。神経が切断されて収縮し、生きた肉が震え、その暗赤色が皮膚の血の気を失って蒼ざめた白さと対照をなし、背骨が死刑執行人の三日月刀で切断され、拷問者たちの棒や鞭に打たれて痛々しい跡がつき、ぱっくり開いた傷が蒼白の口から水と血を吐きだす、そうした光景がいやでも目に入ってくる。すべてがぞっとするほど真に迫って表現されているのだ(21)。

ほとんどゴシック・ロマンの一場面を思わせる凄惨な描写だが、こうした文章を連ねた後、筆者はこの種の絵画の巨匠で「恐るべき美と悪魔的なエネルギー」によって特徴づけられるホセ・デ・リベラの名前を引き合いに出しながら、「真実味への欲求は、それがどれほど嫌悪を催させるようなものであっても、スペイン芸術の一特徴なのである。理想とか伝統的慣習は、完全に美学を欠いたこの国民の特性には含まれていない」と述べる。そして絵画以外の作品として、同じ聖堂のキリスト像が「石でも彩色材でもなく、非常に巧妙かつ入念に詰め物をした人間の皮膚」でできている〔少なくともそういわれている〕という、有名な例を挙げるのである。「髪の毛は本物の髪の毛であり、両目には睫毛があり、荊冠は本物の茨でできていて、どんな細部も忘れられていない」。事実であるとすればほとんど悪趣味に近いリアリズムだが、ともあれゴーチエは迫真性にたいするスペイン芸術の尋常ならぬ拘泥ぶりに圧倒されながらブルゴスを後にする。

マドリッドの遊歩者

途中で馬車が転倒して壊れてしまうという思いがけぬ事故にあいながらも、ゴーチエたちはトリゲロスを経てバリャドリッドにたどり着く。ここの劇場ではたまたま例の『エルナニ』が上演されていた。ゴーチエによれば、使用されていた台本はかなり正確な翻訳だったようだが、スペイン人が中傷されていると感じられるような箇所はカットされていたという。

馬車はこの後も荒地をひたすら進み、二人がパリを出てから二週間以上経った五月二一日、ようやく目的地のマドリッドに到着した。この街での滞在は、この後約一か月に及ぶ。その間の記録では、まず闘牛見物についてのかなり詳細な説明が目を引くが、ゴーチエの視線はこうした派手なスペクタクルばかりでなく、街角の何気ない風景にも注がれている。道行く女性たちももちろんその対象であるが、「フランスで私たちがスペイン女性の典型という言い方で意味しているような女性は、スペインには存在しない。あるいは、少なくとも私はまだ出会っていない」[22]。また「マノーラ」と呼ばれる下町娘の典型にも、たった一度しかお目にかかることができなかったという。どうやらここでもゴーチエのスペイン幻想は裏切られてしまったようだ。彼はこのほか、男たちの服装、水の小売商、中心街のカフェなどについて事細かに報告しているが、その詳細を紹介するには及ぶまい。

ここでは「太陽の門《プエルタ・デル・ソル》」でのエピソードに触れておこう。マドリッド市の中心に位置し、パリのノートルダム寺院前広場や東京の日本橋と同じく地理上の基準点になっているこの広場は、その名称にもかかわらず、実際に門があるわけではない。薔薇色に塗られた教会の正面に金色の光を放つ大きな太陽が描かれていることからこう呼ばれているとゴーチエは説明しているが、一五世紀の城門が東（つまり太陽の昇る方角）を向いていたことが名前の由来であるという説もあって、正確な事情は定かでないようだ。現在の広場は一八五七年に改築されてできたもので、ゴーチエが訪れたときにはまだ当の教会があり、その正面には夜間照明される日時計があった。しかし昔も今も市民の集まる場所であることには変わりがなく、このときも朝早くから暇な群集が広場を埋め尽くしていたという。

この広場で交わされる会話のテーマは、おもに政治、とりわけ当時継続中であった王位継承権をめぐるカルリスタ戦争の状況であった。ゴーチエはここで、軍隊長のバルマセダがマドリッドから二十里の地点まで進攻し、アランダに近いある村を襲撃したさい、村役場の役人や村長の歯を折って楽しみ、あげくはある立憲派の司祭の手足に蹄鉄を釘で打ちつけさせたというおぞましい話を耳にする。ところがその話をした人物があまりに平静な態度を崩さないので、驚いた様子をしてみせると、それは旧カスティーリャ地方の話なので、別に関わり合いになる必要はないというのである。

この答えは、スペインの状況全体を要約しており、フランスから見ている私たちには理解しがたく思える多くのことがらを解き明かす鍵を与えてくれる。じっさい、新カスティーリャ地方の住民にとって、旧カスティーリャ地方で起きていることは月でのできごとと同じくらいどうでもいいことなのだ。統一的な観点でのスペインはまだ存在しない。あるのは相変わらず複数形のスペイン、つまりカスティーリャとレオン、アラゴンとナバラ、グラナダとムルシア、等々なのである。たがいに異なる方言を話し、たがいに容認し合うことのできない諸国民なのだ。素朴な外国人として、私はこのような残酷さの極みにたいして抗議の叫び声をあげたのだが、司祭は立憲派の司祭だったのだから、それでだいぶ罪状は軽減されるのだと指摘された(23)。

ともすると均一な共同体として抽象的に表象されがちな「国家」の概念に反して、ゴーチエが訪れた一八四〇年当時のスペインはあくまでも「複数形のスペイン」であり、「統一的な観点でのスペインはまだ存在しない」状況であった。現在でも、たとえば複数の地方公用語が存在しているという事実に象徴されるように、こうした多様性は残存している。とすれば、一九世紀においてはなおのこと国家の全体性よりも地方の個別性が際立っていたのは当然であろう。ちなみに右の引用にある「旧カスティーリャ地方」は現在のカスティーリャ・レオン州（マドリッド北西部）に含まれ、「新カスティーリャ地方」は現在のマドリッド州とカスティーリャ・ラ・マンチャ州（同南東部）に相当するので、地理的にいえば両者は首都をはさんで正反対方向に広がっている。だからそれぞれの地域の住民がたがいの事情に疎かったとしても不思議はないのだが、それでもマドリッド市の中心で政治談議にふける人々が、いくら旧カスティーリャ地方のこととはいっても、距離的にはさほど遠くない村で起こった事件にたいして「月でのできごとと同じくらい」無関心であったというのは、「素朴な外国人」として当地を訪れたゴーチエにとってはやはり新鮮な驚きであったにちがいない。

さて、ベンヤミンのいう「都市の遊歩者」よろしく、ゴーチエはマドリッドの街をあてもなく歩き回る。「偶然こそは最良の案内人」と考える彼の目は、同行者のピヨが持参した銀板写真機さながら、それ自体がカメラのレンズとなって、行き当たりばったりに出会う街の風物や人々の様子を適確なコメントとともに次々と写し出していく。被写体となるのは、通りや家の角にはめられた陶器製の表示板、多くの家や建物に見られる火災保険の表示、立ち並ぶ家々の外観（壁の色、窓の装飾、バルコニーの形）、ビリヤード場や酒屋や菓子屋の看板、家々の内部（部屋の間取り、インテリア、煉瓦敷きの床、家具類、置物、悪趣味な版画）、飲み水用の壺、等々……。また、彼は夜のパーティにも何度か顔を出してみたようだ。ただし「風習に関していえば、ある国民の性格やある社会の慣習を六週間できわめられるものではない」とも心得ていて、自分の限られた経験から性急に一般的な結論を導き出すことはしない。

ゴーチエはさらにマドリッドの劇場や公共建造物（宮殿、国会、記念碑、武器博物館、教会、等々）についても報告しているが、やはりいちばん熱が入っているのは美術館に関する記述だろう。特にゴヤについてはかなりのスペースが割かれ、その生涯と作品、さらには制作手法や作風にいたるまでが詳細に説明されている。じつをいえば、この部分は大半がスペイン旅行以前に書かれていた文章を後から嵌め込んだものであり(24)、リアルタイムで現地で執筆されたわけではないのだが、『スペイン紀行』をひとつの作品として考える立場から、この点にはあえてこだわらずにその一部を引いてみる。

ゴヤというのはまことに不思議な画家、特異な天才だ！　――独創性というものがこれほどきわだった例はないし、スペインの芸術家がこれほど地方的であったこともない。ゴヤの素描一枚、アクアチント〔腐食銅版画法の一種〕の雲に彫刻針で刻まれた四つの突き跡のほうが、長々と文章で述べるよりもずっと雄弁にこの国の風習について語ってくれる。その波瀾に富んだ生涯、激情、多彩な才能によって、ゴヤは芸術の良き時代《ベル・エポック》に属しているように見えるが、それでも彼はいわば同時代人である。一八二八年にボルドーで没しているのだから(25)。

ゴヤは一七四六年生まれであるから、ゴーチエが生まれたときにはすでに六十五歳であった。したがっておよそ「同時代人」とはいいがたいのだが、それでも彼が没した一八二八年といえば、ゴーチエはシャルルマーニュ高等中学校在学中で、まだユゴーと出会う前、画家の道を歩むべきかどうか迷っていた時期である。当然、スペインの宮廷画家として名声をとどろかせていたゴヤの存在も視野に入っていたであろう。また一八三八年にはルーヴル美術館にはじめてスペイン絵画の部屋ができたので、彼が早速ここを訪れていくつかの作品に見入ったであろうことは疑いがない(26)。

ゴーチエはさらにゴヤの才能について、「ベラスケス、レンブラント、レイノルズの特異な混合物」、あるいは「レンブラントとワットー、そしてラブレーの滑稽な夢想の合成物」などと形容している。

「混合物」とか「合成物」といった言い方は、一見すると画家の独創性を貶める言葉にも聞こえるが、ここでは単に、いかに突出した個性であってもある種の伝統の中でしか形成されえないという事実を確認しているにすぎないと考えるべきだろう。ちなみに以上の二箇所に共通して現れるレンブラントの名前は、特にその絵の特徴である闇の効果からの連想で喚起されているようだ。じっさいトレドの大聖堂参事会室にあるゴヤの作品（ユダによって引き渡されるキリストを描いたもの）の闇の効果はレンブラントの作品と言ってもおかしくないもので、署名を見なければゴーチエ自身もそう思っただろうと記されている。「ゴヤの作品は深い闇であり、そこに何か突然の光が射して、青白いシルエットと不思議な幻影を描き出すのだ」。

以下、ゴーチエはゴヤのデッサン、風刺画、自画像、そして連作版画の『カプリーチョス』『闘牛』『侵略の場面』などについて詳細な描写と解説を加えていく。そして最終的には、「彼は新しい思想や信仰に仕えていると思いながら、実際は古いスペインの肖像と歴史を描いていた。彼の風刺画はやがて歴史的記念物となることだろう[27]」と結論づけるのである。

エル・エスコリアル宮とトレド

マドリッドまで来れば、誰もが足を伸ばすのがエル・エスコリアル宮とトレドである。しかし前者を訪れたゴーチエは、率直な落胆の気持を隠そうとしない。

エル・エスコリアル宮について意見を述べるとなると、私は大変困惑してしまう。じつに多くの謹厳で立派な地位にある人々が、私が思うには実物を一度も見たことがないのに、それについて傑作だとか、人類の才能の至高なる努力の成果だとかいう言い方をしてきたので、私のようなしがない放浪の文芸欄担当記者ごときが何か物申せば、なんとかして目立とうとしているとか、一般的な意見にわざと真っ向から反対して楽しんでいるように見えてしまうことだろう。しかしながら正直のところ、私はエル・エスコリアル宮のことを、陰気な修道僧と猜疑心の強い暴君が自分の同類者たちの苦行のために思いつきうる最も退屈で最も味気ない記念建造物だと思わずにはいられない。エル・エスコリアル宮が厳格な宗教的目的をもっていたことはよく知っている。けれども厳粛さは無味乾燥ではないし、憂愁は沈滞ではないし、瞑想は退屈ではない。形の美しさは常に、思想の高揚と幸福に結びつきうるものである。(28)

自分のことを「しがない放浪の文芸欄担当記者」と卑下しながらも、ゴーチエの口調には安易な迎合を拒む強い意志が現れている。そんなわけで、この後に続く宮殿の描写は一貫してシニカルな批判的トーンに貫かれているのだが、中では唯一、図書室に収められたアラビア語の写本コレクションが彼の関心を引いたらしい。「アフリカ征服によってアラビア語が流行の日常語となった今日、わが国の若い東洋学者《オリエンタリスト》たちによってこの豊かな鉱脈があらゆる方向に掘り返されることを期待すべきである」。前章でも触れたオリエントブームがこんなところにも影を落としているわけだが、筆者の心理がポジティヴに記述されているのはこの箇所くらいで、ようやく見学を終えてこの「花崗岩の砂漠、修道士の墓地」から外に出たときには「満足感と異常なほどの開放感」を覚えた、「私はこの建築物の悪夢から解き放たれたのだ」とさえ書かれているのだから、よほど相性が悪かったのだろう。本当か嘘かわからないが、「マドリッドに戻ってみると、私たちがまだ生きているのを見てみんなは驚きながら喜んでくれた。エル・エスコリアル宮から戻ってこられた人はほとんどいないのだ。二、三日で憔悴のあまり死んでしまうか、イギリス人だったら自らピストルで頭を撃ち抜いてしまうのだから」[29]とさえ、彼は書いている。
いっぽうトレドのほうは、ゴーチエにかなりの満足感をもたらしたようだ。六月二二日にマドリッドから移動した二人は、宿に着いて食事を終えると、早速ガイドについて街に繰り出す。細い路地を抜け、まずは小高い丘の上に建つアルカサルへ。城壁の上から夕暮れの街並みを見下ろしながら、ゴーチエは深い瞑想に沈み込んでいく。

私がいま目にしている、そしてもはや二度と見ることはないにちがいないこれらすべての物、これらの形を前にして、私は自分がいったい何者なのかという懐疑の念にとらわれ、すっかり放心状態になり、自分の生きている世界から遥か遠くに運ばれてしまったような気がしたので、そうしたすべてが私にはひとつの幻覚、奇妙な夢のように思われ、自分はこれから劇場の桟敷席の縁で、何かヴォードヴィルの音楽の甲高く震える音を聞いてその夢からはっと目覚めるのだろうと思うのだった。[30]

異郷にあって見慣れぬ光景を目にするとき、すべてが夢の中のできごとのように思われ、自分がふと自分でなくなるかのようなアイデンティティの揺らぎ（フランス語でいう dépaysement）に襲われるというのは、誰もが一度や二度は味わったことのある感覚だろう。具体的な観察記録の趣が強いこの旅行記にあって、これはめずらしくゴーチエの思索的な側面が率直に現れている一節であるが、一方、この旅行全体が彼にとっては「ひとつの幻覚」として経験されていたことを物語ってもいる。

翌日、二人は有名な大聖堂を訪れる。ひとしきり歴史的蘊蓄を傾けた後、ゴーチエは聖堂の具体的な描写に移るのだが、外観はブルゴスのそれに比べて遥かに質素であるものの、内部の豪奢さはけっしてこれに劣るものではない。特に主祭壇や礼拝堂、回廊などの装飾は最大限のレトリックを用いて称揚されており、彼が受けた感銘の深さをうかがわせる。こうした華麗な細部を前にして、ゴーチエはこの国における大聖堂がひとつの劇場としての役割を果たしていることに思い当るのだった。

信仰の篤い国々では、大聖堂は最も豪華に飾られ、最も豪勢で、最も輝かしく、最も華やかな場所である。最も涼しい日陰があり、最も深い静寂が得られるのはここなのだ。ここでは音楽が劇場よりもすばらしく、スペクタクルの華麗さは並ぶものがない。これは中心点であり、人々を引きつける場所なのだ、パリのオペラ座がそうであるように。われわれ北方のカトリック教徒は、ヴォルテール的な寺院しか知らず、スペインの教会の豪奢さ、優雅さ、快適さを思い描くことができない。これらの教会には家具が備え付けられ、活気があり、われわれの教会のように冷ややかでがらんとした様子は見られない。信者たちはそこで、彼らの神と親しく暮らすことができる。(31)

第3章までに見てきた三人の作家たちにとっては「西方《オクシデント》」にたいする「東方《オリエント》」がもっぱら意識化されていたが、ゴーチエは「われわれ北方のカトリック教徒」という言い方で、スペインをこれに対立する「南方」として把握する。それはもちろん、雲一点ない空から灼熱の太陽が照りつける（それゆえにこそ「涼しい日陰」がことのほか渇望される）「燃えあがる赤」に染め上げられた土地であり、そこでは大聖堂という建造物もおのずと「生命、光、運動」に彩られたスペクタクルの舞台と化す。比喩の対象としてパリのオペラ座が担ぎ出されているのも、こうした文脈に置いてみればけっして不自然ではない。また、先の引用に見られるヴォルテールの名前が、『ロマン主義の歴史』ではディドロとの対比において「灰色にくすんだもの」の象徴として喚起されていたことも、ここで思い出しておくべきだろう。

じっさい、六月とはいえスペインの暑さは尋常ではなく、ゴーチエたちはひたすら水を飲みながらトレドの街を探索するのだが、「それでも私たちはまだ、地方色に熱中するパリの旅行者のすさまじい熱情に燃えていた！」というのだから、その貪欲な好奇心は相当なものである。彼らはこの後、サン・ファン・デ・ロス・レイエス教会やユダヤ教会堂を訪ね、郊外にあるガリアナ姫（ムーア人の王女）の宮殿跡にまで足を伸ばす。また、翌日にはメンドーサ枢機卿の建てた孤児収容のための病院（エル・グレコの作品などがあり、現在はサンタ・クルス美術館になっている）を訪ね、さらにトレドの名産品である刀剣類の製造工場を見学する。ゴーチエは以前からここを訪れるのを楽しみにしており、じっさい焼き入れの技術が失われていないことには満足するのだが、昔の刀剣に見られた装飾品としての形態的な美はもはや見られなかった。現代の刀剣はもはやただの道具でしかないと、ゴーチエは慨嘆する。「コルドバに皮革製品が、メヘレンにレース刺繡が、オステンドに牡蠣が、ストラスブールにフォワグラのパテがないのと同じく、トレドには刀剣がない。あらゆる珍品が見出されるのはパリなのだ[32]」。のちにベンヤミンが「一九世紀の首都」と呼ぶことになるパリへの文化的集中現象は、すでにこの頃から始まっていたということだろうか。

アルハンブラの夾竹桃

いったんマドリッドに戻った二人は、二日間の滞在後、グラナダ行きの馬車でふたたび出発した。アランフェス、オカーニャを経て、『ドン・キホーテ』の舞台となったラ・マンチャ地方に入る。このあたりの風景は、ほとんど変化のない荒地続きであったようだ。マンサナレスからワインで有名なパルデペニャスを経て、いよいよアンダルシア地方に接近する。ここでゴーチエは「ギリシアがアジアに隣接しているように、アフリカに隣接しているスペインは、ヨーロッパの風習に合うようにはできていない。そこではオリエントの精髄があらゆる形で浸透しているので、たぶんこの国がムーア人の国、あるいはマホメットの国のままでいなかったのは残念なことなのだ[33]」と述べ、スペイン（特に長いあいだイスラム文化圏にあったアンダルシア地方）が歴史的・文化的に、ヨーロッパよりもむしろオリエントに属する地域であることを確認している。

　じっさい「シエラ・モレナ〔南スペインを東西に走る山脈〕を越えると、風景の様相は一変する。あたかも突然、ヨーロッパからアフリカに移ったかのようだ」。とりわけ熱帯植物の出現が、それまでとはまったく異なる場所、文字通りの「異郷」にいるのだという実感を旅行者に与える。そして「私たちの前には、広大なパノラマの中のように、麗しのアンダルシア王国が広がっていた」。海さながらの眺望、穏やかに波うつ山脈、そのあいだを縫ってたなびく金色の靄、降り注ぐ陽光の下で多色に輝く円頂、古い絵の布地に似た黄色と青のなだらかな頂上、「そうしたすべてのものが、地上の楽園を照らしていた光がそうであったにちがいないように、きらきらと輝く壮麗な光をいっぱいに浴びていた[34]」。このあたりの描写はまさに「絵画的《ピトレスク》」という形容詞にふさわしく、全篇の中でも圧巻である。

　バイレンで一泊した後、馬車はさらに南下してハエンを経由し、グラナダに到着したのは七月二日の午前二時頃であった。しばらく当地に滞在するつもりだったので、二人は街中に下宿を見つけてしばらく住み込むことにする。ここでゴーチエは、グラナダの庶民が男も女も土地の服装をしていることに安堵し、フランスの流行がこの地まで侵入しないことを切望すると述べた後で、次のようなことを書きつけている。

真面目といわれる人々はおそらく、私のことをつまらぬことを気にする人間だと思い、風変わりな繰り言を馬鹿にすることだろう。だが、私たちはエナメルを塗った長靴やゴム製の短コートはほとんど文明に寄与しないと考え、文明それ自体も何かあまり望ましくないものであると評価するような人間の仲間なのだ。詩人、芸術家、哲学者にとって、さまざまな色彩や形態が世界から消滅し、線が曖昧に乱れ、色調が混じり合い、わけのわからぬ進歩とかいう口実のもとに救い難い均一性が世界を侵略するのを見ることは、まことに苦痛に満ちた光景である。すべてが同じようになってしまえば、旅行などまったく無用になるだろうし、まさにそのとき、好都合な偶然の一致というべきか、鉄道が活動の最盛期を迎えることだろう。時速十里のスピードで、ガス灯に照らされて快適に暮らすブルジョワたちが住むいくつものラ・ペ通りをわざわざ遠くまで見に行ったとして、いったい何の意味があるだろう？　思うに、神の意図はそんなものではなかったはずだ。神は各国を違ったふうに造形し、それぞれに固有の植物を与え、そこに体型も肌の色も言語も異なる特殊な人種を住まわせたのだから。あらゆる風土の人々に同じお仕着せを押しつけようとするのは、天地創造の意味をよく理解していないということであり、それはヨーロッパ文明が犯す数ある過ちのひとつである。(35)

今日のグローバリゼーションを予見するかのようなこの明快な主張に付け加えるべきことは何もない

が、ゴーチエにとって科学技術の進歩による世界の均質化・画一化は、天地を多様な差異の空間として創造した神の意図に真っ向から反する現象であり、およそ許容しがたいものであったことを確認しておこう。さまざまな色彩や形態、線や色調が、相互に混淆して消滅するのではなく、それぞれの個別性を保存し際立たせてこそ、各地域の風景は見るに値するものとなる。「救い難い均一性」に覆われてしまった世界など、もはや旅して歩く意味がない。逆にいえば差異によって触発される他者への関心こそが、世界のダイナミズムを維持する原動力であり、旅への欲望を駆り立てる源泉である。

ここでゴーチエは鉄道に言及しているが、パリ－サン＝ジェルマン間にフランス最初の旅客鉄道が走ったのは一八三七年八月二六日、彼がスペイン旅行に出かけたのはそれから三年もたっていない頃であったから、まだフランスでも鉄道網といえるようなものはほとんど発達していなかった。パリから南に向けて旅立つ人々は、ボルドーはおろか、トゥールにも馬車で移動するほかなかったのである。ましてやスペインでは、バルセロナから近郊の港町までの間に最初の鉄道路線が開通したのがようやく一八四八年のことなので、一八四〇年の時点ではそもそも機関車そのものが影も形もなかった[36]。それでもこの技術的発明がやがて世を席巻するであろうことを予感していたゴーチエは、遠隔地同士が短時間で結ばれることと引き換えに「地方色」が失われて世界が加速度的に平準化され、パリの中心にあるラ・ペ通り（これはヴァンドーム広場とオペラ座広場を結ぶ目抜き通りで、一八二九年、ここにはじめてガス灯が設置された）がいたるところに見られるようになることを憂慮している。

二人は例によって昼間は街をそぞろ歩きし、夜はパーティに顔を出すといった具合に、グラナダでの生活を満喫する。その過程でゴーチエが気がついたのは、民族色の強い語彙——カチューチャ（アンダルシア地方の民族舞踊）、カスタネット、マホ（伊達男）、マノーラ、等々——を口に出されると、スペイン人が気を悪くする傾向があるということであった。どうやら自分たちの後進性を指摘されているような気がするらしいのだが、自らの文化の独自性を否定してまでもヨーロッパの先進国（具体的にはイギリスやフランス）を模倣しようとする彼らの志向は、フランス人であるゴーチエにとってはなかなか理解しがたいものであったようだ。

ユゴーが言葉をきわめて褒め称えていたアルハンブラ宮殿は、もちろん二人を大いに魅了した。ついには現地で知り合った友人たちの協力を得て、そこに四日間寝泊まりするという特権的な経験さえ味わうことができたという。宮殿内部の描写は詳細をきわめるが、建造物のディテールもさることながら、とりわけ印象的なのはヘネラリフェ庭園の池の中央に咲き誇る巨大な夾竹桃の花である。

私が見たとき、それはまるで花の爆発、植物花火の花束のようだった。華やかで力強く、もしこの言葉を色彩にも使ってよければほとんどけたたましいと言ってもいいくらいの鮮やかさで、真紅の薔薇の色合いさえ青白く見えるほどだった。その美しい花は、空の純粋な光に向かって欲望の熱気いっぱいにほとばしっていた。その高貴な葉は、栄光を冠で飾るためにわざと刈り込まれ、噴水の霧雨に洗われて、陽光を浴びたエメラルドのようにきらめいていた。このヘネラリフェの夾竹桃ほど、美というものについて私に生き生きとした感情を覚えさせてくれたものはない。(37)

おそらく花自体は鮮やかなピンク色であったと思われるが、それが薔薇の真紅を凌駕するくらいだというのだから、ゴーチエの目にはまさに「燃えあがる赤」に等しい色彩と映ったのだろう。そもそも「アルハンブラ」という名称自体が、アラビア語で「赤い城」の意であった。さらに「爆発」あるいは

アルハンブラ宮殿（ヘネラリフェ）

「花火」といった語彙、そして聴覚にまつわる「けたたましい」という形容詞をあえて視覚的描写に用いる修辞的技法には、諸感覚の照応を歌ったボードレールのそれを予告する詩的感性を見て取ることができる。

アルハンブラをひととおり見終わり、他の記念建造物もほぼ訪ね尽くした二人は、滞在の仕上げにシエラ・ネバダの最高峰であるムルアセン山への登頂を敢行する。地元の猟師をガイドとしての登山ではあったが、素人にとって雪山は手ごわく、行程はかなり難航したようだ。それでも彼らはなんとか無事に下山し、八月一二日にグラナダを後にする。

コルドバからセビーリャへ

グラナダからマラガまでは、乗合馬車がないので驟馬の背中に乗っての旅となった。道中はさまざまな危険や障害に満ちているが、ゴーチエはそれにからめて自分の旅行観を次のように披瀝している。

旅行の楽しみをなすもの、それは障害であり、疲労であり、さらには危険でさえある。いつでも到着することが確実で、馬が準備されていて、柔らかいベッドやすばらしい夕食、そして自分の家で味わえるようなあらゆる快適さを見出せることが保証されているような旅に、いったいどんな面白さがあるだろう？　現代生活における最大の不幸のひとつは、予想外のことが欠如していること、思いがけぬできごとが存在しないことだ。すべてはあまりにうまく調整され、あまりにちゃんと噛み合い、あまりにきちんとレッテルが貼られているので、もはや偶然は起こりえない。さらにあと一世紀も進歩が続けば、誰もが自分の誕生したその日から死ぬ日までにわが身に起こるであろうことを予見できるようになるだろう。人間の意志は完全に消え失せてしまうだろう。もはや犯罪もなければ、美徳もなく、顔つきもなければ、独自性もない。ロシア人とスペイン人、イギリス人と中国人、フランス人とアメリカ人を見分けることもできなくなる。自分たちのあいだでたがいに誰と認め合うことさえできなくなるだろう、なにしろ誰もが同じ顔をしているのだから。そうなれば気の遠くなるような退屈が世界を包み、自殺によって地球の人口は激減するだろう。なぜなら人生の主要な原動力、すなわち好奇心が消えてしまうのだから(38)。

けっして目新しい主張というわけではないが、この一節にはゴーチエの人生観、さらにいえば世界観が集約されている。危険と障害に満ちた冒険への志向、予測も調整も不可能な偶然への渇望、そして先の引用でも確認された「差異」へのあくことなき好奇心、彼にとってこうしたものは生きることとまったく同義であり、これらの要素を欠いた生はほとんど死に等しい。その意味で、今回の旅行はまさに彼の欲求を満たしてくれるものであった。「スペイン旅行は今なお、危険でロマネスクな企てである。自らの身を挺さなければならないし、勇気と、忍耐力と、力が必要だ。一歩ごとに命が危険にさらされる」。若き日にロマン主義の高揚に身を投じ、その後は気ままなボヘミアン生活を送り、文筆で糊口をしのぎながらまもなく三十歳を迎えようとしていた青年ゴーチエは、焼けつくような酷暑の中、強盗や山賊の出没するスペインの荒地を無防備な騾馬で移動しながら、文字通り身をもってこうした認識を鍛え上げていたのである。

ようやくたどり着いたマラガの周辺地域は、ほとんどアフリカを思わせるたたずまいを見せていた。「家々の輝かしい白さ、海の濃い藍色の色調、陽光の眩しい強烈さ、すべてがあなたに錯覚を起こさせる」。ゴーチエたちはここでも闘牛を見物するが、登場したスター闘牛士のモンテスが禁じ手を使って牛を倒したために、競技場が抗議の叫び声で騒然となるというできごとがあった。マラガではさらに四日間滞在して芝居や民族舞踊を見物し、彼らは八月一八日に次の目的地であるコルドバに向けて出発する。

エシハ、ラ・カルロッタを経て、コルドバに到着したのは二二日。アンダルシア地方で最もアフリカ的な雰囲気をもち、アラビア文明の中心であったこの街は、あらゆる建造物に石灰塗りが使用されているせいもあって、往時の華やかさを完全に失ってしまったように見える。「かつてはムーア人の血が活発に循環して生気あふれていたこの巨体からは、生命が抜けてしまったかのようだ。今ではもはや、白く石灰化した骸骨しか残っていない(39)」。その中にあって唯一訪れるに値するのは、その独特なモスク（メスキータ）である。

イスラム・ウマイヤ朝の血統に連なるアブデラーマン一世が、コルドバを都として西イスラム帝国を興したのは八世紀半ばのことであった。モスクはこの世紀の終わり頃、もともとキリスト教の教会があった場所に建設が始められ、九世紀初頭にはいったん完成するが、やがて手狭になったために三度にわたって増築され、九八七年からおこなわれた工事でほぼ現在の規模にまで拡張された。ところがカトリック勢力によるレコンキスタの運動が長い歳月をかけてしだいに南下し、一二三六年にカスティーリャ王のフェルナンド三世によってついにコルドバが再征服されるに至ると、建物はカトリックの礼拝堂として転用されることとなる。そしてさらに三世紀を経て一六世紀になると、神聖ローマ帝国皇帝のカール五世（スペイン王としてはカルロス一世）の時代にカトリック聖堂がモスクの中心部に建設されたため、回教寺院の中にキリスト教聖堂が存在するという、世界でも類例を見ない奇妙な建造物が出現した。つまりこのモスク＝聖堂は、イスラム教とキリスト教という二つの宗教文化がコルドバを舞台として衝突し、葛藤し、混淆し、融合してきた歴史的なプロセスをそのまま物語る稀有なモニュメントなのである。

ゴーチエ自身は「ムーア人がスペインの支配者であり続けなかったことを、私自身としてはいつも残念に思ってきた」と語っているくらいであるから、むしろアフリカ文化圏に属するスペインに共感を覚えているようだ。だから件のカトリック教会についても「アラブのモスクの中心に重々しく打ち込まれた巨大な塊」とか、「この寄生教会、醜悪な石のキノコ、アラブの建造物の背中にできたイボのような建築」などと口汚い非難の言葉を連ね、そもそもこの建設命令自体が、実際にモスクを見たことがなかったカール五世から教会参事会が無理やり引き出したものであり、数年後にこの場を訪れた皇帝は「もし事情を知っていたら、私は古い建物に手を加えるなどということはけっして許さなかったであろう。おまえたちはどこにも見られないものの代わりに、どこでも見られるものを置いてしまったのだ」と述

コルドバのモスク＝聖堂

べたというエピソードに言い及んでいる。[40] 事の真偽はともかく、およそ不調和な外観を現出せしめた建築的侵略行為にたいしてゴーチエが批判的姿勢を示していることは記憶にとどめておくべきだろう。すでに数年前から「芸術のための芸術」の理念を唱導していた彼にとって、宗教的イデオロギーよりも美学的配慮のほうが優先されるべき原則であるのは当然の論理だったのである。

コルドバにはモスク＝聖堂以外に見るべきものはないと断定するゴーチエは、すぐにこの街を後にしてエシハまで戻り、そこからセビーリャに向かった。到着したのは八月二四日で、それから九月三日まで、およそ十日間の滞在である。しかしここでも彼は、さほどの感興を覚えなかったようだ。「セビーリャを見ざる者は驚異を見ざる者」というスペイン語の諺を引きながら、「この諺はセビーリャよりもトレドやグラナダについて用いた方がぴったりあてはまるように思われる」と彼は言う。旅も終りに近づいて、当初のような新鮮な驚きはすでに失われていたということなのかもしれない。それでも「白く石灰化した骸骨しか残っていない」コルドバの生気のなさに比べれば、この街は明らかに陽性の活気に満ちていた。

セビーリャは逆に、勢いにあふれ、音を立てて生きている。けたたましい喧騒が一日じゅう街の上に広がり、ほとんどシエスタをする暇もないほどだ。この街は昨日のことにはほとんど構わず、明日のことにはなおのこと構わない。それは完全に現在にある。過去の思い出や将来の希望というのは、不幸な民族の幸福である。だがセビーリャは現に幸福なのだ。(41)

このようにひたすら「現在」を生きる街で、ゴーチエはこれまでと同じように美しい女性たちに目を奪われ、遊歩道や川岸を歩き、ローマ時代の遺跡を訪ねるのだが、やはりここでも特筆に値するのは大聖堂である。その巨大さは「最も桁外れの、途方もなく驚異的なヒンズー教寺院でさえ及ばぬ」ほどであり、「パリのノートル＝ダム寺院でも、恐ろしい高さの中央身廊を頭を上げたままで歩き回れるであろう」。じっさい一四〇二年からほぼ一世紀を費やして建造されたこのゴシック大聖堂はスペイン最大の規模を誇っており、これを凌駕するものとしては、わずかにローマのサン＝ピエトロ寺院とロンドンのセント＝ポール寺院を数えるのみである。内部を飾る絵画や彫刻の数々についても、すべてを見るには丸一年が必要であり、何冊もの書物をもってしてもそのカタログを作ることさえできぬであろうと、ゴーチエはいささか誇張気味に語っている。

さて、聖堂付属のヒラルダの塔、すぐ近くのアルカサル、そしてのちに歌劇『カルメン』の舞台として有名になるタバコ工場、ドン・ファンのモデルとなった人物が一七世紀に設立した救済病院など、市内の主要なスポットをひと通り訪ねた後、ゴーチエたちはいよいよフランスへの帰途につく。セビーリャからは蒸気船でグアダルキビル河を下り、河口の街カディスへ。ここにしばらく滞在した後、ふたたび船でジブラルタル海峡を通過し[42]、数週間前に陸路で立ち寄ったマラガに今度は海路で寄港、さらにカルタヘナとアリカンテを経て、九月一五日にはバレンシアに到着する。そしてこの地に二週間滞在した後、ジブラルタルから来た商船に乗り込んでバルセロナに向かうが、ここには数時間立ち寄っただけで、船はさらに航行を続け、一〇月二日には南仏のポール＝ヴァンドルに帰着した。五か月に及ぶスペイン旅行はこれで完了となる。旅行記の最後の一節は次の通りだ。

翌日の午前一〇時、私たちは小さな入り江に入った。その奥にはポール＝ヴァンドルの街が華やかに広がっている。私たちはフランスにいたのだ。本当のところをいえば、故国の土を踏みしめたとき、私は涙が浮かぶのを覚えた。喜びの涙ではなく、哀惜の涙である。鮮紅色の塔、シエラ・ネバダの銀色の山頂、ヘネラリフェの夾竹桃、じっと見つめる濡れたビロードのようなまなざし、咲き誇るカーネーションのような唇、小さな足と小さな手、そうしたすべてのものが心にありありと蘇ってきたので、私にはこのフランスが、やがて母に再会できるというのに、まるで流謫の地であるように思われた。夢は終わったのだ[43]。

故国の地がむしろ「流謫の地」のように思えるという言い方は、ゴーチエにとってのスペイン旅行がいかに幸福な経験としてとらえられているかを端的に物語っている。彼にとってこの五か月間は、まさに哀惜に堪えない「夢の時間」であったのだろう。

ところでゴーチエはこの旅行中、訪れた各地を題材とした詩を四十三篇残している。それらは「エスパーニャ」というタイトルのもとにまとめられ、他の詩篇と一緒に『全詩集』として『スペイン紀行』と同じ一八四五年に刊行された。つまり彼は同じスペイン旅行を題材として、散文と詩という異なる形式で二つの作品を残しているわけだが、両者を併せ読んでみると、ゴーチエにとってのスペイン旅行がどのようなものであったかをあらためて確認することができる。

たとえば詩集の冒頭に置かれた「出発」という詩の書き出しは、次の通りだ。

この地球を永遠に捨てて、
神がわれわれに隠しているものを彼処に見に行く前に、
そして未知なる国へと
誰も戻ってきたことのない旅をする順番がくる前に、
私はもろもろの都市や人々を訪ね
われわれが生きているこの世界の様子を知りたいと思った。
若い頃から大いなる欲求にとらえられていた私は、
この広大なパリで窮屈に息を詰まらせていた。
ひとつの声が私に語りかけ、私に言った――「その時が来た、
さあ、おまえの家の敷居から身を引き剝がせ」(44)

「誰も戻ってきたことのない旅をする」前、すなわちこの世を去る前に、世界のさまざまな土地や人間を自分の目で見ておきたいというやみがたい欲望が、「広大なパリで窮屈に息を詰まらせていた」若きゴーチエを激しく駆り立てていたことがうかがえる一節である。「エスパーニャ」ではこの後、基本的に旅程の展開に沿って折々の風景や印象が詩に詠み込まれていく。たとえばブルゴスの大聖堂で見た両乳房を切り取られて処刑される聖女カシルダの絵は、次のように歌われている

ブルゴスの、人けのない教会の片隅で
一枚の絵が強烈な衝撃で私をとらえた
ひとりの天使が、青白く誇り高い顔で、黄褐色の空から降りてくる
緑の棕櫚をもって、聖女カシルダのほうへ。(45)

そして聖女が胸をえぐられた凄惨な光景は「乳房のあった場所には、血の色をした二つの丸い穴があき／それぞれ切り開かれた血管から一粒の紅玉をしたたらせている」というように、内容的には散文のそれに対応する形で、しかしレトリックの上ではより簡潔に凝縮した描写が提示されている。
またグラナダのアルハンブラで見た夾竹桃を歌った詩篇を見ると、詩人は「それは蒼空の中で少女のように顔を赤らめる／その花々は生きているようで、肌色をしている」と花を擬人化した後、最後の三行を次のように結び、旅の記憶をいかにもロマン主義的な詩的抒情へと昇華させている。

その花の一輪は、濡れた真紅の唇のようで
私がそれに唇をつけると、時折、おお、不思議なことに！
花も私に接吻を返してくれるような気がした……[46]

以上の例からもうかがえるように、「エスパーニャ」に収められた作品は旅行中の心象風景を散文とは異なる表現形式で定着させることで、あたかも『スペイン紀行』に添えられた挿絵のような役割を果たしている。もちろん両者は原則的にそれぞれ独立した作品として読まれるべきものであるが、それでも散文による記述とそれに対応する場面を歌った詩篇を並べて読み進めてみると、ちょうど松尾芭蕉の『奥の細道』における紀行文と俳句の関係さながらに、両者が補い合って重層的な効果が醸し出されてくる。

このように一度の旅行から少なからぬ文学的果実を産み出したゴーチエだが、それでは結局のところ彼にとって、スペインという国はヨーロッパの「内部」だったのであろうか、それとも「外部」だったのであろうか。

わずか三歳で生地を離れたとはいえ、南仏のピレネー地方に生まれたゴーチエにとってスペインは幼い頃から直近の隣国であり、いわば「山向こう」の土地であった。しかもフランスからは陸続きで境界を越えることができる数少ない国のひとつであったのだから、これを明確な「異郷」として表象するほどの心理的落差が彼の意識の中にはじめから存在したとは思われない。じっさいフランスにいるあいだでも、国境が接近するにつれて言葉や風景にスペイン色がしだいに濃厚になってくること、それればかりか場所によってはむしろ優勢になってくることは、彼自身が旅行記の冒頭部分に記している通りである。

バイヨンヌにいたっては、「言葉と風習の点でいえばほとんどスペインの街である」とさえ評されていた。その限りにおいて、国境はもはや国境としての実質的な機能を果たしていない。したがってスペイン旅行はあくまでも、ヨーロッパという枠組の「内部」での旅としてとらえられていたというのが妥当な見方であろう。

しかしはじめにも述べた通り、一か月ばかりの短いベルギー滞在を除けば、この旅はゴーチエにとってほとんど最初の本格的な外国旅行であった。また、道中のできごとや随想をフランスの新聞に書き送る約束もできていた。となれば、行く先々で何らかの「外部」的要素を発見することへの期待がまったくなかったはずはない。とりわけアフリカの気配を濃厚に漂わせるアンダルシアの土を踏んだとき、彼の心象には地中海の彼岸から発する光がおのずから投射されたのではあるまいか。輝かしい南国の風景を予感しながら「たぶんこの国がムーア人の国、あるいはマホメットの国のままでいなかったのは残念なことなのだ」と率直な感想を洩らし、カトリック教会に寄生されたコルドバのモスクを訪れたときには「ムーア人がスペインの支配者であり続けなかったことを、私自身としてはいつも残念に思ってきた」と述懐することをためらわないゴーチエであってみれば、レコンキスタによってキリスト教世界に奪還されながらも、なお往時のイスラム文化の痕跡を随所にとどめる街並や建造物のたたずまいを前にしたとき、そのまなざしがヨーロッパの「外部」を求めてさまようのは当然の成り行きであった。

もちろん彼はやがてアルジェリアやトルコ、ロシアやエジプトにまで足を伸ばし、それこそ多種多様な文字通りの「異郷」を一再ならずまのあたりにすることになるのだから、その時点から振り返ってみれば、アンダルシアで網膜に焼きついた東洋風の風景も相対的にはやはりヨーロッパの一部にすぎなかったのだと実感されたかもしれない。しかしながら『スペイン紀行』を書いたときの筆者はあくまでも、この国の風物や習俗を「ピレネー山脈のこちら側」に生きる西欧人の目で観察していた。言葉を換えていえば、ゴーチエはヨーロッパの臨界ともいうべき地域を歩き回りながら、自らのペンで内なる「異郷」を描出しようとしていたのである。

このとき彼は、必ずしも明確に意識していたわけではないにせよ、「ヨーロッパ」という概念そのものの人為性、ないし虚構性を垣間見ていたのではあるまいか。クシシトフ・ポミアンも言うように、「もしもヨーロッパに固定した境界を与える者がいるとすれば、それは、時間を考慮にいれない劣悪な地理学だけであろう」(47)。じっさい歴史の深みに思いを致してみれば、その境界線が時代とともに常に移動してきたことはあまりにも明らかではないか。唯一不変の「ヨーロッパ」など、かってどこにも存在したことはない。そうであるならば、曖昧な共同幻想をあたかも確たる輪郭に縁取られた領域のごとく実体化してその「内部」と「外部」について云々することに、いったい何の意味があるだろう。

注

(1) このあたりの事情については、Patrick Berthier, «Préface», *in* Théophile Gautier, *Voyage en Espagne*, suivi de *España*, folio classique, Gallimard, 1981, pp. 7-9 に詳しい。

(2) Théophile Gautier, *Histoire du romantisme, suivie de notices romantiques et d'une étude sur la poésie française 1830-1868*, Charpentier, 1874, p. 90.

(3) *Ibid.*, p. 93. 強調原文。

(4) *Ibid.*, p. 94.

(5) シラーに彼を主人公とした戯曲『スペイン太子ドン・カルロス』(一七八七)があり、ヴェルディがこれをオペラ化して一八六七年にパリ・オペラ座で初演している。

(6) 現地で執筆されて「ラ・プレス」紙に連載されたのは第一章から第九章までで、第一〇章から第一五章までは帰国後に書かれたものである。本書ははじめ、*Tra los montes. Voyage en Espagne*（『山々を越えて　スペイン紀行』）というタイトルの二巻本として一八四三年に刊行された。また同じ年に、ゴーチエはポール・シロ―ダンと共同で『スペイン旅行』と題するヴォードヴィルを執筆し、ヴァリエテ座で上演している。

（7）Théophile Gautier, *Voyage en Espagne, op. cit.*, p. 25.（一頁）以下の記述にあたっては、注1に挙げたフォリオ・クラシック版を使用する。邦訳は桑原隆行訳の『スペイン紀行』（法政大学出版局、二〇〇八）があるが、文脈の都合上、引用の訳文はすべて拙訳によった。ただし参照の便宜を考えて、引用箇所には訳書の頁数のみ括弧で付記しておく。

（8）この出発日を除いて、ゴーチエの旅行記にはいっさい日付が記されていない。以下の記述において日付を示す場合は、次の書簡集の注を参照する。Théophile Gautier, *Correspondance générale*, éditée par Claudine Lacoste-Veysseyre, tome 1, Librairie Droz, 1985, pp. 192-221.

（9）ウジェーヌ・ピヨ（一八一二—九〇）はゴーチエより一歳年下、地方出身の裕福な青年で、骨董品や絵画の収集に熱心であった。スペインに出かける前には、オランダ、イタリア、ドイツなどを旅行している（Anne Ubersfeld, *Théophile Gautier*, Stock, 1992, p. 128）。彼はスペインでもこの種の美術品を収集してひと儲けするつもりであったらしく、もとはといえばゴーチエにこの旅行話をもちかけたのも彼のほうであった。当時のゴーチエは貧しかったので、旅費も大半はピヨが負担していたが、結局当初のもくろみは外れて大した成果は得られなかったため、帰国後はかかった費用を返却するようピヨが求め、ゴーチエは多額の借金を背負うことになったという（Patrick Berthier, *op. cit.*, pp. 13-14）。なお、ピヨは一八四二年に美術雑誌、*Le Cabinet de l'amateur et de l'antiquaire*（「愛好家と骨董家の部屋」）を創刊している。

（10）Théophile Gautier, *Voyage en Espagne, op. cit.*, pp. 38-39.（一四頁）

（11）ちなみに «pittoresque» という言葉には「風変わりな」「人目を引く」といった意味もあり、ゴーチエはこちらの意味でもしばしば同じ形容詞を用いている。

（12）Théophile Gautier, *Voyage en Espagne, op. cit.*, p. 43.（一八—一九頁）強調原文。

（13）「バラッド」というのは、三つの詩節と一つの反歌から成る短い叙情詩形式で、同一詩句の反復を特徴とする。この定義を厳密に解するならば、『オードとバラッド集』に収められた十五篇の「バラッド」も本来の意味でのバラッドではない。

（14）じっさい『スペイン紀行』の中でも、この詩は三度にわたって引用されている。

(15) Victor Hugo, *Les Orientales, Œuvres poétiques*, tome 1, Gallimard, Bibliothèque de la Pléiade, 1964, p. 662.

(16) Prosper Mérimée, *Les âmes du purgatoire*, Revue des deux mondes, 15 août 1834. ゴーチエの原文では「中篇小説」が複数形になっているが、これ以外にメリメの中篇小説でスペインを舞台とした作品は『カルメン』まで見当たらない。メリメが翻訳と称して出版した処女作『クララ・ガズル戯曲集』（一八二五）は、スペインの女優の作とうたっているが小説ではないし、「トレドの真珠」（一八二九）は確かにスペインが舞台となっているが、わずか二ページ足らずの小品であっておよそ「中篇」とはいいがたい。しかもメリメがはじめてスペインに行ったのは一八三〇年であり、以上の作品はいずれも旅行前に書かれたものである。なお、メリメは「パリ評論」の一八三二年八月二六日号に「スペイン書簡」を掲載しているので、これがゴーチエに何らかの影響を与えた可能性はある。

(17) Alfred de Musset, *Contes d' Espagne et d'Italie*, 1830.

(18) Théophile Gautier, *Voyage en Espagne, op. cit.*, p. 50.（二七頁）

(19) *Ibid.*, p. 193.（一六八頁）

(20) *Ibid.*, pp. 67-68.（四五頁）

(21) *Ibid.*, pp. 80.（五八―五九頁）この作品はじつはファン・リシという別の画家の「聖女セントーリャ」であるという説もあって、そうだとするとこの描写よりはずっと穏やかな絵であるという（René Jasinski, *L'«España» de Théophile Gautier*, Vuibert, 1929, pp. 71-72)。しかしゴーチエは後に二度にわたってブルゴスを訪れており、二度とも「聖女カシルダ」の絵を見直したと言っているので、彼の勘違いとは考えにくい。

(22) Théophile Gautier, *Voyage en Espagne, op. cit.*, p. 129.（一〇六―一〇七頁）

(23) *Ibid.*, p. 139.（一一六頁）

(24) もとになっているのは「ラ・プレス」の一八三八年七月五日号に掲載された«Les *Caprices* de Goya»（「ゴヤの『カプリーチョス』」）という文章で、ゴーチエはスペイン旅行の後でこれに加筆した文章を「フランシスコ・ゴヤ・イ・ルシエンテス」と題してウジェーヌ・ピヨの「愛好家と骨董家の部屋」の一八四二年夏号に掲載し、一八四五年版の『スペイン紀行』第八章にこれを挿入した。

(25) Théophile Gautier, *Voyage en Espagne, op. cit.*, p. 155.（一三〇―一三一頁）

(26) ただし、ムリーリョの『聖家族』や『乞食の少年』はこの時点でルーヴル美術館が所有していたが、エル・グレコの

（27）『キリストの磔刑と二人の寄進者』、リベラの『エビ足の少年』、そしてゴヤの肖像画『デル・カルピオ伯爵夫人、ラ・ソラナ侯爵夫人』などはまだ所蔵されていなかった。

（28）*Ibid.*, pp. 167-168.（一四二―一四三頁）

（29）*Ibid.*, p. 176.（一五〇頁）

（30）*Ibid.*, p. 189.（一六四頁）

（31）*Ibid.*, p. 200.（一七五頁）

（32）*Ibid.*, p. 221.（一九三頁）

（33）*Ibid.*, p. 243.（二一五頁）

（34）*Ibid.*, pp. 244-245.（二一六―二一七頁）

（35）*Ibid.*, p. 263.（二三三―二三四頁）

（36）ゴーチエはこの後三回にわたってスペインを訪れているが（一八四六年、四九年、六四年）、最後の旅行では鉄道を利用している。

（37）Théophile Gautier, *Voyage en Espagne*, *op. cit.*, p. 165.（一四〇頁）

（38）*Ibid.*, pp. 320-321.（二八六―二八七頁）

（39）*Ibid.*, p. 374.（三三六頁）

（40）*Ibid.*, p. 380.（三四二頁）

（41）*Ibid.*, p. 387.（三五〇頁）

（42）このときのゴーチエの描写は引用に値する。「ジブラルタルの眺めは、想像力をすっかり途方に暮れさせる。どこにいるのかも、何を見ているのかも、もうわからなくなってしまうのだ。巨大な岩壁、あるいはむしろ高さ一五〇〇ピエ［約四八六メートル］の山が、不意に、突然、海の真ん中から、あまりに平らで低いのでほとんど目に入らない地面の上に立ち現れるさまを思い浮かべていただきたい。何もそれを予告するものとてなく、その出現を理由づけるものもなく、いかなる山脈にもつながっていない。それは天から投げ落とされた途方もない巨岩であり、天体戦争のあいだに縁を折られてそこに降ってきた惑星のかけらであり、壊れた世界の破片である」。*Ibid.*, p. 434.（三九四頁）

（43） *Ibid.*, p. 450.（四〇九頁）
（44） «Départ», *ibid.*, p. 453.
（45） «Sainte Casilda», *ibid.*, p. 460.
（46） «Le laurier du Generalife», *ibid.*, p. 488.
（47） クシシトフ・ポミアン『ヨーロッパとは何か　分裂と統合の一五〇〇年』、松村剛訳、平凡社、一九九三、七頁。

［第5章］

幻想の南洋

——ボードレールとインド

Charles Baudelaire

幼少年時代のシャルル

ここまで見てきた四人の作家たちは、いずれも豊富な外国経験をもつという点で共通していた。ところが、本章でとりあげるシャルル・ボードレール（一八二一―六七）はそうではない。彼が生涯でおこなった唯一の長距離旅行は、二十歳のときにモーリシャス島とブルボン島（現レユニオン島）まで行った船旅であり、しかもこれは自分の意志によるものではなかった。その後は晩年にベルギー講演旅行に出かけるまで、二十年以上にわたってフランスから一歩も外に出たことがない。そんな詩人を他の作家たちと並べて扱うのは、ひとえに彼の詩篇がしばしば異郷への旅を主題としていることによる。だが、具体的な作品の検討に入る前に、まずは南洋旅行に至るまでの経緯を簡単にたどっておこう(1)。

シャルル・ボードレールは王政復古期の一八二一年四月一一日、パリに生まれた。父親のジョゼフ・フランソワは一七五九年生まれなので、シャルルの誕生時にはじつに六十二歳という高齢だったことになる。フランソワは神学校に学び、一時は聖職についていたが、三十代半ばに還俗し、その後は元老院の事務局に勤めていた。四十代半ばを迎えた一八〇三年に結婚し、一八〇五年にはクロード・アルフォンスという男子をもうけている。しかし一八一四年に妻が亡くなり、寡夫となってからは一八一六年に第一線を退いて、しばらく息子と暮らしていた。シャルルの母親となるカロリーヌと再婚したのは、それから三年後の一八一九年のことである。カロリーヌは一七九三年ロンドン生まれで、幼少時に両親を亡くして孤児となり、フランソワの中学時代の友人であるペリニョンの家に引き取られていた。これが縁となって、三十四歳も年の離れた夫婦が誕生したわけだ。こうした経緯から、シャルルには誕生時、すでに十六歳年上の義兄がいたことになる(2)。

極端な年齢差からしてある程度予想のつく事態ではあったが、シャルルがまもなく六歳を迎えようかという一八二七年二月、フランソワは六十七歳で亡くなった。残されたカロリーヌは、やがてオーピックという陸軍少佐（のちに将軍）と交際するようになり、翌年一一月に再婚する。彼女はまだ三十三歳の女盛りであったから、けっして特別なことではなかったが、七歳のシャルルにとっては事があまりにも迅速に運ばれたように思われ、急な変化を咀嚼しきれなかった幼い感情が深く傷ついたであろうことは想像に難くない。彼はのちに、「赤裸の心」に次のような一文を書きつけている。

> 子供のころからすでに、孤独の感情。家庭がありながら、——そして、仲間たちのさなかにいる時は、とりわけ、——永久に孤独な運命の感情。[3]

これが母親の再婚に直接起因する言葉であるのかどうかは定かでないが、少なくとも自分が普通の家庭の幸福に恵まれていない存在であることを少年が鋭敏に感じ取っていたことは確かであろう。もっとも彼は右の引用の直後に「しかしながら、生と快楽とへのきわめて激しい嗜好」という一句を書き添えており、幼少時から自分の中に癒しがたい寂寥感とともに抑えがたいエドニスム（快楽志向）が同居していることを自覚していたようだ。同じく「赤裸の心」には、「ほんの子供のころ、私は自分の心の中に二つの相容れない感情があるのを感じた。生への嫌悪と生の恍惚《エクスターズ》[4]と」という一節も読まれ、彼が相反する精神傾向のあいだで引き裂かれていたことを証している。

だが、今はこの点に深く立ち入ることはせず、先を急ぐことにしよう。シャルルは一八三一年の秋に名門のシャルルマーニュ王立中学校に入学するが、まもなくオーピックの転勤にともない、翌年初めには母親とともにリヨンに移住する。現地の王立中学校で四年間を過ごした後、やはり義父の転勤でパリに戻り、今度はルイ大王中学校の寄宿生となった。この頃からしだいに詩才を発揮するようになり、詩作や作文でしばしば賞を獲得している。一八三八年の八月から九月にかけては、ピレネーの湯治場に滞在していた両親と合流して一緒にパリまで旅行しているが、十七歳になっていた彼にとって、この国内旅行はきわめて印象深い経験であったらしい。その様子は、義兄のアルフォンスに宛てた手紙（一八三八年一〇月二三日付）にうかがうことができる。

僕たちの旅はこんな具合でした。まず僕は一人で出発してバレージュまで行きました――そこに二週間滞在して、徒歩で、馬で、歩きまわりました。昼間は動きまわって過ごし、帰ってからは眠るだけでした――なにしろバレージュから、カンパン渓谷の奥のバニェールまで僕たちは出かけたのですから。バニェールは気持のいい場所、フランスで最も風景の美しい土地です。そこからタルブへ、オーシュ、アジャン、ボルドーへ。次にボルドーからロワイヤンへの途上、お母さんはひどく船酔いに苦しみましたが、それから僕たちはロシュフォールを通って帰って来ました、ここでは日曜には何も見ることができないのです――平和な時にはほとんど人気《ひとけ》のない町です――ラ・ロシェル――素晴らしい美術館のあるナント、最後にロワール河畔をブロワまで――ロワール河畔はほとんどその評判に値しません――あるいは、ピレネーで僕は好い目に遭いすぎたというわけなのでしょうか？　次はブロワからオルレアンへ、オルレアンからパリへ。道程を、何の飾りもつけず、全く細部にわたることなく記せば、こんなところです(5)。

淡々と旅程を報告しているだけの文面ではあるが、すでに少年から青年へと移りかけていた多感な年齢のシャルルが義父と母親にたいして抱いていたであろう感情の微妙さを思えば、ここではむしろ何のわだかまりも屈託もなく、ただ動き回ることへの健康的な肯定感だけが表明され、まさに「生と快楽とへのきわめて激しい嗜好」が驚くほど率直に語られていることに注目すべきであろう。この口調の熱心さを見る限り、彼はけっして、生来移動することを好まない懶惰《らんだ》な人物ではなかったように思われる。

ところが一八三九年四月、シャルルは友人のために教師にたいして反抗的な態度をとったことを理由に、最終学年の途中で放校処分になってしまう。この事件は母親をいたく悲しませたようで、何よりもそのことで心を痛めたシャルルはルイ大王中学校の校長宛に詫び状を書き、「もしも中学へ復帰することを先生からお許しいただければ、私は全く先生のご意志に服従するでありましょうし、先生が私に加えたいとお思いになる罰はすべて受けます」[6]としおらしく許しを乞うたりもしているのだが、この願いが聞き届けられることはなく、結局サン＝ルイ中学校に転校することを余儀なくされた。その後なんとかバカロレアに合格し、パリ大学の法学部に入学するものの、すでに文学で身を立てる決意をしていた彼に勉学の意欲はもはや残っていなかった。

この頃からシャルルは、ルイ大王中学校時代の友人たちを介してカルチエ・ラタンに集う文学青年のグループとつきあうようになり、法律の勉強を放棄して自由気ままな生活を送るようになる。バルザックやネルヴァルと知り合ったのもこの時期であるらしい。そしてちょうど二十歳を迎えた頃、金銭に関してても女に関してもだらしない息子の自堕落な暮らしぶりに危惧の念を抱いた両親は、後見者会議を招集し、生活矯正のために息子を海外旅行に送り出すことを決めた。こうしてシャルルはインドのカルカッタ行きの船に乗り込むべく、パリからボルドーへと向かったのである。[7]

インド洋への航海

シャルル・ボードレールを乗せた南海号がボルドーを出港したのは、一八四一年六月九日のことであった。これはゴーチエがスペインを旅行した次の年であり、ネルヴァルがオリエント旅行に出発する前年にあたる。行先はもとより、動機やきっかけも一様ではなかったが、フランスの若い作家たちはほぼ同時期に、相次いで国外に出かけていたのである。

船は大西洋をひたすら南下し、赤道を横切ると、喜望峰を迂回してインド洋に入った。気の向くままに放縦な生活を送っていた青年にとって、ひたすら海を眺めてばかりの毎日はさぞかし退屈きわまりない時間であったことだろう。しかしながら、この航海は終始順調だったわけではない。南海号は途中で激しい嵐に見舞われ、マストが折れるという甚大な被害を蒙ったため、モーリシャス島のポート＝ルイスに予定外の寄港を強いられた。同年九月一日のことである。

ここまで三か月近くに及んだ航海中のボードレールの様子については、南海号の船長サリズが後にブルボン島のサン＝ドゥニからオーピック将軍に宛てた一八四一年一〇月一四日付の手紙(8)から、およそのところを推測することができる。

フランスを出発して以来、船上では誰の目にも明らかなことでしたが、ボードレール君は今やはっきりしているように文学だけをひたすら好んでおり、ほかの活動にはいっさい身を捧げるつもりがないのですから、そうした嗜好や決心から気持を翻させようとするにはもう遅すぎます。この一徹な嗜好のせいで、それに関係しないような会話はすべて彼にとってはよそごとであり、われわれ

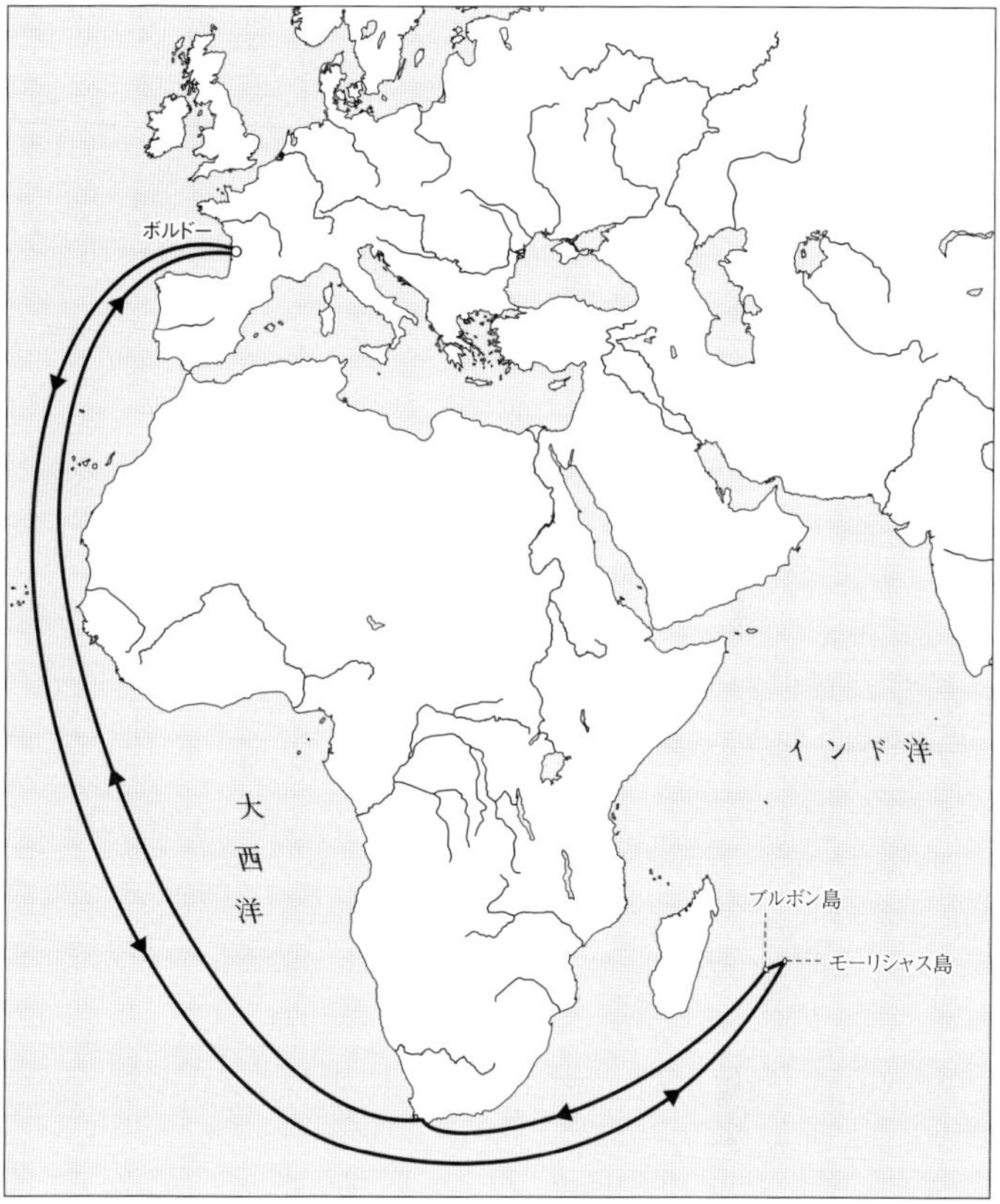

ボードレールの旅程

水夫と他の軍人や商人の船客のあいだで頻繁に繰り返される会話からも、彼は距離を置いていました。(9)

せっかく親しくなった文学者仲間たちから引き離されて無理やりインド行きの船に乗せられた二十歳の青年が、まったく話題の合わない船員や軍人、商人たちの中で孤立状態に陥ったのは当然のことだろう。「要するに船上での彼の立場は、これは認めないわけにはいかないのですが、この青年がそれまで送ってきた生活とはまったく対照的な様相を呈していたので、彼を孤立状態に追い込み、思うに、彼の文学への嗜好と探求を一層強めることにしかならなかったのです」とも、サリズは書いている。洋上で嵐に遭遇し、あと一歩で死にかけるような経験をしたことも、自分にとっては何の目的もないこの船旅にたいするボードレールの嫌悪感をさらに募らせたようだ。

モーリシャス島はマダガスカルの東方約九百キロに位置する火山島で、面積は二〇四〇平方キロメートル、沖縄本島の約一・五倍にあたる。もともと一七世紀にオランダが植民を開始してこの名前をつけたが、一七世紀にはドイツ領、次いで一八世紀にはフランス領となり、当時は「フランス島」と呼ばれていた。『ポールとヴィルジニー』の作者であるベルナルダン・ド・サン゠ピエールが一七六八年から二年余りこの島に滞在し、のちに『フランス島への旅』という旅行記を著したことは序章で触れた通りである。一八一四年にイギリスの統治下に入ってふたたびもとの名称に戻ったので、ボードレールが訪れた時点では現在と同じくモーリシャス島(フランス語ではモーリス島)と呼ばれていた。

南海号はこの島に十八日間停泊し、嵐で傷んだ船体の修理をおこなった。その間、ボードレールは他の船客たちと一緒のホテルに滞在していたが、依然としてふさぎこむ一方で彼らとは打ち解けなかったばかりか、せっかく異郷の地にありながら、その風景にも習俗にもほとんど興味を示さなかったらしい。もう一度サリズの手紙から。

私の期待に反して、またたいへん驚いたことに、われわれがモーリシャス島に到着したということも、この悲しみを増すことにしかなりませんでした。じつをいえば、この港での修理を急ぐために何もかも自分で手配しなければならなかったので、私はすべての時間を作業現場と、自分が住み込んでいた荷受業者の家で過ごさなければならず、ボードレール君をそこへ連れていくことはできませんでした。それに私は、二十年以上ぶりに訪れたこの土地の多くの友人たちにも、ひとりとして会わなかったのです。しかし彼はほかの船客たちと一緒のホテルにいたのに、誰ともつきあいませんでした。彼にとってはまったく新しい国、まったく新しい社会にありながら、何ひとつ彼の注意を惹きませんでしたし、彼がそなえている鋭敏な観察力を目覚めさせもしませんでした。彼がつきあった人々といえば、文学がまったく小さな位置しか占めていないこの国の無名の文学者たち数人にすぎず、彼の思いはできるだけ早くパリに帰りたいという欲求にひたすら集中していたのです。彼はフランス行きの船があったらすぐにでも出発したいと望んでいました。私はそれに反対し、あなたが私に与えられた指示を守らなければならないと考えました。(10)

サリズはオーピックから旅費を預かってボードレールをインドまで連れて行く仕事を委託されていたので、途中帰国の希望をそう簡単に受け入れるわけにはいかなかったわけだが、本人が強く希望している以上、もはや無理強いすることはできないというのが、結局のところこの手紙の趣旨であった。文面から見る限り、ボードレールは「この国の無名の文学者たち数人」と接触する以外にはほとんどホテルの部屋にひとりで引きこもっていたように思えるが、ではモーリシャス島での十八日間は彼にとってまったく無為の日々であったのだろうか？　必ずしもそうではなかったようだ。というのも、彼は到着後まもなく、この島の農園経営者で弁護士をしていたアドルフ・オータール・ド・ブラガールという人物と知り合い、ほんの短期間ではあったがかなり親密に交際しているからである。

ボードレールがどのようなきっかけでこの弁護士の知遇を得たのか、モーリシャス島滞在中、彼らのあいだにどれくらいのつきあいがあったのかといった詳細は不明だが、その関係の一端は、ボードレールがのちにブルボン島で投函した一八四一年一〇月二〇日付の手紙からうかがうことができる。さほど長いものではないので、全文を引いておこう。

オータール様、

モーリス島で、奥様のために数行の詩句をとご所望になりましたが、貴下を忘れたわけではありません。若い男から人妻に宛てた詩は、その手もとに届く前に夫たる人の手を通るのが良いこと、穏当なこと、作法にかなったことでありますから、貴下にお送りして、お気に召した場合にのみ奥様にお見せ下さるようお願いするしだいです。

お別れして以来、貴下と貴下の優れたご友人たちのことをしばしば思いました。皆さん、貴下とオータール夫人、そしてB……氏が私に与えて下さったあれら午前の楽しい刻《とき》を、きっと私は忘れないでしょう。

私がパリをかほどに愛し、かほどに懐《なつか》しんでいるのでなかったら、できるだけ長く貴下の近くに滞在して、ぜひとも貴下が私を好いて下さるよう、私があながちそう見えるほどには変り者ではないのだと認めて下さるよう、仕向けることでしょう。

私がボルドーへ向けて乗りこむ船（アルシード号）がそちらへ乗客を迎えにでも行かぬ限り、私がモーリス島へ戻る見こみはまずありません。

これが私の十四行詩《ソネ》です。


［……………………………………………………………………………］

では、フランスでお待ちいたしましょう。

私の心から敬意のこもったご挨拶を奥様に。

C・ボードレール[11]

この文面からは、ボードレールが夫妻の家に何度か招かれたこと（複数形で「あれら午前の楽しい刻《とき》」とあることから、招待は数回にわたっていたと推測される）、そこで夫妻の友人たち（その中に「無名の文学者たち」も含まれていたのかもしれない）とともに会話を楽しんだこと、その席上、客人の青年が詩人を目指していることを知った夫のオータールが妻のために一篇の詩を作ってくれるよう所望したこと、しかしながらその約束を果たせぬままにボードレールがモーリシャス島を後にしたこと、そのさいフランスでの再会を期したことなどが読み取れる。弁護士という職業からして、おそらくオータールは土地の名士であり、文学にも理解を示すかなりのインテリであったのだろう。文中の「B……氏」というのが

オータール・ド・ブラガール夫人

誰のことであるのかは不明だが、彼の同業者か、いずれにしても同等の地位にある人物であったにちがいない。また、自分が他人の目には「変り者」（原語はbaroque）に見えることをボードレールが自覚していたことも、この手紙は物語っている。

植民地の女たち

ところで右の手紙で「私の十四行詩《ソネ》」と呼ばれているのは、のちに「ある植民地生まれの女に」と題されて「アルチスト」誌一八四五年五月二五日号に掲載され[12]、さらに「ある植民地生まれの婦人に」と改題されて『悪の華』初版以降に収められることになる詩篇のことであり、原文では［……］の部分に無題のまま書きつけられていた。これら複数のヴァージョンのあいだには少しずつ異同があるが[13]、ここでは最初の（つまり直接手紙に記されていた）形で、冒頭の一節を引いておく。

太陽が愛撫する薫りたつ国で、
私は見た、琥珀色のタマリンドの果実と
目の上に怠惰を雨と降らせる棕櫚の木々の隠れ家の中で、
人知れぬ魅惑をたたえた植民地生まれの婦人を[14]。

「植民地生まれの」の原語は«créole»、すなわち「クレオールの」であるが、ここではもちろん、今日しばしば用いられるように「白人と現地人の混血」といった意味ではなく、「植民地で生まれた白人」という原義で用いられている。つまり夫人の両親あるいは祖先がヨーロッパ系（おそらくはフランス系）の移民であったということだろう。ちなみに彼女の娘ルイーズは、後にスエズ運河やパナマ運河の開発に関わったことで知られるフェルディナン・ド・レセップスの二度目の妻となっているが、そのまた娘の家に伝わる夫人の肖像画を見ると、その容貌に混血の形跡らしきものをうかがわせるものはない。右の詩句では「タマリンド」や「棕櫚」など、熱帯地方に特有の樹木を表す語彙が用いられ、詩の舞台装置はいかにも典型的な異国趣味をたたえているが、青年ボードレールが讃辞を捧げている対象は、あくまでも白人の典雅な女性だったのである。だから第二節では「その顔色は青白く温かい」と歌われているし、第三節から第四節にかけては次のような夢想が語られている。

もしあなたが、奥方よ、真の栄光の国へ、
セーヌ河や緑なすロワール河の岸辺へ行ったなら、
古い館を飾るにふさわしい麗しの女《ひと》よ、

あなたは、苔むす隠れ家に守られて、
詩人たちの心に無数の十四行詩《ソネ》を芽生えさせることでしょう、
あなたのまなざしが、彼らを黒人たちよりも従順にさせて。

セーヌ河やロワール河という具体的な固有名詞を引くことで、詩人は西欧的風土の中に夫人を移し変え、これを「古い館を飾るにふさわしい麗しの女《ひと》」と呼ぶ。つまり彼女の美貌は、南洋に浮かぶモーリシャス島の風土をそのまま枠組として嘆賞されるのではなく、想像の中でフランスに背景を転換した上で、あくまでもヨーロッパ的な美の範疇において称揚されているのである。「彼にとってはまったく新しい国、まったく新しい社会にありながら、何ひとつ彼の注意を惹きませんでしたし、彼がそなえている鋭敏な観察力を目覚めさせもしませんでした」という、船長サリズの言葉があらためて思い出される。はじめてヨーロッパを離れて「太陽が愛撫する薫りたつ国」の新鮮な風景に触れたにもかかわらず、ボードレールの目に映っていたのは依然として「真の栄光の国」たる自国の自然だったということであろうか。

だが、モーリシャス島滞在がきっかけとなって書かれた可能性のある詩はもう一篇あって、こちらを見ると、詩人の視線が注がれていたのは必ずしも白人の人妻だけではなかったようだ。それは先の作品より一年半ばかり遅れて「アルチスト」誌の一八四六年一二月一三日号に「あるインドの女に」というタイトルで掲載され、いくつかの異文《ヴァリアント》を経て一八六六年の『漂着物』に「あるマラバール生まれの女に」というタイトルで収録された、二十八行から成る詩篇である。今度は最終版のテクストから引用してみよう。

おまえの足はおまえの手と同じくらいほっそりしていて、おまえの腰は
最も美しい白人の女をも羨ましがらせるほどゆったりしている。
思いにふける芸術家にとって、おまえの体は優しくも愛おしい。

おまえの大きなビロードの目はおまえの肌よりも黒い。(15)

これが最初の四行であるが、一読して明瞭なように、ここでその美を称えられている「おまえ」は明らかに黒人の女である。「マラバール」とはインド南西部、ケララ州の海岸地帯を指す名称で、序章で名前を挙げたマルコ・ポーロやイブン・バットゥータが来航した場所でもあるが、この地域出身の女にボードレールが直接会う機会があったとすれば、モーリシャス島のオータール・ド・ブラガール家であった可能性が最も高い。ここに雇われていた使用人の中に、モデルとなった黒人女がいたのであろうか？　正確なところは知る由もないが、そう考えて悪い理由はなさそうだ。

もっともこの詩の最後には「一八四〇年」という年号が付記されており、これが事実だとするならば、ボードレールの南洋旅行以前に書かれたものということになる。また、オータール家にはワーラーナシー（ベナレス）生まれの女を母親にもつ女中がいたという証言もあるらしいが、(16)たとえこれが事実であったとしても、ワーラーナシーはインド東北部のヒンズー教および仏教の聖地であり、マラバールとは地理的にまったく正反対の位置にあるので、これを「マラバール生まれの女」と呼ぶことには無理があると言わざるをえない。したがってこの詩がボードレールの実体験に基づいて書かれたと断定しうるだけの根拠はないことになるのだが、あらゆる文学作品にはつきものの潤色がある程度施されているにしても、詩の内容からして、モーリシャス島で出会った黒人女のイメージがここに投影されていると考えるのはきわめて自然な推測だろう。一八四〇年という年号にしても、ボードレールの単なる勘違い、あるいは何らかの理由で南洋旅行との関係を忖度されないためにおこなわれた意図的な操作という可能性は十分にあるのだから、そのまま信じなければならない理由はない。

以上のことを念頭に置きながらもう少し読み進めてみると、私たちは次のような一節に出会う。

なぜ、幸福な子供よ、おまえはわれらがフランスを見たいのか、
人口が多すぎて、苦しみが鎌で刈っているあの国を、
そして、おまえの命を水夫たちのたくましい腕に委ね、
おまえの愛しいタマリンドの果実に大いなる訣れを告げたいのか？

オータール夫人に捧げられた十四行詩では「真の栄光の国」と呼んで礼賛されていたフランス、そして黒人の女中にとってはまだ見ぬ憧れの地であるにちがいないフランスが、ここでは温暖な開放性に彩られた南国の自然との対比において、むしろ人々がひしめき苦悩にあえぐ窮屈な土地として否定的に表象されている。詩の後半では、もし「おまえ」が彼の地に行ったら娼婦となって「おまえの不思議な魅力の芳香をひさがねばならぬ」であろうという仮定のもとに、「雪や霰の下で震えながら／おまえは自分の穏やかで自由な閑暇をどんなに懐かしみ嘆くことだろう」と歌われ、さらには「われらが国の泥水」「われらが国の汚い霧」といった一連の表現さえ動員されて、フランスはもっぱら陰鬱な空気に覆われた寒冷の地として描かれている。

このように、これら二篇の詩がもし同じ滞在経験から生み出されたものだとするならば、「南方／北方」という両極の優劣関係は両者のあいだで完全に逆転し、ほとんどポジとネガをなしていると言っていい。ボードレールはモーリシャス島の弁護士宅で白人の人妻と黒人の女中に同時に出会い、それぞれから異なる「美」を抽出して別々の詩の中に流し込んだのではなかろうか。

パリへの帰還

南海号は九月一八日にポート＝ルイスを出港し、翌日ブルボン島に移動する。この島は一七世紀にフランス領となり、一六四二年にルイ一三世が王家の名前をとってブルボン島と命名したが、フランス革命で王政が打倒されたのにともなってレユニオン島と改称された。その後、一八〇六年にはナポレオン一世にちなんでボナパルト島と呼ばれたりもしたが、モーリシャス島と同じく一八一四年にイギリスの占領下に入るとふたたびブルボン島という名前に戻され、ボードレールが訪れたときもこの名称であった。ただし七月王政が終焉して第二共和制に移行した一八四八年からはまたレユニオン島になり、現在に至っている。面積は二五一二平方キロメートルで、モーリシャス島よりもひと回り大きい。位置的にはモーリシャス島の南西百キロ、マダガスカルから見れば東方約八百キロにあたる。砂糖の生産がおもな産業で、一八四〇年代にはインドを中心として六万人以上の黒人奴隷が働いていた。

嵐でダメージを受けた船は、まだ十分な修理を施されていなかったので、この島の中心都市であるサン＝ドニの港でさらに一か月に及ぶ停泊を余儀なくされる。この間にボードレールがどんな生活を送っていたのか、誰と交流があったのかといったことについては不明であるが、すでに述べてきたような経緯から、彼としてはもはや一刻も早くパリに戻ることしか頭になかったにちがいない。先に参照した船長サリズの手紙はこのブルボン島滞在中に書かれたものであるが、そこにも「彼はフランス行きの船があったらすぐにでも出発したいと望んでいました」と書かれていたことを思い出そう。

同じ手紙から、さらにもう一箇所引いておく。

今は、もっと詳しい説明には入らずに、以下のことを申し上げておきましょう。彼はひたすら自分の考えに固執していて、私がモーリシャス島で彼にした約束を履行することを求めたので、私としても彼が帰途につくことに同意せざるをえず、結局彼の気に入ったボルドーの船、自分で選んだアルシード号に乗り込むことになりました。船長はジュデ・ド・ボーセジュールです。あいにくこの船は私よりも後にしか出発しないのですが、すべてがきちんと果たされるように手配しておきます。(17)

こうしてサリズは青年をフランスへ送り返す算段を整え、現地の荷受業者に彼の船賃として千五百フランを預けると、修理を終えた南海号に乗り込んでブルボン島を後にし、当初の目的地であるカルカッタに向かった。出港日は一〇月一九日、ボードレールがモーリシャス島のオータール・ド・ブラガールに宛てた十四行詩入りの手紙を投函したのは、その翌日のことである。彼のほうはそのまま島に残って別の船の到着を待ち、やがてシドニーからボルドーに向かう途中であったアルシード号がブルボン島に寄港すると、これに乗り込んで一一月四日にフランスへの帰途についた。というわけで、結局彼はモーリシャス島に十八日間、ブルボン島に四十六日間、あわせて二か月余りの南洋滞在を経験しただけで、所期の目的地であったインドまでは足を伸ばすことなく旅行を終えたことになる。

『悪の華』第二版には、帰りの航海中、あるいはその記憶に基づいて帰国直後に書かれた可能性のある詩が一篇収録されている。(18) 詩集の冒頭から二番目に置かれた「あほう鳥」と題する詩がそれである。

しばしば、面白半分に、船乗りたちは
あほう鳥を生け捕りにするが、それは巨大な海鳥で、

旅のものぐさな道連れとして、
苦い深淵の上を滑る船についてくる連中だ。(19)

こうして囚われの身となったあほう鳥は、甲板の上ではぎこちなくもがくばかりで、空を雄大に飛びまわっていた王者の風格の片鱗も見られない。その滑稽で見苦しい姿は、「雲の君主」たる詩人が地上では巨大な翼ゆえに歩くこともままならないのとよく似ている――というのが、この詩のおよその内容である。この譬え自体は目新しいものではないし、技法的にもとりたてて斬新な点が見られるわけではないが、もしこの作品が本当に南洋旅行を契機として書かれたものであるとするならば、これから本格的に詩人としてのキャリアを歩み始めようとするボードレールの不安とアイロニーの入り混じった自己投影をここに読み取ることもできるだろう。

船は一二月四日から八日まで喜望峰に寄港した後、年を越して航海を続け、翌年二月一六日、ボルドーに帰着した。同じ日付で義父のオーピックに宛てた手紙で、ボードレールは次のように書いている。

長い散歩から帰って参りました。ブルボン島を一一月四日に発って、昨夜着いたのです。ただの一スーももっては帰りませんでしたし、必要な物に不自由することもしばしばでした。
往路何がわれわれに起こったかはご存じです。帰路は、それほど度外れなことがなかったとはいえ、もっとずっと疲れるものでした。相変わらず、荒天と、凪《なぎ》と。
[……]
分別をちゃんとポケットに入れて帰ってきたつもりです。(20)

これが自分の不品行ゆえに企画された旅行であったことを十分に承知していたボードレールは、「必要な物に不自由することもしばしばでした」という一文を強調することで控え目に抗議の意思を表明しながらも、義父の期待に添って「分別をちゃんとポケットに入れて」帰ってきたことを忘れずに報告している。彼がパリに戻ったのはそれから一週間後の一八四二年二月二三日頃、ほぼ九か月ぶりの帰還であった。

その後のボードレールの生活については数ある伝記に譲るが、成年に達した彼が実父の遺産を相続して四月からサン＝ルイ島でひとり暮らしを始めたものの、相変わらずの放縦な生活と生来の浪費癖から借金がかさみ、その結果一八四四年一一月以降は財産が法定後見人の管理下に置かれ、彼自身は準禁治産者として生涯を送ることになったという大きな流れのみ確認しておこう。四五年六月には自殺未遂事件を起こしているが、このとき後見人のナルシス・アンセルに宛てて書かれた手紙には次のように記されていた。

私は自分を殺します——悩みなしに。——世の人々が悩みと呼ぶところのああした心の乱れを、一つとして覚えはしないのです。——私の借金は一度として悩みではありませんでした。こうした物事ほど、統御し易いものはありません。私は自分を殺します、もう生きることはできぬが故に、眠りこむことの大儀と目覚めることの大儀が、私にとって耐え難いが故に。——私は自分を殺します、私は他人たちにとって無用であり——かつ私自身にとって危険であるが故に。——私は自分を殺します、自らを不死と信ずるが故に、そして希望をもつが故に。[21]

この種の告白をどこまで本気で受け取るべきかは微妙な問題であるが、ともあれボードレールは自分が借金という形而下的な「悩み」chagrin ゆえに死ぬのではなく、毎日眠りと目覚めを繰り返すことの「大儀」fatigue ゆえに死ぬのであることを強調している。結局果たさなかったのだから狂言自殺ととられても仕方のない事件ではあったが、阿部良雄の指摘するように、これを「屈辱をいやが上にも屈辱的たらしめることを通じて、ブルジョワ社会の中で自分に帰属すべきであった正当な位置からの疎外を、受動的な差別から積極的な自己選別へと転化させることを目ざす行為であった[22]」と解釈することは十分に可能であるだろう。

嗅覚の想像力

ところでこの遺書めいた手紙には、自分の全財産をジャンヌ・ルメールという女性に遺贈してほしいという趣旨が繰り返し書かれていた。これがボードレールのミューズのひとりとして知られる無名の女優、ジャンヌ・デュヴァルのことであることはよく知られている。ボードレールは旅行から帰ってまもなく、一八四二年の四月から五月頃に彼女と知り合って関係をもつようになったらしい。ルメールは母親の姓、デュヴァルは祖母の姓で、ジャンヌ自身はドミニカのサント＝ドミンゴ生まれ、黒人の血が半分あるいは四分の一混ざった混血児である。祖母は奴隷貿易の根拠地であったナントで娼婦をしていたので、ここで黒人奴隷の血が入った可能性が高いといわれている。下町の劇場に「ベルト」という名前で出演していたが、ほんの端役程度で、女優といっても売れっ子には程遠い存在であった。ボードレールと同年の友人、エルネスト・プラロンの証言によれば、彼女は「黒人と白人の混血で、余り黒くなく、

ジャンヌ・デュヴァル

余り美人でもなく——髪は黒く、少し縮れ、胸はかなりぺちゃんこで——かなり背が高く、びっこを引いていました[23]」ということだが、詩人にとってはそのエキゾチックな容貌や身体の細部が、南洋旅行の記憶を喚起する創造の源泉になったものと思われる。

じっさい『悪の華』第二版には、彼女から想を得て書かれた一群の詩篇、俗に「ジャンヌ・デュヴァル詩群」と呼ばれる作品が十八篇収められている。その代表的な例として、まず「異国の香り」と題された十四行詩を全文引いておこう。

両の眼を閉じて、暑い秋の夕暮れに、
熱気のこもったおまえの乳房の匂いを吸い込むとき、
幸福な岸辺が広がるのが見える
単調な太陽の火に眩しく照らされて。

珍しい木々と味わい深い果実を
自然が恵む怠惰の島。
細身でたくましい体をした男たちと、

率直さで驚くばかりの目をした女たち。

おまえの匂いに導かれて魅惑の風土へと赴けば、
見えるのは帆や帆柱でいっぱいの港
海の波に揺られて今もなお疲れた風情

そのとき緑のタマリンド樹の香りが、
大気をめぐって私の鼻孔を満たし、
私の魂の中で水夫たちの歌と混じり合う。(24)

この作品が書かれた時期については、一八四〇年代前半、すなわち初期の作とするプラロンの証言がある一方、一八五〇年代半ば以降の作とする見方もあって一定しないが、書誌的な詮索はさしあたり措くとして、ここにボードレールの「南洋的想像力」とでもいったもののエッセンスが集約されていることは間違いがない。詩人はまず「両の眼を閉じて」現実の視覚を封印し、全神経を嗅覚に集中させる。すると「おまえの乳房の匂い」に誘発されて幻想の視覚が作動しはじめ、たちどころに「幸福な岸辺」が眼前に広がっていく。そこに立ち現れるのは「珍しい木々と味わい深い果実」のあふれる南洋の島、ヨーロッパ人とは異なる風貌をした男女たちが行き交う「怠惰の島」の港の風景だ。長旅に疲れた船たちが帆を休めるその港で、詩人はあたりに漂う「緑のタマリンド樹の香り」を胸いっぱいに吸い込む。この樹木がすでに、植民地の女から想を得たと思われる二つの詩篇(「ある植民地生まれの女に」と「あるマラバール生まれの女に」）の両方に登場していたことを思い出そう。こうして混血女の乳房からたちのぼる匂いから南国の植物が発散する香りへと受け渡される嗅覚的イメージの連鎖によって、詩人はパリにいながらにして熱帯地方の濃密な空気を呼吸するのである。これはまさに、身体感覚による異郷への旅を言葉によって定着した典型的な例といっていいだろう。

匂いにまつわる想像力のうねるような運動は、続く「髪」と題する有名な詩篇にも受け継がれている。「異国の香り」では女の乳房が南国の風土を喚起する契機となっていたが、ここでその役割を果たすのは女の髪から馥郁とたちのぼる「物憂さをたたえた香り」である。第二連の五行を引いてみよう。

けだるさに沈むアジアと焼けつくばかりのアフリカ、
遥かな、不在の、ほとんど死んだ世界がそっくりひとつ、
おまえの深みの内に生きているのだ、芳香を放つ森よ！
ほかの人々の精神が音楽の上を漕ぎ進むように、
私の精神は、おお恋人よ！　おまえの香りの上を泳いでいく。(25)

第一連にはこの詩の背景を示すと思われる「ほの暗い閨房」という言葉が見られるが、そんな閉ざされた隠微な場所で「芳香を放つ森」、すなわち女の髪に顔を埋めているのであろう詩人は、その匂いを吸い込みながら、今ここにはない不在の世界、ヨーロッパからは遠く離れたアジアやアフリカの風土を夢想する。ほかの人々の旅が「音楽の上を漕ぎ進む」聴覚の旅であるとするならば、彼の旅は「おまえの香りの上を泳いでいく」嗅覚の旅である。狭い部屋の中で営まれる密やかな性の仕草から、一気にひ

とつの広大な世界全体を現前させてみせるボードレールの詩的技巧の冴えはみごとというほかない。

　この後、第三連では「私は彼処《かしこ》へ行こう、精気に満ちた樹木も人間も、／気候の炎熱の下で延々と昏睡するあそこへ」と、熱帯地方への旅立ちの願望が歌われ、女の髪にたいして「私を運び去る波のうねりとなれ！」という祈願の呼びかけが発される。こうして設定された髪＝海というメタファーにのっとって、詩人は船の帆や帆柱の並ぶ港をそこに幻視するのだが、これが先に見た「異国の香り」の第三連と呼応するイメージであることは言うまでもない。しかも「髪」の第四連は「響きにあふれる港で、私の魂はたっぷりと、／香りと、音と、色を飲むことができる」という二行で始まっており、今や嗅覚だけでなく、聴覚や視覚、さらには味覚までもが動員されて陶酔の時を謳いあげている。続く第五連には「横揺れに愛撫される私の繊細な精神」（強調引用者）という表現が登場し、触覚もこの運動に巻き込まれていくだろう。「異国の香り」があくまでも嗅覚的想像力に主軸を置いていたのにたいし、ここでは波動が広がるようにそれが他の諸感覚へと順次波及して、五感の全面的な照応《コレスポンダンス》を繰り広げている。

　同じ第五連では女の髪が「もうひとつの大洋が閉じ込められているこの黒い大洋」と呼ばれているが、第六連ではそこに漂う香りが「椰子油と、麝香と、瀝青の入り混じった匂い」と記されており、「もうひとつの大洋」が明らかに南国の海、より具体的にはボードレールが若き日に航海した経験をもつインド洋を指していることを示唆している。ジャンヌ・デュヴァルは先述したようにカリブ海のドミニカ生まれとされているが、そうした地理的なずれは承知の上で、ここでは彼女の出自が南洋旅行の記憶を喚起する詩的意匠として利用されていると言ってもいい。そして最後の第七連では「私の手」が女の髪の中に宝石をまき散らすというユニークなモチーフが提示され、この幻想の大洋に豪奢な修辞的装飾を施すのである。

よく知られているように、この詩篇にはほぼ同じ内容を歌った散文詩が対応している。『パリの憂愁』という通称で知られる『小散文詩集』の一篇、「髪の中の半球」がそれであるが、両者の比較はすでに多くの論者がおこなっているので、ここで繰り返すつもりはない。ただ一点だけ注目しておきたいのは、この散文詩に「おまえの髪の燃えさかる暖炉の中で、私は阿片と砂糖に混じった煙草の匂いを呼吸する」(26)という、韻文詩には見られない内容の一文が現れていることだ。ボードレールとは切っても切れない阿片はもとより、砂糖も煙草も東南アジアやインドが原産地ないし主要な産地であるから、これら一連の語彙はインド洋地域、さらにはインド以東のアジアの空気を明確に漂わせる嗅覚的イメージであるといえよう。こうして詩人は、東方貿易によってヨーロッパにもたらされた産物名を文中に散りばめることによって、韻文詩よりも一層濃厚なエキゾチスムの薫香をテクストに焚きこめているのである。

二つの「旅への誘い」

ボードレールが同じ主題を韻文詩と散文詩の両方で扱ったもうひとつの例に、「旅への誘い」がある。ただし「髪」と「髪の中の半球」が構成の点でも表現の点でもかなり緊密な対応関係を示しているのにたいして、こちらは同じタイトルを冠されているにもかかわらず、内容的な類似はそれほど顕著ではない。

今さら引くまでもない有名な書き出しであるが、「両世界評論」の一八五五年六月一日号に発表された韻文詩の冒頭を掲げておこう。

わが子よ、わが妹よ、

その甘美さを思ってみたまえ
彼処《かしこ》に行って一緒に暮らすことの！
心ゆくまで愛し、
愛して死ぬのだ
おまえに似たあの国で！(27)

ここで「わが子」「わが妹」と呼びかけられている相手は、これまでの作品のようにジャンヌ・デュヴァルではなく、一八四七年頃から関係が始まっていた別の女優、マリー・ドーブランであるというのが定説になっている。混血のジャンヌは「黒いヴィーナス」と呼ばれていたが、マリーのほうは金髪で緑色の目をした白人の美女であった。ボードレールはこの詩が発表される前年の一八五四年一二月四日付で母親に宛てた手紙の中で、「僕は内縁関係に戻るでしょうし、一月九日になってルメール嬢のところに落ち着いていないならば、別の女のところにいるでしょう(28)」と書いているが、「ルメール嬢」とは先に見た通りジャンヌ・デュヴァルのことであり、「別の女」なるものがマリー・ドーブランのこととされている。

こうした対象の変化が関係しているのかどうか、詩人が彼女を誘う旅の行先は、もはやこれまでのように南国の島ではない。それはまず曖昧に「彼処《かしこ》」と呼ばれ、次いで「おまえに似たあの国」と言い直されるのだが、第三連に「運河」への言及が見られることから、おそらくオランダのことであろうと推定される。そう思って読んでみれば、確かに第二連の「光沢のある家具が、／歳月に磨き抜かれて、／私たちの部屋を飾ることだろう」という部分が一七世紀オランダ派の室内画を思わせるというジャン・

プレヴォーの説[29]も、かなりの説得力をもつであろう。また、女の身体と異郷を重ね合わせるという発想は「異国の香り」や「髪」にも見られたものであるが、ここで呼びかけられているのが白人女性のマリー・ドーブランであるとするならば、「おまえに似たあの国」がアジアではなくヨーロッパの内部に求められていることも納得がいく。

確かに南洋の島々やインドに比べれば、オランダというのは余りにも近い「異郷」ではある。だが、ボードレールは晩年の一八六四年にベルギーを訪れはするものの[30]、その先に足を踏み入れることは結局なかった。地理的な距離は近くても、一度も行ったことがないという意味ではインドと同じことであり、彼の想像力の中でこの国はあくまでも遠い国、文字通りの「彼処《かしこ》」であったのだろう。それに加えて、オランダが一七世紀初頭に東インド会社を設立し、古くから東方貿易の拠点として活動してきたことも、この選択に与っているにちがいない。第二連には「オリエント風の壮麗さ」という言葉が見えるが、この国はヨーロッパの中にあって、最も濃密にアジア（南アジアや東南アジア、さらには東アジア）の気配を漂わせる土地でもあった。ボードレールの想像力は絵画に描かれたオランダの風物を通して、自分がついに見ることのなかった東洋の風景を透視していたのである。

そしてもう一点、この詩で特徴的なのは、「旅への誘い」というタイトルが予想させるところに反して、ここで表明されているのがじつは放浪への誘惑ではなく、むしろ定住への願望であるということだ。詩人が相手に訴えているのは、二人で未知の土地をさまようことの心浮き立つ高揚感ではなく、「彼処《かしこ》に行って一緒に生きることの甘美さ」なのであり、そこに住みついて死ぬまで愛し合う喜び、そしてそこから得られるであろう魂の平安なのである。各連の終わりで三度にわたって繰り返される「彼処《かしこ》では、すべてがただ秩序と美、／贅沢、静謐、そして快楽」というフレーズにも、そうした豊潤で穏健な生活への志向が現れている。確かに運河に浮かぶ船たちは「放浪の気質」を秘めているのだが、それらは「おまえのどんなささやかな望みでも満たすべく／世界の果てからやってくる」のであり、今は旅立つことも忘れて水の上で静かな眠りに沈んでいる。そして野原や運河や都会の隅々を照らし出す落日のもと、「世界は眠りこむ／暖かい陽光の中で」。

どちらかといえば『悪の華』というタイトル通りに暗い情念に塗り込められた作品が支配的なこの詩集にあって、ひときわ異彩を放っているともいえるこうした安寧と慰藉への欲求は、先に見た母親宛の手紙の続きに「僕には是が非でも一つの家庭が必要です」と書かれていたことと呼応しているようにも思われる。この詩を書いた時期のボードレールはおそらく、安定した環境のもとで、金銭的な心配をすることなく仕事に集中したいと本気で願っていたのではあるまいか。

いっぽう散文詩のほうは韻文詩よりも後から書かれたと推定されており、発表時期も二年後の一八五七年である。そこで詩人が昔からの恋人とともに訪れたいと夢見ているのは「宝の国」、「われらの北方の霧に溺れた特異な国」であり、それは「西欧のオリエントとも、ヨーロッパの中国とも呼べるであろう」(31)と説明されている。これらの言葉が、韻文詩よりも一層明示的にオランダを指し示していることは言うまでもあるまい。少し後には「西欧の中国」という言い方も現れて、一連の比喩を補強している。こうしたたぐいの表現はディドロやルイ・ヴイヨ、シャンフルーリなどにも見られることがすでに指摘されているので(32)、ボードレールの独創というわけではなく、当時では一種の定型表現に近いものであったようだが、いずれにせよ彼にとってこの国は、東方への夢想を最も自在にはばたかせることのできる場として表象されていたのである。

このことは、さらに後に出てくる「スマトラの思い出香」という風変わりな香りへの言及によっても

アムステルダム風景

確認される。原語で«revenez-y»(文字通りには「そこに戻りたまえ」の意で、忘れがたい味や記憶を意味する)という香水が実在するかどうかは不明だが、オランダは一七世紀以来インドネシアの植民地化を進め、一九世紀前半には二度にわたる暴動を鎮圧してその覇権を確立していたので、この文脈で「スマトラ」という固有名詞が喚起されるのは歴史的背景から見てもきわめて自然なことであった。

そして散文詩においてもやはり、「彼処《かしこ》」は一時的に通過されるべき土地ではなく、「行って生きるべきところ」、かつ「行って死ぬべきところ」として描かれている。「旅への誘い」とは結局のところ、一緒に生きると同時に一緒に死ぬことへの誘いなのだ。西洋と東洋が一致するこの類まれな国においては、生と死もまた究極的に一致するのであって、あらゆる反対物が統合されるこの弁証法的な構図は、必然的に「無限」とか「永遠」といった観念を招き寄せる。「そう、まさに彼処《かしこ》に行って呼吸し、夢を見、諸感覚の無限によって時間を引き延ばさなければならない」。

韻文詩では「世にも珍しい花々」とだけ歌われていた花のモチーフは、散文詩ではより具体的に「私の黒いチューリップと私の青いダリア」（強調原文）へと展開されている。いずれも実在しない色彩の花であるが、それらが「行って生き、花咲くべきところ」もまた「いとも静謐でいとも夢想的な、あの美しい国」ではないかと、詩人は言う。じっさい、不可能な花が咲き誇る場所、ありえないことが当たり前のように実現される奇跡の土地、それを人はまさしく「異郷」と呼んできたのではなかったか？

だが、そうした空間がやはり想像の中にしか宿りえないことを、詩人は十分に承知してもいる。「夢！　いつも夢！　そして魂が野心的で繊細であればあるほど、夢は可能なものからそれを遠ざける」。こうして甘美な空想から覚醒してみれば、今ここにある「宝の国」の風景も、じつは夢見られた部屋を飾る油絵の数々と同じく、詩人が言葉で描いた一幅の絵にほかならないことが実感される。だから彼が恋人の女を誘う旅とは、結局のところ自らの手になるこの絵の中への旅、その画面に入り込むための旅なのである。もちろん、その旅が実現できるかどうかはわからない。「私の精神が描いたこの絵画、おまえによく似たこの絵画の中に、私たちはいつか生きることがあるのだろうか、いつか入っていくことがあるのだろうか？」

散文詩の最後の数行は次の通りだ。

> おまえはそれらの船を、〈無限〉である海のほうへと穏やかに導いてゆく、空の深みをおまえの

美しい魂の澄明さに映しながら。そして、船たちが波のうねりに疲れ、オリエントの産物をいっぱいに積んで故郷の港に戻ってくるとき、それはまた、豊かになって〈無限〉からおまえの方へと戻ってくる私の思いなのだ。(33)

「おまえ」に導かれて港を出ていく船に自らを重ね合わせる詩人は、想像の中で無限の海を航海し、東方の国々を訪れ、「オリエントの産物」で豊かになって恋人のもとへ帰ってくる。しかしそれもまた、一枚の絵の中で展開されるひとつの物語にすぎない。結局のところボードレールにとって、旅とは実践されるべきものではなく、あくまでも言葉を介して夢想されるべきものだったのである。

欲望としての旅

『悪の華』（第二版）の掉尾を飾るのは、まさに「旅」と題する詩篇である。八部構成、全百四十七行に及ぶこの作品は、詩集の中でも最長の一篇であり、旅の主題をめぐるボードレールの思考を凝縮しているように思われるので、ここで若干の検討を加えてみたい。

本篇は先に見た「あほう鳥」とともに、はじめは一八五九年二月にオンフルールでゲラ刷りされて知人数人に配られ、この時点から冒頭にマクシム・デュ・カンへの献辞が添えられていた。二人の関係についてここで立ち入るつもりはないが、フローベールの親友として知られるこの文学者が並外れた旅行家でもあったことが、この献辞の選択にあたってひとつの動機となったであろうことは記憶にとどめておこう。(34)

そこでまずは、書き出しの一節――

地図と版画が大好きな子供にとって、
宇宙はその広大な食欲と同じ大きさだ。
ああ！　ランプの明かりで見る世界はなんと大きいことか！
思い出の目で見ると、世界はなんと小さいことか！(35)

これから旅することを夢見ながらランプの下で地図や版画を眺める子供にとって、世界はほとんど無限の広がりをもっている。いっぽうすでに旅した土地の記憶をたぐり寄せる大人にとって、世界はいかにも有限で小さい。献辞の対象となっているマクシム・デュ・カンに比べれば旅行経験の遥かに乏しいボードレールではあったが、それでも踏破した物理的な距離とは無関係に、さまざまな土地を歩けば歩くほど世界が加速度的に収縮していくことを感覚的に理解していたのであろう。
しかしともあれ旅は始まる。

ある朝私たちは出発する、脳髄には炎をたぎらし、
心には恨みと苦い欲望をいっぱいに抱えて。
そして私たちは行く、波の律動に従って、
私たちの無限を海の有限の上で揺《ゆ》りながら。(36)

第四行目の「無限」と「有限」の転倒は見逃しようがあるまい。通常は無限の観念に結びつけられる

はずの海がここでは有限とされており、本来ならば有限な存在であるはずの「私たち」＝人間に無限が属している。散文詩の「旅への誘い」では通念に従って「〈無限〉である海」という言い方がされていたことを思えば、これは明らかに一種の修辞的逸脱というべきだろう。けれどもすでに「地図と版画が大好きな子供」ではないボードレールは、このとき「思い出の目」で世界を見ているのであり、いくら広いとはいってもしょせんは物理的な限界をもつ海はやはり有限であること、そして無限なものがありうるとすれば、それはむしろ波の上を進む私たちの欲望であることを認識している。

旅立ちの動機は、人によってむろん一様ではない。しかしいくつかの例を列挙した後、「本当の旅人とは出発するために出発する人々のみ」（第一部第五連）と、詩人は言う。明確な目的地をもたず、はっきりとした理由もないままに、ただ闇雲な衝動に突き動かされて今ある場所から別の場所へと移動する人々、「なぜかは知らず、いつも〈さあ行こう！〉と言う」（同）旅人たち。それは「欲望が雲の形をしている人々」（同第六連）、すなわち不定形の、常に変化する欲望を抱えた人々であり、その足が一箇所にとどまることはけっしてない。「目標は移動し、／どこにもないがゆえに、どこにでもありうる！」（第二部第二連）。

「どこにもないがゆえに、どこにでもありうる」場所、それを人は「ユートピア」と呼んできた。詩人はこの単語を直接口にすることはないが、別のさまざまな語彙でこれを名指そうとする。すなわち「イカリア」[37]、「幻想の国々」、「輝かしい楽園」等々。ボードレールはこの詩が書かれる前年の一八五八年九月、雑誌「同時代評論」に発表した「ハシッシュの詩」の中で空想的社会主義者シャルル・フーリエの名前に言及していたが[38]、このことは彼が当時、ユートピア思想に一定の関心を寄せていたことを示している。ただしその関心は理想協同体の建設といった実践的側面よりも、もっぱら「狂宴を立ち上げる想像力」のほうに差し向けられていた。この想像力の働きによって、「旅」はその具体的な目的地や路程を捨象され、どこにもない場所を求めてさまよう純粋な欲望へと精錬されていく。「私たちは蒸気も帆もなしに旅をしたいのだ」（第三部第二連）。動力をもたない船に乗って大海に漂うこと、自らの意志でどこかに向かうのではなく、波のうねりに身を任せてただ「出発するために出発する」こと、それが詩人の夢見る「旅」の姿である。

ここで詩人は過去の「驚くべき旅人たち」に呼びかけ、「あなた方の豊かな記憶の手箱を私たちに開いてみせたまえ」（同第一連）、「あなた方は何を見たのか？」（同第三連）と問いかける。第四部は全体がこの問いにたいする答えになっているのだが、そこではまず彼らが見たものが次々と列挙され（星、波、砂、紫の海にのぼる太陽の光輝、入り陽を浴びた都市の光輝、この上なく豪奢な都市、この上なく壮大な風景……）、それらも結局は偶然の生み出す風景の神秘的な魅惑を有してはいなかったと告白される。それがいかに壮麗な光景であれ、新奇な風物であれ、ユートピアを求める本当の旅人にとって、目に映る具体的な対象はしょせん「有限」の裡に封じ込められた事物にすぎず、自分を駆り立てる「無限」への渇望を満たしうるものではないからだ。だからここで「欲望」という語彙が反復されているのは偶然ではない。「そして常に欲望が私たちを不安にさせるのだった」（第四部第三連）、「享楽は欲望にさらなる力を与える」（同第四連）、「欲望よ、快楽が肥料となる古い樹木よ」（同）[39]。

「糸杉よりも根強い」（同第五連）、つまり死をも越えて長く持続するこの欲望は、快楽を吸収しながら成長を続け、肥大する。しかし「そしてそれから、それから？」（第五部）となおも問い続ける詩人にたいする過去の旅人たちの答えは、結局のところ「絶えることのない罪の退屈な光景」（第六部第一連）に帰着する。女も男も、死刑執行人も殉教者も、専制君主も民衆も、みな自己愛や強欲、残忍さや惰弱さ、権力や隷属に支配される愚民どもであり、愚かさのまだ少ない者たちでさえ、「限りのない阿片のうちへと逃げ込んでいく」（同第六連）ありさまだ。

こうした告白を聞いた詩人は、第七部の冒頭で次のように慨嘆する。

なんとも苦い知識だ、旅から引き出される知識とは！
世界は、単調にして矮小で、今日も、
昨日も、明日も、常に、私たちに私たちの似姿《イマージュ》を見せてくれる。
倦怠の砂漠の中の、おぞましいオアシス！(40)

「単調にして矮小」な世界をいくら遠くまで旅してみても、それは有限な人間の似姿《イマージュ》を映し出すばかりで、ついに希求された無限へと突き抜けることはない。この苦渋に満ちた認識に達した詩人は、「出発すべきか？　とどまるべきか？」と自問し、「とどまれるならとどまるがいい」、「そうしなければならぬなら出発せよ」（第七部第二連）と、文字通りにアンビヴァレントな自答をするしかないのだが、それでも最終的には「時間を殺す＝暇をつぶす」ために「闇の国の海へ船出しよう」（同第五連）と決意する。「おお、〈死〉よ、老船長よ、時は来た！　錨をあげよう！」（第八部第一連）。そして最後はなお躊躇する自分を鼓舞するかのように、こう結ぶのだ。

おまえの毒を私たちに注いでくれ、私たちを力づけるために！
この火が脳髄をかくも激しく燃やすのだから、私たちは望むのだ、深淵の底へ飛び込むことを、地獄でも天国でもいいではないか？
〈未知〉なるものの奥へと、新しきものを見出すために！[41]

ここに至って、ボードレールの旅は水平方向の移動であることをやめ、完全に垂直方向の運動へと変換されている。〈死〉から注がれる熱い毒を全身に浴びた詩人にとって、もはや船に乗り込んで海を渡り、陸に降り立って異国の風物や習慣を見て回ることは問題ではない。彼にとっての旅とは、上昇であれ下降であれ、蛮勇をふるって「〈未知〉なるもの」へと向かう精神の無謀な冒険であり、生命を賭して「新しきもの」の発見をめざす「死の跳躍」なのである。

絶対的な「彼処《かしこ》」

右の韻文詩ほどの劇的な構図は見られないまでも、目的地への到着を前提としない旅、ただ今ある場所から離れることだけをめざして開始され、そのままひたすら継続される旅というモチーフは、散文詩においても確認することができる。たとえば「早くも！」と題する作品は洋上が舞台になっていて、船客の大半は長く続く船旅に倦み疲れ、一刻も早く陸地に降り立ちたいと願っているのだが、そんな中にあってひとり「私」だけはその思いを共有できないという設定になっている。だからついに陸地が見えたとの知らせに一同が沸き立っているときも、むしろ海から離れなければならない悲しみのほうが遥かに大きいことを感じて詠嘆せずにはいられない。彼にとって陸という目的地に到達することは、単に旅の終わりを意味するだけではなく、生の根拠そのものを奪われるにも等しい苦痛なのであった。

私だけは悲しかった、想像できないほどに悲しかった。礼拝の対象たる神を奪われた司祭さながら、私は悲痛な苦々しさなしには、これほどにも怪物じみて誘惑的な海から離れることができなかったのだ。驚くばかりに単純でありながらこれほどにも無限に多様な海、かつて生きた、今も生きている、そしてこれからも生きるであろうすべての魂たちのさまざまな気分、苦悶、恍惚を自らの内に抱え持ち、それらを自らの戯れと、身振りと、怒りと、微笑みによって表現しているかに見えるこの海から！

この比類なき美女に訣れを告げながら、私は死ぬほど打ちのめされるのを感じていた。だからこそ、道連れの船客たちの誰もが「ようやく！」と言っているとき、私はこう叫ぶしかなかったのだ。「早くも！」(42)

こうした無償の旅への志向は、「世界ノ外ナラドコニデモ（ANY WHERE OUT OF THE WORLD）」という英語のタイトル(43)をもつ散文詩にも見ることができる。この詩の話者は、「この生は病人がみなそれぞれにベッドを替えたいという欲望に取り憑かれているひとつの病院である」と語り出す(44)。誰もが病に冒されていて、今自分のいる場所に安らぐことができず、ほかの場所に行きさえすれば具合がよくなるだろうと考えている。ではどこに新しいベッドを求めればいいのか？　話者は次々と色々な場所を自分自身に提示してみせる。「リスボンに住んでみてはどうか？　あそこは暖かく、おまえはトカゲのように元気よくなることだろうから」「おまえは動くものを見ながら休むのが好きなのだから、オランダに住んでみたくはないか、至福で包んでくれるあの土地に？」「バタヴィアのほうがたぶんもっと気に入るかな？　だいいちあそこではヨーロッパ精神が熱帯の美と結びついているのが見られるだろうし」、等々。

これらの土地のどれひとつとして、ボードレールが実際に足を踏み入れたことはないことを私たちは知っている。最初に提案されるリスボンは、聞くところによれば大理石でできた街で、住民は植物をひどく嫌っているので樹木をみんな引き抜いてしまっているというのだが、これはもちろん事実ではない。ただしいっさいの植物を追放して「光と鉱物と、それらを映すための液体から成る風景」を現出させたいという欲求は、韻文詩の「パリの夢」にも見られるイメージなので(45)、詩人にとってはそれが安楽な生活をもたらす都市のあるべき姿として思い描かれていたのだろう。

二番目に提示されるオランダについては、すでに韻文と散文の「旅への誘い」において随所に暗示的な言及が見られることを確認したところである。この詩では「おまえが美術館でしばしばそのイメージを嘆賞してきたこの国」という言い方がされており、詩人の表象がもっぱら風景画を通して形成されたものであることを裏打ちしている。さらにここには「帆柱の森や、家々の足もとに繋がれた船が好きなおまえ」という表現が見られるが――先の引用で「動くものを見ながら休む」と言われていたのは、行き交う船を眺めながら漫然と時間を過ごすことを指すのであろう――、これに因んでロッテルダムという具体的な都市名までが挙げられており、この国への関心の強さが格別のものであることを示している。

三番目のバタヴィア、すなわちジャカルタは、オランダからの連想で自然に出てくる名前だが、インドにさえたどり着くことなく帰国したボードレールにとっては、もちろん遥かな異国の都市である。その植民地としての特性は、「ヨーロッパ精神が熱帯の美と結びついている」という一節に過不足なく集約されている。

だが、これらの相次ぐ提案にたいして、「私の魂」はひとことも答えようとしない。そこでもうひとりの「私」は、さらに次のような可能性を示してみせる。

「するとおまえは、自分の病の中でしか安心していられぬほどの麻痺状態に達してしまったのか？　そうであるなら、〈死〉の類似物である国々へと逃亡しようではないか。――準備は引き受けたぞ、あわれな魂よ！　トルネオに旅立とう。さらにもっと遠くへ、バルト海の最果てまで行こう。できることなら、さらに生のもっと遠くへ行こう。極地に身を落ちつけようではないか(46)」

トルネオ（トルニオ）は北欧スカンジナビア半島の付け根、ボスニア湾の最深部に位置する港湾都市で、それ自体が「バルト海の最果て」にあたる場所であるから、まさに「〈死〉の類似物である国々」を代表するにふさわしい固有名詞といえる。リスボンという南欧の都市へ、あるいはオランダを通してバタヴィアという東南アジアの都市へ向けて誘導されていた詩人の魂は、こうして陽光の降り注ぐ生の徴候に満ちた南方から一転して北方へ、「太陽が大地を斜めにしかかすめず、光と夜の緩慢な入れ替わりが変化を抹殺し、虚無の半分であるあの単調さを増大させる」寒冷の地へと方向転換されるのである。

けれども旅の目的地としてあらゆる可能性を――死のトポスまでも含めて――提示されながら、詩人が最後に発する答えは結局、「どこでもいい！　どこでもいい！　この世界の外であるならば！」というものであった。これはボードレールにとっての最終的な「異郷」が、バタヴィアでもトルネオでもなく、ましてやリスボンやオランダでもなく、さらにいえば若年の日に一度はそこへ向けて旅立ったことのあるインドでもなく、相対的な距離の遠さによっては定義しきれないほどの彼方、すなわちおそらくは彼の脳髄に穿たれた深淵の奥底にしか見出すことのできない絶対的な「彼処《かしこ》」であることを示す言葉であるだろう。
周知のことだが、最晩年のボードレールは青年時代に患った梅毒症状が悪化して滞在先のベルギーで倒れ、半身不随になったばかりでなく、失語症にも陥った。その後、身体機能は一時的に回復するが、言語機能のほうはほとんど戻る様子を見せない。そして一八六七年八月三一日、当時としてもけっして長いとはいえない四十六歳の生涯を閉じた。彼はまさに「この世界の外」に旅立つことで、その波瀾に富んだ旅を完結させたのである。

注

（1）以下の記述にあたっては、Baudelaire, *Œuvres complètes*, texte établi, présenté et annoté par Claude Pichois, Gallimard, Bibliothèque de la Pléiade, tome 1, 1975 の «Chronologie» および、阿部良雄訳『ボードレール全集Ⅵ』（筑摩書房、一九九三）に収められた杉本紀子編の「年譜」（七一九—七七四頁）を随時参照した。なお、阿部良雄個人訳の全集については以下、初出を除いて単に『全集Ⅰ』、『全集Ⅱ』のように記す。
（2）この義兄はのちに弁護士、さらに判事となり、一八二九年に結婚している。
（3）Baudelaire, «Mon cœur mis à nu», *Œuvres complètes*, tome 1, *op. cit.*, p. 680.（『全集Ⅵ』、四六頁）
（4）*Ibid.*, p. 703.（同、七五頁）
（5）Baudelaire, *Correspondance*, texte établi, présenté et annoté par Claude Pichois avec la collaboration de Jean Ziegler, Gallimard, Bibliothèque de la Pléiade, tome 1, p. 64.（同、一五五—一五六頁。送り仮名を一部変更）
（6）*Ibid.*, p. 69.（同、一五九頁）
（7）この頃、ボードレールはあちこちから多額の借金をしており、また放蕩がたたって淋病を患ったりしていたらしい。
（8）«Lettre du Capitaine Saure au Général Aupick», Eugène Crépet, *Charles Baudelaire*, Léon Vanier, Éditeur, 1906; Genève, Slatkine Reprints, 1980, pp. 221-226. この手紙ははじめ、「メルキュール・ド・フランス」の一九〇五年一月一五日号に「ボードレールに関する資料」として掲載された。このときの差出人名はソール Saure となっており、クレペの

伝記でもこれが踏襲されているが、実際の船長の名前はサリズ Saliz が正しい。また、ボードレールの名前は Baudelaire と誤って綴られている。
(9) *Ibid.*, pp. 221-222.
(10) *Ibid.*, p. 223.
(11) Baudelaire, *Correspondance*, tome 1, *op. cit.*, pp. 89-90.(『全集Ⅵ』、一六九頁)
(12) このときは「ボードレール・デュファイス」(デュファイスは母親の旧姓)という署名があり、これが本名で発表された最初の作品であった。
(13) これらの異同については、『ボードレール全集Ⅰ』、筑摩書房、一九八三、五三四―五三五頁の注を参照のこと。
(14) Baudelaire, *Correspondance*, tome 1, *op. cit.*, pp. 89-90. ボードレールの詩作品については何種類もの邦訳が存在するが、本書ではすべて拙訳による。
(15) Baudelaire, *Œuvres complètes*, tome 1, *op. cit.*, p. 173.
(16) 『全集Ⅰ』、六三一頁。
(17) «Lettre du Capitaine Saure au Général Aupick», Eugène Crépet, *Charles Baudelaire*, *op. cit.*, p. 225.
(18) この詩は『悪の華』初版には収録されていないので、制作時期はこれが「旅」という別の詩と一緒に初めてオンフルールで印刷された一八五九年二月頃であるという説もあり、確かなところはわからない。
(19) Baudelaire, *Œuvres complètes*, tome 1, *op. cit.*, p. 9.
(20) Baudelaire, *Correspondance*, tome 1, *op. cit.*, p. 90.(『全集Ⅵ』、一六九頁、強調原文、ただし表記を一部変更)二月一六日付の手紙に「昨夜着いた」とあるので、これに従えばボルドー到着は一五日ということになるが、実際は一六日であった。
(21) *Ibid.*, pp. 124-125.(『全集Ⅵ』、一八四頁、強調原文)
(22) 阿部良雄『シャルル・ボードレール【現代性《モデルニテ》の成立】』、河出書房新社、一九九五、一二〇頁。
(23) 「エルネスト・プラロンの手紙」、岡田良平訳、『全集Ⅰ』、七〇二頁。なお「余り美人でもなく」という部分については、むしろ野性的な美人であったという証言もいくつか残されているので、あくまでも証言者の主観的判断にすぎないと考えておくべきだろう。

(24) Baudelaire, *Œuvres complètes*, tome 1, *op. cit.*, pp. 25–26.
(25) *Ibid.*, p. 26.
(26) *Ibid.*, p. 301.
(27) *Ibid.*, p. 53.
(28) Baudelaire, *Correspondance*, tome 1, *op. cit.*, p. 302.（『全集Ⅵ』、二六六頁、強調原文）
(29) Jean Prévost, *Baudelaire. Essai sur l'inspiration et la création poétiques*, Gallimard, 1953, pp. 228–229.
(30) このベルギー旅行は悲惨なもので、ボードレールは『哀れなベルギー』であらん限りの悪口雑言を尽くしている。
(31) Baudelaire, *Œuvres complètes*, tome 1, *op. cit.*, p. 301.
(32) 『ボードレール全集Ⅳ』、筑摩書房、一九八七、四六六頁参照。
(33) Baudelaire, *Œuvres complètes*, tome 1, *op. cit.*, p. 303.
(34) マクシム・デュ・カン（一八二二―九四）はボードレールより一歳年少で、彼と同じルイ大王中学校に学ぶが、途中で放校処分となってサン＝ルイ中学校に転校するなど、よく似た経歴をもっている。一八四三年にボードレールと同い歳のフローベールと知り合い、すぐに親友となった。二十二歳のときに中近東旅行に出かけ、イタリアやアルジェリアにも足を伸ばしたのを皮切りに、一八四九年から五一年にかけてはフローベールとともにエジプトやトルコ、ギリシアを回るなど、作家としての実績よりも、どちらかといえば精力的な旅行家としての側面が目立つ。一八八〇年にはアカデミー・フランセーズの会員に選出されている。彼の生涯については、蓮實重彥の浩瀚な『凡庸な芸術家の肖像　マクシム・デュ・カン論』（青土社、一九八八）の巻末年譜を参照した。また、彼とボードレールの関係に関しては、Baudelaire, *Œuvres complètes*, tome 1, *op. cit.*, pp. 1096–1098 および『全集Ⅰ』、六一一―六一二頁に詳細な解説がある。
(35) Baudelaire, *Œuvres complètes*, tome 1, *op. cit.*, p. 129.
(36) *Ibid.*
(37) 「イカリア」はエーゲ海に実在する島であるが、ここでは空想的社会主義者の系譜に連なるエチエンヌ・カベが『イカリアへの旅』（一八四〇）で描いた理想郷を指す。
(38) ハシッシュを飲用することで得られる幻覚効果について述べた文章で、ボードレールは「そこではまず最初に行き当る物象《オブジェ》が、雄弁な象徴となるのだ。フーリエとスヴェーデンボリが、前者はその類縁関係をもって、後者はその照応をもって、あなたの視線に触れる植物や動物の中に化身してしまったのであり、声によって教える代りに彼らは、形態《フォルム》により色彩によってあなたを教化する」と、スヴェーデンボリと並べてフーリエの名前を挙げている。Baudelaire, «Le Poème du hachisch», *Paradis artificiel*, *Œuvres complètes*, tome I, *op. cit.*, p. 430.（『ボードレール全集Ⅴ』、筑摩書房、一九八九、六七頁、強調原文）なお、フーリエとボードレールについては拙著『科学から空想へ――よみがえるフーリエ』（藤原書店、二〇〇九）の二三四―二三六頁も参照されたい。

（39）フランス語で「糸杉」cyprès という言葉はしばしば「死」の象徴として用いられる。

（40）Baudelaire, *Œuvres complètes*, tome 1, *op. cit.*, p. 133.

（41）*Ibid.*, p. 134.

（42）*Ibid.*, p. 338.

（43）この英語タイトルはボードレールの発明ではなく、彼自身が訳した英国詩人、トマス・フッドの「嘆きの橋」から取られたものである。ANY WHERE はもちろん ANYWHERE と一語で綴るのが正しい。

（44）Baudelaire, *Œuvres complètes*, tome 1, *op. cit.*, p. 356. 生を病院に見立ててベッドを替えるという発想にも、いくつかの源泉がある。『全集Ⅳ』、四九一頁参照。

（45）そこでは詩人が「これらの光景から／不規則な植物を一掃し」、「己が才能を誇る画家となって／自分の絵の中で味わうのだった／金属と大理石と水の／酔わせるような単調さを」と歌われている（Baudelaire, *Œuvres complètes*, tome 1, *op. cit.*, p. 101）。

（46）*Ibid.*, p. 357.

［第6章］

異教徒の血

——ランボーとエチオピア

Arthur Rimbaud

放浪する少年

ベルギーとの国境に近いフランス・アルデンヌ地方の小都市、シャルルヴィルでアルチュール・ランボー（一八五四―九一）が生を享けたとき、シャトーブリアンは鬼籍に入ってすでに六年になり、六十四歳になるラマルチーヌは世間から忘れられて寂しい老後生活を送っていた。四十三歳になるゴーチエはドイツ旅行を終えて旺盛な執筆活動を続けていたが、彼の親友ネルヴァルは数か月後に四十六歳でこの世を去ることになる。ボードレールと比べても親子ほど歳の違うランボー（二人の年齢差は三十三歳）は、こうしてみると明らかにこれまでとりあげてきた作家たちとは別の世代に属しているのだが、驚異というほかないその文学的早熟ゆえに、彼はおそらく、精神的には先行する作家たちからそれほど隔たっていたわけではなかった。しかも彼は生来の放浪癖の持主であり、旅行経験の豊富さという点でも多くの先人たちにひけをとらない。

ランボーの父親フレデリックは陸軍大尉、母親のヴィタリーは小地主の娘で、アルチュールの上には一歳年長の兄――父親と同じフレデリックという名前である――がひとりいた。さらにこの後、三人の妹が生まれるが、最初の妹は生後まもなく死亡、次の妹も病気のため十七歳でこの世を去ってしまう。アルチュールより六歳年下の末妹イザベルだけがそのまま成人し、のちにマルセイユで兄の最期を看取ることになる。

軍人という職業柄、フレデリック・ランボー大尉は不在がちで、次男の誕生にも立ち会っていない。放置された母親は育児に疲れ、時折戻ってくる夫ともしだいに不仲になっていく。そしてアルチュールが六歳のとき、夫は家族の前から姿を消してしまった。法的な離婚は成立していなかったが、実質的には離婚に等しい決定的な別居生活である。女手ひとつで四人の子供を育てる運命を背負った母親が、父親の分まで厳格に、また権威的に振舞わなければならなかったのはやむをえぬことであった。それでも凡庸な兄と違って、学校でも早くから目立っていたアルチュールは彼女の期待を背負って育ち、事あるごとにその天分の片鱗を示していたようだ。やがて一八七〇年一月にシャルルヴィルの高等中学校に赴任してきた二十一歳の青年教師、ジョルジュ・イザンバールとの出会いがきっかけとなって、彼の才能が全面的な開花に向かっていく経緯については、多くの伝記が語っている通りである。

だが、彼はおよそおとなしく机に向かっていることに甘んじるような少年ではなかった。折しも一八七〇年といえば、第二帝政崩壊の年である。その兆候は年頭からすでに現われていたが(1)、夏が近づく頃にはプロシアとの関係がにわかに緊張の度を増し、皇帝ナポレオン三世がいよいよ七月一九日に宣戦布告して普仏戦争の火蓋が切って落とされると、シャルルヴィルの街にも兵士の姿が溢れるようになってきた。そんな環境の中で、アルチュール少年はしだいに故郷脱出の願望を募らせていく。

彼はこの年の八月二五日、ノール県のドゥエにある親戚の家でヴァカンスを過ごしていたイザンバールに宛てて、次のように書いていた。

先生、

あなたはお幸せです、あなたは、もうシャルルヴィルにはお住まいではないのですから！　ぼくの生まれた市《まち》ときては、地方の小都市の中でもとりわけ愚かしいやつです。［……］

ぼくは異郷にいるようで、身体の調子は悪いし、腹立たしく、ばかばかしくて、気持は落ち着きません。ぼくは存分に太陽を浴び、果てしない散策に出かけ、休息と、旅と、冒険と、つまり放浪生活を望んでいました。とりわけ新聞と本を望んでいたのです……なに一つ！　なに一つだってありやしない！　郵便はもうなにも書店に送ってきません。パリはひどくぼくたちを馬鹿にしたものです。一冊の新刊書ももたらさぬとは！　これでは死んだも同然です！(2)

まともな情報の入ってこない田舎町に隔離されて中央の動きから取り残されているという孤立感が、知識欲に駆られた少年をひどく苛立たせている。自分が生まれ育った故郷にありながら「異郷にいるよう」（原語は「異なる環境に置かれた」の意を表す dépaysé という形容詞）な感覚にとらわれている彼は、どうしようもない居心地の悪さに耐えかねて、「此処」ではないどこかへ、すなわちボードレールさながら「世界の外ならどこにでも」旅立ちたいと願っているかのようだ。ここに表明されている読書への焼けつくような渇望は、イザンバールの部屋に自由に出入りして彼の蔵書を読む許可をもらっていたことで多かれ少なかれ癒された旨が記されているが、それでも右の文面の少し後には「故国にいながら流罪にあったも同様です(3)」といった言い方も見られ、世界から見捨てられたような地方都市にいることの不幸を嘆く口調はかなり切実である。そんな少年の内に「存分に太陽を浴び、果てしない散策に出かけ」ることへの欲求が醸成されていったのも無理のないことであった。

となれば、めざすのは当然、「ひどくぼくたちを馬鹿にした」パリでなければならない。右の手紙が投函されてから四日後の八月二九日、まだ十五歳だったランボーは家を出て、首都に向かうべくシャルルヴィル駅に足を運んだ。これからたびたび繰り返されることになる出奔の最初の試みである。ところが列車に乗り込んではみたものの、ちょうどその頃近隣のスダンで皇帝軍がプロシア軍に攻囲され、絶体絶命の状況に陥っていたため(4)、パリに向かう直通の路線は不通になっていた。ランボーは仕方なく間接的な経路をとることにして、まず徒歩でベルギーに入り、シャルルロワから鉄道でパリに向かったが、このときすでに所持金は十分でなく、彼は不正乗車による旅行を余儀なくされることになる。そしてパリの北駅に到着後、不正切符の使用が見つかってすぐに逮捕され、しばらくのあいだ留置場に入れられるという憂き目に遭った。はじめて訪れた首都は、はるばる地方からひとりで上京してきた少年をおよそ歓迎してはくれなかったのである。

ランボーはイザンバールに助けを求める手紙を書き、彼がこれに応じてあれこれ手を尽くしたおかげでようやく釈放された。パリから戻ってきた家出少年は、シャルルヴィルへの直行便がまだ通じていなかったこともあって、まずドゥエのジャンドル姉妹（イザンバールの親代わりの親戚）のもとに身を寄せる。ところがその滞在が予想外に長引き、母親から苛立ちも露わな手紙が送られてきたため、結局イザンバールに付き添われて九月末にベルギー経由でシャルルヴィルに帰郷した。

だが、一度点火された放浪熱は容易には鎮まらない。一〇月初めにはふたたび家を出て、まずは列車で国境の町フュメまで行き、そこから徒歩でベルギーに入ると、シャルルロワ経由でブリュッセルまで足を伸ばした。まもなく帰途についたランボーは、今度もまたイザンバールのいるドゥエに滞在した後[5]、いやいやながら不機嫌な母親の待つシャルルヴィルに戻ったが、一一月二日付のイザンバール宛書簡では「ぼくは死にそうです。平俗さと、悪意を含んだ言葉と、灰色の生活のなかで、腐ってしまいそうです[6]」と訴え、息が詰まるような閉塞感の中で自由を希求してやまない悲痛な心情を露わにしている。

さらに年が替わって一八七一年の二月末、ランボーは鉄道でパリに上京し、コミューンの機運が高まりつつあった首都の高揚した雰囲気の中で二週間ほど過ごした。しかしまもなく所持金が底をついたため、やむをえず徒歩でシャルルヴィルまでいったん戻ってくる。パリ・コミューンが宣言されたのは三月一八日、彼が帰郷してまもなくのことであった。このできごとを知った彼は、四月から五月にかけてもう一度、今度ははじめから徒歩でパリに赴いてコミューンに参加したものと思われる。その正確な時期は定かでないが、(7)一八七一年四月一七日に詩人のポール・ドメニー(8)に宛てて書かれた手紙、および五月一三日にイザンバール、同じく一五日にドメニーに宛てて書かれた二通のいわゆる「見者の手紙」の発信地がいずれもシャルルヴィルになっていることから、これらの日付のあいだであろうと推定される。しかしそれはともかく、こうした度重なる家出の経歴を見ると、彼が故郷の田舎町での生活を嫌悪し、絶えず「出発する」ことへの欲望に駆り立てられていたことは疑う余地がない。

幻視された近代都市

周知の通り、ランボーの人生の転機となったのは、一八七一年八月、彼が十歳年上のポール・ヴェルレーヌに出した一通の手紙である。このとき同封されていた数編の詩を読んで感激したヴェルレーヌは、地方都市で不遇をかこっていたこの天才少年をすぐパリに呼び寄せ、芸術家仲間の会合に招き入れた。しかし後から思ってみれば、彼らにとってはこれがまさに「地獄」への旅立ちでもあったわけだ。ヴェルレーヌが新婚だったにもかかわらず、二人がやがて同性愛関係となり、喧嘩別れと和解を繰り返しながら各地を放浪したあげく、ブリュッセルでの発砲事件という破滅的な結末を迎えるまでの経緯については、いわゆるランボー神話として繰り返し語られてきた物語なので、細部に立ち入るには及ぶまい。ここではあくまでも「旅」との関連に焦点を絞って見ていくことにする。

知り合ってから十か月を経た一八七二年七月、二人は連れ立って北駅から列車に乗り込み、北フランスのアラスまで行った。ところが駅での悪戯めいた会話が原因で憲兵に逮捕され、このときはパリに送り返されてしまう。彼らはすぐに、今度はストラスブール駅（東駅）から列車に乗り、シャルルヴィルで列車を降りた。ただしランボーの実家に立ち寄ることはせず、知人の家を訪ねただけで、そこからは陸路で国境をめざす。ベルギーに入ると、シャルルロワを経てブリュッセルへ。ランボーにしてみれば、すでに熟知した道のりである。この街に着いて十日ばかりたった頃、ヴェルレーヌの妻マチルドが夫を連れ戻すため母親と一緒にやってくるというできごとがあり、説得に応じたヴェルレーヌは彼女たちに同行していったんフランスに向かうが、この列車にはランボーも同乗していて、結局ヴェルレーヌは彼と一緒に途中で列車から降りてしまう。これで「地獄のカップル」は、もう引き返すことのできない道に踏み込んでしまった。

二人はしばらくベルギーを歩き回って自由を満喫するが、やがて九月になると、ヨーロッパ大陸を離れてイギリスに渡ることを思い立ち、ブリュッセルから北上して北海に臨む港町オスタンドまで行く。ランボーが本物の海を目にしたのは、これが初めてのことであった。そして彼らはここから汽船に乗り込み、英仏海峡を横断する。ボードレールが南洋航海の帰りの船上で「あほう鳥」を書いた可能性があるとすれば、ランボーがこの初めての船旅——ボードレールのそれに比べれば遥かに短い、せいぜい七、八時間の航海ではあったが——の最中に、あるいは少なくともこのときの記憶を契機として、『イリュミナシオン』に含まれる「海洋画」を書いたとしてもおかしくはあるまい。

ポール・ヴェルレーヌ

銀と銅の戦車――
鋼と銀の舳先が――
泡を叩き、――
茨の根元を持ち上げる。
荒地の流れと、
引き潮の巨大な轍が、
円を描いて東の方へ、
森の列柱の方へ、――
突堤の柱身の方へすっと流れ、
その角に光の渦が衝突する。(9)

波をかき分けて力強く進む船の描写としてとりあえずは読める一篇だが、それが土を掘り起こしながら陸地を爆走する戦車のイメージと二重写しになって、ダイナミックな疾走感を醸し出している。海と陸の交錯に加えて、直線と円環の交錯が、陶酔的な運動に巻き込まれていく眩暈のような身体感覚を表していることも特筆すべきだろう。もしこの詩が英仏海峡の洋上で書かれたものであるとするならば、二人を乗せた船はこのときほぼ真西に向かっていたはずなので、その航跡が「東の方へ」流れていくというのも事実を語っていることになるわけだが、いずれにせよ、そうしたヴィジョンを一枚の「海洋画」(原語はmarine)として、わずか十行の、それも各行がきわめて簡潔な言葉で構成された詩句のうちに視覚的に定着させる技量には、やはり非凡な才能のきらめきを感じずにはいられない。

無事に海峡を渡った二人は、ドーヴァーから列車でロンドンへ向かった。彼らが到着したときのことを、ピエール・プチフィスの伝記は次のように記述している。

それは完全なる異郷体験、驚愕、魅惑であった。テームズ河、この「巨大な濁流」（ヴェルレーヌ）、血のように赤く塗られた橋脚に支えられた大きな橋、「聞いたこともないほど」すごいドック、活発に活動する人々で雑踏する街路、手つかずのまま緑なす公園、ネオゴチックの家並の傍らにそびえる「バビロンを思わせる」建築物、製造所、工場の煤煙、貧民窟――まったくそれは驚きの連続であった。ブルジョワ的で狭隘なパリに比較すると、ロンドンは、彼らの眼には、世界的な近代都市、せわしないリズムで動く首都の相貌を呈するのだった。(10)

ランボーが何度も足を踏み入れたことのあるベルギーは、それなりの新鮮な歓楽を味わわせてくれたとはいえ、結局のところはフランスと陸続きの馴染み深い隣国にすぎなかった。その意味で、海を渡って訪れたイギリスこそが彼にとって文字通り最初の「異郷」だったわけだが、とりわけ「世界的な近代都市」であるロンドンの街は、「ブルジョワ的で狭隘な」パリのそれとはまったく異なるエネルギッシュな活力で彼を驚嘆させたものと思われる。

だが、すでに「酩酊船」をはじめとして完成度の高い作品をいくつも生み出していたこの少年詩人は、眼前の風景にただ圧倒されていただけではない。彼は鋭敏な感性で外界からの刺激を吸収し、自分がロンドンの街並から受けた強烈な印象を出発点にして、高度に変形された詩的形象を創造した。ジャン＝リュック・ステンメッツの言葉を借りれば、「ヴェルレーヌにとってロンドンは何よりも感傷的な彷徨に好都合な町なのだが、ランボーはこの町からひとつの美学を構成する諸要素、連結と複合と混交の美学のための諸要素を引き出す[11]」のである。そのみごとな手さばきを、私たちは『イリュミナシオン』に収められた何篇かの散文詩に見ることができる。

一例を挙げておこう。「都市」というタイトルをもつ作品のひとつから[12]。

> 公の建物が並ぶアクロポリスは、現代の野蛮のきわめて壮大な構想を極度に推し進めたものである。いつも変わることなく灰色をしたあの空が生み出すくすんだ日光、大きな建物の堂々たる輝き、地面に常時積もっている雪、それらはとても表現できない。建築の古典的な驚異のすべてが、奇妙な巨大趣味のうちに再現されたのだ。ぼくはハンプトン＝コートの二十倍も広大な会場で、いろいろな絵画展を観ている。[……]
>
> 銅製の歩道橋、建物のデッキ、市場や列柱を囲む階段などのいくつかの地点から見れば、都市の深さを判断できるだろうとぼくは思った。それはぼくにはとても理解できなかった驚異である。アクロポリスの上または下にある他の地区の高さはどうなっているのだろう？　われわれの時代のよそ者に、認識することは不可能だ。商業地区は一様なスタイルの円形広場で、アーケード街がいくつも伸びている。店は見えないが、車道の雪は踏みつぶされている。ロンドンの日曜日の朝に見られる散歩者たちと同じくらいまばらな大富豪《ナバブ》たちが数人、ダイヤモンドの乗合馬車の方へ向かって行く[13]。

ここにはロンドンの南西郊外にある有名なハンプトン＝コート宮殿への言及があるばかりか、ロンドンという名詞もそのまま現れるので、ランボーがこの都市からインスピレーションを受けて書いた作品であることはほぼ間違いないと考えてよかろう。しかし一読して明瞭なように、話者は自分が「ハンプトン＝コートの二十倍も広大な会場」にいると言い、「ロンドンの日曜日の朝に見られる散歩者たちと同じくらいまばらな大富豪《ナバブ》たち」を目にしていると語っているのだから、いずれの固有名詞もじつは比較の対象として援用されているにすぎない。つまり実在の地名を作品に取り入れながらも、これらを比喩表現の中に嵌め込むことによって、詩人は自らの空間描写を一段階抽象化しているのである。[14]だから右の引用箇所で記述されている「公の建物が並ぶアクロポリス」とは、ロンドンの街をそのまま写し取ったものではおよそなく、まさに見者としての詩人が幻視した「どこにもない都市」であり、「現代の野蛮のきわめて壮大な構想を極度に推し進めた」都市のヴィジョンにほかならない。

　このヴィジョンを支えているのが「大きさ」にまつわる語彙の一貫した使用であることは、見やすい事実だろう。「壮大な構想」（conceptions ［……］ colossales）、「大きな建物」（bâtisses）、「巨大趣味」（goût d'énormité）、「広大な会場」（locaux ［……］ vastes）、等々……。しかも詩人の視線は平面的な広がりだけではなく、垂直方向の「都市の深さ」にまで及び、このヴィジョンに立体的な奥行きと運動を与えている。これら一連の表現は、いずれも建築技術の粋を集めた近代都市ロンドンの圧倒的な威容を誇張的に描写しているように見えるし、それはある程度まで事実でもあろうが、しかし畳みかけるように用いられることで逆にアクロポリスを現実の風景から切り離し、一気に神話的空間のレベルに移行させる効果ももっている。だからその地面には雪が「常時積もって」いてもかまわないし、「ダイヤモンドの乗合馬車」が走ったりすることもあるだろう。もう一度ステンメッツの言葉を借りれば、「ヴェルレーヌなら描写したかもしれないところを、ランボーの場合は幻覚を引き出し、架空の世界を創り出す。

彼にとって重要なのは、ひとつの景観を再現することではなく、現実が与えてくれるいくつもの要素をもとに、全く新しい景観を作り出すことである」(15)。要するにランボーはその詩において異郷を描写したのではなく、自ら創造したのであった。

信仰と科学

ロンドンで共同生活を始めたランボーとヴェルレーヌは、二人ともこの時点ではほとんど英語ができなかったこともあって、おもにパリ・コミューンに参加した亡命フランス人たちと接触しながら自由な日々を送っていたが、最初の感動や興奮が長続きするはずもない。また、確かな将来の展望があるわけでもない生活に行き詰まりを感じていたせいか、渡英から半年もたたない一八七二年一二月、ランボーはヴェルレーヌをひとり置いてシャルルヴィルに帰郷してしまう。しかし残されたヴェルレーヌが孤独に耐えかねて精神を病んだため、翌年一月にはまたロンドンに舞い戻ってもとの生活を再開した。

その後、二人はふたたびベルギーへ、またロンドンへ、さらにまたベルギーへと、時には一緒に、時には別々に、めまぐるしい放浪の旅を続けていくのだが、ここではランボーがヴェルレーヌから離れて一時的にロッシュ（シャルルヴィル近郊の村で、ここに母親の実家の農場があった）に帰省していた一八七三年五月、中学校以来の親友であるエルネスト・ドラエーに宛てた手紙の一節を引いておこう。

> どうして抜け出したものやら見当がつかない。でも何とか抜け出してやろう。ぼくは今となってはあのうんざりなチャールズタウン［シャルルヴィルの英語読み］や、リユニヴェール［シャルルヴィルのカフェの名前］や、図書館やらが懐かしい。そうは言うものの、かなり規則的に仕事はして

いる。散文のちょっとした物語をいくつか書いているが、その総題は、『異教徒の書』あるいは『黒人の書』というんだ。それは愚かしくて無邪気なものさ。おお無邪気さよ！　無邪気、無邪気、無……うるさいや！(16)

今いる場所からの脱出願望を述べているのはいつものことだが、それはそれとして、ランボーがここで『異教徒の書』あるいは『黒人の書』と呼ばれているテクストに言及していることが注目される。これは十中八九、後に『地獄の季節』というタイトルで私たちの前に現れることになる作品の前身である。この時期に書かれつつあったとなれば、ちょうど進行中であった――そしてまもなく決定的な破局に至る――ヴェルレーヌとのもつれた関係がそこに反映されていると考えたくなるのは当然であるし、実際、これをランボーの自伝的作品として解釈する読み方もしばしばなされてきた。しかし実体験と文学作品の関わりをめぐる議論はもはや陳腐なことがらに属すると思われるので、ここでくだくだしく繰り返すのはやめておこう。

それよりもその後の二人の運命を確認しておけば、幼い子供を抱えたヴェルレーヌの家庭生活はランボーに振り回されて完全に攪乱され、夫婦関係は修復不可能となって破綻への道を確実にたどっていく。そしてついに一八七三年七月一〇日、ブリュッセルで、泥酔したヴェルレーヌがランボーに向かって発砲するという事件が起こり、ランボーは左手首を負傷して入院、ヴェルレーヌは懲役二年の判決を受けてモンスの刑務所に収監された。この傷害事件によって、さまざまな紆余曲折を経てきた彼らの物語はようやく三面記事さながらの結末を迎えたわけだが、もしこのとき弾丸が少年の心臓に命中していたら、私たちは『地獄の季節』を目にすることができなかったばかりか、そもそもアルチュール・ランボーという詩人の存在さえ知らぬままであったかもしれない。後世にこの作品と作者をめぐっていかに多くのインクが流されてきたかを思ってみれば、ヴェルレーヌの拳銃から発射された弾丸は、まさに現代の精神史の運命を左右する一発であったといっても過言ではないことになる。

ところでその『地獄の季節』であるが、ランボーは傷害事件後の静養中に、すでに書かれていた散文詩にいくつかの断章をさらに書き加え、八月末頃までに全体を完成させたようだ。他の作品群がすべて他人の手で編纂されたものであるのにたいし、これはランボーが自らの手で構成し出版するに至った唯一のテクストであるという意味で、作者の意思が最も直接的に反映された文字通りの「作品」であるといえる。ここでは「旅」のモチーフに深く関わる部分として、冒頭に近い「悪い血」と題する章（全部で八つの断章から成る）を見てみよう。

「わが祖先のガリア人から、ぼくは青と白の眼と、狭小な脳味噌と、戦いにおける不器用さを受け継いだ」と書き出される第一断章では、まず自分の体内に流れる劣等種族の「悪い血」にたいする苦渋に満ちた認識が述べられる。「わが祖先のガリア人」という言い方は、フランス人ならば誰もが知っている「われらが祖先のガリア人」（nos ancêtres Gaulois）という決まり文句を踏まえているが、そこから話者が引き出すのは民族的な誇りではなく、逆に自分の体内に刻印された否定的な属性の数々である。「ガリア人は野獣の皮を剝ぎ、草を燃やすことをなりわいとしていたが、その時代で最も無能な連中だった」「そんな彼らからぼくが受け継いだのは、偶像崇拝と瀆神への嗜好――おお！　あらゆる悪徳、憤激、淫欲――すばらしいぞ、淫欲ってやつは――そしてとりわけ、虚偽と怠惰」(17)。

それでも話者は第二断章で、自分と同じような宿命を背負った存在をフランスの歴史の中に見出せるのではないかと考えてみるのだが、「いやだめだ、何もない」、「ぼくが常に劣等人種であったことは火を見るよりも明らかだ」。ここで彼は時間を遡行し、過去を旅する想像の放浪者となって、ヨーロッパからオリエントへの路程をたどってみせる。

ぼくはローマ教会の長女であるフランスの歴史を思い出す。ぼくは中世の村民として、聖地への旅をしたのかもしれない。今も頭の中には、シュバーベンの草原を貫く街道、ビザンチウムの眺め、ソリムの城壁がある。マリアへの崇拝と、磔刑にされたキリストへの温かい感情が、数知れぬ世俗の幻惑のあいだでぼくの内に目覚めてくる。——ぼくはレプラを病み、太陽に蝕まれた壁の下で、壊れた壺とイラクサの上に座っている。(18)

シュバーベンはドイツ南部の地方名、またビザンチウムはコンスタンチノープルの、ソリムはエルサレムのそれぞれ古名である。いずれもランボー自身は訪れたことがなく、第一次十字軍がたどった経路を記したものといわれているが、道筋は異なるものの、シャトーブリアンやラマルチーヌが同様に聖地をめざしたことはすでに見た。しかしランボーの場合、明白にキリスト教的形象に満ちたこの架空の巡礼は、逆に自分がその系譜から排除されていることを確認する機会になってしまう。「この大地とキリスト教よりも遠くのことは記憶にない。この過去の中に自分の姿を見出そうと思ったらきりがないだろう。しかしいつも独りだ。家族もなく」。——キリスト教の「外部」にある自分を思い浮かべることができない話者は、この局限された枠組の中で、条件法過去形によって表されるありえたかもしれない自分をあらゆる場所に見出すのだが、ガリア人から「偶像崇拝と瀆神への嗜好」を継承した彼にとって、それは同時に絶対的な孤独の発見に帰着するほかないのである。「ぼくはキリストの忠告の内に自分を見出すことはけっしてない。領主たち――キリストの代理人たちの忠告の内にも」。

ランボーとキリスト教の関係はもちろん両義的で微妙な側面を多分にはらんでおり、排斥と反発といった単純な図式で割り切ることはおよそできないが、今はそうした点には立ち入るまい。ともあれこうして「ローマ教会の長女」たるフランスのカトリック的風土から切断されていることを認識した話者は、「ぼくは前世紀には何だったのか。ぼくは今日にしか自分を見出せない」と語り、今度は現在時へと視点を移す。そこに浮上してくるのは、民衆が進歩の可能性を仮託し、解放の希望を見出しているかに思える近代の「科学」である。人々は医学や哲学をもち、地理学、宇宙形状誌、力学、化学などを発展させてきた。「科学、新しい貴族！　進歩。世界は歩んでいる！　どうしてそれが回らぬことがあろうか？」(19)

だが、信仰にたいする科学の勝利を本気で信じるほど、話者は素朴ではない。右の一節に続けて「それはもろもろの数のヴィジョンである。われわれは〈精神《エスプリ》〉に向かって行く」と彼は言うのだが、その意味するところは必ずしも明瞭ではないとしても、おそらくヴィジョンとか〈精神《エスプリ》〉（これは同時に〈精霊〉でもある）といった語彙の使用には、科学もやはり最終的には「救済を得ようとする非合理的な宗教的感情から発したもの」(20)であるという認識が反映されているのであろう。もしそうだとすれば、それは宗教の新たな一形態にすぎず、宗教に取って代わることはありえないことになる。

ヨーロッパの外へ

こうして本質的にキリスト教的伝統から排斥された自分のありようを認識し、科学にその代替物を求めることもできないことを悟った詩人は、第二断章の最後の一節で「異教徒の言葉なしでは自分の考えを説明できないので、ぼくは黙っていたい」と述べ、いったん口を閉じてしまう。しかし続く第三断章の冒頭では一転して「異教徒の血が戻ってくる！」と宣言し、いよいよ「異教徒の言葉」で語り始めるのである。「〈精神《エスプリ》〉は近い、なのにキリストはなぜぼくを助けてはくれないのか、ぼくの魂に高貴さと自由を与えることで。ああ！〈福音〉は去った、〈福音〉！〈福音〉」と詠嘆の叫びを発し、ますますカトリック的フランスからの断絶を露わにする彼は、さらに「ぼくはがつがつと神を待ちわびている」と告白する一方、「ぼくは永遠に劣等人種に属しているのだ」と、自分が信仰によっても科学によっても救済を約束されない者、いずれからも棄却された異端の血統に連なる存在であることを確認する。

では、彼はいったいどこに活路を見出そうというのか。

ぼくは今、アルモリックの浜辺にいる。夕暮れには街々の灯がともらんことを。ぼくの一日は終わった。ぼくはヨーロッパを離れる。海風がぼくの肺を焼くだろう。僻地の気候がぼくの肌を褐色にするだろう。泳ぎ、草を踏みつぶし、狩をし、とりわけ煙草を吸うのだ。煮えたぎる金属のように強いリキュールを飲むのだ――あの親愛なる祖先たちが火を囲んでそうしたように。

ぼくは戻ってくるだろう、鉄の四肢、黒ずんだ肌、獰猛な目をして。ぼくの顔つき《マスク》を見て、人々はぼくが屈強な種族の人間だと判断するだろう。ぼくは黄金を所有するだろう。無為で乱暴になるだろう。女たちは、暑い国々から帰ってきたこれら残忍な不具者たちの面倒をみるのだ。ぼくは政治問題に巻きこまれるだろう。救われるのだ。

今、ぼくは呪われている、祖国なんて真っ平ごめんだ。いちばんいいのは眠ることだ、すっかり酔っ払って、砂浜の上で。(21)

「アルモリック」とはブルターニュ地方の古名であるが、ここまでの経歴を見てもわかるように、ランボーはこの時点でブルターニュに行ったことはなかったし、この後もついに足を向けることはない。詩人はここでもまた架空の旅を（それも先の引用箇所と同じく意図的に古名を用いることで時間遡行的な旅を）思い描いているわけだが、それでも今度は「ぼくはヨーロッパを離れる」という言葉が口にされ、かねてから彼を駆り立ててきた出発への欲望が、いよいよ息苦しい西欧社会からの脱出宣言として明確に提示されている。だが、行き先は？

「海風がぼくの肺を焼くだろう」「僻地の気候がぼくの肌を褐色にするだろう」といった表現からして、それが灼熱の太陽が照りつける「暑い国々」のどこかであることは容易に想像がつく。話者はそこで、温和な農耕民族としてではなく、荒々しい狩猟民族として日々の生活を送り、酒や煙草の強烈な刺激に酔い痴れる。そしてやがてフランスに帰ってくるときには「鉄の四肢、黒ずんだ肌、獰猛な目」をした「屈強な種族の人間」に変身しているはずだ。たとえそれが外貌だけの「顔つき《マスク》」にすぎないとしても、女たちは「残忍な不具者たち」のひとりとなった彼を放ってはおかぬであろう。たくましくなった帰還者である彼は、故国の制度に馴染めないがゆえに「政治問題に巻きこまれる」かもしれないが、その先には必ず救済の可能性が開かれている。

ここで話者の目に映っているのは明らかに、焼けつく陽光が降り注ぎ乾いた熱風が吹きつける中近東、ないしアフリカのイメージである。この作品全体がはじめ『異教徒の書』、あるいは『黒人の書』と題されていたことを思い出そう。ガリアの地に繋がれた自分を「呪われている」と形容し、「祖国なんて真っ平ごめんだ」と断言してはばからない話者にとって、旅の目的地として想定されるのはどうしても、白人が築き上げてきたヨーロッパ・キリスト教文明の絶対的な外部、すなわち異教徒である屈強な黒人たちがそのなまなましい生命の熱気を沸騰させる熱帯地域でなければならなかった。「すっかり酔っ払って、砂浜の上で」眠り込む詩人は、わが身を北の浜辺に置きながら、いまだ目にしたことのない南の異郷を夢に見るのである。

ところが第四断章になると、話者は一転して「出発はしない」と前言をひるがえし、旅立ちを先延べしてしまう。そして自分の悪徳を背負ったままで、もう一度「ここ」から道をたどり直そうとする。第五断章はこれを受けて過去の回想めいた記述になっているが、そこで確認されるのはやはり「乱痴気騒ぎと女たちとのつきあいを禁じられ」「仲間のひとりさえいない」自分自身の底知れぬ孤独である。パリ・コミューンが崩壊に追い込まれた「血の一週間」の最終日にあたる一八七一年五月二八日未明、ペール＝ラシェーズ墓地では北東壁前で百四十七名の国民兵が銃殺されたが、その記憶をよみがえらせるかのように、話者は銃殺執行隊の正面に立っている自分の姿をまのあたりにする。

「司祭たち、教授たち、先生たちよ、ぼくを裁判にかけるなんて、あなた方は間違っている。ぼくは金輪際、この国民に属していたことなんてない。キリスト教徒だったことなんてない。ぼくは処刑されながら歌を歌っていた種族に属しているんだ。法律なんてわからない。道徳感ももっていない。ぼくはけだものだ。あなた方は間違っている……」

そう、ぼくはあなた方の光には目を閉じている。ぼくは野獣だ、黒人だ。だが、救われることはできる。あなた方は偽の黒人だ、偏執狂で、残忍で、強欲なあなた方は。商人よ、おまえは黒人だ。司法官よ、おまえは黒人だ。将軍よ、おまえは黒人だ。皇帝よ、古き痒みよ、おまえは黒人だ。お

まえはサタンの醸造所で作られた無税のリキュールを飲んだのだから。(22)

西欧社会の良識と知性を代表する「司祭たち、教授たち、先生たち」によって裁かれ処刑されようとする話者は、自分がこの国民（つまりフランス人）だったこともなければキリスト教徒だったこともなく、「処刑されながら歌を歌っていた種族」に属する者、すなわち法律や道徳などの制度に拘束されないがゆえに死を恐れることのない一匹の「けだもの」であることを訴える。その存在ははじめから白人としての出自を断ち切ってヨーロッパの外部にあるのだから、ヨーロッパの内部を照らし出す光――信仰にせよ科学にせよ――は当然ながら彼の視界に及ぶことはできない。

しかしこのように「あなた方の光」を毅然と拒絶して「ぼくは野獣だ、黒人だ」と宣言する話者は、まさにそうであるからこそ救済の可能性を手にしているのだと主張する。「だが、救われることはできる」という一文が、前断章の「救われるのだ」という言葉と呼応していることは明らかだろう。たとえ「暑い国々」に向けて旅立つことを断念したとしても、体内に野獣＝黒人の血が流れている「ぼく」にとっては、生まれながらにして別種の救済が約束されているはずなのだ。それはおそらく、自分の周囲を埋め尽くす白人たちの誰ひとりとして目にしたことのない、信仰とも科学とも無縁の、もっと遥かに原初的な、生命そのものから発する光による救済であるだろう。その新たな光に照らしてみるとき、一瞬にしてポジとネガは逆転し、話者を処刑し抹殺しようとする「偏執狂で、残忍で、強欲な」白人たちは黒人の一群と化す。

ただしそれは、あまりにも光線が強烈であるがゆえに白い肌が黒く見えているだけのことであり、本質的には西欧文明の内部に囲い込まれているという意味において、彼らはしょせん「偽の黒人」にすぎない。これにたいして、歴史を遡ってみた結果、やはり自分は野獣の一族である本物の黒人の血統に属しているということを確認した話者は、右の引用のすぐ後で、自分が「狂気がうろついているこの大陸」を離れ、「ハムの子供たちの真の王国」へ、すなわち黒人の王国へ入っていくことを宣言するのである。(23)

上陸する白人たち

いったんは出発の放棄を告げながらも、こうしてヨーロッパからアフリカへの旅立ちを自らの負うべき必然として定式化するに至った話者は、第五断章の最後で次のように言う。

ぼくはまだ自然を知っているだろうか？　ぼくは自分を知っているだろうか？　――もはや言葉はない。ぼくは死者たちを腹の中に埋葬する。叫び、太鼓、ダンス、ダンス、ダンス、ダンス！　白人たちが上陸し、ぼくが虚無の底に落ちてしまう時が来るなんて、思ってもいない。

飢え、渇き、叫び、ダンス、ダンス、ダンス、ダンス！(24)

最初の二つの疑問文は、自分がすでに文明に馴致されて本来の自己を喪失してしまったのではないかという不安の表明であろうが、その躊躇を断ち切るかのように吐き出される一文――あたかもやがて断行されるであろう詩の放棄を予告するかのような、「もはや言葉はない」という決定的な一文――には、話者の悲壮な決意が集約されている。言葉を用いてこのような文章を書くという行為自体が、「自然」を忘却した白人種特有の振舞いであり、「自分を知らない」偽黒人につきものの所作であること、要するにすぐれてヨーロッパ的な身振りであることを、彼はここで明晰に認識したのであろう。もちろん第二断章の最後で言われていたように、話者はもともと「異教徒の言葉なしでは自分の考えを説明できない」ことを自覚していたのだから、いま私たちが耳にしているのはあくまでも「異教徒の言葉」であって、白人たちの話す言葉とは根本的に異質なものであったはずだ。しかしそれでも「言葉」である以上、それは論理の範疇に囲い込まれることを免れず、必然的に何かを意味し、何かを伝達してしまう。自分がもし本物の野獣であるならば、そうした存在様式そのものをまずは捨て去らなければならない。そして同じ闘いを挑んで敗れ去った過去の累々たる死者たちを自らの体内に埋葬し、彼ら先人たちと一体化することによって、闘争への兇暴な意志を研ぎ澄まさなければならない。

では、「けだもの」にふさわしい身振りとはいったい何か？　「もはや言葉はない」のであってみれば、それは言葉によらない野性への回帰、すなわち身体そのものによる自然との共振でしかありえまい。このとき話者の耳には、太鼓の躍動的なリズムに乗せてアフリカの音楽が聞こえてくる。文字通りに宇宙の胎動そのものともいうべきこの音楽に合わせて、自らを鼓舞するかのように全身を揺さぶりながら詩人は歌う、「ダンス、ダンス、ダンス、ダンス！」と。

原初的な生命の営みに関わる「叫び」「飢え」「渇き」といった語彙を連ねながら、畳みかけるように「ダンス」という言葉——というより、それ自体がほとんど呪文と化しているという意味では、もはや言葉ではなくなった言葉——を繰り返し紙面に叩きつける話者は、このときすでに西欧的なロゴスの専制を逃れた「ハムの子供たちの真の王国」に身を置いている。そしてほとんど憑依にも等しい狂躁状態に身をゆだねて激しく舞い踊る彼は、こうした陶酔的な時間の終わりがやがて訪れるなどとはまったく予期していない。

だが、続く第六断章の冒頭にはこれを真っ向から否定する一文が書きつけられ、詩人の領土はふたたびヨーロッパ文明に奪還されてしまうのである。

白人たちが上陸する。大砲だ！　洗礼に従い、衣服をまとい、労働しなければならぬ。
ぼくは心臓にとどめの一撃を受けた。ああ！　予想もしていなかった！[25]

ようやく別の大陸に自分の場を見出したかと思ったのもつかの間、彼の後を追って白人たちがやってくる。ヨーロッパによるアフリカの侵略と征服の歴史的なプロセスが、ここでは詩人の精神的な葛藤と二重写しになっているかのようだ。右の引用を単純に裏返してみれば、白人たちが上陸するまで、話者は洗礼を受けず、衣服をまとわず、労働していなかったわけだから、キリスト教徒としての誓いをたてることを拒み、文明の慣習に反して裸のままで暮らし、産業社会において果たすべき役割を忌避していたことになる。つまり徹頭徹尾「異教徒＝黒人」として振舞っていたわけだが、そんな彼にとって、白人たちの到来を知らせる大砲の轟音はまさに「ぼくが虚無の底に落ちてしまう時」の訪れを、すなわち祝祭的な時間の終焉を告知する「とどめの一撃」であるだろう。[26]こうして詩人は架空の旅の中で、ヨーロッパとアフリカという二つの大陸のあいだを振り子のように揺れ動く自我の存在論的なドラマを描いてみせるのである。

せっかく発見したかに見えた黒人の王国も白人たちによって収奪されてしまった詩人は、第六断章から第七断章にかけて惰弱な側面をしきりにのぞかせ、時にはキリスト教を肯定するかのような言葉（「神の愛だけが科学の鍵を恵んでくれる」、「理性がぼくに生まれた。世界は良いものだ。ぼくは人生を祝福しよう。兄弟を愛そう」、等々）を口にしたりさえするが、その一方、依然として逆の志向を表明してもいて（「自分がキリストを義父として婚礼の船に乗り込むとは思えない」、「ぼくは自分の理性の囚人ではない」、「もはや献身も神の愛も必要ない」、等々）、そのスタンスは終始両義的である。そしてこの両義性は、最終断章にあたる第八断章に至ってもなお消えることがない。


たくさんだ！　これが罰だ――前へ進め！

ああ！　肺が燃えている、こめかみが唸っている！　目の中で夜が回る、こんなに陽が射しているのに！　心臓が……手足が……

どこに行くのだ？　闘いにか？　ぼくは弱い！　他の連中は進んでいく。道具、武器……時間！

……

撃て！　ぼくを撃て！　そこだ！　でないとぼくは降伏する。――臆病者ども！　――自殺してやる！　馬の足もとに身を投げ出してやる！

ああ！　……

――きっと慣れていくさ。

これがフランス的生活、名誉への小道というものなのだろう！(27)

ほとんど意味不明の、断片的な叫びに近い言葉の連なりのようにも見えるが、ここには二つの存在様式のあいだで引き裂かれた「ぼく」のありようが生《なま》の形で映し出されている。異教徒の「悪い血」が流れる話者の黒人的身体は、白人文明の只中にあって生理的な拒絶反応を示し（「肺が燃えている、こめかみが唸っている！」）、白昼の太陽にも漆黒の闇を見ずにはいられない。白と黒、光と闇の対立図式が、両者を内包した詩人の身体を鮮烈なコントラストで切り分ける。反抗の罰として行進に駆り立てられていく彼は、もはやあの黒い肌をした「屈強な種族」の一員ではない。その行く手にあるのは、確実な死の予感だ。パリ・コミューンの記憶に発した銃殺刑のオブセッションがふたたびよみがえる。白人どもに撃たれてしまえばそれまでのこと、だがもし臆病者どもが引金を引かなければ、屈辱に耐えながら降伏して生き延びるか、馬の足もとに身を投げ出して自殺するかの、究極的な二者択一に直面しなければならない。

だが、ただならぬ切迫した状況に自分を追い込みながらも、最後に話者は、結局自分がこうした生活――「名誉への小道」であるフランス的生活――にも少しずつ馴染んでいくであろうことを予感する。かくして彼はふたたびヨーロッパに繋ぎとめられ、その出発はもう一度先延べされるのである。

ジャワ島の脱走兵

しかしながら『地獄の季節』において提示されていた脱出への欲望は、そのまま単なる文学的記憶として封印されてしまったわけではない。それどころか、実生活におけるランボーの放浪は、文学的営為への関心が薄れていくのに反比例するかのように、ますますその頻度と距離を拡大していく。

一八七三年七月のヴェルレーヌとの破局からしばらくたって、ランボーは三歳年上の詩人、ジェルマン・ヌーヴォーと知り合い、翌七四年三月には一緒にロンドンに移住して共同生活を始めた。ヌーヴォーはほどなく帰国してしまったが、ランボーはそのまま当地に残り、フランス語を教えるなどして糊口をしのいでいたらしい。七月には彼の要請を受けて、母親が上の妹ヴィタリー（母親と同じ名前）を伴ってロンドンを訪れたが、息子が期待していたような援助を与えることはできず、月末には帰国してしまう。やがて一〇月に二十歳の誕生日を迎えたランボーは、抽選で召集令状を受けたため年末にシャルルヴィルに帰郷するが、兵役免除を請求して認められた。彼はこの時点でほぼ詩作を放棄し、外国語の習得をめざしてしきりに単独での外国旅行を試みるようになる。

その後の足跡を簡単にたどっておこう。まず一八七五年二月にはドイツのシュトゥットガルトに行き、下宿暮らしをしながらドイツ語の勉強を始める。そこへ、直前の一月に刑期を終えてモンスの監獄を出所したばかりのヴェルレーヌが突然やってくるというできごとがあった。「ヴェルレーヌが先日ここに来たよ、手に数珠をかけてね……」（一八七五年三月五日付エルネスト・ドラエー宛書簡）[28]。およそ一年半ぶりに再会した二人のあいだでどのような会話が交わされたかは興味のそそられるところであるが、今はさしあたり、収監中に回心したヴェルレーヌが熱心に信仰を説いたものの、ランボーはこれを受け入れず、結局物別れに終わったという経緯だけ確認しておこう[29]。

四月になると、ランボーは南に向かい、アルプスを越えてイタリアのミラノまで足を伸ばす。当地では文学好きのある未亡人の世話になったらしい。その後はシエナに向かったが、途中で日射病に倒れ、フランスに送還された。この年の一二月には、妹のヴィタリーが十七歳で病死している。年が明けて一八七六年の四月、ランボーはふたたびドイツに向かったが、今回の目的地はもっと先にあった。ギリシアである。しかしウィーンに着いたところで盗難にあい（馬車で眠っている最中に御者に金を盗まれた）、無一文の外国人として国外追放となったため、目的を果たさぬまま帰国を余儀なくされた。

だが、度重なる挫折にも意気阻喪することなく、彼はさらに同年五月、ブリュッセルのオランダ領事館に赴いて植民地部隊に外国人傭兵として登録するという行動に出た。これまでもっぱら集団には拘束されずに気ままな放浪を繰り返してきたランボーとしては例外的な事態だが、とにかくあらゆる手段を使って白人社会から脱出することが最優先課題だったのだろう。ロッテルダムを経てハルデルウェイクの新兵収容所に合流した彼は、六月一〇日、デン・ヘルデル港から船に乗り込んで出発した。行き先は遥か東洋のインドネシア、ボードレールが「世界ノ外ナラドコニデモ」で候補地のひとつに挙げていたジャワ島のバタヴィアである。「悪い血」の第三断章に記されていた「ぼくはヨーロッパを離れる」という言葉が、ついに現実のものになったわけだ。

ランボーを乗せたプリンツ・ファン・オラニエ号は、英国南部のサウサンプトンを経由して英仏海峡を通過した後、大西洋を南下してジブラルタル海峡から地中海に入る。そして六月二二日にナポリに寄港した後、シャトーブリアンやラマルチーヌ、ネルヴァルやゴーチエも通ったはずのオリエントの海を東進し、七年前に開通していたスエズ運河を通過して紅海へ。後にランボーはこの地域を何度も訪れることになるのだが、今は甲板からその遠景を眺めるだけだ。船はやがてアデン湾を抜けてインド洋に出る。ここからはひたすら単調な航海が続き、スマトラ島のバデンに寄港したのは七月一九日、最終目的地であるジャワ島のバタヴィアに到着したのはその三日後で、ナポリを出てからちょうど一か月後のことであった。

ロンドンを別とすれば、ランボーにとって実質的には最初の「異郷」であった東洋の島は、どのような印象を彼にもたらしたのだろうか。すでに文学とは絶縁していた上に、この時期の手紙は一通も発見されていないため、彼自身の言葉から当時の状況を、ましてや心境をうかがい知ることはまったくできない。確かなことは、内陸の高地サラティーガの駐留部隊に配属されていたランボーが、あたかも当初の目的はすでに果たされたとでもいうかのように、一か月もたたないうちに軍から脱走してしまったということだ。彼にとってはどこかに到着することよりも、そこからふたたび出発することのほうが重要だったのかもしれない。

　部隊を離れてジャワ島第二の都市である国際色豊かなサマランにたどり着いた彼は、数千人にも及ぶヨーロッパ人に紛れて（皮肉なことに、しかし当然ながら白人集団に紛れて！）街をうろつきながら、帰国するための船を探した。そしておそらくはスコットランド船のワンダリング・チーフ号に乗り込んで九月初旬にサマランを発ち、今度はアフリカ大陸を大きく迂回する南航路を経由してヨーロッパに向かったものと思われる。この船はケープ・タウンを経て一〇月二三日にセント＝ヘレナ島、次いで英国領のアセンション島に寄港し、大西洋を北上してポルトガル領のアソレス諸島に立ち寄った後、一二月六日夜にアイルランドのクイーンズタウンに到着した。

　ジャワ島旅行の往路と復路にランボーがたどった詳しい経路が判明したのは、エルネスト・ドラエーが友人のエルネスト・ミヨに宛てた一八七七年一月二八日付の手紙に次のような記述があったおかげである。

　　あいつが帰ってきた！　……

　ちょっとした旅行からね、とるに足りない奴さ。逗留地は以下のとおり――ブリュッセル、ロッテルダム、デン・ヘルデル、サウサンプトン、ジブラルタル、ナポリ、スエズ、アデン、スマトラ、ジャワ（二か月滞在）、ケープ・タウン、セント＝ヘレナ島、アセンション島、アソレス諸島、クイーンズタウン、コーク（アイルランド）、リヴァプール、ル・アーヴル、パリ、そして最後は、いつもどおりチャールズ・タウンだ。[30]

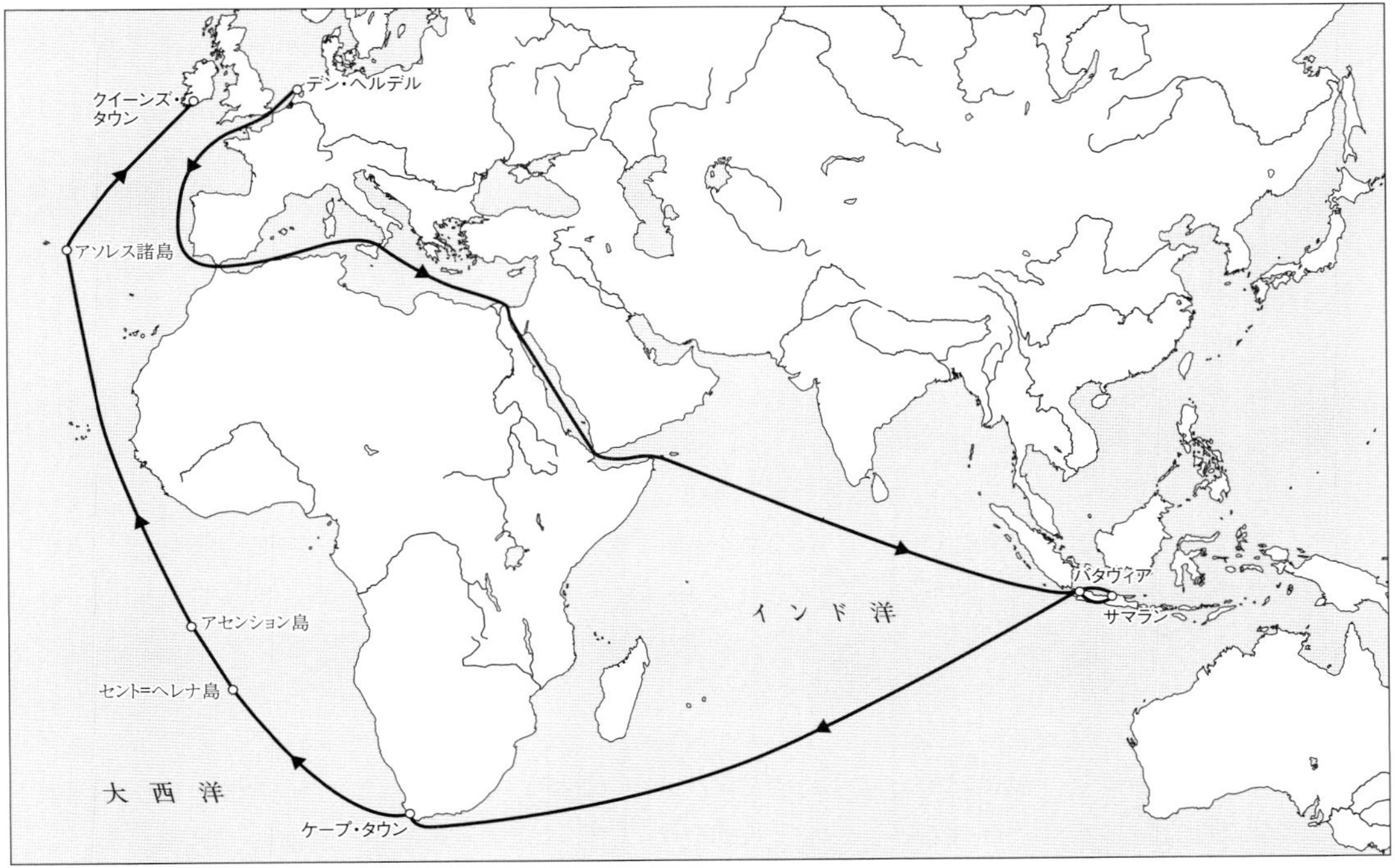

ランボーのたどったジャワ島への旅程

これはおそらく、帰国した本人から直接聞いた地名を列挙したものであろうから、信憑性はかなり高いと考えてよかろう。ところで同じ手紙には「あいつは、——がっかりな話だが——一二月九日からチャールズタ［ウン］（に）いたんだぜ。なのに連絡なしさ！」とも記されており、これが事実であるとすれば、ランボーはわずか三日のあいだにクイーンズタウンから北東フランスのシャルルヴィルまで戻ってきたことになる。交通機関の接続がよほどうまくいったとしても、これは相当な離れ業といわねばならない。確かにアイルランドのコークからイングランドのリヴァプールまでフェリーで渡り、リヴァプールからロンドン経由でニューヘヴンの港まで鉄道で移動し、そこから英仏海峡を船で横断し、ディエップからパリまで鉄道で行くという具合にうまく列車と船を乗り継ぐことができれば、ランボーが一二月九日の午後二時にパリにいることは不可能ではないことがある研究者によって明らかにされてはいる(31)。そうすれば同日の夜までにシャルルヴィルに戻っていることもありうるわけだが、理屈の上では可能であったとしても、この経路だとドラエーの手紙に記されている地名のうちル・アーヴルを経由しないことになるし、そもそもランボーが物理的にも心理的にもかなり無理のあるこれほどの強行軍をなぜあえて試みる必要があったのか、その理由がうまく説明できない。したがって彼が帰国にあたって乗り込んだのが別の船であった可能性も依然として残るし、ドラエーの伝えている経路をそのまま信じるべきかどうかも若干微妙なところである。しかしいずれにせよ、ランボーの最初の長距離旅行はこうしてわずか二か月（実質的には一か月半）の現地滞在だけであっけなく終わってしまったことになる。

ハムの子供たちの王国

けれども数度にわたるこれらの旅行のすべては、来《きた》るべき決定的な脱出へのステップにすぎなかった。ドラエーは先の手紙に何枚かのデッサンを添えており、その一枚には「今度はいつ出発するの?」と尋ねる友人に「できるだけ早く」と答えるランボーの姿が描かれていたが、その言葉の通り、早くも一八七七年五月には彼の足跡がドイツのブレーメンで確認される。その後はサーカス団の窓口係として雇われ、数か月にわたってストックホルムやコペンハーゲンを回っていたらしい(ただし妹のイザベルはこれを否定している)。しかし同年秋にはふたたびシャルルヴィルに戻っていたようだ。この頃、マルセイユからアレクサンドリア行きの船に乗り込んだものの、途中で病気になったためイタリアの寄港地で下船して引き返したというドラエーの証言があるが、真偽のほどは定かでない。

いよいよオリエントへの脱出の試みが本格化するのは、一八七八年の秋以降である。ちょうど二十四歳の誕生日にあたる一〇月二〇日に故郷を後にしたランボーは、陸路でイタリアのジェノヴァまで行き、そこから(今度は確実に)アレクサンドリア行きの船に乗り込んだ。一一月一九日に出港した船は、十日ばかりで地中海の対岸に到着する。ランボーにとっては初めて踏むエジプトの土である。この地で仕事を探した彼は、知り合ったフランス人の勧めで一二月半ばにはキプロス島に渡り、現地の採石場で労働者の監督として働きはじめた。この生活は半年ばかり続いたが、厳しい暑さと乾燥した空気の中、労働環境は劣悪そのものであったようだ。翌年四月二四日付の家族宛の手紙には、「強烈な暑さです。今は穀物の刈り取りの最中です。昼夜を問わず、蚤にさんざんやられています。おまけに蚊もいます。海辺か砂漠で寝なければなりません[32]」といった言葉が読まれる。結局それから一か月後にはついに病に倒れ、帰国を余儀なくされた。診断は腸チフスであったという。

母親の郷里であるロッシュでの療養生活は半年以上に及んだ。彼を訪ねてきたドラエーに「もう文学はやっていないのかい」と尋ねられ、「そんなことはもう考えていないよ」と答えたという有名なエピソードが残っているのは、ちょうどこの時期のことである。二十四歳といえば、ボードレールが「アルチスト」誌に初めて本名で「ある植民地生まれの女に」を発表した年齢であるから、その若さでもう文学を捨てていたというのは、やはり驚くべきことといわねばならない。だが、ランボーの頭を占めていたのは本当に、もはや南方に向けて旅立つことでしかなかった。十代の日々に書き散らした自分の作品が後世に与える影響の大きさなど想像だにしないまま、彼は「異教徒」としての生を生きはじめていたのである。

一八八〇年三月、すでに「詩人」という呼称で名指すことのできなくなった青年は、ふたたびアレクサンドリア経由でキプロス島に渡り、建築現場の仕事に携わる。しかし何らかの理由で――一説には石を投げて労働者を殺してしまったためというが、真相は定かでない[33]――六月には島を離れ、船で紅海に向かった。四年前のジャワ島旅行に次いで、二度目のスエズ運河越えである。ただし、今度はもう途中で逃げ出してフランスに帰るつもりはなかったようだ。この時点でおそらく、彼はヨーロッパを決定的に離れ、「暑い国々」の人間になる決意をしたのだろう。そして実際、病に斃《たお》れマルセイユの病院で悲惨な死を迎えるまでの十年以上にわたって、彼は故国の土を踏むことはない[34]。

紅海を南下しながら、アラビア半島側のジエッダ、アフリカ大陸側のスアキン、マサウアー、そしてふたたびアラビア半島側のホデイダ等々の寄港地で仕事を探すうち、ほとんどアラビア半島の南端に近いアデンに仕事があることを聞きつけたランボーは、ようやくこの地にたどり着き、定職にありついた。リヨンに本社があるバルデー商会という会社の代理店に、コーヒー工場の監視人として雇われたのである。ところがアデンは荒涼たる土地で、物価高の上に薄給であったから生活も楽ではなく、およそ長期

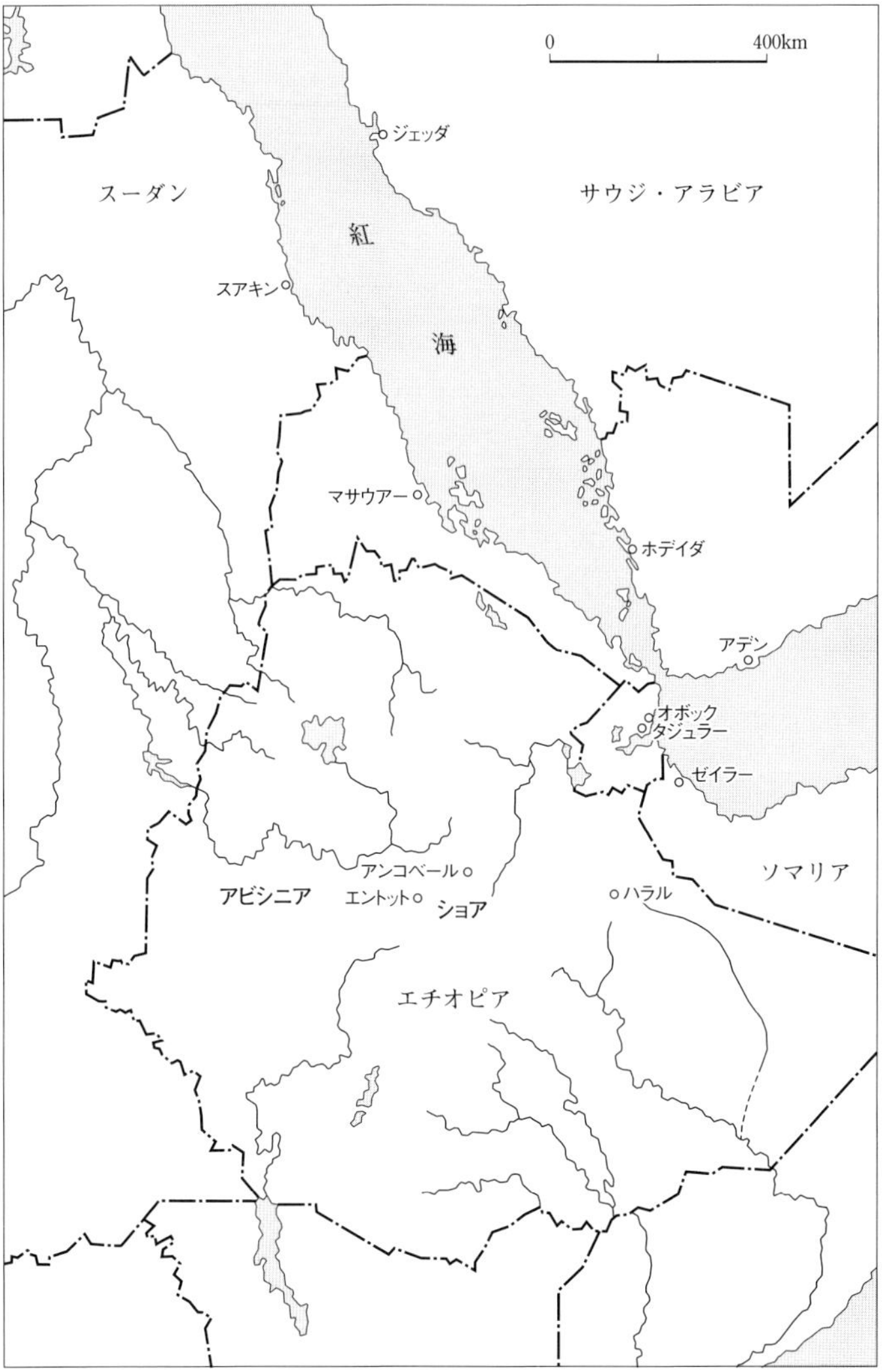

ランボーの訪れた中東・アフリカ

間とどまれるような場所ではなかった。一八八〇年八月二五日付家族宛書簡には次のように書かれている。

アデンはひどい岩地で、草一本生えず、おいしい水の一滴もありません。海水を蒸留して飲料にします。暑さは限度を越え、とくに六月と九月の二度の盛暑にはそうです。通気がよくてきわめて涼しい事務所でも、昼夜変わらぬ気温が三五度あります。おしなべて物価高です。万事がそんな具合です。しかしどうしようもありません。この地で私はまるで囚人です。多少自分の足で立てるようになるか、もっとよい仕事が見つかるまで、間違いなく三か月は当地にいなければならないでしょう。(35)

また八月一七日付の手紙には「何百フランか稼いだらザンジバルに行くつもりです、あそこには仕事があるという話ですから」という一文も見られる。ザンジバルといえばアフリカ東岸のタンザニア、アデンからは赤道をはさんで何千キロも離れた南半球の島であるが、一か月ばかり後の九月二二日付の手紙にも「すでに二百フランばかりの金が手元にあります。たぶん行き先はザンジバルでしょう、あそこには仕事がありますから(36)」と同じ趣旨のことが書かれているので、ランボーがアデンに長くとどまるつもりがなかったことは確かのようだ。

そして彼は実際にまもなくこの地を去ることになる。ただし行き先はザンジバルではなく、紅海の対岸に位置するアビシニア（現在のエチオピア）の高原都市、ハラルであった。バルデー商会が現地に新規代理店を開設することになり、ランボーは経営者のアルフレッド・バルデーに見込まれてそこに派遣されることになったのである。こうしてすでに二十六歳に達していたかつての天才少年詩人は、自分が『地獄の季節』で予告していた通りに「ハムの子供たちの真の王国」の住民となるべく、しかしそんな過去などまるで存在しなかったかのように、ひとりの商人としてまだほとんど白人の入植していなかったアフリカの奥地に向けて旅立っていった。

一八八〇年一一月末、ランボーは船でアデン湾を渡って対岸のゼイラーに着き、そこから陸路でハラルに向かった。ソマリア砂漠を横断する行程は二十日間に及んだと、一二月一三日付の家族宛書簡には記されている。ハラルについては「高所に位置していますが、不毛の土地ではありません。気候は涼しく、健康に悪くありません。ヨーロッパ産のあらゆる商品が駱駝で輸入されます。しかもこの地には仕事がたくさんあります[37]」とあるので、アデンに比べればだいぶましな環境であったようだ。じっさい年が明けて一八八一年一月一五日付の手紙にも「この土地の居心地は悪くありません。今は五月のフランスのような気候です[38]」と書かれていて、アフリカ高地の風土が比較的快適であったことがうかがえる。

ハラルのバルデー商会

だが、そんな生活も長続きはしなかった。一か月後の二月一五日付の手紙には、早くも現地での暮らしにたいする幻滅がはっきり表明されている。

ここに長くいるつもりはありません。発つ時期はまもなくわかるでしょう。予想していたものは見つからず、じつに退屈なうえに儲けにならない生活です。千五百フランか二千フラン稼いだら、さっさと立ち去るつもりです。せいせいすることでしょう。もう少し遠くに行けば、ましなものが見つかると思います。パナマ運河の工事について教えてください。工事が始まりしだい、出かけるつもりです。今すぐにでもここを発つことができればうれしいのですが。(39)

いつもながらの強迫観念である出発願望が頭をもたげてきたといってしまえばそれまでだが、それにしてもランボーがこの土地で見つけられるかもしれないと「予想していたもの」とはいったい何だったのか？　もう少し遠くに行けば見つかるかもしれない「ましなもの」とはいったい何なのか？　おそらく彼自身にも明確に見えていたわけではあるまい。彼にとってはとにかく、十分な報酬が得られて適当に退屈しない生活が必要であった。

ここで唐突に言及されているパナマ運河は、スエズ運河を拓いたフランス人レセップスの手で前年の一八八〇年一月一日に工事が始められたばかりで、当時は大量の労働力が必要とされていたため、ランボーはこれに関心を寄せていたらしい。ここに書かれていたような意図が実現されていれば、私たちは彼の足跡を中米にまでたどることになっていたはずである。しかしこの工事はマラリアや黄熱病の流行で三万人もの死者が出た上に、資金面や技術面での困難が相次いで途中で中止されてしまうので、たとえランボーが参加していたとしても、結局はまた挫折の道をたどったことだろう。いやそれどころか、彼もまた疫病の犠牲となって早々とこの世を去っていたかもしれない。

ともあれ、実際に暮らしてみればハラルもアデンに比べてそれほどましな土地ではなかったようだ。

しかも先の手紙の続きには「ある病気を引っ掛けて」しまったと書かれていて、本人は「それじたいはほとんど危険のないもの」だと述べてはいるものの、これはどうやら梅毒であった。だが、現地には医者も薬も不足している。十分な治療を受けることもできなかったであろう。かくしてランボーの不快感は次第に募っていく。到着時には快適な風土に満足していたはずの彼の口からは、「夏はとても湿気の多い気候で、不健康です。これはこのうえなく不快です。私にはあまりに寒すぎます」と、まったく逆の不満が洩れるようになる。一八八一年五月頃からは何度か象牙取引のために奥地への探検旅行を試みたりもするが、それで事態が打開されるわけでもない。同年九月二日付の家族宛書簡に見られる一節――「アフリカのこの地域にひどく嫌気がさしている点は相変わらずです。風土は陰険でじめじめしています。ぼくのやっている仕事はばかげていて、頭がぼけてしまいます。それに生活条件も全体にばかげています(40)」――が、当時の状況をすべて物語っている。

「故郷」への旅立ち

不潔で、陰鬱で、退屈な町ハラル――この地で耐えがたい一年を過ごした後、ランボーは「この地に戻ることはまず二度とないでしょう」という言葉を残して、一八八一年一二月にいったんアデンに戻った。しかし「ひどい岩地で、草一本生えず、おいしい水の一滴もない」この土地での生活に満足できるはずもなく、翌八二年九月二八日付の手紙には「年末にはアフリカ大陸に向けて発つつもりです。今度はハラル地方ではなく、ショア地方（アビシニア）です(41)」と書いている。知人に頼んでいた写真機がまもなく手に入りそうなので、これを未開の地に持参すればひと儲けできるだろうからというのが、彼自身の説明による出発の動機であった。なんとも俗っぽい理由づけだが、実際に彼の関心は今やこうした

バナナ園のランボー

ことに向けられていたのである。

この写真機はさらに年が明けて一八八三年三月にランボーの手元に届いたが、ちょうど同時期にアルフレッド・バルデーからハラルの代理店長に任命されたため、彼は結局ショア地方ではなく、二年前に暮らしたあの土地にふたたび舞い戻ってくる。結局彼はそれから三年近くの歳月をこの地で過ごすことになるのだが、その間、持参した写真機は彼にとって恰好の慰みとなったようだ。ハラルへの到着後まもなく、一八八三年五月六日付で送られた家族宛の手紙には、この器械で彼自身を撮影した三枚の写真が同封されていた。いずれもお世辞にも鮮明とは言いがたい出来ばえであるが、このうち最も流布しているバナナ園での写真を見ると、そこにはまさにアフリカの陽光に「肌をなめされ」て「浅黒く」なったひとりの精悍な男の姿が映っていて、往年の天才少年詩人の面影はすでにない(42)。

しかしながら、ハラルも彼の終《つい》の住処とはならなかった。拡大しつつあった戦争の影響もあってバルデー商会が経営に行き詰まり、一八八四年初めには代理店の閉鎖を余儀なくされたため、ランボーは四月にアデンに戻ってくる。ところがやがてアデンの支店もたたまれることになり、彼は月末で解雇されてしまう。仕事を失ったランボーは、それでもフランスに帰ることは考えていなかったようだ。同年五月五日付でアデンから投函された家族宛の手紙には、「ここでのぼくの生活は、まさしく悪夢です」と嘆きながらも「フランスに帰ったところで、ぼくはよそ者でしょうし、何も見つけられないでしょう」と書かれており、「この近辺で、この先も長い間、いやことによると永久に暮らし続けざるをえない」ことへの漠然とした予感が語られている。

それでも七月から年末までの半年間はバルデー商会に再雇用され、さらに一八八五年になっても契約が一年間延長されたので、なんとか生活には困らなかったようだ。かといって、確たる展望が開けたわけではない。同年一月一五日付の手紙には次のようなことが書かれていた。

とにかく、ぼくの放浪好きの性分が収まるなどと期待しないでください。それどころか、働いて生活の資を稼ぐために一箇所に留まることを強いられることなく旅行をする手段が得られたならば、ぼくがふた月と同じ所にいる姿は見られないはずです。世界はとても大きく、すばらしい国がたくさんあり、それらを訪れるには千人分の人生があっても足りません。(43)

この一節に集約されている通り、あらかじめ用意された目的地に到着して定住するのではなく、絶えず出発を繰り返しながら別の土地に移動すること、未知の世界に向けて旅立つこと、それがランボーに取り憑いた放浪の魔《デモン》であった。「いま、ここ」から脱出することは、いわば彼に終生つきまとった強迫観念のようなものだったのである。だが、家族宛の手紙であることは割り引いたとしても、十代であの晦渋な詩篇の数々を残した人物の書いた文章としては、何と素直で、何とわかりやすい言葉だろうか。

その後の軌跡をかいつまんでたどっておこう。一八八五年一〇月にバルデー商会を完全に辞めたランボーは、長年アビシニア中部のショアで活動してきたピエール・ラバチュという男のもとで武器の取引に携わることになる。当地を統べるメネリック王や高官が、やがて来るべき戦争に備えて大量の武器を必要としているという情報に基づく話であった。相当の利益が見込まれると踏んだランボーは、まず武器が陸揚げされるフランス領オボックのタジュラー港に赴いたが、年明けの一八八六年一月末になんとか商品は入手できたものの、輸入認可をめぐる問題が長引いてなかなか出発には至らない。それでも半年ばかりしてようやく政府の許可が下りたが、今度はラバチュが重病に倒れるというアクシデントに見舞われた。頭部の癌に冒されていたこの武器商人は、結局フランスに帰国してそのまま年末には息を引き取ってしまう。さらにもうひとりの相方であったソレイエも日射病から塞栓症の発作を起こして急死したため、結局ランボーはひとりですべての算段を整え、同年九月末頃、五十頭の駱駝と三十四名のアビシニア人から成る隊商を率いてショア地方に向けて出発した。

灼熱の乾燥地帯をおよそ五か月かけて横断した一行は、ようやく翌一八八七年二月に現地の首都、アンコベールに到着したが、あいにく交渉相手のメネリック王は前線に出かけていて不在であった。遠征軍を追いかけてようやくエントットで会見できたのは、およそ一か月後のことである。しかしすでに相当量の武器を手に入れていた王は商品を大幅に値切ったため、結局あてにしていたほどの金額は得られぬまま、ランボーは失意のうちにハラルに戻っていく。ところが久し振りに訪れたこの町はさらに荒廃の度を深めており、治安もひどく悪かったため、彼は同年七月、ふたたび紅海を渡ってアデンに帰着した。

一万五千フランの金を手にしたとはいえ、当初のもくろみから見ればほとんど徒労に終わったといっても過言ではないこの遠征は、ランボーをかなり疲弊させたらしい。彼はまもなく召使の少年を連れて船でエジプトのカイロに旅立ち、しばらく当地で静養している。この地から家族に宛てた八月二三日付の手紙には、「他人には想像もつかない七年間の疲労と、このうえなく忌まわしい窮乏の結果、自分の体がひどく弱ってしまったと感じ」ていると記され、「ここ何日か、腰のリューマチに苦しんでいます」「ぼくは非常に疲れています。目下失業中です」等々、弱気の言葉が目立つ(44)。

しかし彼は「それでもぼくはヨーロッパには行けません」と言い、カイロは物価が高いので「やむなくスーダン方面か、アビシニア方面か、あるいはアラビア方面へ」戻るであろうと予告する。それだけではない。彼はさらに続けて「ザンジバルに行くかも知れません」と、かつての南方志向をふたたびのぞかせたかと思うと、「もしかすると行き先は中国か、日本か、だれにわかるでしょう」と、今度は極東の地にまでその架空の旅程を延長するのである。ランボーがこの言葉通りにもし日本に来ていたら、と想像してみるのも一興だが、いずれにせよ彼はアフリカの奥地からカイロのような都会まで来ても──あるいは西欧化の進んだこの都市まで来てみたからこそなおのこと──自分が一種の斥力によってキリスト教文化圏からはじかれていること、強烈な遠心力によって(南方であれ東方であれ)ヨーロッパの外へ運ばれていく宿命を背負っていることを、あらためて確認せざるをえなかったのであろう。

こうしてランボーは、カイロからアレクサンドリアに出て地中海を渡るのではなく、もう一度紅海を南下し、まずはアデンに帰り着く。そして一八八八年二月から三月にかけてハラルへの短期間の現状視察旅行を試みた後、五月には本格的にハラルに移住し、現地に腰を落ち着けて独立の商売人としてさまざまな商品の交易に従事するようになった。

それから三年が経った一八九一年二月、ランボーは右脚に激痛を覚え、やがて関節が腫れ上がって歩くのも辛い状態になる。関節水腫に梅毒が合併したせいでリューマチが悪化し、滑膜炎から腫瘍になったものらしい。四月七日にハラルを出発し、十七日後にアデンに到着した彼は、現地の医師の勧めに従ってフランスへの帰国を余儀なくされる。そんなわけで、めまぐるしい軌跡を描いてきたランボーの最後の旅は結局ヨーロッパへの帰還旅行となったわけだが、後に「風の足裏をもつ」とまでいわれる男の面影はこのときすでになく、自分の足で思いのままに歩くことができなくなった彼は、担架に運ばれて苦難の行程をたどることになった。

十日間の航海を経て、船は五月二〇日にマルセイユに到着する。およそ十一年ぶりのフランスだったが、不自由な体となったランボーはその土をしかと踏みしめることも叶わぬまま、すぐにコンセプション病院に入院した。そこへ知らせを受けた母親がすぐに駆けつけるが、この段階ですでに病状はかなり重く、もはや右脚を切断するしかないと告げられる。そしてまもなく手術がおこなわれ、あの奔放きわまりない放浪生活を支えてきたランボーの片脚はあっけなく失われた。

それでも術後の経過はひとまず良好で、七月には退院していったん郷里のロッシュに戻ることができた。しかしランボーにとっては、これが家族のもとで過ごす最後の日々となる。八月にはふたたび病状が悪化し、マルセイユに戻って再入院。そのまま恢復の兆しは見られず、一一月一〇日、付き添っていた妹イザベルに見守られて、彼はわずか三十七年の生涯を閉じた。

『地獄の季節』で「ぼくは戻ってくるだろう」と予告していた少年は、人生の最後になって確かにその言葉を実行した。しかしそれはもはや「鉄の四肢、黒ずんだ肌、獰猛な目」をもつ「屈強な種族の人間」としてではなく、文字通り「暑い国から帰還した残忍な不具者」としてであったし、その面倒を見る「女たち」も結局のところは母親と妹であった。確かに「無為で乱暴」にはなったかもしれないが、「ぼくは黄金を所有するだろう」という予言が果たされることはなかったし、ましてや「ぼくは政治問題に巻きこまれるだろう」という予感も的中はしなかった。だが、その後に付け加えられていた「救われるのだ」というあのひとことは？　キリスト教に背を向けて久しい彼が、死を目前に控えて司祭を前に告解したというイザベルの話も伝えられているので、この言葉だけは最後の最後に実現されたと考えるべきなのだろうか？　だが、実際にランボーの言葉を聞いたのは当の司祭だけなのだから、これもかつての詩人にまつわる数々の伝説のひとつとして聞いておくべきだろう。

少年時代のランボーにとって生まれ故郷のシャルルヴィルがまるで「異郷にいるよう」な土地であり、「故国にいながら流罪にあったも同様」とさえ感じられていたように、成人した彼にとってはフランスが、そしてヨーロッパが、どうしても馴染むことのできない「異郷」として、自分が本来あるべき場所ではない場所として感じられていたにちがいない。彼にとってはむしろアラビア半島のアデンやアビシニアのハラルのほうが、不健康な風土や劣悪な環境にもかかわらず、自分に与えられた宿命の地のように思われたはずだ。もちろんヨーロッパの外部での生活は物質的にも精神的にも尋常でない厳しさで、およそ故郷がもたらしてくれるはずの快適さや安心感とは無縁であっただろう。しかしそれでも彼は、病気にさえならなければ自分の意志でヨーロッパに戻ろうとは考えていなかった。生まれながらの異教徒であり異人であったランボーは、いわばたまたま自分が生まれ落ちてしまったフランスという「異郷」から、アラビアやアフリカという「故郷」に向けて旅立ったのである。

注

（1）ちょうどイザンバールがシャルルヴィルに赴任してきた頃、パリではナポレオン三世の従弟にあたるピエール・ボナパルトが共和派ジャーナリストのヴィクトル・ノワールを口論の末に射殺するという事件が起こり、これをきっかけに大規模な抗議デモが発生して帝政打倒の機運が高まっていた。

（2）湯浅博雄訳、『ランボー全集』（平井啓之・湯浅博雄・中地義和・川那部保明訳）、青土社、二〇〇六、四一九―四二〇頁。以下、書簡については訳書の頁数のみ示す。

（3）原文ではこの箇所に感嘆符が三つもつけられている。

（4）ナポレオン三世はまもなく、九月二日に敵軍の捕虜となり、この時点で戦争の帰趨は早くも決定した。四日には共和制が宣言され、第二帝政はあっけなく崩壊する。

（5）結局このときが、ランボーとイザンバールが顔を合わせる最後の機会となった。

（6）平井啓之・湯浅博雄訳、『ランボー全集』、四二七頁。

（7）この点については、Jean-Luc Steinmetz, *Arthur Rimbaud*, Tallandier, 1991, p. 75（ジャン＝リュック・ステンメッツ『アルチュール・ランボー伝』、加藤京二郎他訳、水声社、一九九九、一〇七頁）、および Jean-Jacques Lefrère, *Arthur Rimbaud: une question de présence*, Fayard, 2001, pp. 250-251 を参照のこと。

（8）彼はイザンバールの友人で、当時二十六歳、ランボーよりも十歳年長である。二人はイザンバールの紹介で、ドゥエで知り合ったばかりであった。

（9）Arthur Rimbaud, *Œuvres complètes*, Gallimard, Bibliothèque de la Pléiade, 2009, p. 307. ランボーの詩作品には何種類もの邦訳が存在するが、本書ではすべて拙訳を使用する。

（10）Pierre Petitfils, *Rimbaud*, Julliard, 1982, p. 189.（ピエール・プチフィス『アルチュール・ランボー』、中安ちか子・湯浅博雄訳、筑摩書房、一九八六、二〇五―二〇六頁）

（11）Jean-Luc Steinmetz, *op. cit.*, p. 159.（ジャン＝リュック・ステンメッツ、前掲書、二一二頁）

（12）『イリュミナシオン』に「都市」と題された断章は三篇あるが、ひとつは《Ville》と単数形、あとの二つは《Villes》と複数形になっている。ここで引用したのは後者のうちのひとつで、本来は二部をなすはずだった二篇の第一部にあたる。この事情については『ランボー全集』、一一〇一頁を参照のこと。

(13) Arthur Rimbaud, *Œuvres complètes*, *op. cit.*, pp. 303-304.

(14) 少し後には「パリの美しい街路と同じくらい優雅な街外れ」という言い方も現れ、ロンドンとともにパリも比較の対象として登場している。

(15) Jean-Luc Steinmetz, *op. cit.*, p. 160.（ジャン＝リュック・ステンメッツ、前掲書、一一三頁、強調原文）

(16) 平井啓之・中地義和訳、『ランボー全集』、四五九頁。

(17) Arthur Rimbaud, *Œuvres complètes*, *op. cit.*, p. 247.

(18) *Ibid.*, p. 248.

(19) この最後の一文について、湯浅博雄は「なぜ回らないのだろうか？」と訳した上で、ここに話者の皮肉・揶揄の気持を読み取っている。しかし原文は «Pourquoi ne *tournerait*-il pas?» と動詞が条件法に置かれているので、むしろ反語表現と解釈したほうが前後の文脈とうまく適合するのではあるまいか。さらにいえば、ここではガリレオの有名な言葉が踏まえられていて、科学がこれだけ進歩を遂げてきた以上、天動説への信仰にたいして「どうして世界＝地球が回っていけないわけがあろうか？」と読めるように思われる。ただしすぐ後で述べるように、ここで話者が科学の進歩と勝利を単純に信じているわけではなく、あくまでもこれを宗教と同じ救済手段として見ていると解釈する点では、全体として湯浅説に賛同したい。

(20) 湯浅博雄による註、『ランボー全集』、九九五頁。

(21) Arthur Rimbaud, *Œuvres complètes*, *op. cit.*, p. 249.

(22) *Ibid.*, p. 250.

(23) 『創世記』九章によれば、大洪水を箱舟で生き延びたノアにはセム、ハム、ヤフェトという三人の息子がおり、全世界の人間は彼らの子孫として地上に拡がった。一般にはそれぞれ黄色人種、黒人種、白人種の祖先とされている。

(24) Arthur Rimbaud, *Œuvres complètes*, *op. cit.*, p. 251.

(25) *Ibid.*

(26) 「とどめの一撃」の原語は «coup de grâce» で、フランス語の慣用表現だが、直訳すれば「恩寵の一撃」となり、「神によって加えられた決定的な一撃」というアイロニカルな意味もこめられていると思われる。

(27) *Ibid.*, pp. 252-253.

(28) *Ibid.*, p. 376.
(29) このときランボーは『イリュミナシオン』の原稿をヴェルレーヌに手渡したらしいが、確かな事実はわかっていない。しかしいずれにしても、これが彼にとっては実質的な文学への訣別となった。
(30) 中地義和訳、『ランボー全集』、四八九頁、ただし表記を一部変更。
(31) Vernon Philip Underwood, *Rimbaud et l'Angleterre*, Nizet, 1976, pp. 204-205.
(32) 中地義和訳、『ランボー全集』、四九六頁。
(33) ハラル在住のイタリア人商人で、後にランボーの旅行に同行したオットリーノ・ロサ Ottorino Rosa の証言による。«Rimbaud à Cypre, à Aden et au Harar (Documents inédits)», *Études rimbaldiennes*, no 3, Lettres modernes, 1972.
(34) 中東・アフリカ時代のランボーについては、Alain Borer, *Rimbaud en Abyssinie*, Le Seuil, 1984（アラン・ボレル『アビシニアのランボー』、川那部保明訳、東京創元社、一九八八）、鈴村和成『ランボーのスティーマー・ポイント』（集英社、一九九二）、同『ランボー、砂漠を行く　アフリカ書簡の謎』（岩波書店、二〇〇〇）などを参照のこと。
(35) 中地義和訳、『ランボー全集』、五〇二―五〇三頁。
(36) 同、五〇三頁。
(37) 同、五〇九頁。
(38) 同、五一二頁。
(39) 同、五一三頁。
(40) 同、五二一頁。
(41) 同、五三六頁。
(42) ちなみにこの手紙には妹のイザベルに結婚することを勧める文面が見られ、「この世で孤独はよくありません。ぼく自身、結婚して家族をもたなかったことを後悔しています」と書かれている（同、五四七頁）。ヴェルレーヌを翻弄していた少年時代の彼からは想像もつかない言葉だが、このときランボーはすでに三十八歳、遠隔の地で暮らすことに疲れた彼の内に安定した家庭生活への欲求が萌していたとしても不思議ではない。
(43) 同、五七五頁。
(44) 同、六一三頁。

［終章］

異郷の誘惑

「発見」の言説

人はなぜ旅をするのだろうか。

敵対する民族を制圧するための遠征や、もろもろの物資を交換するための通商のように、明白に実利的な目的をもってなされる旅は別として、純粋に未知の土地を歩き、新しい風景に触れ、異なる習俗に接する旅に限っていえば、一般的には日常の単調な営みから解放され、自己を「他なるもの」と擦り合わせることで陶冶し拡大することに、その主たる眼目があるといってよかろう。序章でも触れた英国の「グランド・ツアー」は、いわばその制度化された伝統的な形であった。といっても、単に見聞を広めたり知識を増やしたりといった、量的な側面だけが問題なのではない。自分がいま立っているこの場所が世界の中でどのような位置を占めているのか、自分がいま生きているこの時間が歴史の中でどのような意味をもっているのか——旅はまず何よりも、そうしたことを不断に問い直しながら自己を質的に変容させるための機会としてとらえられてきた。

では、本書で扱った六人の作家たちの場合はどうだったのだろうか。彼らの軌跡を振り返りながら、最後にこの点について簡単に総括しておきたい。

シャトーブリアンは幼少年時代にブルターニュの海を眺めながら異郷への夢想を養い、おそらくは漠然とした憧憬の念に駆られて、成人後まもなくアメリカ大陸の奥地に向けて旅立った。彼はそのときの経験を下敷きとして一連の作品を書いたのだったが、それらを貫く思想的な位置どりは、明らかに西欧文明の擁護者・顕揚者としてのそれである。本書でとりあげた『アタラ』についていえば、作者はインディアンの悲恋物語に託しつつ、新大陸に浸透しつつあるキリスト教の比類なき力を謳いあげ、未開地域の原始宗教にたいするその絶対的な優越性を称揚した。未開＝偶像崇拝、文明＝キリスト教という対比的な等式がここでは基本になっており、簡単に言ってしまえば前者にたいする後者の勝利という筋書きが小説の骨格をなしている。その意味で、ヨーロッパ中心的世界観に涵養された作者の自我はアメリカ旅行によって揺らいだり崩れたりすることはなかったどころか、かえって強化されたとさえいえるだろう。

しかしながら、『アタラ』という作品は必ずしもこうした単純素朴な図式に還元することはできない。作者のイデオロギーを支えているのが未開と文明の二項対立であるとしても、実際に物語の背景となっているのはむしろ両者の接触と融合の歴史であり、対決の構図はアメリカ原住民と西欧系移民との「混血」という文学的形象の中で多かれ少なかれ克服されているからだ。じっさいアタラをはじめとする何人かの登場人物たちの血の中には、素朴な二元論を無効化するような主題論的契機が埋め込まれている。新大陸におけるヨーロッパ文明の勝利を告知する一方で、小説家としてのシャトーブリアンの想像力は作品全体に森と荒野の気配を濃厚に漲らせ、野性的な自然のイメージをことさらに強調しているが、これは単なる異国趣味という概念には回収することのできない彼の両義的なスタンスを如実に表すものだろう。作家はアメリカの奥地を歩くことでキリスト教的世界観の優位性・普遍性を確認すると同時に、未開の自然にたいする素朴な畏怖を覚えることで、おそらくはその限界をも鋭敏に感受していた。その意味で新大陸への旅行経験は、やはり彼の文学的感性に少なからぬ変質をもたらしたと考えられる。

シャトーブリアンはやがて『アタラ』を一部に含む『キリスト教精髄』を刊行し、護教論的立場を一層鮮明に打ち出した後、いよいよ聖地エルサレムへの巡礼旅行に出かけた。そして彼はエジプト滞在の最後に、結局自分は遠くから望むことしかできなかったピラミッドにわざわざ人を遣って自分の名前を石に刻ませているのだが、サイードはこのエピソードを紹介した上で、「シャトーブリアンにとっては、書くことがすなわち生きる行為であった。彼は生きているかぎり、あらゆるものに、遠くにある一片の石ころにさえ、文字を刻みつけないではいられなかった」と述べている(1)。見境のない自我の散種とでもいうべきこうした振舞いは、散種されるべき自我そのものへの反省的懐疑を決定的に欠いているという意味で、なるほどいささか子供じみた行為ではあるだろう。しかしそれは同時に、作家としてのシャトーブリアンの特質を端的に表す所作でもある。彼はあくまでも敬虔なキリスト者としてアメリカやオリエントの土を踏んだのだが、おそらくは西欧文明の総体を背負った宗教的人格としての枠組みを旅の途上でいつしか踏み外し、純粋に「書くことがすなわち生きる行為」であるようなエクリチュールの主体に移行してしまったのではあるまいか。そしてこの無意識の変容こそが、彼の作品を凡百の護教論的言説から分かつ最大の要因であるように思われる。

シャトーブリアンが『パリからエルサレムへの旅路』に「私はイメージを探しに行ったのだ」と書いていたのと呼応するかのように、ラマルチーヌは『オリエント紀行』の冒頭近くで「想像力にもそれなりの欲求と情熱がある」と宣言し、すでに『瞑想詩集』をはじめ何冊かの詩集を発表して高い声望をかちえていた矜持の念をのぞかせて、「生まれながらの詩人」である自分はヨーロッパでは目にすることのできない「オリエントの海、砂漠、山々、風習、そして神の痕跡」を求めて旅立つのだと、その動機を熱っぽく語っていた。二人の言葉をあらためて並べてみると、表現の仕方こそ違うものの、いずれも文学者としての純粋な欲望をことさらに強調していることが見て取れる。

だが、それだけでない。あくまでも異郷を「発見」されるべき土地としてとらえていたという点でも、彼ら二人は基本的に共通している。じっさいラマルチーヌの出発は、最初から「発見」への期待にあふれていた。未知のオリエントには自分がこれまで汲み尽くしてきた西欧のそれとは異なる詩的・宗教的感興が見出されるはずだという思いが、彼の旅立ちを強く動機づけていた。その期待はやがて彼を乗せた船がギリシアからアジアへと舳先を向けたときに最高潮に達し、「約束の地」カナーンを訪れたときにひとまず満たされることになる。

けれども「発見」という振舞い自体が、すでに潜在的なヨーロッパ中心主義に彩られていることは言うまでもない。ラマルチーヌにとって——そしておそらくシャトーブリアンにとっても——「異郷」とはあくまでもヨーロッパ人である自分の視線の前に開示されるべき受動的な対象にすぎず、それ自体がひとつの独立した主体としてはとらえられていなかった。つまり彼らの視線は常に俯瞰的であり、かつ一方通行的だったのである。

ラマルチーヌは帰国後に「オリエント旅行の政治的概要」と題する文章を書いてフランスおよびヨーロッパの拡張の必要性を訴え、西欧の過剰な生命を受け入れるべき広大な空白としてオリエントを表象していたが、今日から見ればほとんど傲岸不遜とさえ思えるこの物言いも、一九世紀前半においてはけっして特異なものではなかったであろう汎ヨーロッパ主義的世界観の反映であり、意図せざる「まなざしの暴力」の現れにほかならない。このまなざしの下ではヴェクトルが常に西から東（あるいは南）へと流れていて、逆流する可能性ははじめから想定されていなかった。そして詩人自身はといえば、終始一貫してそれ自体の根拠をけっして問われることのない「発見する主体」として自己規定していたのであり、自分自身が逆に他者によって「発見される対象」でもありうるという発想はまったく有していなかったように思われる。

だが、それでも彼が文章のはしばしにおいて、はからずも「発見」の言説とは異質な身振りをのぞかせていることを見逃すべきではあるまい。高度に抽象化された空想のオリエントを構築する一方で、その中に渦巻く諸宗教の混淆や諸民族の共存といった具体的な現実に視線を届かせ、精神を昂揚させる宗教的陶酔のさなかにあってもなお、実際に目に映る異郷の風景を忠実に写し取ることに並々ならぬ熱意を注ぐラマルチーヌは、政治家として空の高みを滑空しながら、文学者としては両足で大地を踏みしめる「地上の旅人」でもあった。そしてその旅が自己のアイデンティティを根底から組み換える契機になりうるであろうことも、彼は十分に予感していた。じっさい彼はレバノンに向かう船の上で「哲学者、政治家、詩人たちは、たくさん旅をしておかなければならない。精神の地平を変えること、それは思考を変えることである」と書いていたではないか。そこから自己変革の地平まではあと一歩である。ただしその一歩を確実に踏み越えたのは結局ラマルチーヌではなく、ネルヴァルやゴーチエなど次世代の作家たちであった。

まなざしの変容

同じオリエント旅行でも、ネルヴァルのそれはシャトーブリアンやラマルチーヌのそれとはだいぶ趣を異にしている。相違点のひとつはもちろん、そもそも彼の出発をうながした直接的な理由が健康上の問題であり、聖地巡礼という宗教的な大義名分ではなかったということにあるだろう。しかしもっと大きな違いとして、ネルヴァルが単に一時的な旅行者として異郷を通過することに満足せず、現地に住民のひとりとして住み込むことを選択したということを挙げなければならない。実際にカイロで過ごしたのはわずか三か月にすぎないが、彼はそのあいだ地元民の居住地区に家を借り、土地の料理を食し、オリエント風の服装をした。イスラム教の祭りに参加するさいには理髪店に行ってトルコ風の髪型に変えたりもしているし、アラビア語やリングワ・フランカ（混合語）の習得にも励んでいる。これらのエピソードからもうかがえるように、彼はキリスト教徒としての習慣や外見を捨てることにほとんど抵抗を感じていなかった。二人の先人たちであれば、けっしてここまで土地の風習に同化しようとはしなかったであろう。

もちろん「現地に溶け込む」という振舞いは、そのまま異郷に永住する覚悟を伴うのでない限り、ともすると帰るべき場所を確保しておいた上での偽善的な迎合、ないし無自覚な自己欺瞞に陥りかねない。ネルヴァルにしても、ランボーと違ってさすがにヨーロッパを捨て去るだけの決意を胸に旅立ったわけではなかろうから、いくら言葉や衣食住をオリエント風にしてみたところで、しょせんは西欧人の気紛れによる一時的な偽装・演出にすぎないと言ってしまえばそれだけのことである。だが、その危険は留保した上でなお、彼のカイロ生活が普通の意味での外国人滞在者の域を遥かに越えたものであったことは認めないわけにはいかない。たとえば女奴隷ゼイナブとの同居生活がその一例で、実際にこの娘を買ったのは旅の道連れであった友人のフォントリードであったというから、ここではとりわけネルヴァル自身と語り手を混同しないよう注意しなければならないが、それにしても女を養わない男をいかがわしい存在とみなす現地の規範に折り合わせようとして苦労する「ぼく」の物語を『オリエント紀行』の中軸に据えるという発想は、自らを超越的な高みに置くことなく、住民と同じ資格で異国の社会に紛れ込もうとする作者の姿勢を明確に写し出している。

要するにネルヴァルにとって、オリエントはもはや「発見されるべき対象」ではなく、「生きられるべき環境」なのであった。シャトーブリアンやラマルチーヌのように政治に関わることもなく、キリスト教信仰を背負っていたわけでもない彼は、自らをヨーロッパと同一視するような心的メカニズムをはじめから免れていたので、エジプトという異郷にあっても当地の習俗を抵抗なく身体化し、いわば等身大でカイロの街路を彷徨することができた。おのれの無知や偏見を率直に認め、さまざまな慣習の違いに直面して覚える驚きやたじろぎ、困惑や逡巡をもありのままに記述する『オリエント紀行』の文章が、数ある旅行記の中でもたぐいまれな伸びやかさの印象を与えるのは、ひとえに自分という存在をいまある場所から引き剝がして別の文脈に置き直すことをためらわぬ作者の、こうした冷徹な自己相対化能力に由来している。

一方、たまたま友人にその意向を漏らしてしまったために引っ込みがつかなくなったという言い方でスペインへの出発の理由を説明するゴーチエの場合、狂気の発作という悲劇に見舞われていた親友ネルヴァルのいささか悲痛さを伴った旅に比べれば、その足取りはずいぶん軽快なものに見える。ましてや宗教的使命感に駆られてオリエントの聖地巡礼へと出かけた二人の先人たちの真摯な口調と並べてみれば、悲壮感のかけらもなく、時に良質のユーモアさえうかがうことができるその文章は、なんという陽気さ・快活さに満ちていることであろうか。もちろんゴーチエと彼らのあいだには明らかに世代差があるが、これは単なる世代の問題だけではなく、おそらくは作家としての資質の違いでもあるのだろう。赤いチョッキを着て「燃えあがるようなもの」を求めていた熱血漢の青年ゴーチエは、旺盛な好奇心の赴くままに各地を旅して歩くことに純粋な愉しみを見出す生来のエピキュリアンであった。

そんな彼が「ラ・プレス」紙をはじめとする新聞雑誌に書き綴った旅行記が、基本的に健康な観察意欲に貫かれているのは当然のことである。出発前にいくつかの書物を通してあらかじめスペイン像を形成していたゴーチエは、自分の幻想がやがて現実のスペインによって裏切られるであろうことを冷静に予感しながら国境を渡ったのだったが、ひとたび異国に足を踏み入れた後は、行く先々でフランスには見られない「絵画的《ピトレスク》」な風景を嘆賞し、「地方色」豊かな人々の習俗に触れ、都市の中心にある大聖堂を訪ね、土地の小さな劇場にも足を運ぶといった具合に、旅行記作者としての務めを精力的に果たしていく。その観察対象はもちろん、路上を闊歩する魅力的な女性たちにもしばしば及ぶであろう。とりわけ美術に造詣が深く、自分自身も画家をめざしたことのある彼の視線が絵画作品に向けられるとき、その筆はひときわ精彩を放つ。確かに幻滅を味わうこともまれではなかったが、それでも過去の芸術家たちが残した傑作群を前にしておのれの営為の卑小さを痛感せずにいられない彼の言葉には、少なからぬ真実味があふれている。

こうして目に映るものを虚心坦懐に記録し描写していくゴーチエに、シャトーブリアンやラマルチーヌに見られたような自我の昂揚や肥大の兆候は見られない。それも当然で、なにしろ訪れたのはアメリカ大陸でもオリエントでもなく、すぐ隣国のスペインなのだから、通常の感覚でいえば依然としてヨーロッパの内部であった。馬車でそのまま国境を越えたにすぎない彼に、自分がいま見て歩いている土地を絶対的な「他者」として表象するほどの心理的負荷はかかっていなかったはずである。だいいちスペインを相手にして「西欧文明の優位性」などといったイデオロギーを大上段に振りかざす必要など、あろうはずもない。

だが、それでもスペインを南下して、アフリカ的な気候と風土に包まれたアンダルシアの大地をはじめて目にしたとき、ゴーチエの内部ではこれを「異郷」として対象化する心的機制が働きはじめたように思われる。そしてそれは同時に、彼が培ってきた「ヨーロッパ」という概念に揺らぎが生じた瞬間でもあった。古くからイスラム文化圏の支配下に置かれていたがゆえに「オリエントの精髄があらゆる形で浸透している」この土地は、果たして純粋なヨーロッパといえるのか？　いや、そもそも「純粋な」

ヨーロッパなどといったものがどこかに存在したことがあるのだろうか？

スペインがムーア人の領土であり続ければよかったのにと繰り返し旅行記に書きつけるゴーチエは、グラナダのアルハンブラ宮殿やコルドバのモスクを訪ね歩きながら、ここかしこに残されたオリエントの痕跡に地中海の彼岸を透視する。このとき彼は、おそらく自分の内に知らず知らずのうちに醸成されてきた「ヨーロッパ」という概念自体が、じつは人為的な発明であり構築物にすぎないことを本能的に察知していた。あるいはそこまでの自覚はなかったにしても、彼が「各国を違ったふうに造形し、それぞれに固有の植物を与え、そこに体型も肌の色も言語も異なる特殊な人種を住まわせた」神の意志に思いを致し、そのように創られてあるはずの世界をともすると「文明」の名のもとに平準化してしまうヨーロッパの過ちに批判的な視線を注いでいたことは確かである。その意味で彼のまなざしは、オリエントに向けて旅立つ前にすでにスペインで自己相対化のプロセスを通過し、間違いなく本質的な変容を遂げていた。

出発への偏執

本書でとりあげた六人のうち、ボードレールは明らかに他の五人と一線を画している。彼はただひとり、実質的にはほとんど異郷体験らしい体験をしていないからだ。確かに彼もモーリシャス島とブルボン島までは航海した経験をもち、束の間とはいえ南国の風土にも接している。しかしそれは周囲に強いられた望まざる旅であって、彼自身、出発後は常に帰国することしか考えていなかった。ボードレールの関心は早くから文学に集中していたのであり、現地に到着した後もモーリシャス島の弁護士夫人に捧げる詩篇をものした以外にはほとんど目立った活動をしていない。はじめての海外経験で、しかもまだ二十歳の若者だったのだから、普通ならば島を歩き回ってヨーロッパとは異なる景観に目を奪われたり、土地の住民と交流して異国のめずらしい風習に触れたりしてもよさそうなものなのに、そうした行動をとった形跡はほとんどないのである。

にもかかわらず、彼はもっぱら言葉の力によって、なみいる文学的旅人たちの系譜に連なる資格を獲得する。旅を主題として書かれた一連の作品群は、基本的には高度に凝縮された詩的想像力の結晶であるといえるだろう。ジャンヌ・デュヴァルを歌った詩篇からは「異国の香り」が匂いたち、そのエキゾチックな香りがアジアやアフリカへの夢想を誘発する。女の髪の中に南国の海を宿らせる詩人の官能的な連想は、単なる修辞的技巧を越えて、凡庸な旅行記など遠く及ばぬ力強さで読者を一瞬のうちに遠隔の地へと運び去る。こうした創造行為の飛躍を可能にしたものは、もちろん直接的には詩人のミューズとなった混血女優の存在であったにちがいない。しかしその根底に、若き日の経験から得た異郷の具体的なイメージが横たわっていたこともまた事実である。

南洋旅行から帰った後は、結局ベルギーよりも遠くへ行くことのないまま生涯を終えたボードレールだが、韻文と散文で書かれた二篇の「旅への誘い」の中で、彼の詩想はオランダへ、そしてさらにオランダを通して遥かインドへと飛翔する。しかしそれはあくまでも絵画の中の旅であり、言葉の上での航海であった。詩人は相変わらずいまある場所にとどまっていて、けっして出発することはない。そして現実に出発することがないからこそ、彼の言葉はいつか訪れるであろう出発を求めて格闘し続ける。「どこにもないがゆえに、どこにでもありうる」場所をめざして、ただ「出発するために出発する」旅人になること――それが「旅」と題する詩篇で提示されるライトモチーフであった。詩人にとって、世界とはいくら広大なものであっても、しょせんは水平方向に横たわる有限な空間にすぎない。それよりも「未知なるもの」「新しきもの」を求めて旅立つことへのあくことなき欲望こそが、垂直方向の跳躍によって「無限」へと突き抜けることを可能にする真の契機なのである。

こうして開始される想像力の旅は、どこにも行き着かないこと、最終的な目的地をもたないことによって、辛うじて持続されうるであろう。どこかに到着してしまうこと、それは詩人にとって死を意味する。リスボンにも、オランダにも、バタヴィアにも、さらには北方のトルネオにもバルト海にもたどり着かず、どこでもいいから「この世界の外」へと出ていく身振りを反復すること、絶対的な「彼処」への出発を永遠に繰り返すこと、それが現実にはほとんど旅をしなかった詩人が見出した唯一の、そして理想的な旅の形なのであった。

先人たちと一線を画しているという意味でいえば、旅に関してはランボーもまたボードレールとは違った意味で特異な存在である。多くの作家たちがまず異国を訪ねてから旅行記なり詩作品なりを書いたのにたいして、彼だけはまず作品を書いてしまってから旅に出かけたといっても過言ではないからだ。もちろん、中近東あるいはアフリカへの決定的な旅立ちに先だって、限られた範囲内での小規模な旅行は（短期間の家出も含めて）何度となく繰り返されている。年齢不相応な速度で成長を遂げていたランボーの感性は、少年時代から絶えず「いま、ここ」ではない場所を求めていたのであり、その横溢するエネルギーを受けとめるのに、片田舎の町シャルルヴィルはいかにも狭すぎた。だから不断の放浪を志向する彼の「風の足裏」は、自然にパリ、ブリュッセル、ロンドンなどの大都会に向けられていく。あたかも少年の怪物的な自我が加速度的に膨張していくのに合わせるかのように。

けれどもランボーが本当にめざしていたのは、けっしてこれらヨーロッパの都市を次々と渡り歩くことではなく、ヨーロッパそのものの外部へと脱出することであった。ヴェルレーヌの発砲事件後に刊行された『地獄の季節』の中の「悪い血」において、ガリアの地に生まれた自らの血を呪いながらも、同時にそこから「偶像崇拝と瀆神への嗜好」を受け継いでいることを告白していた少年は、キリスト教的伝統への激しい反発と近代科学の発見にたいする不信の果てに、誰にでも理解可能なわけではない異教徒の言葉で「暑い国々」への旅立ちの欲求を語りはじめる。西欧文明のうちに魂の救済を見出すことができないのだとすれば、それが見出されるのはヨーロッパにとって最も象徴的かつ典型的な異郷、すなわち灼熱の砂漠地帯でしかありえないというのが、当時の彼にとってはいわば脳裏に焼き付いて離れないひとつのオブセッションであった。現地に赴いて「鉄の四肢、黒ずんだ肌、獰猛な目」の持主になること、黒人たちに混じって「屈強な種族」の一員となること、それがランボーにとって唯一可能な救済のヴィジョンだったのである。

このようにランボーは、異郷への旅によって事後的に自我を変容させようとしたのではなく、むしろかなり早い時期に――おそらくは一八七一年五月半ばに相次いで書かれた二通の「見者の手紙」(2)に「私とは一個の他者なのです」という記念すべき一句が記された時期に――すでに変容を遂げていた自我、西欧的思考の伝統からは決定的に断絶してしまった新しい自我の落ち着く先として、自らの特権的な「異郷」たるべき黒人の王国をその作品の中であらかじめ設定しておいたのだった。ずいぶんねじれた構図だが、ランボーの詩的直観はこうした逆説を可能にするだけの膂力《りょりょく》をそなえており、やがて来るべき出発を確かに先取りしていたように思われる。

じっさい彼はその予言通りにヨーロッパを出発し、アラビア半島のアデンとエチオピアのハラルを往還しながら文学とは無縁の日々を送ることで「ハムの子供たちの真の王国」の住民となった。もちろん過酷な気候と劣悪な環境の中で過ごした毎日は安楽でも快適でもなかったはずだが、それでも彼は病気で動けなくなるまで、進んでフランスに帰ろうとはしなかった。もし彼がどこかの時点で故国に戻って詩作を続けていれば、さらなる傑作を数多く生産し、稀代の詩人として名声をほしいままにしたかもしれないなどと想像するのは、およそ無意味なことだろう。彼にとっておそらく文学などは少年時代の一時期を彩ったほんのエピソードにすぎず、その後の人生のほうが——結果的にはさほど長く続いたわけではなかったが——よほど時間的にも長く、したがってよほど重みをもっていたにちがいないからである。

ランボーは家族宛の手紙の中で、自分が生来の放浪好きであることを認め、金銭的な問題さえなければ「ぼくがふた月と同じ所にいる姿は見られないはずです」と述べていた。そして世界にはさまざまな国があり、「それらを訪れるには千人分の人生があっても足りません」とも語っていた。千人分の人生を生きたかった彼が、どうしてパリの文壇に繫がれた不自由な「詩人」として、たった一人分の人生しか生きないことを選んだりするだろう？　自分自身はほとんど旅行をすることなく異郷への憧憬を歌い続けたボードレールと比べてみれば、二人の性向の違いは明白であるように思われる。

しかし実際に旅立ったか否かの違いはあれ、とにかく「出発する」ことへの偏執に憑かれていたという一点において、彼らはたがいに酷似してもいる。そしてそれはまた、他の四人の作家たちにも共通していえることであった。旅立ちの動機はさまざまであれ、また実際に足を踏み入れた地域も異なっているにせよ、彼らはみな一様に「異郷の誘惑」を創造行為の源泉としていたという点では確かに一致している。思考様式も表現スタイルも限りなく多様な彼らを束ねるものがあるとすれば、それはこの誘惑に進んで身を委ねようとする意志の強さであり、やがて来るであろう新たな出発へと差し向けられた欲望の水位の高さであったといってもいいのではあるまいか。

注

（1）エドワード・W・サイード『オリエンタリズム』、（上）四〇〇―四〇一頁。

（2）Arthur Rimbaud, Lettre à Georges Izambard (le 13 mai 1871) et Lettre à Paul Demeny (le 15 mai 1871), *Œuvres complètes, op. cit.*, pp. 249-250（一八七一年五月一三日付ジョルジュ・イザンバール宛書簡、及び同一五日付ポール・ドメニー宛書簡、湯浅博雄訳、『ランボー全集』、四三一頁、四三五頁）

あとがき

小学生の頃、知らない道を自転車で闇雲に走るのが好きだった。あの角を曲がった先には何があるのか、あの坂を登りきったらどんな風景が開けるのか——それを知りたい一心で必死にペダルを漕いでいるうちに、いつしか日が暮れかけていたことも一度や二度ではない。あるときなど完全に迷子になってしまって、半分泣きそうになりながら近くの交番に駆け込んだこともあった。それでも懲りずに見知らぬ街を走り回ることをやめなかったのだから、たぶん私にもささやかながら一種の放浪癖があったのだろう。

もちろん、これといって目新しいものが発見できたわけではない。しょせん子供が自転車で行ける範囲など限られたもの、どの角を曲がってもどの坂を登っても、そこに現れるのはたいていいつも変り映えのしない日本の街並である。だが、それでも時々、いつしか朱色に染まった空を見上げて、ふと自分が遥か遠くの異郷に移動してしまったような気がする瞬間が確かにあった。世界のいたるところにあいている穴にふと落ち込んでしまったかのような感覚、見慣れているはずの風景が不意にまったく異なる表情をまとって立ち現れてくるかのような不思議な感覚——フランス語にそんな精神状態を表す「デペイズマン」dépaysementという単語があることを知ったのは、ずっと後のことである。

成長するにつれて自転車を乗り回す機会もしだいに少なくなっていったが、二十代の半ばになってフランス留学の機会を得た私は、休暇を利用して、今度は鉄道でヨーロッパの各地を訪ね歩くことに楽しみを見出すようになった。ＥＵが発足してすでに久しい現在と違って、まだ国境が国境として機能していた時代である。ゴーチエが一世紀以上も前に馬車で渡ったスペインとの境界を夜行列車で越えたときには、深夜に回ってきた車掌にパスポートを集められ、「あの車掌が偽者だったらどうなるのだろう」「明朝は本当に返してもらえるのだろうか」と、ひどく不安な気持ちになったことを今でも鮮明に覚えている。国境の手前でしばらく止まっていた列車がふたたび動き始め、どうやらスペインに入ったらしいと思われてからふと窓の外に目をやると、もちろんそこにはフランスとまったく同じ漆黒の闇が広がっているだけだったが、それでも細く開いた隙間から流れ込む空気の匂いそのものが微妙に変わったような気がした。あれもまたちょっとした「デペイズマン」の経験だったのだろう。

本書で扱った作家たちの旅は、ランボーを別にすればまだ鉄道が普及する以前の時代におこなわれたものであり、その大半が馬車と船、そして徒歩によるものである。移動にともなう困難は今日の私たちが想像する以上に大きかったであろうし、母国とは異なる風土に接したときの感慨もそれだけ深かったにちがいない。彼らの残した文章を手掛かりにその軌跡を追ってみると、自分がいまある場所から離れて「ここではないどこか」に身を置くことが文学的想像力にとっていかに決定的なできごとであるか、そのことがあらためて実感される。そんな作家たちの旅を跡づけることによって、「異郷」という観点から自分が専門とする一九世紀のフランス文学に多少なりとも新たな照明を当てることができないか——これがこの書物を書いてみようと思い立ったそもそもの出発点だったのだが、さてその意図はどの程度まで達成できたであろうか。

ところで誰もが感じることだと思うが、書物を読むという行為は色々な意味で旅に似ている。ページをめくった後にどのような景観が広がっているのか、途中でどんな事件や偶発事に遭遇するのか、そして読み終わった時点で私たちは今ある場所からどれほど離れた土地に立っているのか——ただそれを知りたくて白紙の上に連なる文字をひたすら追っていくのは、自転車を漕いだり鉄道で運ばれたりするのに負けず劣らず心躍る体験だ。期待が裏切られることもないではないが、まったく予期せぬ風景に出会って新鮮な驚きに打たれることもしばしばあって、そんな瞬間の高揚感は何度味わってもあきることがない。無心で過ごす読書のひととき、それは自分の部屋から一歩も出ることなしに旅をするという奇跡を可能にしてくれる魔術のような時間であり、それ自体がひとつの「異郷の誘惑」である。思えば私の心も体も、いつのまにかそうした時間がもたらしてくれた至福の記憶に隅々まで満たされているような気がする。このささやかな書物がそんな幸福のせめて一片でも読者にもたらすことができれば、著者としてこれにまさる喜びはない。

本書の刊行にあたっては、本年（二〇〇九年）三月一杯で東京大学出版会を定年退職された羽鳥和芳さんにお世話になった。また具体的な作業については、引用文の細かいチェックや面倒な索引の作成、図版の選択配置にいたるまで、同出版会の若手編集者である笹形佑子さんの全面的なお力添えをいただいた。この場を借りて、お二人に心より御礼申し上げたい。

言うまでもないことだが、ここでとりあげた「旅する作家たち」はいずれも著名な詩人や小説家ばかりであり、それぞれすでに膨大な先行研究の蓄積がある。事情に通じた専門家の立場から見れば、本書の概略的な記述には行き届かぬ点も少なくないであろうし、単純な勘違いや誤りもおそらくは含まれているであろう。諸賢のご叱正を切にお願いする次第である。

二〇〇九年四月

石井洋二郎

人名索引

虚構の人名，および翻訳書の訳者名は除く

[ア行]

[カ行]

[サ行]

[タ行]

［ナ行］

［ハ行］

[マ行]

[ヤ・ラ・ワ行]

図版一覧

序　章

p. 9　『世界歴史大事典』教育出版センター，1985年より．

p. 11　『クロニック世界全史』講談社，1994年より．

p. 20　ジャン=ピエール・フランケル作．

p. 29　ラフィットのデッサンによるJ.-F. リボーの版画，1805年，フランス国立図書館蔵．

第1章

p. 39　アンヌ・ルイ・ジロデ作，1810年，サン・マロ歴史博物館蔵．

p. 45　*Mémoires d'outre-tombe,* Gallimard, Bibliothèque de la Pléiade, 1946より作成．

p. 49　同上．

p. 60　作者不詳，1831年，フランス国立図書館蔵．

p. 63　*Atala*, Hachette, 1863年，挿画，フランス国立図書館蔵．

p. 65　アンヌ・ルイ・ジロデ作，1808年，ルーヴル美術館蔵．

第2章

p. 85　ジュリアン作，1832年頃，石版画，フランス国立図書館蔵．

p. 91　Maurice Toesca, *Lamartine : Ou l'amour de la vie*, 1969より作成．

p. 100　ニコラ・プッサン作，1660-64年，ルーヴル美術館蔵．

p. 107　iStockphotoより．

p. 109　ラマルチーヌ夫人作，1830年頃，サン・ポワン城蔵．

p. 121　Shutterstockより．

第3章

p. 127　ナダール撮影，1855年（死の数日前），フランス国立図書館蔵．

p. 140　『ネルヴァル全集Ⅲ』筑摩書房，1998年より作成．

p. 141　同上．

p. 146　ハイリッヒ・ヴォン・マイヤー作，1846年，彩色石版画，個人蔵．

第4章

p. 171　オーギュスト・デ・シャティヨン作，1839年.

p. 177　『スペイン紀行』法政大学出版局，2008年より作成.

p. 185　iStockphotoより.

p. 201　photolibraryより.

p. 205　Shutterstockより.

第5章

p. 217　エミール・ドロワ作，1843-44年，ヴェルサイユ宮殿美術館蔵.

p. 223　著者作成.

p. 228　作者不詳，1840年頃，ラ・カーズ男爵夫妻蔵.

p. 238　ボードレール作，アルマン・ゴドワ蔵.

p. 246　ヤコブ・ファン・ライスダール作，1675-80年頃，アムステルダム歴史博物館蔵.

第6章

p. 261　エチエンヌ・カルジャ撮影，1871年.

p. 267　同上.

p. 289　著者作成.

p. 293　Charles Nicholl, *Somebody Else*, 1997より作成.

p. 295　ランボーが暮らしていたバルデー商会.

p. 298　セルフ・ポートレイト.

著者略歴

1951年　東京生まれ
1975年　東京大学法学部卒業
現　在　東京大学大学院総合文化研究科教授（地域文化研究専攻）

主要著訳書

『差異と欲望――ブルデュー『ディスタンクシオン』を読む』（藤原書店，1993）
『文学の思考――サント＝ブーヴからブルデューまで』（東京大学出版会，2000）
『ロートレアモン　イジドール・デュカス全集』（訳書，筑摩書房，2001，日本翻訳出版文化賞・日仏翻訳文学賞）
『美の思索――生きられた時空への旅』（新書館，2004）
『ロートレアモン　越境と創造』（筑摩書房，2008，芸術選奨文部科学大臣賞）
『科学から空想へ――よみがえるフーリエ』（藤原書店，2009）

異郷の誘惑　旅するフランス作家たち

2009年6月10日　初　版

［検印廃止］

著　者　石《いし》井《い》洋《よう》二《じ》郎《ろう》

発行所　財団法人　東京大学出版会
代表者　長谷川寿一
113-8654 東京都文京区本郷7-3-1 東大構内
電話 03-3811-8814・振替 00160-6-59964

印刷所　株式会社精興社
製本所　牧製本印刷株式会社

ISBN 978-4-13-083052-2　Printed in Japan